폭력의 스펙터클 그 상상의 끝

폭력
이미지
재난

폭력의 스펙터클
그 상상의 끝

폭력 이미지 재난

조선대학교 인문학연구원 이미지연구소 편

앨피

재난과 폭력의 시대를 바라보는 인문학적인 눈

도파민을 압도하는 '분노의 호르몬'

'노르아드레날린'이라는 호르몬이 있다고 한다. '노르에피네프린'으로 불리기도 하는데, 도파민과 아주 사이 나쁜 형제 분자라고도 할 수 있는 최강의 각성 신경전달물질이다. 증오, 분노, 분투, 강고한 적의, 결심 등의 감정과 결탁해 필요시 뇌뿐만 아니라 전신의 교감신경에서도 분비된다. 혹자는 '분노의 호르몬'이라고도 부르는데, 별명답게 맹독성 물질이다. 노르아드레날린보다 더 독성이 강한 물질은 뱀이나 복어의 독 정도라고 하니, 웬만한 마약과도 비교되지 않는다.

생물학과 정신분석을 결합하는 일이 쉬운 일만은 아닐 터이니 단정할 수는 없는 노릇이지만, 도파민이 주로 삶의 충동을 지배하는 '쾌락원칙'과 관련된다면, 노르아드레날린은 죽음 충동을 지배하는 '쾌락원칙 너머'와 관련된다고 보아도 무방하지 싶다. 물론 '쾌락원칙 너머'라고 쾌락원칙과 무관한 것은 아니다. 종종 격렬한 소모와 탕진, 폭력과 파괴가 인간이 누릴 수 있는 쾌락들 중 최고의 것으로 거론되기도 한다. 리비도와 데스트루도Destrudo(Death drive)가 적대적인 듯하나 실제로는 형제 관계이듯, 도파민과 노르아드레날린 또한 적대적인 듯하나 형제 관계이다.

심리적 자극이나 생물학적 욕구는 홀로 인간의 육체적 필요나 정신적 의지를 행동으로 옮겨 놓지 못한다. 행동을 위해서는 신체 각 기관을 움직이게 하는 어떤 동력이 내부로부터 발생해야 하는 바, 삶의 충동(자기보존 충동)과 죽음 충동(자기파괴 충동, 혹은 종족 보존 충동)은 어쩔 수 없이 적절한 욕구와 욕망 충족을 위해 필요한 행동을 신체 기관을 통해 유발해야 한다. 그럴 때, 그 행동의 에너지원이 될 물질들을 신체 내부로부터 발생시키고, 그것들과 협력하지 않을 도리가 없다.(생물학과 정신분석학은 어쩌면 이쯤에서 화해해야 하는지도 모를 일이다.) 도파민은 우리를 삶의 충동으로 충만하게 하고, 노르아드레날린은 우리를 파괴적 충동으로 들뜨게 한다.

2000년대를 10년 넘게 지나온 지금, 우리가 속한 사회는 전 시대의 그 활활 타오르던 도파민 계열의 문화적 생산물들이 죽음 충동으로 충만한 노르아드레날린 계열의 문화적 생산물들에 압도당하는 일이 자주 일어나고 있다. 사태는 거스르기 힘들어 보인다. 굳이 실증적인 자료들을 거론할 필요도 없이, 하루 저녁 TV 뉴스를 보는 것만으로도 예증은 충분하다.

재난과 폭력의 상상력 사유하기

이왕 내친 김에 모자란 생물학적 상식을 좀 더 동원해 보자. '선택적 진화'라는 게 있다고 한다. 특정 시기에는 변이종에 불과했던 것이, 그것에 유리한 환경이 주어지면 우세종의 지위를 점하게 된다는, 신진화론의 가설이다. 진화는 연속적이고 직선적으로 일어나지 않는다. 우연하게 돌연변이들이 생기고, 그것들 중 환경의 선택을 받은 종은 살아남아 과거의 우세종을 누르고 새로운 우세종이 된다. 이 가설은 사회문화적인 현상에도 들어맞는 것처럼 보인다.

근대란 지나치게 생명력이 넘치는 시대여서 초기의 근대인들은 내내 재난이나 폭력은 일어나지 않거나 일어나더라도 제압 가능하다거나 혹은 일어났다 하더라도 어쩔 수 없다는 식으로 그것을 멸시하지 않았나 싶다. 증기기관이 초기 근대를 상징하는 것은 아마도 그런 이유일 것이다. 앞만 보면서, 검은 연기를 내뿜으면서, 덜커덕거리는 심장에 요동치는 생명력과 함께 맹목적으로 달려온 도파민의 시대가 초기 근대였다면, 지금은 2000년대. 그 사이 인류는 예상치 못했던 너무도 많은 폭력과 재난을 겪었다. 벤야민과 아감벤의 표현을 빌려, 어쩌면 우리는 항상적 재난 상태, 항상적 폭력 상태, 곧 '예외상태' 속을 살아간다고 말해도 무방할 것이다. 아니, 정직하게 말해 앤서니 기든스의 말마따나 우리 시대에 재난과 폭력은 이미 유행이자 일상이 되어 버렸다. 비유컨대, 우리 시대는 노르아드레날린의 시대가 분명하다.

이 현상을 어떻게 이해할 것인가? 통계와 보도 너머를 보는 것이 인문학이다. 그러므로 이 책은 최근 한국 사회와 문화 곳곳에서 유행처럼 자주 등장하는 재난과 폭력의 상상력을 발본적으로 사유하고자 노력한 책이다. 재난과 폭력을 유행으로 치부하고 무시하거나, 부정적인 사태로 비난하거나, 알고 있으나 어쩔 수 없는 일이라는 '과소진술' 속으로 도피하는 책이 아니다.

이 책은 재난과 폭력을 근본적인 사유의 대상, 곧 '문제'로 삼아 '본원적'으로 사유한 성과들의 모음집이다. 철학, 국문학, 외국 문학, 영화학, 생물학, 여성학 등 다양한 관점에서 그것을 다각도로 조명해 보고, 그 속에서 우리가 처한 작금의 상황을 비판적으로 되짚어 보려는 힘든 작업의 결과물이다. 재난과 폭력이 눈앞에 분명한 형태로 존

재한다. 그것을 회피하지 않고, 미화하거나 무시하지 않는 인문학자
들의 노고가 널리 전해지기를 바랄 뿐이다.

2012년 8월

조선대학교 인문학연구원

머리말 재난과 폭력의 시대를 바라보는 인문학적인 눈

Ⅰ 폭력과 재난이라는 '문제'

1. 숭고 이미지의 예술철학적 의미_권정임 • 13

2. 니체에 있어서의 '사고思考의 폭력'과 우울증, 고통의 치료
술_김정현 • 55

3. 아도르노의 고통의 미학에서 바라본 현대 예술에서의 '폭
력의 이미지'_유현주 • 89

4. 진보의 신화와 '문명' 이후
: 후쿠시마 이후 문명의 소생을 위하여_이승렬 • 115

Ⅱ 폭력과 이미지

5. 합법적 폭력이라는 허구
: 박정희 시기 하위주체들의 자리_송은영 • 149

6. 박경리 소설에 나타난 폭력 희생자들의 이미지_조윤아 • 173

7. 《파국Catastrophe》에 나타난 폭력적인 이미지_방찬혁 • 205

8. 메두사의 후예들
  : 영미 여성문학 텍스트의 여자 괴물 되기_차희정 • 231

9. 스펙터클의 힘, 그 정치적 가능성
  – 장이머우 〈홍등〉, 〈황후화〉를 중심으로 _이시욱 • 255

III 재난과 이미지

10. 세계의 끝, 끝의 서사
  – 2000년대 한국 소설에 나타난 재난의 상상력과 그 불만 _복도훈 • 287

11. 〈쇼아〉 : 익명의 아이히만I-chimann은 어떻게 가능한가? _이향준 • 325

12. 재난 주제 한시의 형상화 양상과 그 의미_박종우 • 359

Ⅰ

폭력과 재난이라는 '문제'

1. 숭고 이미지의 예술철학적 의미

2. 니체에 있어서의 '사고思考의 폭력'과 우울증, 고통의 치료술

3. 아도르노의 고통의 미학에서 바라본 현대 예술에서의 '폭력의 이미지'

4. 진보의 신화와 '문명' 이후

■ 일러두기

- 이 책에 실린 글들은 모두 조선대학교 인문학연구원 이미지연구소 학술 발표회 때 발표되고,
  동 연구원의 《인문학연구》 41집(2011. 2)에 게재된 것이다.

1

숭고 이미지의 예술철학적 의미

권 정 임

시각예술 속 '숭고 이미지'의 특성과 그 예술철학적 의미

시각예술에서 볼 수 있는 '숭고 이미지Image of sublime, Image vom Erhabenen'의 특성과 그 예술철학적 의미는 무엇일까? 숭고 개념의 원래적 의미와 미학적 의미는 이 글에서 상세히 살펴보겠지만, 오늘날 숭고는 J.-F. 리오타르가 주장하는 바와 같이 "표현할 수 없는 것ein Nicht-Darstellbares를 가시적인 표현으로 가리키는 것"이라는[1] 의미로 대변되며, 후기구조주의의 기호이론을 기초로 한 현대 문화와 예술의 규정에서 주된 개념이 되고 있다.

후기구조주의자들은 문화와 예술을 포함한 모든 현상을 기호현상으로 이해하고자 한다. 이들은 기의signifié와 기표signifiant가 일치하며 동일하다고 보면서 진리의 근거를 '동일성'에서 찾고자 했던 모더니즘 사유의 문제점을 직시하고, 오히려 기의와 기표의 일치 불가능성을 제시하며 양자 사이에 존재하는 '차이Differenz(différend)'를 기호의 본질로 파악한다.[2] 이들의 논리에 의하면 기의, 즉 우리의 관념은 기표를 통해서는 언제나 온전히 드러날 수 없고 언제나 기표 뒤에 가려져 있게 된다. 이러한 까닭에 J. 데리다는 우리에게 작용하는 것은 결국 기의가 아니라 기표이며, 마침내 "기표들만 떠다니게 된다"고 진술한다.[3] 뿐만 아니라 J. 보드리야르는 기표는 기의와 동일하지(유사, resemblance) 않고 비슷하기만 한 것(상사, similitude)이라고 여기는 사유를 넘어서 더욱 극단적으로 오늘날 기의, 즉 지시 대상인 '원본이 없

---

1 Jean-François Lyotard, "Beantwortung der Frage ： Was ist postmodern?", in ： Wolfgang Welsch (hg.), *Wege aus der Moderne. Schlüsseltexte der Postmoderne-Diskussion,* Weinheim ： VCH, Acta Humaroria 1988, S. 193-203, S. 202.

2 후기구조주의의 기호이론 일반에 대해서는 Madan Sarup, *An Introductory Guide to Post-Structuralism and Postmodernism,* 《후기구조주의와 포스트모더니즘》, 전영백 옮김, 조형교육 2005 ； 윤효녕 외, 《주체 개념의 비판—데리다, 라캉, 알튀세, 푸코》, 서울대출판부 1999(초판 1쇄), 2007(초판 5쇄) 참조.

3 Jaque Derrida, 《글쓰기와 차이》, 남수인 옮김, 동문선 2002 참조.

는 기표들(시뮬라크르, Simulakrum)'로서의 이미지들이 난무하며 우리의 의식을 잠식하고 있는 것을 비판한다.[4]

이와 같이 후기구조주의의 기호론적 이해에서 볼 때 현대 문화와 예술에서 기의는 영원히 그 자체로 드러날 수 없는 무엇이다. 다시 말해, 기의는 어떠한 기표로도 '표현할 수 없는 것'이 된다. 따라서 이러한 기의를 표현하고자 하는 모든 시도는 '숭고'의 개념으로써 포괄될 수 있다. 이러한 기의에는 우리의 관념, 예술의 주제, 종교적 이념, 그리고 아도르노 철학과 예술론에 본질이 되는 타자로서의 자연도 포함된다.

한편, 어떠한 구체적인 대상에서부터 추상적 관념에 이르기까지 모든 종류의 기의를 나타내는 표현의 측면을 기표라고 본다면, '표현할 수 없는 것의 표현' 역시 표현할 수 없는 기의에 대한 기표의 작용이라고 할 수 있다. 그리고 표현된 결과물로서의 표현체는 다른 말로 하면, 넓은 의미에서 '이미지'라고 할 수 있겠다. 이미지는 일반적으로 "한 대상에 결부된 표상들, 정서들, 가치들의 총합"으로[5] 정의되며, 일종의 기호로 볼 수 있다. 하지만 이미지는 W. J. T. 미첼이 가리키듯, 단순한 기호가 아니라 사회적·문화적 실천과 역사의 산물로서 다양한 성격을 가지고 있다.[6]

미첼은 "사람들이 이미지에 관해 말한 것들", 특히 "이미지Imagery

---

[4] Jean Baudrillard, *Simulacres et Simulation*, 《시뮬라시옹》, 하태환 옮김, 민음사 2001. 특히 143 ff ; 또한 J. Baudrillard, 《토탈스크린》, 배영달 옮김, 동문선 2002 참조. 〈만인보〉를 주제로 한 2010광주비엔날레(2010. 9.3 – 11. 7)는 "인간을 이미지에 구속하는, 또 이미지를 인간에 구속하는 관계에 대한 광범위한 예술적 탐구를 제시하면서 오늘날 인간이 가진 이미지에 대한 집착을" 드러낸다 : "현대인들은 이미지에 병적일 정도로 매료되는 심각한 '이미지 사랑 iconophilia'에 시달리고 있다. … 우리는 이미지에서 위안을 찾고, 심지어 이미지를 명분으로 전쟁을 하기도 한다. 우리는 이미지를 중심에 두고 이를 향해 모여들어 그것을 숭배하고, 갈망하고, 소비하고, 또 파괴한다"(2010년 광주비엔날레 소 카탈로그, 1쪽). 이러한 진술은 보드리야르와 맥락을 같이한다.

[5] *Historisches Wörterbuch der Philosophie*, hrsg. von Joachim Ritter und Karlfried Gründer, Bd. 4, Stuttgart : Schwabe & Co. Verlag 1976, S. 215.

[6] W. J. T. Michel, *Iconology. Image, text. ideology* (1986), 《아이코놀로지 : 이미지, 텍스트, 이데올로기》, 임산 옮김, 시지락 2005, 22쪽.

의 관념에 관해 우리가 말하는 방식들, 그리고 영상화·상상·지각·모방과 관련하는 모든 개념들"을 연구하면서, 이미지는 "미셸 푸코가 '사물의 질서'라고 칭했던 근본적 원리"임을 역설한다.[7] 이러한 관점에서 그는 이미지를 닮음likeness, 유사resemblance, 상사similitude를 기본 특성으로 하는 것으로 보지만 하나의 개념으로 정의하지 않고, "서로 다른 제도적 언설들 사이의 경계선에 기초"하는[8] 여러 성격의 이미지를 분류한다. 이에 따르면 그래픽 이미지(그림, 조각, 도안), 광학적 이미지(거울, 투사상), 인지적 이미지(감각 자료, 감각 형상, 외양), 심적 이미지(꿈, 기억, 관념, 환영), 언어적 이미지(은유, 기술/묘사)로 분류된다.

이 가운데 문화·예술 영역에서 작용하는 이미지는 주로 그래픽 이미지, 인지적 이미지, 언어적 이미지라고 하겠다. 보드리야르가 후기자본주의 시대 문화, 예술(디자인, 광고 포함)에서[9] 우리 시대를 '이미지의 폭력의 시대'라고 규정하는 것에서 두 가지 의미를 찾을 수 있다. 하나는, 기의가 기표를 통해 표현될 수 없는 양자의 비동일적인 기호의 특성을 극단적으로 보여 줌으로써 현대 문화와 예술에서 다뤄지는 이미지를 앞서 언급된 바의 의미의 '숭고'의 범주로 이해할 수 있게 한다는 것이며, 다른 하나는 보드리야르가 강조하는 점으로, 허위적 이데올로기의 생산과 의식의 조작을 초래하는 이미지의 부정적인 효과이다.

이러한 보드리야르의 관점에서 보면 오늘날 '숭고'와 '이미지', 또는 나아가 '숭고 이미지'는 대상에 대한 우리의 이성적 인식의 한계나

---

[7] 같은 책, 11과 24쪽.

[8] 같은 책, 23쪽. 이하 24쪽 참조.

[9] 다뤄지는 이러한 이미지 일반을 원본(기의, 지시 대상) 없는 기표로 규정하고, 보드리야르는 실재와 가상들, 즉 매체들에 의해 만들어진 기표들 간의 모순이 와해된 오늘날의 현실을 "하이퍼실재das Hyperreale"라고 부르며, 현대에서 예술은 이러한 하이퍼실재로서의 "실재 자체이기 때문에" "죽었다"고 한다.(J. Baudrillard, "Die Simulation", in : W. Welsch (hg.), *Wege aus der Moderne*, S. 153–162, S. 157와 S. 162).

단편성만을 시사하며, 정치와 소비사회의 대중에게 충격만을 주는 부정적인 것으로 여겨진다. 하지만 리오타르가 자본주의 체제가 주체를 압도하는 포스트모던 사회, 문화의 특성을 숭고로 규정하면서 '숭고' 현상의 부정적 측면을 드러내면서도 이를 다양한 사회계층과 다양한 목소리를 교차시키고 연결하는 통로로 파악했듯이, 본 연구는 '숭고 이미지가 과연 우리에게 폭력적이고 부정적인 결과만 낳는가'라는 물음에서 출발하며, 일차적으로는 감각적 혹은 인식적으로 충격과 고통을 수반하지만 이와 더불어 고유한 미적 체험을 가능하게 하는 숭고 이미지의 작용과 의미를 시각예술을 중심으로 찾아보고자 한다.

따라서 본 연구는 숭고 이론 자체에 관해 새로운 논점을 제기하기보다는 기존의 숭고이론이나 이에 대한 연구 성과들을 논증의 기초로 하여 시각예술에서의 '숭고 이미지'의 특성을 분석하고 그 의미를 도출해 내는 데 초점을 둔다. 이 과정에서 본 연구는 숭고에 대한 특정인의 정의나 이론에만 의존하지 않고 다양한 입장들(롱기누스, 버크, 칸트, 아도르노, 리오타르, 들뢰즈 등)을 포괄하며, 또한 '숭고 이미지'를 현대의 탈구상적(추상적) 이미지에 한하지 않고 19세기 말, 20세기 초의 낭만주의 회화에서 볼 수 있는 구상적 숭고 이미지를 함께 분석의 대상으로 하여 '숭고 이미지'의 예술철학적 의미를 더 넓은 범위에서 도출해 내고자 한다.

이러한 분석을 통해 본 연구에서 밝히고자 하는 바는, '숭고 이미지'에 의해 우리는 기존의 앎과 기대를 뒤흔드는 혼란과 한계 의식이라는 충격과 고통의 계기를 가지게 되지만, 자기보존의 욕구를 바탕으로 한 외경이든(E. 버크), 구상력의 한계 의식에도 불구하고 갖게 되는 이성 능력의 우월감에 의해서든(칸트), 존재의 확인을 통해서든(B. 뉴먼), 존재의 망각을 통해서든(M. 로스코), 이를 통해 마침내 자기성찰과 존재에 대한 새로운 인식을 꾀하게 된다는 것이다. 이러한 자기

성찰은 나아가, 대상과 주관의 일치를 진리와 미로 여기는 동일성의 사유 구조를 벗어나게 하여 나와 '다른', '차이'를 이루는 타자에 대한 성찰과 배려, 공존의 의식으로 확산될 수 있다는 것과, 보이지 않는 것, 표현될 수 없는 것들의 의미를 생각하게 한다는 데 숭고 이미지의 진정한 의미가 있다고 할 것이다.

숭고의 미학적 논의의 단초

오늘날 숭고는 미와 더불어 미적 범주의 구분에서 가장 기본적인 개념이다. 그러나 근대에 이르기까지 예술 현상이나 예술이론에서 취급된 것은 거의 미에 국한되는 것이었다. 더구나 그때까지 미에 대한 이해는 플라톤적 미의 규정에 기초한다. 플라톤적 미 규정이란 미에 대한 객관적 규정으로, '아름답다'고 할 때 그것은 대상이 아름다운 특성을 그 자체에 보유하고 있음을 말하는 것이다. 그러한 아름다운 특성으로 논의되는 것은 '조화', '비례', '척도'이다.

　이러한 고전적인, 객관적인 미의 규정과 이해는 근대에 이르러 경험적 인식론의 발전과 함께 주관화된다. 주관화되었다함은 다름이 아니라, 어떤 대상을 '아름답다'고 할 때, 아름다움은 더 이상 그 대상이 가진 미적 특성을 가리키지 않고, 주관의 심의 속에서 '쾌의 감정'을 유발함을 뜻하게 된 것을 말한다. 그러나 이로써 '미'의 규정성 자체의 주도력이 변하지는 않았다. 그렇지만 18세기에는 '미'에만 한정되었던 관심이 '미'가 아닌 다른 것으로 확장되면서, '미'로 규정될 수 없는 현상들, 그리고 '미'가 주지 못하는 감정의 효과를 중시하게 되었다. '숭고'는 이러한 것을 포괄하는 개념으로 예술과 미학의 영역에서 새로운 논점이 되었다.

더욱이 20세기에 들어서는 칸트의 숭고론의 토대에서, 이성적 주관에 대해 타자적인 것으로의 자연의 비규정성, 이성의 합리적인 동일성에 반대되는 비동일성에 대한 인식의 계기로서 숭고를 논하기도 하고(Th. W. 아도르노), 다른 한편으로는 유사한 맥락에서 인식 대상의 그러한 비규정성 또는 표현할 수 없음을 숭고로 보면서 현대 추상 예술을 '숭고'의 범주를 통해 해석하려는 시도들이 있게 된다.(J.-F. 리오타르)

이렇게 볼 때, 미와 숭고는 역사적으로 인류의 미감을 대표하는 두 기본 범주이면서 시대에 따라 각기 다른 우세성을 보인다고 할 수 있다. 고대에서 르네상스에 이르는 고전 시기까지는 '미'가 인류의 미감을 대표하였고, 근대에서는 숭고가 미적인 것으로 미에 포함되거나, 아니면 미에 상반되는, 그러나 등가치적인 범주로 인정되었고, 현대에 와서는 미보다 숭고가 인류의 미감과 예술 현상에 더 주도적인 위치에 있다고 할 수 있다.

숭고에 관한 최초의 미학적 논의는 고대 그리스 말기의 롱기누스 Longinus의 《숭고에 대해서Peri Hypsous》에서 찾아볼 수 있다. 이 논서는 일종의 수사학서로, 전통적인 수사학의 대상이었던 웅변이나 연설뿐 아니라 시나 철학적 저술을 포함한 제반 언어 현상을 탐구한다. 롱기누스는 이 논서에서 좋은 문체를 위한 기준으로서 변론에서의 '설득'과는 다른 무엇을 요구하는데, 그것이 바로 '숭고'이다. '숭고(ὕφονς. Hypsous)'는 원래 '높이'를 가리키지만,[10] 롱기누스가 말하는 숭고는 글의 숭고로서 '장엄함Grandeur'과 유사한 의미를 가진다.[11] 그는 "숭고미

---

[10] '숭고'는 어원적으로 볼 때 그리스어 'Hypsous'에서 나온 말로, '열정적으로 상승하는 영혼의 고양'이란 의미가 있다. 고대 그리스에서는 이 'Hypsous'가 열광적인 시인의 강연에서 자극되어 카타르시스에서 끝나는 자기상승을 의미했다.

[11] Cassius Longinus, 《롱기누스의 숭고미 이론》, 김영복 옮김, 연세대출판사 2002, 13쪽.

는 고상한 마음의 메아리"이며, 이러한 효과는 "영혼의 고상함"에서 비롯된다면서[12] 과연 이러한 숭고미를 터득할 수 있을지를 글의 주제로 다룬다.

롱기누스는 참된 숭고미는 "내적인 힘이 작용함으로 우리의 영혼이 들어 올려져, 우리는 의기양양한 고양과 자랑스러운 기쁨의 의미로 충만하게 되며" 이러한 상태를 마치 우리 자신이 만들어 낸 것같이 느끼게 된다고 한다.[13] 이와 함께 그는 숭고한 문체의 다섯 가지 원천을 든다. 첫 번째와 두 번째의 것은 선천적인 것으로서, "장엄한 개념을 형성할 능력"과 "강력하고 영감이 가득한 정서를 자극하는 일"이다. 나머지 세 가지는 후천적으로 배워서 습득할 수 있는 것으로, "사고의 수사와 담화의 수사", 그리고 앞의 요소들을 포함하여 위엄과 고양에서 나오는 '장엄함'이다.[14]

이러한 서술들을 바탕으로 할 때 롱기누스는 숭고의 본질을 언어를 통해 표현되는 정신의 크기와 위대함에서 찾고(조형예술은 신적인 것으로 고양하지 않고 인간과 동일한 것에 머문다고 본다), 글의 숭고함을 정신의 숭고함의 산출물로 파악함으로써 예술의 숭고성을 형식이니 기술보다 사상이니 내용과 관련된 것으로 이해했음을 알 수 있으며, 숭고를 인간의 정서를 자극하는 내적인 힘으로 이해함으로써 숭고를 체험하는 심의의 동요에 주목하는 계기를 마련했다. 그럼에도 롱기누스의 숭고이론은 근대에 이르기까지 주된 논점으로 발전되지 않았고 문학에 한정되는 면이 있지만, 그의 숭고이론은 브왈로에 의해 재발견되면서 근대의 숭고에 관한 논의를 촉진시켰고 이후 숭고로

---

[12] 같은 책, 34쪽. 롱기누스는 그러한 영혼의 소유자로 호머를 가리킨다. 18세기에 '숭고'는 일반적으로 '순수한 쾌'로서의 미와 대별되어 규정된다. 하지만 여기서 말하는 '숭고미'란 넓은 의미의 미적인 것의 일종으로, '숭고'에 의해 유발되는 고유한 미적 상태를 가리키는 것으로 볼 수 있다.

[13] 같은 책, 29쪽.

[14] 같은 책, 31쪽.

규정되는 예술 작품 일반에 관한 이해에 중요한 이론적 단초들을 제
공한다.

브왈로Nicolas Boileau-Despréaux(1636~1711)는 중세 동안 잊혀졌던 롱
기누스의 《숭고에 대하여》를 1674년에 번역하였고,[15] 이로써 롱기누
스의 숭고론이 다시 주목받게 되었다. 브왈로의 번역이 나오기까지
'sublime'이라는 용어는 잘 알려지지 않은 상태였으며, 수사학에서 문
체와 관련되어 사용되었을 뿐이었고, 종종 성서의 문체를 빌린 시의
수사법이 종교적인 문맥에서 숭고하다고 불리기도 했다. 그러나 숭고
의 이러한 용법은 롱기누스의 전통에 속하는 것이 아니었다. 브왈로
는 롱기누스가 의미한 숭고함과 수사학에서 말하는 숭고한 문체를 구
분하면서 무엇보다 시학의 작품, 생산, 작용적인 측면에서 고전주의
를 넘어서는 가능성을 개시했다. 이와 함께 숭고는 프랑스에서, 고전
적 미의 융통성 없는 규칙에 속하지는 않지만 미적인 흥미를 유발하
는 모든 것을 총괄하는 '시적 범주'로 급속히 발전하였고, 이와 함께
아름답지 않은 것, 즉 소스라치게 하는 것, 추한 것, 비위 상하는 것
등이 숭고의 개념 아래 포섭되었다.

브왈로에 이어 영국에서는 애디슨Addison이 1711/12년에 미와
숭고('용인되는 공포') 간의 엄밀한 차이를 논의에 최초로 도입을 했
고, 브라운Browne은 최초로 미에 숭고를 분명히 대립시켰지만, 아
직 숭고에서 '무한성'의 특성을 보지는 못했다. 뒤보스Jean Baptiste
Dubos(1670~1742)도 역시 《시와 회화에 대한 비판적 성찰》(1719)에서 단
순히 미의 효과가 시학적으로 결여되어 있는 것을 숭고로 표현한다.
뒤보스는 시는 오직 아름답고, 규칙적이며 세련된 것이며 이러한 시
가 오히려 가슴을 뒤흔들고, 흥분시키는 효과를 주어야 한다고 본다.

---

15 Nicolas Boileau-Despréaux, *Traité du sublime, ou Du merveilleux dans le discours*. Traduit du grec de
　　Longin (1674).

이와 달리 데니스John Dennis(1657~1734)는 '폭력'과 '공포'를 숭고의 두 중심 범주로 삼아 이미 롱기누스의 숭고이론에서 보였던 숭고의 효과들을 강조하며, 시학에서 미와 숭고의 이원론을 제시하면서 이원론적인 새로운 시학의 질서 체계에서 미보다 숭고에 더 가치를 두게 된다.

또한 보드머Jacob Bodmer(1698~1783)와 브라이팅어Jacob Breitinger(1701~1776)도 공동 저서인 《구상력의 영향과 사용에 대하여》(1727)에서 롱기누스에 의거하여 당시에 전적으로 새로운 숭고의 개념을 확립했다. 보드머는 열광적인 놀람을 숭고가 의도하는 효과라고 보며, 체계적으로 미를 숭고보다 낮게 평가한다. 그에게 숭고는 위대한 정신들을 경이로움에서 매료시키거나 놀라움으로 충만하게 하는 것이며, 가슴을 흔드는 최고의 힘이 된다. 보드머는 미의 작용이 원상과 모상의 지적인 비교에서 나오는 순수한 즐김이라면, 숭고는 놀람과 소스라침의 혼합적 감응과 더불어 위대한 가슴을 뒤흔드는 것이라고 하며, 숭고는 원래 종교적으로 채색된 내용을 진술하는 것이고, 이에 반해 미는 도덕적 보조 또는 시간을 때우는 유희이기 때문에 숭고보다 가치가 낮은 것으로 평가한다. 동일한 맥락에서 브라이팅어도 예술의 작용과 효과는 놀라운 소재의 힘에서 나오는 것이라 보고, 가슴의 동요를 중요시하면서 '여흥'으로서의 미와 '가슴을 흔드는 것'으로서의 숭고를 대립시킨다.[16]

근대 숭고이론과 구상적 숭고 이미지

브왈로가 롱기누스의 《숭고론》을 번역함으로써 당시 숭고에 관한 다

---

[16] "Erhaben", in : *Ästhetische Grundbegriffe*, Bd. 2, hrsg von Karlheinz Barck et al, Struttgart/Weimar : J. B. Metzler Verlag 2001, S. 280−286 참조.

양한 논의를 촉발시켰으나, 숭고는 18세기 버크Edmund Burke(1730~1797)
가 미와 구분되는 또 하나의 미적 개념으로 다루면서 본격적으로 미
학적 용어로 부상하게 되었다. 버크는 경험적·심리학적 입장에서 미
와 숭고를 규정한다. 그는 인간의 근본 특성으로서 '자기보존의 욕구'
와 '사회성'을 말하고, 숭고는 자기보존의 욕구에 기인하며, 미는 사
회성에 기인한다고 본다. 고통이 현실이 아니라 다만 표상으로서만
존재할 때, 그것은 자기보존의 욕구를 만족시켜주면서 숭고의 감정을
야기한다는 것이다.

즉, 버크는 "개인의 보존과 관련된 감정들은 주로 고통이나 위험
이 있을 때 생겨나며 모든 감정들 중에서 가장 강한 감정"이라고 하
며, 이를 숭고로 규정한다. 이러한 숭고의 감정을 불러일으키는 것
은 "어떤 형태로든 고통이나 위험의 관념을 불러일으킬 수 있는 모든
것"이며, 우리의 "공포의 감정을 불러일으키는 모든 대상, 그런 대상
과 관련된 모든 것, 공포와 비슷한 감정을 불러일으키는 모든 것"이
된다.[17] 하지만 공포나 위험을 우리가 실제로 직면하게 되면 우리는
안도감을 느낄 수 없으며 그것들은 그저 공포의 대상일 뿐이다. 그러
나 "우리가 거기에서 일정한 거리를 두게 되어 그 압박이 어느 정도
완화되면 그런 고통이나 위험도 안도감을 줄 수 있고 실제로도 안도
감을 주는데",[18] 이러한 상태에서 대상에 대한 숭고감이 발생한다는
것이다.

버크에 이어 칸트도 《숭고와 미의 감정에 관한 고찰》(1764)에서와
《판단력비판》(1790)에서 숭고 개념을 다루는데, 먼저 《고찰》에서는 숭
고함과 아름다움의 현상이 우리에게 불러일으키는 감정들이 경험적

---

[17] Edmund Burke, *A philosophical Enquiry into the Origin of our Ideas of the Sublime and Beautiful* (1757),
《숭고와 아름다움의 이념의 기원에 대한 철학적 탐구》, 김동훈 옮김, 마티 2006, 84쪽.

[18] 같은 책, 85쪽.

으로 어떻게 드러나는지를 연구한다. 칸트는 여기서 "숭고함의 감정과 아름다움의 감정"은 "다양한 방식으로 기분 좋게" 한다고 보며, "숭고함은 감동시키고, 아름다움은 매료시킨다"고 양자의 특성을 서술한다.[19] 또한 숭고한 것은 "반드시 거대한 것"이고 "단순한 것"이며, 이에 반해 아름다운 것은 "작은 것"이며 "장식적이고 치장된 것"으로 규정한다.

이와 더불어 칸트는 《고찰》에서 "숭고함의 감정은 때로는 어떤 전율이나 우울함을, 또 어떤 경우에는 단순히 고요한 경탄을, 그리고 또 다른 경우에는 숭고한 평원 너머로 펼쳐진 미까지도 수반한다"고 하며 숭고를 세 가지 종류로 구분한다. 위 서술과 연관하여 차례대로 '공포의 숭고함', '고상한 숭고함', '화려한 숭고함'으로 나누며, 아주 높은 것이 주는 "놀라 감탄하는 느낌"의 숭고와 아주 깊은 것이 주는 "몸이 오싹하는 느낌"의 숭고, 그리고 찬연하고 장구한 것도 숭고하다고 말한다.[20]

《판단력 비판》에서는 숭고와 미의 경험적 현상에서 시작하지만 이 현상들을 더 이상 사회적·도덕적인 목적과 관련된 것으로 보지 않고 '자유로운 만족의 감정'으로 보며, 이러한 만족이 상태이 선천적 원리를 연역하고 숭고의 감정이 유발되는 과정을 분석한다. 칸트는 미뿐만 아니라 숭고 감정을 판단하는 원리는 '합목적성'이라고 설명한다. 미는 구상력과 오성의 자유로운 합치에 관한 '자연의 합목적성이라면, 숭고 감정에 대한 판단력의 선천적이자 주관적 원리는 자유로운 유희를 하는 인식 능력들(구성력과 오성)의 촉구에 따라 "(대상이 주

---

[19] I. Kant, *Beobachtung über das Gefühl des Schönen und Erhabenen* (1764), 《아름다움과 숭고함의 감정에 관한 고찰》, 이재준 옮김, 책세상 2005, 15쪽.

[20] 같은 책, 16쪽.

어지도록 하는) 표상의 합목적성"인데,[21] 이것은 다시 말하면 이성 능력에 대한 '구상력의 합목적성의 원리'다. 칸트에 의하면, 우리가 거대한 또는 위력적 자연을 마주할 때 일차적으로 구상력이 이를 총괄하는 데 한계를 느끼게 되고 이로써 먼저 '불쾌감'이 유출된다. 칸트는 이를 오성적 인식의 측면에서 보면 대상이 우리의 인식능력에 합목적적이지 않은 것으로 보이지만, 이성의 측면에서는 구상력의 좌초가 당연한 것이라고 한다. 하지만 구상력은 이에 머물지 않고 계속해서 이차적인 반성을 통해 이성 이념에 합목적적으로 합치하여 대상에 대한 미감적 판단이 성립하게 된다.

이와 같이 미가 자연의 형식이 우리의 인식에 합목적적으로 표상할 때 유발되는 쾌라면, 숭고를 유발하는 합목적성은 대상과 관계하는 것이 아니고 우리가 대상에 대한 우리의 인식능력의 한계를 알게 되는 사실과 이념의 근원인 이성 간에 이루어지는 합목적성이다. 즉, 숭고 감정은 어떤 대상이 미적 판단력에 관한 한(인식능력의 한계를 느끼게 하여) 불쾌감을 일으키면서도 합목적적으로 표상되는 경우에 성립되는데, 이때 미적 판단 자체가 이념의 근원인 이성에 대해 (주관적으로) 합목적적이 되는 것이다. 이 경우 선행하는 불쾌의 도가 강하면 강할수록 이 뒤에 따르는 쾌가 크다는 것이 숭고 감정의 일반적 특징으로 말해진다.[22]

계속하여 칸트의 숭고의 규정을 미의 규정과 비교하면서 보자면, 미는 한정적 대상의 형식에 관계한다. 이에 반해 숭고는 무한계적 형식에 타당한 것이 된다. 또한 미는 오성의, 숭고는 이념의 무한정적 개념의 표출과 관계한다. 미는 성질의 표상에, 숭고는 분량의 표상에

---

[21] I. Kant, *Kritik der Urteilskraft, hrsg. von Karl Vorländer*, Hamburg : Felix Meiner 1979, S. 137 (§ 35).
[22] Ibid, S. 116 참조.

관계한다. 그리고 미가 직접적인 생명 촉진의 감정이자 적극적인 쾌인 데 반해, 숭고는 거대한 대상 앞에서 감성과 구상력이 갖게 한계 인식에 수반하는 생명력의 일시적 저지와 이후 존재론적 초월을 요구하는 이성 능력에 의해 구상력이 다시 생동하면서 생겨나는 감동이고 외경과 같은 소극적인 쾌를 수반하는 것으로 규정된다.

칸트는 이렇게 규정되는 숭고를 '수학적 숭고'와 '역학적 숭고'의 두 종류로 구분한다.[23] 수학적 숭고는 어떤 것과의 비교 없이 그 자체로 큰 것을 말하며, 역학적 숭고는 어떠한 장애도 뛰어넘는 큰 힘, 위력이 있는 것을 두고 말한다. 이 두 경우 모두에서 숭고성을 유발하는 근거는 자연의 사물에 있는 것이 아니라 우리가 자연보다 우월한, 우리 내부에 있는 이성 이념을 자각할 때의 우리의 심의深意에 있게 된다. 물론 이러한 숭고감에는 이성 이념에 기초하는 도덕감이 직접 작용하지는 않지만 내재되어 있는 것으로 분석된다.

다른 한편으로 18세기에는 자연을 숭고하다고 생각하게 되었다. 거대한 산이나 바다와 같은 자연의 큰 대상이나 광대한 존재에 놀라움을 표현하고, 나아가 실제에선 규모가 크지 않은 대상이라도 그 영향에서 거대함과 유사한 물리적ㆍ도덕적 힘을 갖은 대상을 숭고하다고 생각하였다.[24] 이 당시는 거대해 보이고 무한해 보이는 자연과 인간의 왜소함이라는 대비, 거대하지만 눈먼 자연의 위력과 그것이 자신에게서 드러남을 자각하는 인간의 의식의 대립을 숭고로 표현했고, 이러한 인간과 자연의 불일치를 감지하게 하는 자연이 어떤 매력과 공포의 혼합 감정을 불러일으킬 때 사람들은 그 대상이 숭고하다고 말하기 시작했다. 현대에 이르기까지 지대한 영향을 미친 칸트도 이

---

[23] Ibid, S. 91-112 (§ 25-29).

[24] S. H. Monk, *The Sublime : A Study of Critical Theories in XVIII Century England*, Michigan University Press 1997, p. 9 참조.

러한 맥락에서 자연의 거대한 측면과 위력적인 측면에서 숭고의 대상적 계기를 찾았다.

자연을 대상으로 하는 18세기의 일반적인 숭고 이해와 칸트의 숭고 개념은 다음의 측면에서 연관성을 갖는다. 먼저 자연의 숭고를 언급할 때 당대인들과 칸트 모두 주관의 외부의 '대상', 특히 주관의 인식능력에 의해 포섭되지 않는 압도적인 대상들을 숭고의 계기로 요구한다는 점이다. 다음은 그 결과로 주관에 의해 포섭되지 않는 압도적인 대상에 대해 느끼게 되는 심의의 동요이다. 18세기에 사람들은 자연을 인간에 대한 타자로 이해하였고, 자연의 경험은 기쁨만이 아니라 때로 고통을 수반하여 우리로 하여금 숭고를 체험하게 하는 것으로 이해했는데, 이때 숭고는 본질적으로 인간의 유한성에 대한 지각과 연관되었다. 이것은 칸트의 숭고이론을 구성하는 본질적 측면이며, 후일 재활성화되는 현대의 숭고이론에서도 중요한 계기가 된다. 그러나 동시대의 숭고 이해와 칸트의 숭고 규정에는 본질적인 차이가 있다. 동시대인들이 '자연이 숭고하다'고 했다면, 칸트에게서 숭고한 것은 앞서 살펴본 바와 같이 자연 자체가 아니라 반성하는 주관의 심의 속에 자리한다.[25]

숭고를 위험과 공포의 대상으로부터 일정한 거리를 두고 안도감을 느끼게 되면서 가지게 되는 자기보존의 감정으로서 규정하는 버크의 숭고론과, 감성과 구상력의 인식 한계에 따른 생명력의 일시적 저지와 이후 존재론적 초월을 요구하는 이성 능력에 의해 구상력이 다시 생동하면서 생겨나는 무규정적 이념에 관한 외경과 같은 소극적인 쾌로 숭고를 규정하는 칸트의 숭고론은 대표적으로 19세기 낭만주의 화

---

[25] 19세기에도 피셔Theodor Vischer, 지벡Siebeck, 브래즐리Andrew C. Bradley, 콘Cohn, 데소와Dessoir, 바쉬Victor Guillaum Basch, 립스Th. Lipps, 폴켈트Volkelt 같은 학자들도 숭고 개념을 규정하지만 이후에도 버크와 칸트의 숭고이론이 미학, 예술학 분야에서 숭고에 관한 논의의 주된 기초가 된다.

가들인 윌리엄 터너, 블레이크, 카스트 다비드 프리드리히의 '구상적 숭고 이미지'를 담은 작품을 이해하는 데 기초가 된다. 이들의 작품은 자연의 구상적 이미지를 통해 숭고감을 표현하는데, 거대하고 무한한 자연의 숭고성과 또한 이러한 자연에 의해 유발되는 주관의 숭고 체험, 그리고 이성 혹은 정신의 위대함을 주제로 한다고 볼 수 있다.

먼저 영국의 윌리엄 터너William Tuner(1775~1851)는 아카데미에서 원근법을 가르치기도 하고 여행지의 정경을 세밀히 그려 기록하며 풍경화를 그렸으나, 후기로 갈수록 기존의 표현 방식을 벗어나 자연의 드라마틱하고도 장엄한 순간을 포착하여 이 순간에 느끼는 감정을 생생히 표현하게 된다. 그의 그림은 당시 일반적이었던 구상적 이미지의 테두리 내에 있으나 점차 '열린 형식'으로 발전하면서 이미 현대 추상의 전조를 보여 주기까지 한다. 이러한 터너의 그림은 당시 점점 '모호해지고', 주제가 '어두워졌다'고 부정적으로 평가받았지만 이에 대해 러스킨은 이러한 것이 "결점이 아니라 가늠할 수 없는 세계에 대한 매우 적절한 표현"이라고 보며, "숭고한 것은 신비감 없이 존재할 수 없다"고 한다.[26] 이러한 입장에서 러스킨은 터너 그림을 숭고의 범주로 이해하며 당시 그의 그림이 지닌 새로운 회화의 가능성을 옹호했다.

사실 터너 스스로도 "버크의 숭고미 이론의 영향"을 받은 것으로 파악되며, 그가 풍경화를 그릴 때 주안점을 둔 것은 "무한하고 압도적이며 웅대한 것, 즉 인간의 힘으로는 극복할 수 없는 낯선 자연, 인간을 두려움과 경악에 떨게 하는 자연", 즉 '숭고'를 표현하는 것이었다.[27] 따라서 터너의 그림은 구상적 이미지를 바탕으로 하고 있지만

---

[26] Michael Bochemül, 《윌리엄 터너. 1775-1851. 빛과 색채의 세계》, 권영진 옮김, 마로니에북스 2006, 74쪽 (John Ruskin, "The Elements of Drawing (1857)", in : *Works*, London 1903-12, vol. 25, p. 27 비고). 터너 그림의 이러한 특성은 "일반적으로 어떤 사물이 아주 두려운 것이 되려면 불분명해야 하는 것처럼" 보여야 한다는 버크의 의견과 맥락을 같이한다고 볼 수 있다.(E. Burke, 앞의 책, p.107)

[27] 같은 책, 11쪽.

자연의 거대하고 역동적인 현상에 대한 숭고의 감정을 유발하고 체험하게 하는 것으로서 버크의 숭고이론으로 적절히 설명될 수 있으며, 이러한 터너 그림의 '숭고 이미지'는 말로 전달될 수 없고 관람자가 그림에 적극적으로 개입함으로써만 이해될 수 있게 된다. 이와 같이 관람자가 적극적으로 작품을 관찰해야 하며, 그러면서 관람자는 "자신의 관찰 행위를 의식하게 되는데",[28] 이것이야말로 숭고감의 표현을 주제로 하는 터너 작품의 필수적인 요소이며 인식론적 의미라고

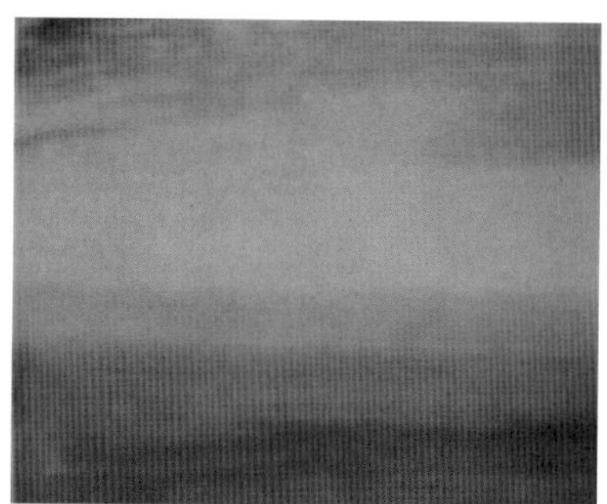

〈그림 1〉 W. 터너, 〈색채의 시작〉, 1835.

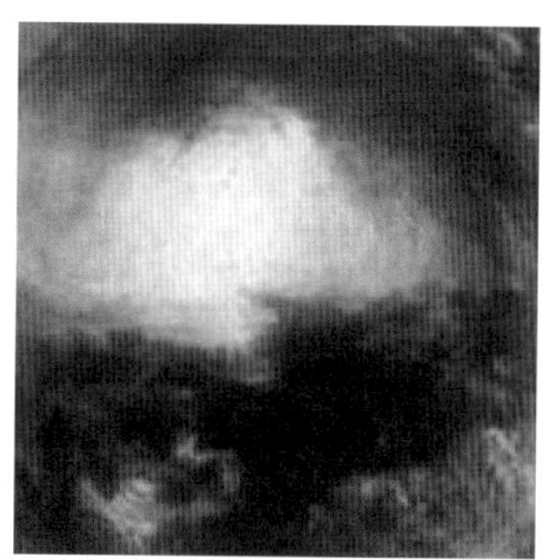

〈그림 2〉 W. 터너, 〈그늘과 어둠 – 대홍수의 저녁〉, 1843.

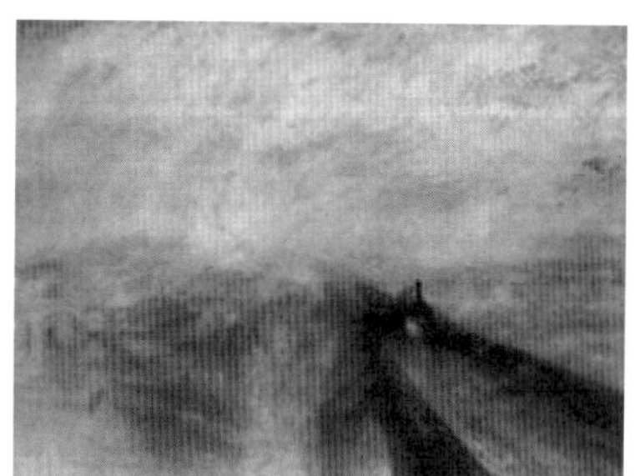

〈그림 3〉 W. 터너, 〈비 – 증기 – 속도〉, 1844.

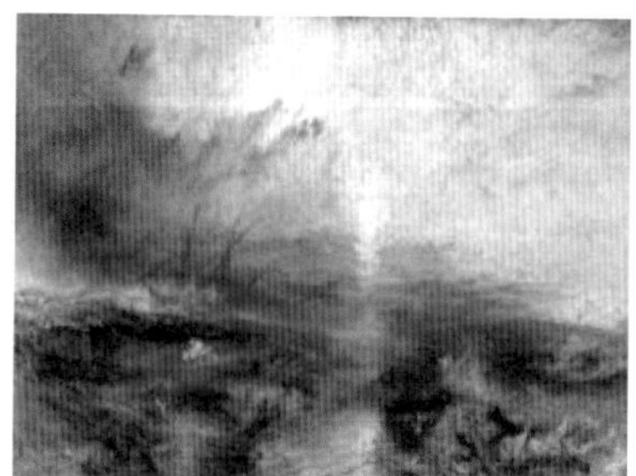

〈그림 4〉 W. 터너, 〈바다에 던져진 노예 – 태풍전조〉, 1840.

---

28 같은 책, 7쪽.

할 수 있다. 그리고 터너 그림의 형식과 색채의 '열린 구조'가 그 모호성으로 인해 "다양한 해석의 가능성"을[29] 열어 놓고 있다는 것도 오늘날 미학적 범주로서의 숭고를 통해 추구하는 바들을 선취하고 있다고 할 것이다.

다음으로 살펴보고자 하는 윌리엄 블레이크William Blake(1757~1829)의 작품 역시 '구상적 숭고 이미지'를 특징으로 한다고 볼 수 있다. 블레이크는 시인이자 화가로서 시적 상상력을 통해 숭고한 이미지를 그려 내며, 숭고를 다룬 예술만 인정하고자 한다. 그는 버크를 "영감과 환영을 조소한 인물"로 비판했음에도 불구하고, 그의 회화는 "숭고한 것에 대한 버크의 생각을 모범으로 하고 있다".[30] 이러한 점은 특히 블레이크의 〈스톤헨지〉(《예루살렘》[1801-20]의 삽화)에서 잘 나타나는데, 스톤헨지는 버크가 회화에서 숭고한 것의 예로 든 유일한 것이다.

버크의 숭고이론과 숭고에 대한 블레이크의 이해를 하나로 잇는 것은 헤브라이 문학의 숭고함이다. 블레이크가 헤브라이 문학에 관심을 갖게 된 것은 E. 스베덴보리의 영향이며, 그의 회화는 "성서적 패러다임을 모델로 창조-타락-구원을 자신의 신화 구성에" 도입했지만, 다른 한편 버그기 구약성서의 〈욥기〉에서 숭고한 느낌을 주는 구절을 인용한 것을 블레이크가 자신의 회화 〈그리고 영령이 나의 면전을 지나간다〉(1825)의 테마로 하고 있다.[31]

이외에도 블레이크는 버크가 숭고함의 예로 인용한 문학작품(세익스피어, 밀턴 등)에서 언급되는 묘사들을 회화적으로 표현한 것들이 주류를 이룬다. 이러한 블레이크의 작품들에서 보이는 형상들은 물리

---

29 같은 책, 34쪽.
30 신나경, 〈윌리엄 블레이크의 회화에 나타난 숭고와 상상력에 대한 연구〉,《미학 · 예술학연구》제31집 (2010년 6월), 337~372쪽, 349쪽.
31 같은 글, 348쪽, 또한 S. 349 참조.

적인 실제 세계의 재현이 아니라 환영과 상상력에 의한 것으로 섬뜩함과 기괴함을 특성으로 하며, 이 형상들이 낳는 숭고한 관념은 보이지 않는 세계와 예지력을 시각적 충격을 통해 더 강력하고 효과적으로 시사하는 것이다.

'보이지 않는 것'을 표현하고자 하는 것이 숭고의 가장 큰 특성이

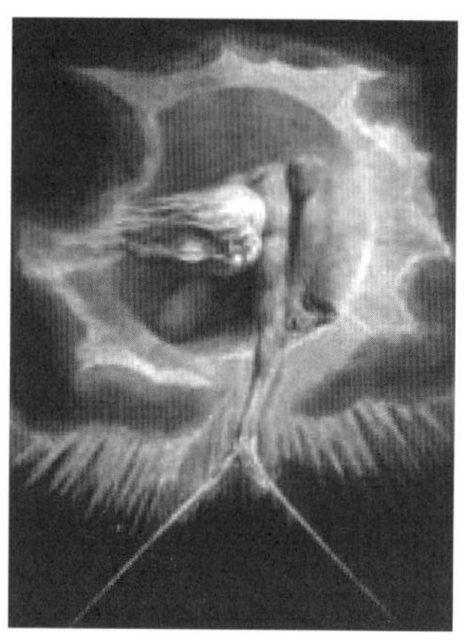

〈그림 5〉 W. 블래이크, 〈태초〉, 1794.

〈그림 6〉 W. 블레이크, 〈스톤헨지〉, 《예루살렘》(1801-20)의 삽화.

〈그림 7〉 W. 블레이크, 〈쾌락의 원형－신곡의 지옥편중 제5편〉, 1824.

〈그림 8〉 W. 블레이크, 〈그리고 영령이 나의 면전을 지나갔다〉, 1825.

라면 구상회화에서 이러한 특성은 카스파 다비드 프리드리히Caspar David Friedirch(1774~1840)의 회화에서 잘 드러난다. 프리드리히는 내면의 세계를 발견하고자 하는 화가이며, 그의 작품은 정신의 숭고함과 종교적 영감을 주제로 한다. 그의 작품은 광막한 자연을 담고 있는데 관람자들은 그 광막함의 여백을 "자신의 구성력"으로 채워야 하며, 그것이 "낯선 매력"을 주게 된다. 이 매력은 다름 아닌 숭고감으로 "낭만적 내향성과 고립된 주관성"을 상기하게 한다. 노르베르트 볼프는 "인간 정신의 깊은 곳에 있는 압도적인 웅장함과 주관적인 자극이라는 범주에 기초한 숭고의 미학을 위한 길"을[32] 연 버크의 이론은 낭만주의 사조 전체를 관류하지만, 특히 프리드리히에게서 그 이상적인 표현을 찾게 되었다고 본다.

인간과 자연 속에 내재된 신적인 것을 다루고 있는 프리드리히 회화의 '구상적 숭고 이미지'의 특성은 한편으로는 자연의 사실적 측면을 담고 있으며, 다른 한편으로는 자연과 대면하고 있는 인간의 모습이 있다는 것이다. 후자의 인간의 모습 또한 광대한 자연과 대조적으로 매우 작게 표현된 경우와 이와 반대로 큰 크기로 자연을 바라보고 있는 모습으로 표현된 경우가 있다. 두 경우 모두 자연의 체험을 통해 유발되는 숭고감을 나타내는 것인데, 전자의 경우는 인간의 왜소함을 강조하며 칸트가 말한 거대한 자연에 앞에서 구상력의 한계를 느끼는 측면을 강조하는 것이며, 후자의 경우는 자연의 관조에서 구상력의 한계 의식을 넘어 마침내 인간 자신 속에 내재해 있는 자연, 즉 신적인 것, 무한한 이성 이념, 정신성을 만나는 것을 강조하는 것으로 볼 수 있다. 이러한 프리드리히의 풍경화는 광대한 자연의 숭고성보다는 이를 관조

---

32 Norbert Wolf, 《카스파 다비드 프리드리히》, 이영주 옮김, 마로니에북스 2005, 10, 36쪽.

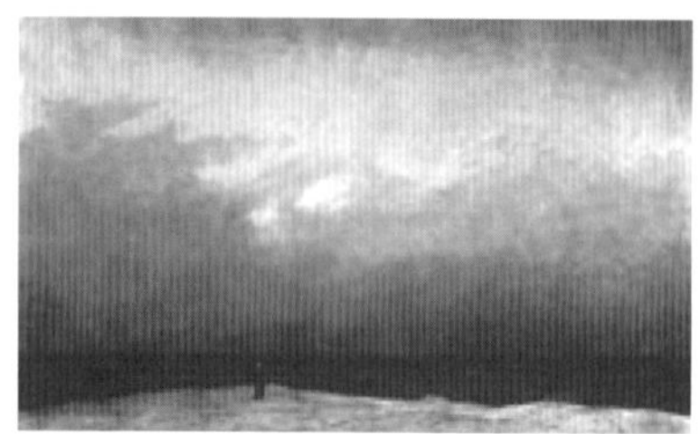

〈그림 9〉 C. D. 프리드리히, 〈해변가의 승려〉, 1809-10.

〈그림 10〉 C. D. 프리드리히, 〈자작나무숲의 성터〉, 1809-10.

〈그림 11〉 C. D. 프리드리히, 〈리젠게비르거 산의 아침〉, 1810-11.

〈그림 12〉 C. D. 프리드리히, 〈안개 위의 방랑자〉, 1818경.

하고 성찰하는 인간의 정신의 숭고감을 나타내는 것이라고 하겠다.[33]

이처럼 '구상적 숭고 이미지'는 버크와 칸트에서 보듯이 일차적으로는 박탈감 내지는 구상력의 한계라는 계기를 거쳐 궁극적으로는 '쾌'를 유발함으로써 생명력을 고양하고 긴장을 강화한다는 데서 그 미학적 의미를 찾을 수 있겠다. 리오타르는 숭고의 감정에서 우리는 공포(박탈, privation)의 박탈에 의해 쾌를 얻게 된다는 버크의 생리론적 숭고이론에 더 비중을 두지만, 동시에 "실재와 개념 간의 통약

---

[33] 이에 대한 자세한 연구는 이주영, 〈독일 낭만주의 풍경화에 나타난 자연의 모방과 회화적 알레고리 : 카스파 다비드 프리드리히를 중심으로〉, 《미학·예술학연구》 제21집 (2005년 6월), 185~228쪽 참조.

불가능성"을 기초로 하는 칸트의 숭고철학이 회화에서 아방가르드가 (구상적이든 추상적이든) "표현 불가능한 것을 가시적 표현에서 암시한 것"을 정당화할 수 있는 체계가 됨을 인정한다.[34]

앞에서 살펴본 낭만주의 회화 이외에, 20세기의 초현실주의와 독일 표현주의에서도 '구상적 숭고 이미지'들을 찾아볼 수 있다. 리오타르는 조르주 데 키리코의 초현실주의 작품과 독일 표현주의 회화 속의 구상적 이미지를 '모던 숭고'로 규정한다. 그는 공포감을 주고 고통을 주는 상태를 "박탈"의 상태라고[35] 하며 이를 숭고의 첫 번째 계기로 제시하고 이들의 작품에 이러한 박탈의 상태가 표현된다고 본다. 즉, 그는 이들의 작품에는 어떤 실체적인 것을 드러내지 못한다는 상실의 감정과 잃어버리고 박탈당한 것에 대한 향수의 감정이 숭고를 만들어낸다는 것이다. 하지만 키리코나 독일 표현주의의 회화는 전통적 회화의 형식(구상적 이미지)을 타파하지 않아서 내용에서의 박탈의 고통이 형식에서 얻는 위안에서 무산된다고 한다.

리오타르는 블라디미르 말레비치의 추상화도 절대적인 것, 무한자에 대한 향수를 나타내기 위해 재현적 형상을 제거하여 박탈의 상태를 형성하지만, 잘 정돈된 그의 기하학적 형식이 보는 이에게 위안과 즐거움을 주게 되어 박탈감을 지속시키지 못하다고 본다. 그는 숭고의 두 번째 계기로 "제2의 박탈"을[36] 들며, 이로 인해 비로소 진정한 의미의 숭고, 즉 '포스트모던 숭고'가 유발된다고 보는데, 박탈의 박탈이란 '더 이상 아무것도 일어나지 않음의 박탈'로, '무엇인가가 일어

---

[34] J.-F. Lyotard, "Beantwortung der Frage : Was ist postmodern?", S. 200.

[35] J.-F. Lyotard, 〈숭고와 아방가르드〉, 《포스트모던의 조건》, 유정완 외 옮김, 민음사 1999, 203~228쪽, 특히 217쪽 : "빛의 박탈은 어둠의 공포이고, 타자의 박탈은 고독의 공포이며, 언어의 박탈은 침묵의 공포이고, 대상의 박탈은 무의 공포이며, 생명의 박탈은 죽음의 공포이다."

[36] 같은 글, 218쪽.

남’, 즉 "사건성Ereignis"에 의해 가능하다고 본다.[37] 그는 이러한 "사건성"을 본질로 하는 숭고를 뉴먼의 작품에서 찾는다.

다음에서는 근대 숭고이론을 바탕으로 하되 '대상의 무규정성', '표현 불가능성'을 더 강조하며 전개된 현대 숭고이론을 개괄하고, 이를 바탕으로 뉴먼 작품을 비롯하여 폴록, 로스코를 대표로 하는 현대미술의 '탈구상적 숭고 이미지'의 예술철학적 의미를 고찰해 본다.

현대 숭고이론과 탈구상적 숭고 이미지

자연에서 또는 자연을 매개로 부정적 계기를 거쳐 '쾌'의 감정을 얻게 된다고 보는 칸트의 숭고 규정은 현대 예술이론가들(아도르노, 리오타르, 들뢰즈)에 의해 다시 포착되고 활성화되었다. 하지만 이들은 칸트를 논의의 출발점을 삼고 있으나 근본적으로는 주체의 동일성과 이성의 우위성을 비판하기 때문에 칸트가 숭고의 감정에서 궁극적으로 강조하는 자연에 대한 이성의 우위성에 대한 논의는 비판한다. 그럼에도 그들이 칸트의 숭고 규정에서 중요한 계기로 추출하는 것은 '자연'의 대상성, 즉 인간의 인식의 한계를 벗어난 무규정적인 혹은 합리적 언어로 표현할 수 없는 타자적 존재로서의 자연의 대상성에 대한 인식의 계기다.

자연은 이성중심적 근대 철학에서 인식의 대상으로 간주되면서 단지 이성의 자기동일성의 한 계기가 되었으며, 자연의 타자성은 언제나 인식주관에 의해 극복되거나 동일화되어졌다. 현대의 이론가들은 이러한 인식주관의 전횡과 자기중심적 동일화를 문제시하고, 이

---

[37] 정수경, 〈장−프랑수아 리오타르의 비인간(The Inhuman)과 숭고(The Sublime)〉, 《미학》 63집 (2010년 가을), 101~142쪽, 또는 131쪽 이하 참조.

성이 인식주관의 자기동일성을 위해 '도구화'되어 왔음을 비판한다. 이러한 비판은 반대급부로 자연의 고유한 타자성과 비동일성, 주관의 합리적 이성에 의해 단순히 규정될 수 없는 자연의 무규정성 내지는 비규정성을 우리의 비허위적인 참다운 인식의 계기로 부상시켰다. 이러한 측면에서 숭고함을 논하는 자로 먼저 아도르노Th. W. Adorno(1903~1969)를 들 수 있다.

아도르노에게 숭고는 자연미의 체험과 연관되며, 자연미는 곧 그의 철학의 핵심이 되는 '비동일성'의 원리를 반영하는 것이 된다. 아도르노는 비동일성의 원리를 통해 동일성의 사고를 비판하는데, 그에게서 자연미는 "보편적 동일성의 속박 속에서 사물들이 지니는 비동일적인 요인의 흔적"이다.[38] 그렇기 때문에 그의 미학이론에서 자연미는 그의 철학적 입장을 대변하는 가장 중요한 개념이다. 즉, 자연미는 동일화되지 않은 비동일적인 것, 어떤 수수께끼적인 것, 보편화될 수 없는 불확정적인 것으로, 그 개념이나 대상의 불확정성을 통해 규정되며, 이러한 불확정성과 "부정성"이 숭고의 본질을 이룬다.

칸트가 자연에서 또는 인식주관의 심의 속의 숭고만 논의한 것과 달리, 아도르노는 '자연미'을 모빙하면시 이를 매개하는 예술에서도 숭고함을 논한다.[39] 아도르노에 의하면, 예술은 "지배하는 원리에 반해" "타자"인 자연과 자연의 가장 오랜 형상이 보여 주는 "아직 존재하지 않은 것, 가능한 것의 암호"를 나타내야 하며, 예술 작품은 "모든 자연이 그것에서부터 말하게 되는 침묵의 모상Nachbild"을 그 구조

---

[38] Theodor W. Adorno, *Ästhetische Theorie*, Gesammelte Schriften. Bd. 7, Frankfurt a. M. : Suhrkamp 1970, 19905, S. 114.

[39] 아도르노가 예술미는 자연미를 모방함으로써 성립한다고 하는 것은 자연의 실제적 형상을 재현하는 것이 아니라 자연의 '무규정성', '무한성'의 본질을 예술미로 나타내는 것을 의미한다. 따라서 아도르노가 염두에 두는 예술은 내용과 형식의 비동일성을 추구하는 아방가르드 예술이며, 미술 분야에서는 구상미술이 아니라 추상적 이미지를 본질로 하는 작품들이다.

로 삼는다.[40] 따라서 예술은 "비동일적인 것, 정신에 직접적으로 대립해 있는 것을 자신 속에 담아낼수록, 그만큼 더 정신화된다".[41]

이와 같이 아도르노가 제시하는 진정한 예술은 불협화음Dissonanz과 침묵과 같은 극단적인 부정성을 통해 비동일적인 것을 표현하는 것이다. 예술에서 체험하는 극단적인 무의미와 극단적인 부정성은 바로 우리가 자연에서 체험하는 경험이며, '미'의 체험이 아니라 '숭고'의 체험이 된다.[42] 아도르노는 칸트와 달리 숭고를 예술 작품 속에서(특히 음악에서) 고찰함으로써 예술에 매개된 자연의 경험과 주관의 자기인식을 구체화한다.

이와 유사하게 리오타르J.−F. Lyotard(1924~1998)도 칸트의 숭고 규정에 기초하여 자신의 숭고 개념을 전개시킨다. 리오타르는 현대를 "가장 고도로 발전한 사회"라고 칭하고 이러한 사회의 지식의 조건을 기술하기 위해 '포스트모던'이라는 용어를 사용한다. 그리고 그는 포스트모던을 "대서사grand discourse에 대한 불신과 회의"라고 정의하며,[43] "포스트모던 과학은 결정 불가능한 것, 정확한 통제의 한계, 불완전한 정보로 특징지어지는 갈등, 프랙타fracta" 등과 관계함으로써 "자신의 발전을 불연속적이며 파국적이고, 교정 불가능하며 역설적인 것으로 이론화", "우리가 배리paralogism라고 하는 차이에 기초한 정당화 모델을 제시한다"고 본다.[44] 이러한 상황에서 볼 수 있는 불확정성, 비규정성, 내지 규정 불가능성을 기초로 포스트모던의 과학적 및 문화

---

[40] Th. W. Adorno, op. cit., S. 114와 S. 115.

[41] Ibid, S. 292.

[42] "숭고의 유산은 완화되지 않은 부정성이며, 언젠가 숭고의 가상이 그럴 것이듯, 꾸임 없으며 무가상적이다(nackt und scheinlos)"(Th. W. Adorono, 같은 책, S. 296).

[43] J.−F. Lyotard, 〈서론〉, 《포스트모던의 조건》, 33~36쪽, 특히 33, 34쪽.

[44] J.−F. Lyotard, 〈포스트모던의 조건〉, 《포스트모던의 조건》, 유정완 외 옮김, 민음사 1999, 37~164쪽, 149쪽.

적 상황은 '숭고'로 특성지워진다.

리오타르는 "원리상 개념에 일치하는 대상을 구상력이 표현하지 못할 때" 발생하는 감정을 '숭고'라고 하며, "표현될 수 없는 것이 존재한다는 사실을 표현하는 작은 기술적 실험"에 몰두하는 예술을 근대 예술이라고 말하고, "포스트모던은 근대에서 표현할 수 없는 것을 표현 자체에서 암시하는 것"으로 규정한다.[45] 리오타르는 이러한 특성을 시대 구조에서도 발견하며, 근대에서 신의 이념과 같은 "실제의 소멸 Schwinden der Wirklichkeit"이 니체의 허무주의와 유사하지만 "이런 허무주의의 변형 형태를 니체 이전 칸트의 숭고미라는 테마"에서 보며 "이 숭고미학이야말로 특히 근대 예술(문학을 포함하여)이 그 동력을 발견했고 아방가르드의 논리가 그 원리를 발견한 곳이라고"[46] 여긴다.

뿐만 아니라 리오타르는 철학적으로도 칸트의 반성이론에 기초하는데, 마찬가지로 숭고도 기본적으로 칸트의 규정에 근거하면서 이를 미적이자 동시에 정치적인 개념으로 사용한다. 그에게 숭고는 깊이 분리된, 이종적인 담론들 간의 모순과 논쟁들을 해결하는 유일한 조건으로 확정된다. 즉, 숭고는 이종성을 단절하지 않고, 이종적인 것들을 연결하는 것이 된다. 리오타르는 예술적 아방가르드가 '표현될 수 없는 것'을 암시를 통해 표현하면서 숭고에 근접하듯이, 비판적 철학도 정의를 위해 힘쓰고자 한다면 '숭고한' 생기生起(das Ereignis)에 주목해야 한다고 본다.

리오타르는 이러한 사유를 바넷 뉴먼의 글 《숭고는 지금이다》(1948)와 연관하여 구체화하는데, 그는 뉴먼이 의미하는 "지금now"이란 "의식으로 파악될 수 없는 것"이며, "의식에 의해 구성될 수도 없는 것"

---

[45] J.-F. Lyotard, "Beantwortung der Frage : Was ist postmodern?", S. 199과 202.

[46] Ibid, S. 199.

으로, 오히려 "의식을 발가벗겨 그 권위를 박탈하는 것"이고, "의식이 규정할 수 없는 것"이며, "의식이 그 자신을 구성하기 위해서는 망각해 버려야 하는 어떤 것"으로 해석한다. 그러므로 '지금'은 곧, "규정할 수 없는 것"을 본질로 하는 '숭고'가 되며, 숭고는 무규정적인 실체적인 것뿐만 아니라 무엇보다 "무엇인가 일어나고 있다는 것dass etwas geschieht"임을 강조한다.[47] 이때 무엇인가 일어나는 사건은 "인과율로 설명될 수 없는 우연한 사건"이며 (리오타르는 이를 하이데거의 용어 'Ereignis'와 같은 것으로 설명함), 사건으로 파악되기 이전의 발생 자체로서의 '사건성'을 특성으로 한다. 리오타르는 이러한 '우연한 사건'을 단순하다고 하며, 이 단순성은 "박탈의 상태state of privation"에 의해서만 접근이 가능하다고 한다.

이러한 견해에서 리오타르는 뉴먼이 '숭고'로 의미하는 '지금'은 '무엇인가가 일어나고 있다'는 '규정할 수 없는 것'의 상황인 동시에 "아무것도 발생하지 않을 것이라는 느낌, 즉 무의 현재"와 같은 것으로 "사건이 수반하는 존재의 강화에서 얻어지는 기쁨"을 통해 "쾌"를 낳는다고 보며,[48] 뉴먼이 이를 자신의 회화의 주제로 한다고 해석한다. 나아가 리오타르는 뉴먼의 색면회화가 낭만주의 회화(구상적 숭고 이미지의 회화)와 마찬가지로 '표현 불가능한 것'에 대한 진술을 담는 것이지만, 그것보다 더 근본적 문제로서 '표현 불가능한 것'이 저기, 피안에 존재하는 것이 아니고 "바로 지금 이 순간, 즉 (무언가가) 일어나는 순간에 존재한다"는 것을 보여 준다고 설명한다. 사실 뉴먼 스스로도 자신의 회화의 목적을 '숭고sublime'로 진술한다(《The Sublime is Now》(1948)에서) :

---

47 J.-F. Lyotard, 〈숭엄과 아방가르드〉, 204쪽.
48 같은 글, 207쪽.

　　"우리는 다시 숭고한 것에 대한 우리의 자연적인 인간적인 요구와 우리를 절대적 정서와 관련시킬 수 있는 가능성에 대한 요구를 강화시킨다. 우리는 폐쇄적이고 고답적인 전설의 소비된 안정으로 지시되어 있지 않다. …… 우리가 창조하는 그림은 전적으로 자기 스스로로부터 명증한 개시인데, 이 개시는 역사에 대한 향수 없이 그림을 직관하고자 하는 누구에게나 실제적이고, 구체적이며 그리고 이해될 수 있는 것이다."[49]

〈그림 13〉 B. 뉴먼, 〈목소리〉, 1950.

〈그림 14〉 B. 뉴먼, 〈이름 II〉, 1950.

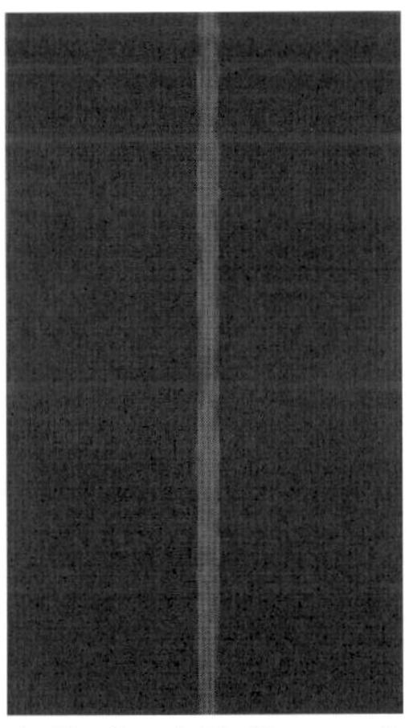

〈그림 15〉 B. 뉴먼, 〈Onement I〉, 1948.

〈그림 16〉 B. 뉴먼, 〈Who's Afraid of Red-Yellow-Blue〉 Posters.

49　Donald Judd, "Barnett Newman", in : *Studio International*, 179, Nr. 919, Februar 1970.

현대미술사 연구자 막스 임달Max Imdahl에 의하면, 뉴먼은 '숭고'를 "예술의 최고의 규정"으로 여겼으며, 그의 회화의 목표는 "모든 신뢰 있는 경험을 넘어서는 경험을 체험할 수 있게 하는 것"이라고 본다. 또한 그는 이러한 뉴먼의 회화를 보는 이들은 "방향을 가리켜 주는 모든 도움들을 배제하며 이해를 벗어나게 하는 현상에 사로잡히며, 당황스럽게 되는데," 이와 같이 "보는 자가 보여지는 것에게 어쩔 수 없이 내맡겨져 있다는 데에 숭고에 의한 압도가 있다"고 한다.[50] 임달은 이러한 숭고감을 유발하는 뉴먼 회화의 조형적 원리로 '크기'와 '열린 형식', '색채'를 든다.

뉴먼의 회화는 숭고함에 의해 제약된 구체적인 압도의 상황에서 관람자가 하게 되는 "현존의 체험Präsenzerlebnis"을 주제로 한다. 이 체험은 다름이 아니라 "관람자 자신과 그의 자유의 새로운 경험과 고양"인 것이다. 즉, "형상의 숭고한 현상을 바라보면서 그 자신의 고유한 경험을 경험하는 자로서, 그리고 이를 통해 고양된 자"로서의 관람자 자체가 뉴먼 회화의 주제가 된다.[51] 이와 같이 대상의 비규정성과 파악 불가능성이 낳는 숭고와 압도감은 마침내 관람자 자신의 현존에 관한 경험을 하도록 하며, 그러한 경험을 하는 관람자 자신이 주제가 된다.

다른 한편, 리오타르는 더욱 극단적으로 그림 그리기, 회화 자체도 하나의 "사건"이며, "표현 불가능한 것"이며 "회화가 증언해야 하는 것은 바로 그 사건 혹은 사건 그 자체"라고 보는데, 이것은 리오타르가 "숭고는 지금"이라고 한 뉴먼의 진술을 "숭고는 바로 이것"의 의

---

[50] Max Imdahl, "Barnett Newman. Who's afraid of red, yellow and blue III", in : Ch. Pries (hg.), *Das Erhabene. Zwischen Grenzerfahrung und Größenwahn*, S. 233−252, 특히 S. 234과 S. 235. 임달은 뉴먼의 1966년 작품 〈누가 빨강을 두려워하는가? III〉에 관해 말함.

[51] Ibid, S. 237.

미로 해석한 것을 기초로 한다. 이러한 관점에서 리오타르의 숭고는 "지금, 여기로서, 무언가가 일어난다로서 존재하며, 바로 그림 그리기 그 자체"이며, "지금 여기에는 아무것도 존재하지 않는 것이 아니라 그림 그리기 자체가 존재하며, 바로 이것이 숭고한 것"이라고 한다.[52] 리오타르의 이러한 진술은 잭슨 폴록 류의 소위 액션페인팅이나 나아가 퍼포먼스와 같은 미술을 숭고로 규정할 수 있게 하는 틀을 제공해 준다.

폴록J. Pollock과 로스코M. Rothko의 그림도 역시 숭고의 범주에서 해석될 수 있다. 폴록의 경우는 초기 작품들은 J. 융의 집단무의식 중심의 심리학에 기초하는 초현실주의로 해석되며, 이후 그의 작품들은 일반적으로 '액션페인팅'(해럴드 로젠버그, 〈미국의 액션페인팅 화가들〉, 《아트뉴스》, 1952년 11월호)나 올오버 페인팅(전면회화)으로 불리기도 한다. 액션페인팅은 작품보다는 작가가 작품을 만드는 과정에서 하는 행위에 중점을 둔다는 것인데, 숭고의 범주로 볼 수 있는 것은 이 행위에 내재된 보이지 않는 '무규정적인 에너지'를 표현한다는 것이다. 또한 폴록이 자신은 그림을 그릴 때 스스로 자신이 무엇을 하는지 알 수 없으며, 그림 자체가 가지고 있는 생명을 드리내게 노력힌다고 진술한 것에서도[53] 숭고의 무규정적 특성을 찾을 수 있다.

회화의 조형적 특성에서 보면, 알랜 카프로우Allan Kaprow는 폴록 작품의 목표는 "시작, 중심, 끝으로 갖춰진 위계적인 구성 구조로서의 형식에 대한 일반적인 생각에서 자유롭게 되는 것"과 "연속의 경험을 위하여 사각 그림의 한계를 무시하는 것"이라고 한다. 폴록 그림에서 시작도 끝도 없는 현상은 "소위 말하는 '다초점 전면화das

---

52 J.-F. Lotard, 〈숭고와 아방가르드〉, 208쪽 이하.

53 Barbara Hess, 《추상표현주의》, 김병화 옮김, 마로니에북스 2006, 36쪽 참조.

polyfokale all-over"에 의하여 성립된다. 이는 야로슬라브 제르판Jaroslav Serpan이 명명한 "열린 형식eine offene Form"으로, "잠재적으로 무한히 계속될 수 있는 관계항"을 만들며 이러한 연속을 일별할 수 없는 것으로, 무한계적인 것으로 전이시킴으로써 관람자를 혼란시킴으로써 숭고감을 유발하게 된다.[54]

특히 1950년대 작품들(〈넘버 1, 1950〔라벤더 안개〕〉, 〈넘버 32〉, 〈하나 : 넘버 31〉, 〈가을 리듬 : 넘버 30〉)은 대형 드립핑 페인팅으로, 흩뿌려진 "물감 자국들이 중첩되고 그 결과로 형성된 원근법 없는 공간성이라는 그 작품들의 형식적 혁신성"과 "무한한 미궁"은 "감상자의 위치를 심각하게 불안정하게 만드는 힘"을[55] 가짐으로써 고전적 의미의 숭고감을 유발하기도 한다. 하지만 존 레이크만은 폴록 작품의 이러한 특성을 G. 들뢰즈의 새로운 '추상'의 개념으로써 적절히 해석할 수 있다고 본다.

레이크만은 플라톤 이래 고전적으로 추상을 '배제하는 것', '추출하는 것'으로 이해하는 것은 '빼기'의 추상이라고 하며, 이와 달리 '혼성'과 '중첩'에 의해 재배치되는 추상을 '그리고'의 추상으로 구분하면서 후자를 들뢰즈가 규정하는 추상 개념이라고 한다. 즉, 추상은 "부재나 부정"이 아니라 "외부의 긍정과 관계"하는 것으로, "폴록의 전면성all over은 스피노자의 무한infinity과 같은 것"이며, "그것이 하나의 실체라고 하더라도 그것은 유사한 양상들의 근저에 존재하면서 그것들을 밀폐시키고 조직하는 정태적인 어떤 것이라기보다는 그 유한한 양상들의 끝없는 구축, 해체, 재구축으로 존재하는 것"이라고 한다.[56]

---

[54] M. Imdahl, op. cit., S. 239와 S. 240.

[55] B. Hess, op. cit., 54쪽.

[56] John Raichman, "An other view of abstaction", in : *Journal of Philosophy and The Visual Arts*, no. 5, pp. 16-24, 〈질르 들뢰즈의 입장. 추상미술을 보는 새로운 안목〉, 조만영 옮김, 《현대미술의 지형도》, 이영철 외 옮김, 시각과 언어, 1998, 69~91쪽, 특히 73쪽.

들뢰즈는 추상을 "덧코드화"화며, "탈코드화와 탈영토화에 의해 작동하는 변이의 추상적 기계"에 의한 작용이라고 본다.[57] 추상적 기계는 또한 "자신의 행로에서 지층들을 해체하고, 의미생성의 벽들을 관통하고, 주체화의 구멍들에서 분출하고" "긍정적인 탈영토화의 선들과 창조적인 도주선들 위로 흐름들을 인도하는 일종의 자동유도장치들을 해방시키는" 것인데, 폴록 회화의 형성 원리로 볼 수 있다.[58] 폴록의 회화는 들뢰즈가 규정하는 현대 예술에서의 '추상'의 본질을 보여주는 것으로 "어떠한 윤곽도 그리지 않고, 어떠한 형태도 제한하지 않고 계속 방향을 바꾸는 선"으로 이루어져 있으며, "촉지적·근접적인 시각적 질료를 뒤섞고" 있어서 보는 이의 시각이 잠시도 안주할 수 없게 만드는 것으로 설명된다.[59]

폴록 작품에 대한 들뢰즈의 이러한 해석은 비록 '숭고'라는 용어는 사용하고 있지 않지만, 그의 작품이 끊임없이 발생하는 사건성과 생기들의 연속임으로 결코 하나로 규정되거나 고착될 수 없는 의미를 표현하는 것이라는 점, 나아가 끊임없는 의미 생성의 노마드적인(비정주적인) 장이라는 점에서 현대 숭고론의 맥락에서 이해될 수 있게 한다.

뉴먼과 나란히 색면추상화가로 널리 알려진 로스코Mark Rothko(1903~1970)의 그림도 '숭고'를 본질로 하는 것으로 볼 수 있다. 로스코는 "회화와 관람자 간의 완전한 만남의 경험"을 중요시하며, 이러한 만남은 "작품과 수용자의 언어적 이해를 넘어선 합일"이라고 말한다.[60] 그는 초기의 형상적인 그림에서 벗어나면서 자신의 회화의 형태(탈구상적 형태)들은 "'특정 대상을 직접 연상시키지도 않으며 유기체의 열

---

[57] Gilles Deleuze/Félix Guattari, *Mille Plateaux : capitalisme et scgizophrénie 2*, 《천개의 고원. 자본주의와 분열증 2》, 김재인 옮김, 새물결 2003, 424과 423쪽.

[58] 같은 책, S. 361.

[59] 같은 책, S. 952.

[60] Jacob Baal-Teshva, 《마크 로스코》, 윤채영 옮김, 마로니에북스 2006, 7쪽.

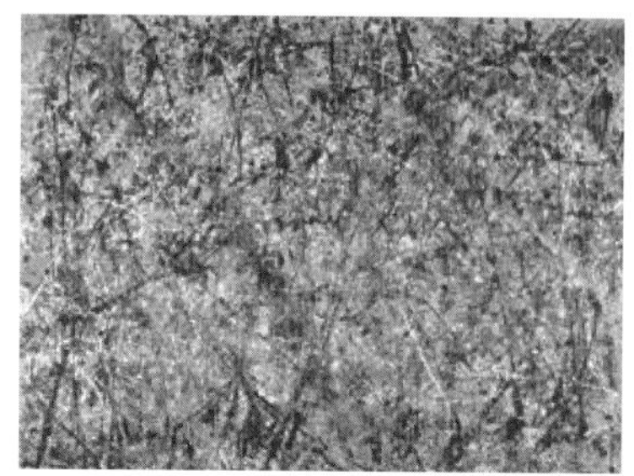

〈그림 17〉 J. 폴록, 〈No. 1〉(Lavender Mist), 1950.

〈그림 18〉 J. 폴록, 〈No. 2〉, 1951.

〈그림 19〉 J. 폴록, 〈연금술〉.

망'도 없는 '미지의 공간으로의 탐험'"을 시작하게 하는 것으로 규정하며(《파서빌리티즈》, 1949년 10월호), "정신적 체험에의 열망"을 "회화의 실질적 내용"으로 하였다.[61]

로스코는 관람자는 자신의 작품을 근접한 거리(45센티미터)에서 보아야 하며, 이렇게 할 때 관람자는 "색면 속으로 빨려드는 듯한 느낌을 받아 내부의 움직임과 경계의 사라짐을 경험하게 되고, 불가해한 것에 대한 외경심을 갖게 될 것"이며, "인간 존재의 한계를 뛰어넘는 자유도 느끼게 될 것"임을 확신한다. 또한 그는 생명을 가진, 물질을 초월한 화면 속의 추상적 이미지 형상과 색채를 통해 관람자는 "초월적 실체"를 경험하게 된다고 보며, 마침내 "회화란 경험에 관한 것이

---

[61] 같은 책, 42쪽.

아니라 경험 자체"임을 역설한다.[62]

로베르트 로젠블룸Robert Rosenblum은 1961년에 출간한 그의 책의 제목이기도 한 "추상적 숭고"란 개념으로 1950~60년대 미국 회화를 규정하면서 이 회화가 유발하는 숭고는 자연을 참조하는 낭만주의 회화와 다름을 강조하고, 이러한 특성을 특히 뉴먼의 작품에서 보지만 뉴먼 회화의 주제인 '관람자' 자신의 현존에 관한 성찰이 로스코에게서도 시도됨을 본다. 로스코도 뉴먼처럼 작품의 큰 규모와 무한한 느낌의 색면을 통해 숭고감을 유발한다. 하지만 그가 "모든 의지와 모든 자기주장의 저 너머에서 생겨나는 관람자의 주관성을 현상에다 받침(희생)"으로써 "가상적 꿈의 세계와 피안의 세계로의 무한하며 자기망각적인 침잠의 가능성"을 보여 주고자 하는 것은 뉴먼 회화와 다른 점이다. 즉, 뉴먼의 회화가 유발하는 숭고는 "사람이 현재한다"는 관념을 일깨우는 것이라면, 로스코의 회화가 유발하는 숭고는 화면의 현상에 몰두함으로써 이루어지는 '자기망각'과 '침잠'을 통해 '자기융해Selbstdiffusion'를[63] 체험하게 하고, 느끼게 하는 것이라고 할 수 있다.

살펴본 바와 같이 현대 추상회화의 탈구상적 숭고 이미지는, 리오타르가 18세기에 버크가 숭고를 생리심리학적으로 규정한 것으로 소급하여 숭고를 작용(효과)의 측면에서도 규정하고자 시도하듯, 예기치 못한 것에 대한 불안과 쾌 간의 긴장된 기다림이며, 어떤 것이 생기하는 것에 대한 긴장으로서 우리를 집중시키는 효과를 낳는다.

아무것도 발생하지 않을 가능성은 흔히 불안감과 연관되는데, 이 단어는 …… 기다림에, 진정한 의미의 기다림에 지배적으로 부정적인 가치를 부여한다. 그러나 미결정의 상태가 가져다주는 서스펜스는 한

---

62 같은 책, 46과 57쪽.

63 M. Imdahl, op. cit., S. 245 f.

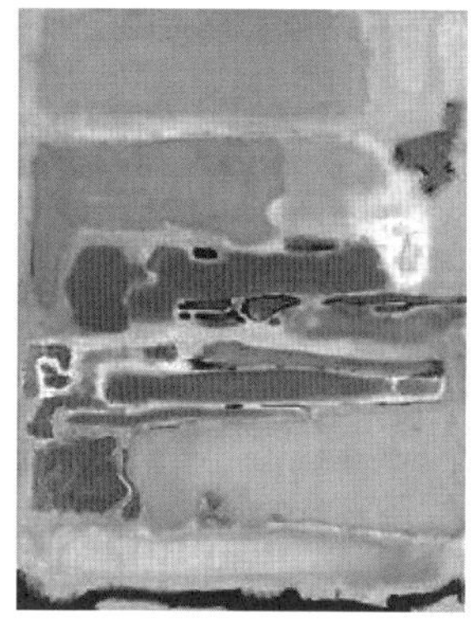

〈그림 20〉 M. 로스코, 〈멀티폼〉.

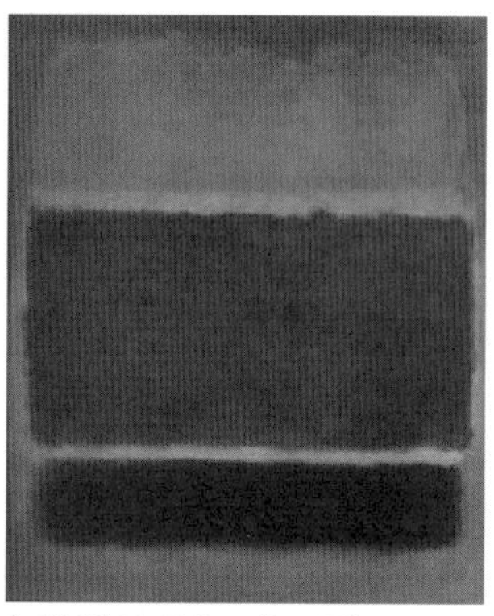

〈그림 21〉 M. 로스코, 〈No. 20〉, 1957.

〈그림 22〉M. 로스코, 〈무제〉, 1969-70.

〈그림 23〉 로드코 체플, 1971.

편으로 쾌락을 수반할 수도 있다. 예컨대 미지의 것에 대한 기대에서 오는 쾌락이나, …… 사전이 수반하는 존재의 강화에서 얻어지는 기쁨에 의해서 오는 쾌락이 그것이다.[64]

뿐만 아니라 숭고는 관람자를 "정서적으로 만들고 그 자신으로 이끌며", "실제적으로 주어진 전래적인 외적인 것에 반해 관람자의 내

---

[64] J.-F. Lyotard, 〈숭엄과 아방가르드〉, 207쪽.

적 구조를 자유롭게” 만들게 하고, “도덕적인 사람으로 고양시킨다”. 뉴먼이 예술은 ‘미학’이 아리라, ‘윤리학’이어야 한다고 했듯이,[65] 숭고 는 오늘날에도 궁극적으로 도덕성을 고양한다는 데 그 예술철학적 의 미가 있다고 할 것이다.

숭고 이미지의 의미 : 자기성찰과 인식의 확장

롱기누스에서 비롯한 ‘숭고’에 관한 논의는 18세기에 버크와 칸트에 의해 미학적 영역에서 활성화되면서 현대에 와서는 아도르노, 리오타 르, 들뢰즈에 의해 현대 예술의 주요한 미적 범주가 되었다. 숭고의 원래적 의미는 ‘높이’를 뜻하는 용어였지만 미학적 용어로 발전하면서 위대한 존재가 불러일으키는 ‘장엄함’, ‘영혼의 고상함’에서 유발되는 감동으로 이해되었고, 18세기에는 위력적인 대상의 ‘무한성’, 혹은 이 를 통해 되는 박탈감(위협, 불쾌감)과 이 감정을 다시 박탈하여, 즉 극 복함으로써 얻는 쾌의 감정이 숭고감으로 규정되었다. 현대에는 이러 한 논의들을 바탕으로 하되 기의의 기표의 불일지, 양사 간의 차이에 관한 사유가 대두되면서 종전의 숭고에 대한 논의에서 언급되었던 대 상의 ‘무한성’, ‘무규정성’의 존재론적 의미가 강조되었다.

　이 글에서는 숭고에 대한 이와 같이 역사적으로 다양한 논의들을 고찰하고 이를 바탕으로 시각예술, 특히 회화에서 보이는 숭고 이미 지의 예술철학적 의미들을 살펴보았다. 회화에서 숭고 이미지들은 대 표적으로 19세기 낭만주의 화가들의 작품과 현대에서는 추상표현주 의 작가들의 작품에서 볼 수 있는데, 19세기 작품들의 숭고 이미지는

---

[65] M. Imdahl, op. cit., S. 249.

구상적 형태를 취하고 있고, 현대 작품들에서는 탈구상적(추상적) 형태를 띠지만 이러한 이미지들은 모두 '무한성'의 표현, 혹은 '표현할 수 없는 것의 표현'이라는 특성으로 총괄될 수 있다. 이처럼 숭고는 고전적 미학의 형식논리를 탈피하는 근·현대 예술에서의 숭고 이미지를 해석하는 중요한 범주가 된다. 더구나 숭고는 내용의 측면에서는 '무규정성'을, 형식의 측면에서는 내용과 형식의 '부적합성'을, 마지막으로 효과의 측면에서는 미가 주지 못하는 '심의의 동요'를 특성으로 지니고 있기에 고전주의를 부정하고 등장한 낭만주의 회화와, 다른 한편 모더니즘적 형식주의 미학을 부정하고 등장한 포스트모더니즘적 예술의 복합적인 양상을 포괄하고 특징짓는 범주로 적절하다.

구상적 이미지와 탈구상적 이미지는 무한성의 표현 내지는 환기라는 측면에서는 통합적으로 이해될 수 있지만 각 각의 고유한 의미를 구분해 본다면, 구상적 숭고 이미지의 예술철학적 의미는 다음과 같은 리오타르의 진술을 통해서 잘 이해될 수 있듯 존재와 생명력의 강화intensification를 그 예술철학적 의미로 들 수 있겠다 :

> 매우 크고, 매우 강력한 대상은 영혼으로부터 〈그것이 일어난다〉를 박탈하려 위협하고, 그 영혼을 〈경악감〉……으로 사로잡는다. 따라서 영혼은 멍한 상태가 되어 무력해지며 죽은 것이나 다름없게 된다. 예술은 이 위험으로부터 거리를 유지함으로써 안도의 쾌락, 희열의 쾌락을 유발한다. 예술의 도움으로 영혼은 삶과 죽음 사이의 동요된 영역으로 귀환하게 되는데 이 동요가 영혼의 건강이요, 생명이다.[66]

반면 기표를 통해 결코 온전히 드러날 수 없는 기의의 무규정성,

---

[66] J.-F. Lyotard, 〈숭엄과 아방가르드〉, 218쪽.

표현 불가능성을 내보이고자 하는 탈구상적 숭고 이미지—비록 본 연구에서는 추상표현주의를 중심으로 살펴보았지만 오늘날 구상적 이미지와 형태를 혼용하면서 표현에서 더 과격하고 충격적인 동시대 작품들을 포함해서—는 기의와 기표의 '차이'를 근거로 하는 숭고의 특성뿐 아니라, 대상의 무규정성과 그로 인한 혼란의 체험을 통해 궁극적으로 관람자 자신을 성찰하게 하고 자신에 대한 인식을 확장하게 한다는 데 예술철학적 의미가 있다고 할 것이다.

리오타르는 이러한 성찰을 칸트의 미학에서 미와 숭고에 관한 미적(취미) 판단에서 작용하는 '반성적 판단력die reflektive Urteilskraft'의 원리를 기초로 하는 것으로 보며, 현대 포스트모던에서도 반성적 판단력은 무규정적인 것에 관한 사유에 불가결한 원리로 파악한다. 반성적 판단력은 오성의 범주에 의해 따라 작용하는 '규정적 판단력'에 의해 규정되지 않는 자연의 특수 현상이나 예술을 파악할 때 작용하는 것으로 이 판단력을 기초로 하는 "반성적 사유는 규정적 사유보다 훨씬 더 강력한 집중력과 상상력의 발휘를 요구하며", "컴퓨터의 기계적 사유에 의해 대체될 수 없는 사유 능력이라는 점" 때문에 리오타르는 "반성적 사유를 기계적 비인간에 의해 결코 대체될 수 없는 또 다른 비인간의 고유한 힘이라고" 본다.[67]

이와 같이 숭고의 체험은 강한 충격을 통해 상상력과 미적 체험을 활성화하며, 반성적 판단력을 통해 눈에 보이지 않는 것, 표현할 수 없는 것, 무규정적인 것들에 대한 사유를 하게 함으로써 규정적 인식의 저 너머로 우리의 인식을 확장시킨다.[68] 특히 현대 시각예술의 숭

---

[67] 정수경, 앞의 글, 126쪽.

[68] 'See the Unseen'이라는 제목으로 개최된 '2010년 조선대학교 미술대학 미술학부 미학미술사학전공 졸업전시전'은 '보이지 않는 것을 본다'는 것이 현대 예술의 본질임을 보여 주고자 하는 전시로(정윤태 학장 격려사 중), 이는 위에서 언급된 '숭고'의 의미를 단적으로 보여 준다고 할 것이다.

고 이미지는 관람자가 기존에 가지고 있는 예술작품에 대한 기대와 이해방식을 무산시키고 좌절하도록 '폭력'을 가하고 이로 인한 '고통'을 유발하지만 이러한 '폭력'과 '고통'은 새로운 인식을 형성하기 위한 하나의 계기가 된다.

따라서 이러한 계기를 통해 현대 시각예술의 숭고 이미지는 '알 수 없는 무언가'가 발생하고 있는 '지금'과 그것의 '사건성'의 파악할 수 없는 무규정적 성질을 환기시키며 언제나 의식의 각성을 요구하고 있다는 점과, 이것은 다름 아닌 타자의 존재와 '다름', '차이', '보이지 않는 것'에 대한 성찰을 촉구하며 사물과 현상에 대한 열린 시각을 갖도록 하는 것이라는 점에서 그 예술철학적 의미를 찾을 수 있겠다.[69]

---

[69] 나아가 현대미술은 이미지 그 자체도 '치유의 힘'이 있음을 보여 주는 데 집중하고 있다. 2010광주비엔날레 출품 작가들 가운데 앤 클리어, 오벨리앙 프로망과 페터 뢰어는 "기존의 이미지들을 차용하고 재배치하고", 세리 레빈과 스터트번트는 "다른 작가들의 작품들을 복제함으로써 소유권과 저작권에 대한 문제를" 제기하면서(2010광주비엔날레 소카탈로그, 2쪽) 이미지로 인한 폐해를 이미지를 통해 치유하고자 하며, 스위스 작가 엠마 쿤츠와 중국 작가 궈펑이는 "이미지들이 치유적 힘"이 있으며(같은 책, 4쪽) 세계를 구할 수 있으리라는 희망을 가지고 치유적인 드로잉과 추상적 작품을 선보였다.

| 참고문헌 |

신나경, 〈윌리암 블레이크의 회화에 나타난 숭고와 상상력에 대한 연구〉, 《미학
· 예술학연구》 제31집 (2010년 6월), 337~372쪽.
이주영, 〈독일 낭만주의 풍경화에 나타난 자연의 모방과 회화적 알레고리 : 카스
파 다비드 프리드리히를 중심으로〉, 《미학 · 예술학연구》 제21집 (2005년 6
월), 185~228쪽.
정수경, 〈장–프랑수아 리오타르의 비인간(The Inhuman)과 숭고(The Sublime)〉,
《미학》 63집 (2010년 가을), 101~142쪽.

Adorno, Theodor W., *Ästhetische Theorie*, Gesammelte Schriften. Bd. 7, Frankfurt a. M.
: Suhrkamp 1970, 19905.
Baal-Teshva, Jacob, 《마크 로스코》, 유채영 옮김, 마로니에북스, 2006.
Baudrillard, Jean, "Die Simulation", in : W. Welsch (hg.), *Wege aus der Moderne.
Schlüsseltexte der Postmoderne-Diskussion*, Weinheim : VCH, Acta Humaroria
1988, S. 153−162.
______, *Simulacres et Simulation*, 《시뮬라시옹》, 하태환 옮김, 민음사, 2001.
______, 《토탈스크린》, 배영달 옮김, 동문선, 2002.
Bochemül, Michael, 《윌리엄 터너. 1775−1851. 빛과 색채의 세계》, 권영진 옮김,
마로니에북스, 2006.
Burke, Edmund, *A philosophical Enquiry into the Origin of our Ideas of the Sublime and
Beautiful* (1757), 《숭고와 아름다움의 이념의 기원에 대한 철학적 탐구》, 김동

훈 옮김, 마티, 2006.

Deleuze, Gilles/Guattari, Félix, *Mille Plateaux : capitalisme et scgizophrénie 2*, 《천개의 고원. 자본주의와 분열증 2》, 김재인 옮김, 새물결, 2003.

Hess, Barbara, 《추상표현주의》, 김병화 옮김, 마로니에북스, 2006.

Historisches Wörterbuch der Philosophie, hrsg. von Joachim Ritter und Karlfried Gründer, Bd. 4, Stuttgart : Schwabe & Co. Verlag 1976.

Imdahl, Max, "Barnett Newman. Who's afraid of red, yellow and blue III", in : Ch. Pries (hg.), *Das Erhabene. Zwischen Grenzerfahrung und Größenwahn*, S. 233−252.

Judd, Donald, "Barnett Newman", in : *Studio International*, 179, Nr. 919, Februar 1970.

Kant, I., *Beobachtung über das Gefühl des Schönen und Erhabenen* (1764), 《아름다움과 숭고함의 감정에 관한 고찰》, 이재준 옮김, 책세상, 2005.

______, *Kritik der Urteilskraft*, hrsg. von Karl Vorlärnder, Hamburg : Ferlix Meiner 1979.

Longinus, Cassius, 《롱기누스의 숭고미 이론》, 김영복 옮김, 연세대출판사, 2002.

Lyotard, Jean−François, "Beantwortung der Frage : Was ist postmodern?", in : Wolfgang Welsch (hg.), *Wege aus der Moderne. Schlüsseltexte der Postmoderne-Diskussion*, Weinheim : VCH, Acta Humaroria 1988, S. 193−203.

______, 〈숭고와 아방가르드〉, 《포스트모던의 조건》, 유정완 외 옮김, 민음사 1999, 203~228쪽.

Michel, W. J. T., *Iconology. Image, text. ideology* (1986), 《아이코놀로지 : 이미지, 텍스트, 이데올로기》, 임산 옮김, 시지락, 2005.

Monk, S. H., *The Sublime : A Study of Critical Theories in XVIII Century England*, Michigan University Press 1997.

Raichman, John, "An other view of abstaction", 〈질르 들뢰즈의 입장. 추상미술을 보는 새로운 안목〉, 조만영 옮김, 《현대미술의 지형도》, 이영철 외 옮김, 시각과 언어, 1998, 69~91쪽.

Wolf, Norbert, 《카스파 다비드 프리드리히》, 이영주 옮김, 마로니에북스, 2005.

2

니체에 있어서의 '사고思考의 폭력'과 우울증, 고통의 치료술

김 정 현

의미의 병과 현대

인간은 자신의 의미의 문제 때문에 괴로워했다. 그는 그 밖의 문제로도 괴로워했다. 인간이란 대체적으로 보아 병든 동물이었다 : 그러나 그의 문제는 고통 자체가 아니었고, "무엇 때문에 고통스러워하는가?"라는 물음의 외침에 대한 해답이 없다는 것이었다. 가장 용감하고 고통에 익숙한 동물인 인간은 고통 그 자체를 부정하는 것은 아니다 : 인간에게 고통의 의미나 고통의 목적이 밝혀진다고 한다면, 인간은 고통을 바라고, 고통 자체를 찾기도 한다. 지금까지 인류 위로 널리 퍼져 있던 저주는 고통이 아니라, 고통의 무의미였다.[1]

니체는 그의 후기 저서 《도덕의 계보Zur Genealogie der Moral》의 마지막 장에서 인간의 삶의 고통과 의미 문제를 연결시키면서, 인간에게 가장 중요한 문제는 고통이 아니라 삶의 의미에 대한 해답이 없다는 것, 즉 '고통의 무의미'라고 말한다. 그는 이 책의 제3논문에서 인간이 시도했던 금욕주의적 이상의 다양한 문제를 분석하며 삶의 의미 문제와 인간에게 놓여 있는 근본적인 허무 문제를 연관시킨다. 특히 그는 현대에 와서 고통의 무의미, 즉 왜 자신이 고통스러워하는지, 왜 자신의 삶이 고통 속에 있는지를 모르는 의미의 질병이 확산되고 있다고 진단한다. 자신의 삶이 제기하는 '왜?'라는 물음, 왜 자신이 고통을 받는지에 대한 물음에 대한 해답을 찾을 수 없기에 자기 자신에 대한 고통이라는 병이 확산되고 있다는 것이다.

왜 우리는 삶을 살아가며 고통을 느끼는 것일까? 고통은 어떻게 생겨나는 것일까? 고통과 우리의 생각(사고)은 도대체 어떤 연관성이

---

[1] 니체, 《도덕의 계보》, 김정현 옮김, 책세상, 2002, 540쪽.

있는 것일까? 고통이나 시련이 있다면 그 이유는 무엇이며, 우리는 이를 어떻게 받아들여야만 하는 것일까? 삶의 고통이나 허무에서 생겨나는 우울증을 어떻게 극복해야 하는 것일까? 자신의 부정적인 감정을 우리는 어떻게 긍정적인 감정으로 전환시킬 수 있는가? 고통이나 시련은 삶에 단지 부정적인 영향만 미치는 것일까? 고통이 삶에 긍정적인 영향을 미치며 삶을 성숙시키는 작용을 하는 측면은 없는 것일까? 삶의 고통을 극복하고 삶을 긍정할 수 있는 근본적인 치유법은 없는 것일까? 이러한 물음들은 근본적으로 삶이 우리에게 제기하는 물음이자 우리가 삶의 고통을 해결하기 위해 모색하는 치유적 대안에 대한 물음이기도 하다. 그러나 이 물음은 근본적으로 자신의 삶에 대한 의미 성찰에 대한 물음이자 자기실현의 가능성에 관한 물음이기도 하다. 자신의 삶을 부정하고 인간을 혐오하는 태도로부터 자신의 삶을 긍정하고 삶을 창조적으로 조형해 나가는 태도의 변화에 대한 니체의 요청은 치유적 메시지를 담고 있다.

니체는 인간의 질병 가운데 가장 큰 질병이 자기 삶의 고통에 대한 이유를 모르는 고통, 즉 자기 자신에 대한 무지에서 오는 고통이라고 말한다. 이러한 고통은 자기 부정과 자신에 대한 경멸만이 아니라 더 나아가 인간에 대한 혐오를 야기한다. "그러나 …… 오늘날까지 치유하지 못하고 있는 가장 크고도 무서운 병, 즉 인간의 인간에 대한, 자기 자신에 대한 고통이라는 병이 야기되었던 것이다."[2] 고통을 통해 삶에서 제기되는 문제, 즉 내 삶의 이유가 어디에 있는지, 왜 내가 이러한 고통을 당하고 있는지, 그 고통의 이유가 무엇인지에 대한 대답을 찾는 사람은 자신의 삶을 있는 그대로 긍정하며 그 삶의 긍정적 가치를 찾아내고 자신을 긍정하는 삶을 살게 된다. "자신의 삶

---

[2] 니체, 《도덕의 계보》, 432쪽.

이 제기하는 왜?라는 물음을 명확히 아는 사람은 그 어떤 방식도 쉽게 해결할 수 있다"[3]는 니체의 말은 단지 매 순간 당면한 문제를 해결할 수 있는 수단이나 방법만을 강구하는 것이 아니라, 자기 긍정이나 자기 가치의 회복 속에서 근본적인 삶의 문제를 성찰하며 삶을 창조적으로 이끌어갈 수 있다는 뜻을 담고 있다. 삶의 고통과 시련을 어떻게 이해하고 받아들이느냐에 따라, 고통의 의미는 인간을 한층 더 성숙하게 만들기도 하고, 삶을 저주하고 부정하게 하며 인간을 미성숙하게 만들게도 한다.

미성숙한 정신적 태도나 자기부정 혹은 공격적인 삶의 태도는 특히 오늘날 많이 나타난다. 물신주의적 사고로 돈이나 권력, 명예와 같은 외형적이고 세속적 가치를 추구하는 현대인들은 자신의 삶의 의미에 대해 제대로 관심을 갖지 않으며, 소비와 소유 속에서 자신의 가치나 정체성을 확인하고, 경쟁과 성과, 이기주의적 욕망과 무한경쟁적 이윤 추구, 속도와 물질에 대한 편집적 집착 속에서 살아간다. 루카치G. Lukács는 '사물화Verdinglichung'개념을 통해 근대 자본주의 사회 속에서 인간이 물질처럼 다루어짐으로써 인간소외 현상이 일어난다고 비판했고, 마르쿠제H. Marcuse는 '일차원적 사유das eindimensionale Denken'라는 개념을 통해 선진산업사회 속에서 현대인이 자신의 존재론적이고 가치론적인 의미가 말소된 세계 속에서 아무런 성찰적 의식 없이 살아간다고 비판했다. 프롬E. Fromm 역시 현대인이 소비하고 소유하는 가운데 자신의 정체성을 찾아가는 '소유적 존재 양식'을 가지

---

3   F. Nietzsche, N 11〔104〕, KSA, Bd.13, 50쪽 ; 정신의학자이자 후일 로고테라피를 창시한 프랑클 Viktor E. Frankl은 아우슈비츠수용소에 갇혀 있을 때 수용소에 있던 유대인이 정신적으로 피폐해지고 심리적으로 무너지는 상황에 직면해 니체의 이 말에 의지해 그들이 정신적 고통을 극복하고 삶의 의미를 찾는 데 도움을 주었다고 한다. 니체에게서 영향을 받은 프랑클의 로고테라피의 인간학적 전제와 그 이론에 대해서는, 김정현, 〈프랑클의 실존분석과 로고테라피, 그 이론적 기초〉, 《철학연구》 제87집(철학연구회, 2009년 겨울), 57~83쪽 참조할 것.

고 있다고 보았으며, 프랑클V. E. Frankl은 현대에 권태나 내적 우울증, 공허감 등 실존적 감정이 수반되는 '실존적 공허감the existential vacuum' 이 만연되고 있다고 보았다.[4]

이러한 다양한 논의는 소유 정향적이며 무언가 쫓기듯 살아가고 동시에 삶이 공허하다는 감정 속에 빠져 들어가는 현대인의 자화상, 즉 삶의 의미 상실에 대한 비판적 언급이다. 실존적 좌절, 욕구불만, 삶의 무의미, 공허감, 삶의 정위 상실감, 삶의 불안 등은 그 어느 때 보다도 현대에 많이 나타나고 있다. 이때 나타나는 우울증, 공격성, 중독성, 의존성, 피로감, 인간관계의 위기 등은 특히 현대에 나타나 는 정신인적 질병noögenic neuroses의 증후들이다.

니체의 고통의 무의미에 대한 진단은 그 당시 유럽의 허무주의와 시대적 부조리, 문화적 종교적 퇴락 등 주로 19세기 유럽과 연관된 언 급이기에 현대에 확산되고 있는 실존적 공허감과는 분명 그 양상이나 의미가 다를 수 있다. 그러나 그의 언급은 19세기뿐만 아니라 서양 정 신사 전체를 배경으로 하고 있으며 또한 인간의 정신인적 질병에 관 한 다양한 분석과 진단을 담고 있기에 오늘날에도 여전히 적용되고 참조될 만한 많은 것을 담고 있다. 이 글은 니체가 문제시하는 19세기 유럽에서의 정신인적 질병의 양상을 계보학적으로 추적하고자 하는 것이 아니다. 이는 유럽의 정신사와 역사, 정신의학사 등을 관통하는 허무주의와 신경증에 관한 새로운 논의를 필요로 하는 주제이다. 이 글에서는 니체에 있어서 마음의 병이나 사고의 폭력, 원한 감정 등이 인간의 마음에서 어떻게 발생하며 또 극복될 수 있는지 등에 초점을 맞추어 살펴본 이후 그의 언급과 처방이 오늘날에도 '철학적 치료술

---

4 실존적 심리치료로서의 프랑클의 로고테라피의 임상방법에 대해서는, 김정현, 〈로고테라피와 실존 분석의 임상방법 및 철학상담에서의 함의〉,《철학연구》제120집(대한철학회, 2011.11.), 31~56쪽 참 조할 것.

das philosophisches Therapeutikum'에 기여를 할 수 있는 가능성이 있는지를 살펴보고자 한다.

이 글의 제2장에서는 니체에 있어서 일상적 삶의 갈등과 그 사태에 대한 정신적 수용의 태도, 즉 원한 감정과 연관된 마음의 병 및 '사고思考의 폭력'의 문제를 우선 검토해 보고자 한다. 이러한 토대 위에서 제3장에서는 우울증의 문제와 연관해 그리스도교적 처방전에 대한 니체의 논의를 살펴보고, 제4장에서는 고대 헬레니즘 철학, 특히 스토아철학과의 연관성 위에서 니체가 시도하고 있는 고통의 치료술을 논의해 보고자 한다. 제5장에서는 더 나아가 니체적 치유를 철학적 임상에 응용하고 있는 무센브로크의 철학상담적 임상 사례를 살펴볼 것이다. 마지막 장에서는 이러한 논의를 통해 니체의 '창조적 의지'개념을 통한 고통의 철학적 치유 가능성을 모색해 볼 것이다.

마음의 병과 사고思考의 폭력

우리의 일상은 갈등과 다툼의 연속이다. 연인이나 부부 사이에서도, 주변 사람들과도 갈등과 다툼이 있고, 가족이나 크고 작은 공동체에서도 항상 이런저런 문제가 생긴다. 이 가운데 많은 문제는 서로 인정하지 않거나 언어의 오해나 사고의 다름, 소통의 부재에서 야기되는 심리적 갈등이다. "모든 가족, 모든 단체, 모든 공동체의 배경을 살펴보라 : 그 어느 곳에서든지 건강한 사람에게 대항한 병자들의 싸움이 있다."[5]

니체는 우리가 살고 있는 모든 곳에 싸움이 있다고 말한다. 우리

---

5 니체, 《도덕의 계보》, 489쪽.

의 일상에는 아들러A. Adler가 말하듯 열등감이 있는 사람도 있고, 우월감으로 자기 권력을 표현하고자 하는 사람도 있으며, 타인을 자신의 편협한 사고나 자신이 속한 사회적 틀 안에 억지로 집어넣으려고 애쓰는 사람도 있다. 니체는 자유정신을 가지지 못하고 열등감이나 우월감으로 자신의 권력을 표현하거나 타인을 통제하려는 사람을 삶의 창백한 환자라고 본다. 이러한 사람들은 정신의 지하감옥에 갇혀 영혼의 빈혈증을 일으키며 삶을 긍정하지 못하고 삶의 문제 원인이 항상 타인에게 있다고 책임을 전가하며 살아간다.

니체에 따르면, 자신의 불만과 고통을 스스로 해결하거나 극복하려고 하지 않고 그 책임을 전가할 수 있는 사람을 찾아내 그에게 복수하려는 삶의 태도는 병자의 부정적인 생존법인 것이다. "그들(고통받는 자들—필자)은 제멋대로 괴로운 의혹에 빠지고 악의의 독특한 독에 취해 있는 어둡고 의심스러운 역사를 찾기 위해 과거와 현재의 내장을 샅샅이 뒤진다. 그들은 가장 오래된 상처를 찢고, 오래전에 치유된 상흔에서 피 흘린다. 그들은 친구와 아내와 아이들과 그밖에 그들의 주변에 가까이 있는 사람들을 악인으로 만든다."[6] 자기 삶의 문제를 주변 사람들에게 투사하며 의혹과 악의, 자기부정의 태도로 자신과 타인을 괴롭히는 삶을 살아가는 사람을 니체는 '병자'라 부른다.

이러한 사람은 삶의 사소한 문제도 놓치지 않고 그 원인을 찾고 책임을 질 수 있는 죄인을 찾기 위해 자신의 과거나 현재의 내장을 파헤치고 스스로 상처를 만들고 그 상처를 만지작거리면서 이를 더욱 큰 상처로 만드는 것이다. 이러한 사람들은 자신에게 부담이 되는 외부의 자극이나 말, 또는 몸짓이나 행동을 소화시키지 못하고 자신의 어두운 과거 속에 있는 상처를 끌어올려 이를 타인에게 투사하고

---

6 니체, 《도덕의 계보》, 495쪽.

그에게 모든 것을 전가한다. "모든 것이 그에게 상처를 입힌다. 인간과 사물은 집요하게 그에게 접근하고, 체험들은 깊은 상처를 주며 기억은 곪아버린 상처가 된다. 병들어 있다는 것 자체는 일종의 원한이다."[7] 원한에 갇힌 인간은 자기 자신으로 인해 고통스러워하며 스스로 증오심에 가득 차 있고 자신의 체험에서 과거의 곪은 상처를 끄집어낸다. 삶의 충동이 자기부정적인 충동이나 원한 감정에 사로잡히게 되면 우리의 모든 능력은 그에 종속되고 만다. "우리 안의 강한 충동, 우리 안에 있는 폭군에게는 우리의 이성뿐만 아니라 우리의 양심도 굴복하게 된다."[8] 자기 자신을 부정하고 원한과 미움을 가진 사람은 스스로에게 불만스러워 할뿐만 아니라 주변의 사람에게도 부정적인 생각과 마음을 그대로 표현하게 된다. 즉, 그는 스스로 폭군이 되어 자신을 부정하며 동시에 타인에게도 폭력적이 된다. 진정한 자기 만남이나 소통 능력의 부재는 곧 자신의 마음대로 되지 않을 때 이를 부정적인 방식으로 표현할 수밖에 없는 자기표현 능력의 한계를 수반한다.

이러한 고통이나 괴로움은 어디에서 유발되는 것일까? 우리는 이러한 문제를 어떻게 해결할 수 있는 것일까? 인식의 오류는 정신의 폭력과 어떤 연관성이 있는 것일까? 우리는 바로 우리 자신의 생각 때문에 고통을 받고 있는 것은 아닐까? 생각과 자기 긍정이란 어떤 관계에 있는 것일까? 니체는 우리가 병 자체 때문이 아니라 병에 대한 자신의 생각(사고) 때문에 고통을 당하고 있다고 말한다. "병에 대한 사상! 병자가 최소한 지금까지처럼 병 그 자체 때문에 괴로워하기보다는 병에 대한 그의 생각 때문에 더 많이 고통을 받지 않도록 병자

---

7 니체, 《이 사람을 보라》, 백승영 옮김, 책세상, 2002, 341쪽.
8 니체, 《선악의 저편》, 김정현 옮김, 책세상, 2002, 128쪽.

의 공상을 진정시킬 것. 이것이 중대한 일이라고 나는 생각한다! 그리고 그것은 하찮은 일이 아니다! 그래, 그대들은 이제 우리의 과제를 알겠는가?"[9]

자신이 고통스럽다는 생각에 대한 부정적 인식, 즉 자신의 생각에 대한 인식(생각)이 그 자신을 더욱 고통스럽게 만드는 것이다. 우리가 고통스럽다는 생각을 할 때 자신이 '고통스럽다는 사태'와 이 사태가 빚어내는 '사고의 이미지(표상)'가 있고 그에 대한 가치평가적 사고 행위가 있다면, 우리의 생각은 대부분 이 가치평가적 사고 행위가 감정과 결합하면서 이루어지게 된다. 즉, 자신의 생각에 대한 스스로의 평가 때문에, 즉 자신이 고통을 당하고 괴로운 삶을 살아가는 존재라는 스스로의 부정적인 가치평가적 사고 행위로 인해 더욱 심리적 고통을 당하는 것이다. 자신의 생각(사고)의 이미지에 가하는 부정적 가치평가, 즉 사고의 거친 해석으로서 정신의 폭력은 자신의 자아의 가능성을 가로막고 부정적으로 만들게 된다. 사유란 어떤 사태에 대한 긍정적 가치평가와 좋은 해석을 통해 새로운 의미와 가치를 만들어가는 것인데, 공상적 사고나 부정적인 생각은 새로운 사유의 가능성을 가로막을 뿐만 아니라 자아의 가능성도, 충일한 의지의 발현도 하지 못하게 한다. 사고의 폭력이란 자신과 세계에 대한 부정적 해석일 뿐만 아니라 새로운 사유의 가능성도, 자아의 가능성도, 미래의 가능성도 가로 막는 자폐적 행위인 것이다. 자신의 생각 안에서 자신을 부정하고 스스로의 삶에 폭력을 가하게 되면 그 자신만 파괴되는 것이 아니라 타인의 삶에도 거칠게 폭력을 가하는 심리적 기제가 생기게 된다.

키르케고르S. A. Kierkegaard 역시 《죽음에 이르는 병Die Krankheit zum

---

9 니체, 《아침놀》, 박찬국 옮김, 책세상, 2004, 66쪽.

Tode》에서 한 인간이 얼마나 감정, 인식, 의지를 가지고 있는지는 그 사람의 감정, 인식, 의지가 얼마나 반성되어 있느냐 하는 점에 달려 있다고 보며,[10] 이것이 공상적이 되면 부득불 자아 상실이 일어난다고 말한다. 이때 인간이 불안의 가능성에 의해 유혹되어 자기 자신으로부터 멀어지게 되는 경우 우울증Schwermut이 일어난다는 것이다.[11] 반성되지 않은 감정, 인식, 의지는 자아 상실을 유발하고, 이는 불안의 심리 기제를 강화시키면서 존재의 정신인적 병인 우울증을 일으킨다는 것이다.

우리의 감정, 인식, 의지 활동은 근본적으로 그 활동에 대한 반성적 활동과 연관되어 있기에, 여기에는 가치판단이 있으며 동시에 삶의 해석이 들어 있다. 니체는 《아침놀Morgenröthe》에서 우리의 가치판단 역시 우리에게 잘 알려져 있지 않은 텍스트, 무의식과 충동이라는 내면세계의 텍스트에 대한 주석에 불과하다고 말한다. "우리의 도덕적인 판단들과 가치판단들조차 우리에게 잘 알려져 있지 않은 생리학적 과정에 대한 영상과 상상 또는 어떤 신경의 자극을 특징짓는 일종의 습관적인 언어에 불과하다. 소위 우리의 의식은 알려져 있지 않고 아마 알려질 수 없는, 그러나 느껴지고 있는 텍스트에 대한 다소 환상적인 주석일 수 있다."[12]

니체는 이에 대한 작은 체험의 예로 어느 날 시장을 지나갈 때 어떤 사람이 우리를 비웃고 있다는 사실을 우리가 알아채는 상황을 제시하며, 이것이 어떻게 삶에 대한 긍정적 인식과 가치평가적 해석에 다양하게 연결될 수 있는지를 언급한다. 그는 이때 우리가 어떤 최고의 충동을 가지고 있는지에 따라 이 사건은 전혀 다른 의미를 가지게

---

10 S. Kierkegaard, *Die Krankheit zum Tode*, übers. von Hans Rochol, Hamburg 2005, S. 27−28.

11 같은 책, 35쪽.

12 니체, 《아침놀》, 138~139쪽.

된다고 본다. 즉, 이때 어떤 사람은 비웃는 사람과 다투려고 하고, 어 떤 사람은 조롱거리가 자신에게 없는지 살펴보기도 하고, 어떤 사람 은 우스운 것이 무엇인지를 사색하고, 또 어떤 사람은 자신이 의도하 지 않았는데 세상을 유쾌하고 밝게 만들었다고 즐거워하게 된다는 것 이다.[13] 이는 분노의 충동이나 싸우고 싶은 충동, 성찰의 충동이나 사 색의 충동, 호의를 베풀거나 그러한 시각으로 세상과 관계하고 싶어 하는 충동 등과 관련이 있다. 이때 문제는 어떤 사건이나 사태가 아니 라 그것에 대한 우리의 태도나 해석이다. 분노나 다툼으로 그것을 처 리하고자 하는가 아니면 그것을 긍정적으로 받아들이고 삶의 성찰이 나 약진의 계기로 삼는가는 전적으로 우리 자신의 충동의 선택이자 가치평가적 해석에 달려 있는 것이다.

니체는 모든 인식을 끝없는 창조로 보기에, 삶을 부정하고 적대시 하는 인식 대신에 삶을 긍정하는 인식을 가질 것을 권한다. 창조적 사 고는 세계라는 텍스트에서 삶의 의미를 긍정적인 방식으로 해석하는 데서 시작되기 때문이다. 그에게 '삶의 텍스트로서 세계'와 '몸의 텍스 트로서의 삶'의 해석은 창조적 가치평가의 과정이며 좋은 해석을 만 들어 가는 과정이다.[14] 끊임없는 텍스트의 해석은 하나의 옳은 해석이 아니라 더 좋은 해석을 만들어 가는 과정이며, 이 과정 속에서 삶의 인식 태도를 변화시키는 변경의 기술인 것이다. 니체에게서 "사유하 는 것은 삶의 새로운 가능성들을 발견하는 것, 만들어 내는 것을 의미 한다".[15]

이는 자신의 생각을 새로운 방식으로 사고하는 것을 의미하며, 자

---

[13] 니체, 《아침놀》, 139쪽.

[14] 니체에게서 삶의 해석의 문제를 텍스트 해석이나 철학치료와 연관해 논의한 글로, 김정현, 〈니체와 텍스트 해석, 그리고 철학치료〉, 《범한철학》 제44집(범한철학회, 2007.03.), 145~176쪽 참조할 것.

[15] G. Deleuze, *Nietzsche et la Philosophie*, Paris : Presses Universitaires de France, 1962, p. 115.

신이 만들어 놓은 낡고 협소한 사고의 틀에서 나오는 것을 뜻한다. 또한 이는 자신의 생각의 틀을 바꾸며 자신의 삶의 가능성을 새롭게 만들어 가는 것을 의미하며, 기존의 부정적인 자아와는 다른 새로운 긍정적 자아를 창조하는 것을 말한다. 치유란 기존의 부정적이고 폭력적인 사고로부터 달리 생각하는 법, 즉 자신과 세계를 긍정하고 삶의 의미를 만들어 가는 창조적 사고를 배우는 데서 시작된다. 이에 반해 사고의 폭력은 자신의 사고 과정 안에서 삶에 대한 부정적 인식과 나쁜 해석을 낳게 되고 궁극적으로 자아 상실과 불안, 삶의 부정을 유발한다. 우울증이란 이러한 부정적인 생각이나 자아 부정과 연관해 생기는 삶의 증후인 것이다.

우울증과 치료 처방전

니체는 《도덕의 계보》에서 부정적인 생각이나 삶의 불안으로 인한 자아 도피나 자아 상실 현상의 하나인 우울증이 지금까지 기독교 세계 속에서 어떻게 다루어져 왔는지, 그 한계가 어디에 있는지를 구체적으로 다룬다. 그에 따르면, 기독교에는 원한 감정이나 복수심, 우울증과 같은 삶을 부정하는 충동에 대한 영민한 위로 수단의 거대한 보물 창고가 있다. 이 창고에는 원한 감정이나 복수 감정을 배출하거나 마음의 통증을 완화시키거나 마비시키는 많은 청량제, 진정제, 마취제가 쌓여 있다. 그는 자신을 부정하고 의지를 거세하며 욕망을 억압하는 삶의 충동을 일종의 '종교적 노이로제'로 보며, 이를 '정신적 간질병', '집단 정신착란', '만성 우울증', '의지마비증' 등으로 표현한다. 성직자적 금욕주의 이상은 이를 방지하는 많은 처방전을 발달시켰던 것이다. 이 가운데 니체는 우울증을 방지하기 위해 지금까지 기독교에서 처방해 온 세 가지 처방전을 소개한다. 이는 '사목Seelsorge'이라는 영혼의 관리술을 발달시켰던 기독교의 발견물일뿐만 아니라 현대에도 여전히 부분적으로 의미를 가질 수 있는 심리치료의 효과물이기도 하다.

첫째, 우울증을 방지하기 위한 처방전으로 '기계적 활동', 즉 '노동을 통한 활동'이 있다. 이러한 활동으로 인해 고통스러운 생존은 상당히 경감될 수 있다. 자신의 생존의 고통과 그 고통을 생각함으로써 생기는 심리적 고통은 규칙적이고 반복적인 노동을 통해 경감될 수 있다. "고통받는 자의 관심이 근본적으로 고통에서 다른 곳으로 전환되고, 부단히 한 행위와 다시 반복되는 한 행위만이 의식에 들어오며, 결과적으로 그 속에는 고통이 들어설 여지가 거의 없게 되는 것이다."[16]

노동이나 기계적 활동이란 일상생활에서 규칙적이고 반복적인 활동을 하는 것이며, 아무런 생각 없이 규칙에 정확히 복종하며 단호하게 생활하는 것이고, 시간 사용을 엄격히 준수하는 것이며, 자신 안에서 다른 욕구나 생각이 돌아다니지 않도록 자기 망각이나 자기 무시에 대해 훈련하는 것을 뜻한다. 우울증에 있는 사람에게 노동이나 규칙적 활동을 권하는 것은 바로 노동이 우울증을 방지할 '최고의 경찰'이기 때문이다. 노동은 극히 많은 신경의 힘을 소모하고 성찰, 고민, 몽상, 걱정, 애정, 증오를 위해 쓰일 힘을 앗아 간다.[17] 니체는 영혼의 비참함이나 빈곤, 질병의 상태에서 노동이 이를 벗어나도록 하는 역할을 한다는 것을 잘 알고 있었다. "모든 종류의 비애나 영혼의 비참한 상태를 극복하기 위해 시도되어야 하는 일은 우선 식단을 바꾸고 육체적으로 고된 일을 하는 것이다."[18] 노동이나 규칙에 따른 활동은 고통 속에 있거나 우울증에 있는 사람의 내면에 다른 부정적인

---

[16] 니체, 《도덕의 계보》, 504쪽.

[17] 니체, 《아침놀》, 191쪽.

[18] 니체, 《아침놀》, 267쪽.

생각이 들어서지 못하게 하는데 도움이 되는 것이다.

두 번째는 작은 즐거움을 찾는 방법이다. 우울증과 싸울 때의 좀 더 귀중한 수단은 쉽게 접근할 수 있고 일상적인 것이 될 수 있는 작은 즐거움이라는 처방이다. 즐거움이 바로 치료제로 처방될 수 있다는 것이다. "사람들을 즐겁게 하는(선행하고, 베풀고, 안심시키고, 도와주고, 설득하고, 위로해 주고, 칭찬하고, 대우를 해 주는 것) 즐거움"[19]이 바로 그러한 처방의 한 형태다. 금욕주의적 성직자는 우울증에 걸려 삶의 의미를 잃고 무기력하게 있는 사람들에게 이웃 사랑이라는 처방을 내리고 있는데, 이는 가장 신중한 조제 분량이지만 근본적으로 가장 강력하고 가장 삶을 긍정하는 충동의 자극, 즉 힘에의 의지의 자극이라는 처방이다. 작은 선행을 하고 이웃을 도와주는 가운데 느끼는 가장 작은 우월감이라는 행복은 삶의 무의미나 허무 감정에 대한 하나의 위로 수단이 되는 것이다. 일상에서 일어나는 작은 기쁨이나 행복감, 삶의 보람 등은 삶의 무의미나 허무에 빠지지 않게 하는 긍정적 처방전 가운데 하나인 것이다.

세 번째는 공동체를 형성하는 방법이다. 인간은 무리를 이루고 모임을 조직하고 그 안에서 서로 돕거나 권력을 확인하는 가운데 자기 삶의 안정성과 확실성을 찾고자 한다. 이는 자신의 삶을 공동체 혹은 조직을 통해 관리하며 무리 가운데 삶의 안정적인 지반을 확보하고자 하는 방식이다. 상호성을 지향하고 무리를 형성하며, 공동체를 지향하고 모임을 갖고자 하는 의지 속에서 힘에의 의지가 발생하는 것이다. "무리를 이루려는 것은 우울증과의 투쟁에서 중요한 진보이며 승리이다."[20] 모임이나 공동체적 삶은 인간에게 삶의 관리나 연대감을

---

[19] 니체, 《도덕의 계보》, 504쪽.
[20] 니체, 《도덕의 계보》, 505쪽.

부여하고 우울증을 방지하는 진보적 형태임에는 틀림없다. 그러나 니체는 이것만으로 우울증이나 삶의 불안을 극복하고 실존의 의미를 발견하는 것은 한계가 있다고 생각한다.

니체에 따르면 감정의 무절제나 고통에 대해 금욕주의적 성직자가 사용한 수단, 즉 기계적 활동, 작은 기쁨이나 이웃 사랑의 즐거움, 무리 조직, 공동체의 힘의 느낌에 대한 자각 등은 현대적 척도로 볼 때 불쾌와 싸우는 순진한 수단일 뿐 근본적인 처방은 되지 못한다. 이러한 행동이나 활동의 결과로 공동체가 발전되고 번영되며 개개인은 자기 자신에 대한 불만을 느끼지 못하게 된다. 금욕주의적 성직자의 고통의 치료법은 병을 치료하는 것에 있는 것이 아니라, 우울증의 불쾌와 싸우고 그것을 완화하고 마비시키는 데 있다. 그들은 죄책감을 이용해 병든 영혼의 역사에서 우울증에 걸린 많은 사람들을 병자로, 죄인으로 만들고, 속죄, 회한, 구원이라는 종교적 치료에 의존하게 만든 것이다. 니체는 힘든 육체적 노동, 작은 즐거움, 모임 등과 같은 처방은 우울증이나 영혼의 고통을 받는 사람들에게 일시적 처방이 될 수 있을지 몰라도 근본적인 처방은 되지 못한다고 본다. 니체에서 삶의 고통이나 영혼의 혼란, 감정의 무절제에 대한 더 근본적인 처방은 자기 자신과의 진정한 만남에 있는 것이다. 이는 자신의 생각에 대한 만남이나 자신의 내면세계에 대한 대화를 요청한다.

고통의 치료술

니체의 고통의 치료술은 인간의 자기 자신과의 만남이나 자신의 충동과 정동Affekt과의 대화에서 시작한다. 니체는 고대 헬레니즘철학의 의료치료적 전통, 특히 스토아학파와의 대결 속에서 철학의 치료적 가능성을 찾는다. 니체는 스토아 전통 안에 자신을 세우는데, 이는 모든 개인으로 하여금 의사와 환자가 하나가 되도록 권하는 것이다.[21] 또한 그는 세네카적 분위기 속에서 자신의 철학을 자기 치료의 방법과 양식, 단계를 해명하는 것으로 이해한 것이다.[22] 이러한 의미에서 니체의 치료술은 '자기 치유'에 초점이 맞추어져 있다고 볼 수 있다.[23] 이 단락에서는 니체가 고대의 치료철학의 전통과 어떻게 만나며 그 가운데 자신의 치료적 관점을 형성하는지를 먼저 논의할 것이다.

첫째, 니체는 정동의 정화에 치유 가능성이 있다고 보았다. 고대 치유술은 정동과의 적절한 교류에 물음을 제기하는데, 그 첫째 방향은 스토아의 영향 아래 불안, 걱정, 수치심, 모욕, 슬픔, 상심, 분노, 돌발적 분노, 시기심, 질투 등 인간을 병들게 만든다고 여겨지는 정동을 절제하거나 억제하고 단절하는 데 치유가 있다고 본다. 이에 대해 다른 방향은 정동이 영혼 안에 거주하는 것이 아니라 밖으로 열리고 방출될 때 치유된다고 여긴다. 니체는 여기에서 두 번째 치유 방향, 즉 '정화Katharsis'의 전통 위에 서 있다.[24] 《비극의 탄생Die Geburt der Tragödie》에서는 정동 억압의 병인적 작용과 정화를 통한 정동 극복의 치유 효과가

---

[21] Michael Ure, *Nietzsche's Therapy*, Lanham：Lexington Books, 2008, p. 128.

[22] 같은 책, p. 129.

[23] 일반적으로 심리치료는 의료적 기반 위에 있는, 즉 '정신의학에 기초한 심리치료'와 심리학적 지식이나 통찰에 의존하는, 즉 '심리학에 기초한 심리치료' 등으로 구분된다. 니체에서 치료술을 논할 때는 서양철학의 전통에서 영혼에 관한 심리학적 지식이나 통찰에 기초한 치료의 방향이다. 현대의 심리치료에서 '치료'와 '치유'라는 용어를 크게 구분하지 않고 사용하고 있는데, 니체의 치료술을 논할 때는 이러한 맥락을 염두에 두고 치료와 치유의 용어를 함께 사용한 것이다. 정신의학에 기초한 심리치료에서는 주로 '치료'라는 용어를 선호한다고 할 때, 이를 염두에 두면 니체적 치료는 '치유'에 가까운 개념이다. '치료술Therapeutikum'이라는 용어는 현재 학계에서 니체의 치유 방법론과 연관해 통용되고 있는 표현이므로 여기에서는 이를 그대로 사용할 것이다.

[24] Günter Gödde, "Dionysisches−Trieb und Leib−»Wille zur Macht«", Nietzsches Annäherungen an das »Unbewusste«, in：Michael B. Buchholz, Günter Gödde(Hg.), *Macht und Dynamik des Unbewussten*, Gießen 2005, S. 221.

중요한 역할을 하며,[25] 《도덕의 계보》에서는 원한Ressentiment의 역학을 다루며 원한 감정이나 복수 감정에서 해방된 건강한 본능과 그 능동적 활동 가능성을 주인도덕의 형태로 주제화한다.

니체가 주목하는 것은 정동의 승화이자 그 능동성이다. "고귀한 인간의 원한 자체는, 그것이 나타나는 일이 있을지라도, 바로 잇달아 오는 반작용으로 수행되고 약해지기 때문에 해독을 끼치지 않는다."[26] 수동적이고 반응적 행동이 주체성을 약화시키고 원한 감정을 생기게 한다면, 적극적이고 능동적 활동은 인간으로 하여금 세계에 개방적이 되고 자신에 대한 신뢰를 강화시킨다. "밖으로 발산되지 않는 모든 본능이 안으로 향하게" 되는 것을 니체는 '인간의 내면화'라고 표현한 바 있다.[27] 인간의 영혼의 내면에서 자신의 정동을 억압하거나 거세함으로써 생겨나는 원한 감정, 죄책감, 양심의 가책 등은 오히려 자신을 증오하거나 공격하게 되는 것이다. 이러한 심리적 기제를 이해하고 있던 그는 정동의 정화나 능동적 방출을 하나의 대안으로 모색한다. 카우프만에 따르면 니체는 이러한 대안을 자신의 철학 개념인 '승화'에서 찾고 있다.[28]

충동의 정화나 승화는 정동의 긍·부정적인 사용이나 인간의 행

---

[25] 같은 곳 : 여기에서 정화Katharsis란 비극을 봄으로써 마음의 우울, 불안, 긴장 등이 해소되는 아리스토텔레스적 의미가 아니라 감정의 응어리를 언어나 행동을 통해 외부로 표출하는 심리학적 의미의 '정화'를 의미한다. 《비극의 탄생》에 나오는 '디오니소스적 격정/도취'의 치료적 관점에서의 적용 문제, 즉 몰아적 음악과 격렬한 춤을 통해 억압된 정동이 외부로 표출(카타르시스)되며 실존적 고통의 치유가 일어나는 문제는 무용치료의 이론적 단서가 될 수 있기에 이는 앞으로 더 심도 있게 논의될 필요가 있다.

[26] 니체, 《도덕의 계보》, 370쪽.

[27] 니체, 《도덕의 계보》, 431쪽.

[28] 니체에서의 승화와 도덕, 정신, 에로스의 관계에 대해서는, W. Kaufmann, *Nietzsche : Philosopher, Psychologist, Antichrist*, Princeton : Princeton University Press, 1974, 211쪽 이하 참조할 것 ; 나는 니체 철학의 이해에서 카우프만의 저서가 차지하는 비중을 매우 높게 평가하며, 특히 니체 철학의 심리학적 성격이나 치료적 관점을 입문적으로 이해하기 위해서는 이 책의 정독이 반드시 필요하다고 생각한다.

동 혹은 삶의 표현과 밀접하게 연관되어 있다. 충동이 없는 사람은 선한 일도 창조적인 일도 할 수 없다. 반면 강한 충동을 가지고 있는 사람이 그것을 승화시키는 법을 배우지 못했을 때는 오히려 나쁜 일을 할 수 있다. 인간은 정동의 승화나 자기 조절을 배울 때 능동적이고 건설적인 활동을 할 수 있는 것이다. 승화란 충동의 극복이며 '정신화Vergeistigung'인 것이다. 자신의 정동과 진실되게 만나고 이를 긍정적인 방식으로 승화시키며 정신화된 방식으로 표현하는 것, 여기에서 정동의 긍정적 방출이라는 치유가 일어나는 것이다.

둘째, 니체는 고대 치료술과 연관해 기억과 망각의 관계를 치료적 언어로 발굴한다. 고대 치유술에는 기억의 여신으로서 므네모시네Mnemosyne를 체현하는 '기억의 기술die Kunst der Erinnerung'과 망각의 여신인 레테Lethe로 대표되는 '망각의 기술Die Kunst des Vergessens'이 있다.[29] 니체는 므네모 기술과 레테 기술이라는 고대의 치료적 전통을 끌어내어 기억과 망각을 건강과 질병의 치료 문제로 옮겨 놓는다. 여기에서 중요하게 여겨지는 것은 시간과의 적절한 교류이다. 니체는 기억을 통해 인간은 역사적 삶뿐만 아니라 의미 있는 삶을 만들어 갈 수 있다고 보았다. "삶을 위해 과거를 사용하고 이미 일어난 것에서 다시 역사를 만들 수 있는 힘을 통해 비로소 인간은 인간이 된다."[30] 그러나 그는 기억의 가치뿐만 아니라 망각할 수 있는 능력의 가치 또한 잘 알고 있었다. "명랑함, 양심, 즐거운 행위, 다가올 것에 대한 신뢰—이 모든 것은 …… 또한 우리가 제때에 기억하는 것처럼 제때에 잊을 줄 아느냐, 우리가 힘찬 본능을 가지고 언제 역사적으로 느껴야 하고 언제 비역사적으로 느껴야 할지 감지해 내느냐의 여부에 달려 있다."[31]

---

²⁹ Günter Gödde, 앞의 논문, S. 221–222.

³⁰ 니체, 《반시대적 고찰》, 이진우 옮김, 책세상, 2005, 295쪽.

³¹ 니체, 《반시대적 고찰》, 294쪽.

니체에게 망각이란 부정적인 의미의 인식 능력의 상실이 아니라 건강한 삶을 살기 위한 긍정적인 저지 능력인 것이다.

> 망각이란 천박한 사람들이 믿고 있듯이 그렇게 단순한 타성력vis inertiae이 아니다. 오히려 이것은 능동적인, 엄밀한 의미에서의 적극적인 저지 능력이며, 이 능력으로 인해 단지 우리가 체험하고 경험하며 우리 안에 받아들인 것이 소화되는 상태(이것을 '정신적 동화'라고 불러도 좋다)에 있는 동안, 우리 몸의 영양, 말하자면 '육체적 동화'가 이루어지는 수천 가지 과정 전체와 마찬가지로, 이것이 우리의 의식에 떠오르지 않는다. 의식의 문과 창들을 일시적으로 닫는 것, 우리의 의식 아래 세계의 작동 가능한 기관이 서로 협동하든가 대항하기 때문에 일어나는 소음과 싸움에서 방해받지 않고 있는 것, 새로운 것, 특히 고차적 기능과 기관에 대해, 통제하고 예견하며 예정(우리의 유기체는 과두적인 조직으로 만들어져 있기 때문이다)하는 데 다시 자리를 마련하기 위한 약간의 정적과 의식의 백지 상태tabula rasa—이것이야말로 이미 말했듯이, 능동적인 망각의 효용이며, 마치 문지기처럼 정신적인 질서와 안정, 예법을 관리하는 관리자의 효용이다 : 여기에서 바로 알 수 있는 것은 망각이 없다면 행복도, 명랑함도, 희망도, 자부심도, 현재도 있을 수 없다는 것이다. 이러한 저지 장치가 파손되거나 기능이 멈춘 인간은 소화불량 환자에 비교될 수 있다.[32]

인간에게 망각이란 단순한 타성력이 아니라 적극적인 저지 능력이며, 새로운 것을 만들기 위해 자리를 준비하는 능동적 정신 활동인 것이다. 따라서 이것은 하나의 힘이며 강건한 건강의 한 형식을 나타

내는 것이다. 과거에 대한 망각이 없다면 현재도 행복도 있을 수 없는 것이다. 인간은 기억을 통해 의미와 역사를 만들고, 망각을 통해 현재와 새로운 것을 만들게 된다. 그는 고귀한 인간이란 "조형하고 형성하며 치유하고 또한 망각할 수 있는 힘을 넘치게 지닌 강하고 충실한 인간"[33]이라고 본다. 망각할 수 있는 힘은 상처를 치유하고 새롭게 조형하는 힘이기도 하다. "조형력이란 스스로 고유한 방식으로 성장하고, 과거의 것과 낯선 것을 변형시켜 자신의 것으로 만들며, 상처를 치유하고 상실한 것을 대체하고 부서진 형식을 스스로 복제할 수 있는 힘을 말한다. 이 힘을 거의 소유하고 있지 않아 단 한 번의 체험으로도, 단 하나의 고통으로도, 종종 단 하나의 연약한 불의로도, 단 하나의 조그만 상처로도 치유할 수 없을 정도로 피를 흘리는 사람이 있다. 다른 한편 가장 거칠고 끔직한 삶의 재난이나 자신의 악한 행위도 아무런 영향을 주지 않아, 그 와중이나 그 직후에도 평상시의 건강과 일종의 평상심을 유지할 수 있는 사람도 있다."[34]

조그만 사건으로도 심한 정신적 상처를 입기도 하고, 힘든 재난에도 평상심을 유지할 수 있는 것은 바로 이 망각 능력과 조형력에 기인하는 것이다. 망각 능력은 과거의 상처를 잊거나 변형시키는 치유력이며 새로운 것을 만드는 조형력의 토대이기도 한 것이다. 시간(과거, 현재, 미래)과의 교류에서 이루어지는 삶의 의미 부여적 해석은 망각 능력과 기억 능력을 적극적인 치유력이자 조형력의 토대로 만든다.

셋째, 니체의 고대 치료술과의 세 번째 연결 고리는 푸코가 말한 것처럼 파르헤시아Parrhesia의 모델 속에서 볼 수 있다. 파르헤시아는 "진리를 말하면서 솔직해짐"[35]으로 번역될 수 있는 것으로, 진실을 말

---

33 니체, 《도덕의 계보》, 370쪽.

34 니체, 《반시대적 고찰》, 293쪽.

35 Günter Gödde, 앞의 논문, S. 222.

하는 사람은 이야기를 하면서 자신의 마음과 의미를 온전히 드러낸다. 파르헤시아적 실천의 공통점은 타부, 검열, 결과, 올바른 태도, 관습, 논쟁 규칙 등을 고려하지 않고 중요하건 중요하지 않건 모든 관점을 열어 놓는데, 즉 자기 자신에 대한 진실을 드러내는 데 있는 것으로, 프로이트가 정신분석의 기본 규칙으로 제시했던 자유연상은 이러한 고대적 파르헤시아의 특별한 형태인 것이다.[36]

프로이트가 이미 오래전에 형식화했던 것처럼 니체는 "우리 인식을 확장시키는 모든 것은 무의식을 의식화시키는 데서 생겨난다"[37]고 말하며, 이 의식화를 위해 우리가 어떤 기호언어를 가지고 있는지가 문제가 된다고 보았는데, 이는 자신 안의 저항을 극복하며 '무의식의 의식화Bewußtwerdung des Unbewußten'에 정신분석적 치료의 원리가 있다는 프로이트의 견해를 앞서는 것이었다. 니체는 철학을 자신의 내면의 진실을 드러내며 자신의 이야기를 분석함으로써 인식을 확장하는 자서전 읽기와 글쓰기라고 본 것이다.[38]

자신의 삶의 진실을 드러내고 자신의 생각이나 삶의 텍스트를 해석하는 가운데 좋은 해석을 통해 자신의 삶을 긍정하고 미래를 조형할 수 있는 의지를 활성화하도록 하는 것, 여기에 니체철학의 치유 성격이 있다. 여기에서 주목할 만한 것은 카타르시스, 므네모시네와 레테, 파르헤시아라는 세 가지 측면이 니체뿐만 아니라 후일 프로이트의 치료술에도 결정적인 것이라는 점이다.[39] 쇼펜하우어의 의지의 부

---

36 같은 논문, S. 223.

37 F. Nietzsche, N 5〔89〕, KSA Bd.7, S.116.

38 G. Parkes, *Composing the Soul : Reaches of Nietzsche' Psychology*, Chicago and London : The University of Chicago Press, 1994, pp. 8-14.

39 Günter Gödde, 앞의 논문, S. 223 ; 니체와 프로이트의 고대치료술에 대한 관계에 대해서는, Günter Gödde, "Die antike Therapeutik als gemeinsamer Bezugspunkt für Nietzsche und Freud", in : Nietzsche-Studien, Bd. 32(2003), S. 206-225 ; Michael Ure, *Nietzsche's Therapy*, p. 121 이하 참조할 것.

정설이 금욕주의적이고 스토아적인 삶의 기술에 서 있으면서 자기지양을 통해 구원에 도달할 수 있다는 구원설의 첫 유형을 표현하고 있다면, 니체는 충동의 부정이 아니라 충동의 형성과 조형을 통해 도달되는 반대 유형, 즉 무아가 아니라 자기극복이, 자기보존이 아니라 자기조형에서 해방의 원리를 찾고 있는 것이다.[40]

이 밖에도 니체가 제안하고 있는 또 하나의 처방전은 습관의 교정과 일상생활의 건강한 유지, 즉 자신의 영혼의 관리술이다. 그는 삶의 무수히 많은 문제가 실은 잘못된 사고 습관이나 생활 습관에서 생겨난다고 보았다. 우리는 시간을 아무렇게나 사용하기도 하고, 자신이 거주하는 공간을 무질서하게 어지르기도 하며 자신의 물건을 거칠게 다루기도 하고, 또 사람들과 의사소통을 하며 거친 표현이나 잘못된 언어를 사용하며 살아간다. 아무런 성찰적 의식 없이 일상을 꾸려가는 이러한 생활 습관이나 무수히 많은 사소한 정신의 소홀에서 육체의 만성적인 병뿐만 아니라 영혼의 병도 생기는 것이다. 따라서 마음이 힘들고 고통스러운 사람은 우선 자신의 사고 습관이나 생활 습관을 점검하고 이를 고쳐야 하는 것이다.

"자신의 영혼을 치유하려는 사람조차 가장 사소한 습관들을 고쳐야 한다. 많은 사람들이 매일 열 번씩 자기 주위의 사람들에게 악의에 가득 찬 말을 퍼부으면서도 거의 그것을 대수롭지 않게 생각한다. 특히 몇 년 후에 그는 자신이 매일 열 번 주위 사람들을 기분 나쁘게 하도록 그를 강제하는 습관의 법칙 하나를 만들어 냈다는 사실을 생각하지 않는다. 그러나 그는 주위 사람들을 매일 열 번씩 기분 좋게 만드는 습관을 들일 수도 있다."[41]

---

[40] Günter Gödde, "Dionysisches—Trieb und Leib—»Wille zur Macht«", Nietzsches Annäherungen an das »Unbewusste«, S. 224.

[41] 니체, 《아침놀》, 355쪽.

인간관계에서 부정적으로 자신을 표현하는 생활 태도나 거칠게 말하는 태도, 화내고 짜증 내는 마음의 습관, 게으름과 탐욕의 습관 등은 자신의 영혼을 손상시키고 스스로를 병들게 만들뿐만 아니라 타인에게도 상처를 주기에, 자신이 인지하지 못했던 자신의 사고 습관이나 생활 습관을 검토하고 교정함으로써 영혼의 치유가 일어날 수 있다는 것이다. 니체의 이러한 습관의 훈련, 자기 관계에 대한 배려의 훈련은 오늘날 "의식적으로 이끄는 삶"을 위한 노력으로서 '삶의 예술Lebenskunst'을 추구하는 슈미트W. Schmid에게서 그 현대적 치유의 반향을 찾을 수 있다.[42] 습관의 훈련은 자기 관계의 훈련이며, 삶을 긍정할 만한 가치가 있는 것으로 조형하려는 기술이자 충일되고 아름답게 삶을 이끌어가려는 자기강화적 치유술인 것이다.

니체는 여기에서 더 나아가 정신이 궁핍한 사람을 돕는 영혼의 치료사의 역할에 대해 언급한다. 즉, 그는 정신이 궁핍한 사람이 찾아와 고민을 이야기하면 그의 손과 마음을 충만하게 해 주고, 그것으로 명성이나 감사를 얻기를 원하지 말아야 한다고 말한다. 정신이 가난한 사람들을 맑은 머리와 한줌의 지식과 한 자루에 가득 찬 경험으로 도와주고, 여러 의견들에 의해 뒤죽박죽된 머리를 가진 이런저런 사람들에게 누가 도왔는지도 알아채지 못하게 도움을 줄 것을 권한다. 이런 사람들에 대해 눈에 띄지 않는 약간의 암시나 반박을 하며 그들 스스로 자신의 문제를 검토하며 올바른 것을 말하게 하며, 이에 대해 긍지를 가지고 앞으로 나갈 수 있도록 해야 한다는 것이다.[43]

이러한 니체의 언급은 오늘날 철학상담사나 철학적 영혼관리사가 하는 철학상담에 예시적 길을 제공한다. 오늘날 철학상담사는 내담자

---

[42] 김정현, 〈니체와 철학실천의 길—철학실천과 삶의 예술, 철학치유/치료와 연관해서〉, 《니체연구》 제19집(한국니체학회, 2011년 봄), 23쪽.

[43] 니체, 《아침놀》, 347쪽.

로 하여금 스스로 자신의 문제를 점검하고 정리하게 하고 자신의 해결책을 찾을 수 있도록 도와주는 역할을 하는데, 니체의 영혼의 치료사에 대한 언급은 그러한 상담의 과정에서 지켜야할 상담 윤리와 규칙, 태도를 예시해 주고 있다. 도움을 받는 사람(내담자)과 도움을 주는 사람(상담사) 사이의 대화나 상담 방법론에 관한 니체의 예시는 오늘날 아헨바하Gerd B. Achenbach의 '철학실천Philosophische Praxis'에도 많은 영향을 끼치고 있다.[44]

니체적 치료술의 한 임상 사례 : 무센브로크의 철학상담적 임상

우리는 여기에서 마음의 고통에 대한 니체적 치료술의 현대적 응용으로서 무센브로크Andreas Mussenbrock의 철학상담적 임상 사례 하나를 언급할 수 있다. 그는 국제철학실천협회 회원이자, 2002년부터 철학적 상담 실천을 임상의 형태로 수행하고 있는 철학실천가이다. 그에게 철학실천은 대화를 통해 자신의 삶의 진리에 이르는 길을 발견하도록 돕는 것을 의미하는데, 이때 철학적 대화는 자기 자신의 실존의 조명 과정을 목표로 하는 것이다. 자기 자신에 대한 근본적인 지식은 치유로 작용할 수 있기 때문이다. 그는 철학실천이 깊이 있는 정신적 대화를 찾는 사람, 삶 속에 어떤 방식으로 숨어 있는 사람, 인생의 전환점에 있는 사람, 결정의 도움을 필요로 하는 사람, 스스로에게 점점 더 장애가 되는 사람, 인간관계나 파트너 관계, 자기 자신과 갈등이 있거나 직장 갈등이 있는 사람, 분리나 이별, 상실을 제대로 해결하지 못하는 사람, 강압, 폐쇄, 의존성에서 자신의 길을 제대로 알지 못

---

44 니체철학과 아헨바하의 철학 실천의 연관성에 대해서는, 김정현, 〈니체와 철학실천의 길―철학실천과 삶의 예술, 철학치유/치료와 연관해서〉, 13~19쪽 참조할 것.

하는 사람뿐만 아니라, 죽음과 슬픔과 같은 실존적 문제나 감정의 문제, 청소년 윤리 훈련의 영역에도 기여할 수 있다고 본다.[45]

철학적 인생 상담에서 중요한 문제는 영혼에 뚫린 검은 구멍, 즉 가슴속의 공허감을 극복하도록 매개하는 실천적 도움이다. 실천적 도움이란 대화를 하는 가운데 삶에 대한 자폐적 태도를 열고, 삶의 경직이나 억압 혹은 강압에서 오는 문제들을 해결하고, 인간관계나 자신과의 관계에서 갈등을 극복하는 길을 제시하려는 시도로, 내담자로 하여금 스스로 변화하도록 용기를 줄 수 있다. 그는 오늘날 철학실천을 대표할 수 있는 (가상의) 네 명의 사례를 진단과 치료 능력이 입증된 18명의 철학자들의 이론을 통해 진단하고 치료하고자 한다. 그는 삶의 의미와 정위감Orientierung을 찾고자 하는 사람들에게 자기 인식을 하게끔 돕는 치료술Therapeutikum을 제시한다. 그는 각 철학자들의 생애와 학설을 소개하고 개별적인 사례를 언급한 이후 이에 대한 진단과 치료의 내용을 제시한다.

그가 니체와 연관해 들고 있는 사례는 37세의 여성 클라우디아의 사례이다. 그녀의 아버지는 고위 공직자인데, 그는 사회적 능력이 있고 의무감이 철저했으며, 가족이나 동료 집단에서도 존경을 받고 있었다. 아버지는 자신의 감정을 드러내는 일이 거의 없고, 모든 중요한 결정을 하며, 객관적 언어를 사용하며 자신을 표현하는 사람이었다. 그녀에게는 어머니가 있었는데, 어머니는 연구자임에도 불구하고 가족과 남편을 위해 자신의 직업을 희생하면서 주부로 살고 있었으며, 또한 다섯 살 연상의 언니가 있었다. 그녀의 어머니는 가족의 안정과 평화를 가장 중요하게 생각하며, 평화를 위해 가족의 모든 갈등을 덮어 두고 참고 견디는 유형이었다. 클라우디아는 이러한 가족 분

---

[45] http://www.hentopan.de/de/philosophische_praxis.asp.

위기 속에서 성장했다.

　그녀는 학교 시절에는 문제가 없었으며, 성인이 되어 성공적인 변호사 후보로 일하는 언니 밑에서 일을 시작했다. 그러나 그녀는 언니가 자신을 진지하게 여기지 않으며 정말 흥미 있는 일은 주지 않고 잡일만 준다고 생각해 불만이 많았다. 1년 뒤 그녀는 휴가 동안 알게 된 남자친구를 찾아 이탈리아로 갔지만, 다음 해 그들의 파트너 관계는 망가졌고 그녀는 다시 독일 뮌스터로 돌아왔다. 그녀는 다시 한 은행에서 법률가로 자리를 잡았고, 새로운 직장에서 선임자가 그녀의 능력을 제대로 알아보지 못한다고 불만을 가졌다. 그럼에도 불구하고 승진에 대한 아무 전망도 없이 단순히 돈을 벌기 위해 직업 생활을 하고 있었다.

　그녀의 불만은 직업 생활에서의 자기 능력이나 존재의 인정뿐만 아니라 지속되지 못하는 파트너 관계에 있었다. 그녀의 이성 관계는 언제나 짧게 지속되었고, 자신에게 어울리는 제대로 된 사람을 찾았지만 찾지 못하는 상황에 있었다. 그녀는 미래에 대한 근심 걱정, 즉 경제적 어려움, 질병, 나이가 들어가는 문제에 대해 많은 걱정을 하고 있었고, 해직이 되면 거기에 생겨날 수 있는 경제적 상황에 대해 항상 두려움이 있었다. 또 그녀는 어릴 때 원인 없이 아팠던 경험 때문에 질병에 대한 걱정도 많았다. 그러나 그녀가 겪고 있던 고통 가운데 하나는 파산자와 다름없는 남자와의 교제가 파산했다는 사실에 있었다. 그 남자는 모든 것을 다 잃어버린 상태였고, 그녀는 동정심에서 그를 돕고자 했으나 실상 그들의 관계는 "그를 위해 다리가 찢어지는 관계"였던 것이다. 그녀의 연민과 희생적 노력에도 불구하고 그 남자는 그녀를 떠났고, 그녀는 "이제 심지어 바보 같은 자식까지 나를 떠났다"는 생각에 밑바닥까지 무너져 내리며 고통스러워했던 것이다. 무센브로크는 이러한 클라우디아의 사례에는 동정, 열등감, 권력

관계 등이 얽혀 있다고 보았으며, 이러한 문제를 해결할 수 있는 철학적 단서를 니체로부터 찾는다.

그는 클라우디아의 중심 문제가 '동정'이었다고 진단한다. 그녀는 아버지와 언니와의 관계에서 열등감을 느꼈고, 이러한 열등감이 파트너 선택과 같은 인간관계로 전환된 것이다. 그녀는 자신보다 약하다고 여겨지는 사람을 친구로 사귀고 여기에서 지배 관계를 형성했다. 그녀의 동정은 자신이 받은 고통이나 억압에 대한 복수일 뿐만 아니라 동시에 스스로 억압하는 자가 되는 수단이 된 것이다. 억압, 동정, 복수, 자기 확인 등은 클라우디아에게 숨겨진 채로 있었고, 스스로 약자의 도덕(노예도덕)을 발달시켰던 것이다. 그녀는 동정이나 연민을 통해 파트너 관계를 유지해 갔고, 자신이 마음대로 해도 된다는 우월 의식을 애인에게 확인했던 것이다. 그러나 이들의 관계는 남자의 경제적 무능력과 여자의 우월감이라는 의존성에 기반하고 있었으며, 하나의 권력관계나 억압 관계가 그 기저에 있었던 것이다. 그녀에게는 독립적인 개체로 상호 인정하고 관계를 맺을 수 있는 힘, 즉 주인도덕의 의식이 결여되어 있었던 것이다. 그녀의 문제에는 타인으로부터의 인정, 의존감, 약자를 지배하려는 권력 감정, 삶의 불안감, 미래적 전망의 부재 등이 복잡하게 얽혀 있었다. 즉, 그녀에게는 근본적으로 삶에 대한 능동적 태도나 긍정적 의식을 가지고 미래를 창조적으로 열어나가는 힘이 부족했던 것이다.

무센브로크는 여기에서 니체의 《차라투스트라》에 나오는 낙타, 사자, 어린아이라는 세 가지 정신의 발전 과정을 통해 비유적으로 치료적 모델을 제시한다. 클라우디아는 지금까지 덕이나 이상, 도덕관념에 커다란 부담을 느끼고 살아왔다. 그녀는 자신의 인생에서 무언가 잘 이루어지지 않는다는 직감이 들 때 예민해지고 견딜 수 없을 정도의 무력감을 체험하곤 했던 것이다. 이때 무센브로크는 지배, 억압,

동정, 복수, 의존증의 심리적 기제에서 일어난 관계장애와 심리적 고통을 니체철학 안에 내장된 정신적 성장 과정과 독립성에 관한 사상에 기초해 치료하고자 한 것이다.

니체철학에 기반해 그녀는 자신의 삶에서 생긴 정신적 압박을 부수고 자신의 의존성과 지배 관계를 파괴하는 힘을 얻고 내면적으로 성장하게 된다. 낡은 가치의 파괴는 새로운 삶으로 들어가는 시작이다. 그녀가 자신도 모르게 스스로에게 부과한 의무감, 죄책감, 열등감, 혹은 자기가 스스로에게 만들어 놓은 삶의 불만감을 지우게 될 때, 위계나 권력관계, 불만과 불안의 문제도 해결된다. 그녀는 더 이상 억압이나 의존에 놓여 있는 인간관계를 찾지 않게 된 것이다. 그녀는 이제 삶의 창조적 놀이 속에서 자신 안에 있는 혼돈을 발견하며 진정으로 '춤추는 별을 출산'할 수 있게 된 것이다. 즉, 춤 속에서 세계를 긍정하고 삶을 감싸 안게 된 것이다.[46]

무센브로크의 철학상담의 방법은 철학실천의 범주에 있으면서도 초월적 방법을 주장하는 아헨바하와 달리 철학 텍스트와 그 철학적 주제를 각 개별적 사례에 적용하고 문제 해결에 이용하고 있다는 점에서 슈미트의 삶의 예술이나 베르더Lutz von Werder의 철학적 심리치료에서 사용하고 있는 텍스트 읽기의 방법을 원용하고 있는 듯 보인다.[47] 특히 개별적 사례를 '진단'하고 '치료'하는 그의 방식은 임상철학의 방식을 닮아 있다. 현재 그의 임상 사례에서 볼 수 있듯이 철학상담은 삶의 예술이나 철학적 심리치료와 혼융이 되면서 다양한 형태로 진화되고 있는 듯 보인다.

---

[46] Andreas Mussenbrock, *Termin mit Kant : Philosophische Lebensberatung*, München 2010, S. 147-163.

[47] 철학적 심리치료 및 니체와 베르더의 철학적 심리치료의 관계에 대해서는, 김정현, 〈철학과 마음의 치유〉, 《철학연구》 제115집(대한철학회, 2010.08.), 64~66쪽 ; 김정현, 〈니체와 철학실천의 길—철학실천과 삶의 예술, 철학치유/치료와 연관해서〉, 28~31쪽 참조할 것.

치유란 창조적 의지의 실현이다

삶의 의미 문제는 인간에게 영원한 숙제이다. 삶의 무의미나 허무에 빠지지 않고, 고통의 순간에도 그 고통의 의미를 읽을 수 있는 사람은 자신의 문제를 잘 해결해 나가며 자신의 삶을 충실히 이끌어 가게 된다. 자신이 왜 사는지, 어떻게 살아야 하는지, 자신의 삶이 자신에게 어떤 물음을 던지고 있는지, 자신의 고통이나 시련에는 어떤 의미가 있는지, 그리고 그러한 고통을 극복하기 위해 어떤 내면적인 정신 훈련을 해야 하는지 등을 묻는 사람은 자신의 삶을 긍정하며 그 대답을 충실히 찾게 되는 것이다. 그러나 삶이나 그 고통의 의미에 대해 묻지도 않고 그 해결 방안도 찾고자 노력하지 않는 사람은 매번 그저 반복되는 고통의 굴레에서 벗어날 수가 없다. 그 고통 가운데 가장 큰 고통이 '자기 자신에 대한 고통'이다. 정신인적 질병에 의해 실존적 고통을 많이 겪고 있는 현대에 특히 실존적 공허함으로 인한 삶의 무의미나 실존적 좌절, 욕구불만, 삶의 정위 상실, 우울증 등의 현상은 더욱 확산되고 있다.

니체는 자신과 만나고 대화하는 과정, 즉 심리학적 통찰의 과정에서 삶의 근본적인 문제에 이르는 길을 발견할 수 있다고 본다. 삶의 무의미와 허무감, 불안과 무기력이 아니라, 자신의 삶을 있는 그대로 온전히 받아들이고 이를 긍정하는데서 삶의 고통의 문제를 해결하는 실마리가 발견될 수 있다는 것이다. 니체는 "존재하는 것에서 빼버릴 것은 하나도 없으며, 없어도 되는 것은 없다"고 말한다.[48] 자신의 삶을 있는 그대로 긍정하고 이를 적극적으로 의욕할 때 우리는 삶에 대한 복수욕에서 해방될 수 있는 것이다. 니체의 '운명애amor fati'란 운명

---

[48] 니체, 《이 사람을 보라》, 392쪽.

에 수동적으로 적응하거나 주어진 상황을 그대로 나약하게 받아들이
는 수동적 태도를 지향하는 것이 아니다. 이것은 내가 바꿀 수 없는
삶의 조건들을 있는 그대로 받아들이고 이를 토대로 자신의 삶을 의
미 있게 창조적으로 바꾸는 능동적 태도를 의미한다.

삶에 대한 자신의 기대와 주어진 삶의 조건이 맞지 않을 때, 혹은
자신의 의도와 노력, 삶의 결실이 서로 일치되지 않을 때, 마음 안에
서 갈등과 욕구불만, 심리적 고통이 생겨난다. 이럴 때 원한 감정이
나 부정적인 마음이 생겨나고, 동시에 부정적인 방식으로 삶에 저항
하는 부정적 의식과 의지가 활동하는 것이다. 그러나 이는 우울증,
허무 의식, 복수 감정의 배출과 같이 고통을 더욱 증대시키며 삶을 파
괴하는 퇴화 본능에 다름 아니다. 니체는 이에 대해 자신의 정동과의
만남, 기억과 망각의 기술, 자신의 내면의 이야기를 진실되게 읽고
쓰는 글쓰기, 사고 습관이나 생활 습관 등과 같은 습관의 교정/훈련
이나 영혼의 관리 등을 통해 삶을 긍정하며 창조적으로 조형할 것을
권한다.

삶의 문제나 고통의 해결은 사고의 전환(달리 생각하기Andersdenken,
생각 바꾸기Umdenken)이나 딜리 해석하기(Umdeutung)의 훈련에서 시작
되며 이는 긍정적 자기를 찾는 길이기두 하다. 고통에서의 해방은 이
러한 긍정적이고 충만한 자기 창조의 길에서 발견될 수 있을 것이다.
허무의 심연으로부터 나올 수 있는 길은 자신의 삶을 끊임없이 성찰
하고 창조적으로 만들려는 노력 가운데 열릴 수 있다. 니체의 영향 아
래 나온 랑크O. Rank의 의지치료가 암시하는 바처럼,[49] 치유의 길은

---

[49] 니체가 오토 랑크의 심리학 및 의지치료에 끼친 영향에 대해서는, 김정현, 〈니체사상과 오토 랑크의
심리학〉,《니체연구》 제16집(한국니체학회, 2009년 가을), 131~160쪽 참조할 것 ; 니체의 철학을 심
리치료에 적용한 랑크의 의지치료에 대해서는, JyungHyun Kim, "Die Philosophie der Willenstherapie
Otto Ranks und Nietzsches Gedanke–Im Mittelpunkt des Begriffes 'der schöpferische Wille'", in :
Psychoanalyse : Texte zur Sozialforschung, 15. Jahrgang, Heft 2(2011), S. 172–183 참조할 것.

부정적 의지를 창조적 의지로 바꾸는 과정이며, 충만한 자기 관계의
훈련 속에서 삶을 아름답게 이끌어 가려는 긍정적 의지를 실현하는
노력의 과정이기도 하다.

김정현, 〈니체와 텍스트 해석, 그리고 철학치료〉, 《범한철학》 제44집(범한철학회, 2007.03.), 145~176쪽.

_____, 〈니체사상과 오토 랑크의 심리학〉, 《니체연구》 제16집(한국니체학회, 2009년 가을), 131~160쪽.

_____, 〈프랑클의 실존분석과 로고테라피, 그 이론적 기초〉, 《철학연구》 제87집(철학연구회, 2009년 겨울), 57~83쪽.

_____, 〈철학과 마음의 치유〉, 《철학연구》 제115집(대한철학회, 2010.08.), 64~66쪽.

_____, 〈니체와 철학실천의 길─철학실천과 삶의 예술, 철학치유/치료와 연관해서〉, 《니체연구》 제19집(한국니체학회, 2011년 봄), 7~38쪽.

_____, 〈로고테라피와 실존분석의 임상방법 및 철학상담에서의 함의〉, 《철학연구》 제120집(대한철학회, 2011.11.), 31~56쪽.

니체, 《선악의 저편·도덕의 계보》, 김정현 옮김, 책세상, 2002.

_____, 《이 사람을 보라》, 백승영 옮김, 책세상, 2002.

_____, 《아침놀》, 박찬국 옮김, 책세상, 2004.

Deleuze, G., *Nietzsche et la Philosophie*, Paris : Presses Universitaires de France, 1962.

Gödde, Günter, "Die antike Therapeutik als gemeinsamer Bezugspunkt für Nietzsche und Freud", in : Nietzsche-Studien, Bd. 32(2003), S. 206-225.

_____, "Dionysisches─Trieb und Leib─»Wille zur Macht«", Nietzsches Annäherungen an das »Unbewusste«, in : Michael B. Buchholz, Günter Gödde(Hg.), *Macht und Dynamik des Unbewussten*, Gießen 2005, S. 203-234.

Kaufmann, W., *Nietzsche : Philosopher, Psychologist, Antichrist*, Princeton : Princeton University Press, 1974.

Kierkegaard, S., *Die Krankheit zum Tode*, übers. von Hans Rochol, Hamburg 2005.

Kim, JyungHyun, "Die Philosophie der Willenstherapie Otto Ranks und Nietzsches Gedanke — Im Mittelpunkt des Begriffes 'der schöpferische Wille'", in : *Psychoanalyse : Texte zur Sozialforschung*, 15. Jahrgang, Heft 2(2011), S. 172-183.

Mussenbrock, Andreas, *Termin mit Kant : Philosophische Lebensberatung*, München 2010.

Parkes, G., *Composing the Soul : Reaches of Nietzsche's Psychology*, Chicago and London : The University of Chicago Press, 1994.

Ure, Michael, *Nietzsche's Therapy*, Lanham : Lexington Books, 2008.

http://www.hentopan.de/de/philosophische_praxis.asp

3

아도르노의 고통의 미학에서 바라본 현대 예술에서의 '폭력의 이미지'

유 현 주

"세상이 어두워짐으로 인해 극단적으로 어두워진
예술의 비합리성은 합리적인 의미를 지닌다."〔ÄT 35〕[1]

현대의 이미지 폭력을 치유하는 힘

존 버거의 말처럼, 오늘날 예술의 이미지는 순간적이고 편재되어 있
고 공허하며 유용하고 무가치하고 자유로워진 것이 사실이다. 실제로
우리는 어느 곳에서도 최신의 기술 매체인 아이폰, 아이패드, 디지털
컴퓨터와 사진을 통해 원하는 이미지를 복제하고 저장하며 감상할 수
있게 되었다. 이렇게 기술 복제 가능성이 해방시킨 이미지 창작과 복
제의 긍정적인 가치는 발터 벤야민의 〈기술복제시대의 예술작품Das
Kunstwerk im Zeitalter seiner technishen Reproduzierbarkeit〉에서 이미 논구된
바 있으며, 실제 현대 매체예술의 실험을 통해 실현되고 있다. 그러
나 벤야민 자신도 인정한 것처럼, 현대 예술은 복제된 예술 혹은 예술
의 복제 이미지 속에서 '아우라의 상실'이라는 대가를 치르지 않을 수
없다. 물론 벤야민이 예상했던 복제예술은 사진과 영화에 한정된 것
이긴 하지만, 동시대 예술 속에서 점점 더 많은 비중을 차지하고 있는
사진과 영상 이미지 및 사운드의 복제 가능성은 현대 예술의 경험을
과거와 현격히 다른 차원으로 이끌고 있음을 실감할 수 있다.

오직 원본에서만 발생하는 '일회적 현존성'의 분위기인 '아우라'의

---

1 본 글에 표기된 아도르노 원서의 약어는 다음과 같이 표기한다. 약어 다음에 나오는 숫자는 인용 페
이지를 가리킨다.
ÄT : *Ästhetische Theorie*, GS Bd. 7, Frankfurt a. M. : Shurkamp Verlag, 1970.
DA : *Dialektik der Aufklärung*, GS Bd. 3, 1981.
IN : "Die Idee der Naturgeshchichte", *Philosophische Frühschriften*, GS Bd. 1, 1973.
MM : Minima Moralia. *Reflexion aus dem beschädigten Leben*, GS Bd. 4, 1980.

상실에 대해 벤야민은 양가적 입장을 가졌는데, 즉 아우라의 상실을 원한 것은 아니지만, 그것은 현재의 기술 발전에 의해 도래할 필연적 현상이라는 것과, 곧 복제 기술이 가져올 새로운 사용가치를 위해 희생할 수밖에 없다는 것이다. 무엇보다도 벤야민은 아우라가 갖는 힘이 대중들의 비판적 의식을 마비시키고 작품에 몰입시키는, 즉 숭배적 가치를 실현하는 점에 대해 우려를 갖고 있었던 것으로 보인다. 이는 브레히트의 '소격효과'와 유사한 견해로, 벤야민은 아우라적인 작품이 주체를 작품의 내적 운동에 몰입 내지 동일시되게 하는 점에 대해, 예술이 대중을 현실로부터 멀어지게 함으로써 무력화시키는 '심미주의Ästhezismus'의 파시즘 효과를 낳을 가능성이 있다고 보았다.[2] 즉, 과거의 예술에서는 아우라가 전통적으로 엘리트주의적이고 독점적인 예술의 배타성을 보존케 했다면, 이제 필름, 라디오, 사진과 같은 현대 매체에서는 아우라가 사라져 감으로써 오히려 대중들의 일상적 의식을 비판적이고 능동적 상상력으로 대체시킬 수 있다는 희망을 보았던 것이다.

벤야민에 반대해 아도르노는 아우라의 상실로 인해 예술이 오히려 파시즘적인 도구로 사용될 수 있다고 지적한다.[3] 아도르노에 의하면, 아우라는 객관적인 어떤 성질이라기보다 작품을 감상하는 자의 시선에서 발생한다고 본다.[4] 그렇기에 자율적 예술의 참된 아우라가 주체에게 미치는 영향에 따라 저항의 계기를 이룰 수 있으며, 따라서 아우라는 상실되어서는 안된다고 보는 것이 아도르노의 견해이

---

[2] Robert W. Witkin, *Adorno on Popular Culture*, London : Roultedge, 2003, pp. 52–53. 위트킨은 이 글에서 아우라에 대해 벤야민과 브레히트의 유사한 모티브를 지적한다. 또한 벤야민의 충격의 효과와 비판적 거리두기가 대중을 움직일 잠재성을 논하는 Susan Buck-Morss의 글(Susan Buck-Morss, The Origin of Negative Dialectics, New York : The Free Press, 1977, pp. 147–149)에서도 확인된다.

[3] Birgit Recki, *Aura und Autonomie, Zur Subjektivität der Kunst bei Walter Benjamin und Theodor W. Adorno*, Würzburg : Dr. Johannes Königshausen u. Neumann, 1988, S. 137–140.

[4] op cit, S. 25.

다. 즉, 예술에서 "주술적 요소는 현 시점의 미적 합리성의 단계에서 사라졌다고만은 볼 수 없"으며 "그것은 부정된 것Negiertes으로 보존된 다"[5]는 것이다. 또한 텔레비전, 라디오, 영화와 같은 대중매체의 예술은 아우라를 상실하고 '물화Verdinglichung'될 뿐 아니라, 현실을 기만하는 거짓 아우라를 양산함으로써 문화산업의 이데올로기에 부합하게 될 뿐이라고 지적한다. 이때 이 허위의 아우라가 만들어 내는 것을 필자는 '이미지의 폭력'으로 규정하고자 한다. 왜냐면 그러한 허위의 아우라는 인류가 진정한 자연의 모습이 아닌 자본주의 문명이 인위적으로 형성한 사회, 즉 진정한 자연이 아닌 가상의 사회인 '제2의 자연'을 자연이라고 믿게 만드는 이미지가 될 수 있기 때문이다.

그런데 이처럼 전 지구적으로 문화산업의 전면화가 진행되면서 진정한 예술도 위기에 놓이는 상황이라면, 문화산업의 이데올로기에 희생된 이미지의 폭력을 극복하는 방법은 무엇인가? 과연 예술은 스스로의 자율적 힘으로 세계사에 진행되는 이데올로기의 예속을 견뎌 낼 수 있는 것일까? 아도르노에 따르면, 바로 예술이 가진 미메시스 Mimesis의 힘은 예술 자체뿐 아니라 자본주의가 몰고 온 위기의 문화를 구원할 동력이 될 수 있니. 여기서 미메시스는 주체가 객체를 단순히 흉내 내는 의미로서의 모방 개념이 아니라, 객체에 대한 친화성, 유사성을 통해 비개념적이지만 참된 인식에 다다를 수 있는 계기가 된다. 따라서 이러한 계기가 살아 있는 예술을 통해, 예술이 사회의 이데올로기로 변질되지 않는 한, 우리의 손상된 삶이 치유될 수 있지 않을까 하는 희망을 갖게 한다.

이 글에서는 자율적 예술이 보여 주는 이미지와, 문화산업적 기술로 날조된 거짓된 이미지 내지 폭력화된 이미지를 구별하고, 양자가

---

5 Th. W. Adorno, "Über die musikalische Verwendung des Radios", *Komposition für den Film*, GS Bd. 15, S. 372.

서로 어떤 변증법적 작용을 할 수 있을지를 전망해 보고자 한다. 아도
르노가 구분한 산업적 기술과 예술적 기술의 각각 다른 기능은 이 점
을 해명할 것이다. 그에 의하면, 산업적 기술과 달리, 예술적 기술에
의해 생성된 이미지는 오히려 현 사회의 이미지 폭력을 치유하는 역
할을 한다. 따라서 이성을 도구로 전락시킨 인류의 문명 속에서 억압
되어 온 것의 이미지는 추와 고통의 현대 예술의 이미지 속에서 드러
나며, 필자는 이것을 아도르노의 '자연미'와 연결시키고자 한다. 결과
적으로 이 글은 자율적 예술을 통해 산업적 기술 매체에 의해 횡행하
는 이미지의 폭력을 극복 내지 치유하는 힘을 현대 예술에 내재한 폭
력의 이미지에 대한 미학적 의미에서 찾고자 한다.

I. 기술복제시대 예술의 위기

1. '제2의 자연'과 예술적 기술

보드리야르가 "텔레비전이 세계의 이미지를 차츰 제대로 전달하지 못
하면서 가장 살인적인 사건으로서, 가장 폭력적인 뉴스로서, 완전범
죄의 현장으로서의 실존의 진부함을 누설하기에 이"르고, "사람들이
이 볼 것 없음, 말할 것 없음, 똑같은 것에 대한 무관심, 똑같은 실존
에 매료되고, 두려움을 느끼며 또 매료된다"[6] 고 진단한 현 시대적 상
황은 아도르노의 '제2의 자연'[7]과 맞물린다. 보드리야르가 소리 없는
'교묘한 폭력'이라고 했던 이러한 이미지의 폭력에 노출된 사회가 바

---

[6] 장 보드리야르, 〈이미지의 폭력〉, 《월간미술》, 2002년 9월, 138쪽.

[7] 루카치의 《소설의 이론》에서 아도르노가 차용한 개념으로, 루카치에 따르면 제1의 자연은 자연과학
    적 의미에서 소외된 자연을 말하고, 제2의 자연은 인간이 제공한 사물 세계, 관습의 세계, 즉 상품 세
    계로 명명된다.〔IN 355〕

로 문화산업적 기술이 지배하는 사회일 것이다. 이러한 사회는 모든 체험이 기술 매체로 걸러진 마치 광고의 이미지와 같은 사회일 것이며, 가상의 사회라고 할 수 있다. 이는 오늘날 우리가 바라보는 자연이 직접적으로 체험할 수 없는 가상의 자연이 되었다는 아도르노의 지적과 일치한다. 즉 '관습의 세계'로, 혹은 '소외된 세계 즉 상품세계'로 불리는 '제2의 자연'이란 이름으로 명명되는 자연이다. 자연은 인류의 지배 아래 역사라는 이름으로 그 실체를 잃어버리고, 문명의 타자로 남게 된다.

서구 문명사에서 철저히 타자가 된 자연은 주체의 지배 하에 들어가며, 기술은 '자연 지배적 합리성의 연장Verlängerlung'[8]으로 변질된다. 하이데거도 지적하듯이, 현대 기술의 본질은 과거와는 본질적으로 다른 점을 갖는데, 즉 '기술적인 것Technishes'이 아닌, '몰아세움Ge-stell'과 같은 측면을 보여 준다. 아도르노가 우려했던 것은 그러한 기술로 인해 문화산업 매체에 균질화하고 보편화된 도구적 성격은 급기야 인간의 내적 자연까지 '물화'시킬 것이라는 점이다. 아도르노가 문화산업 테제의 범주로 들고 있는 텔레비전, 라디오, 영화에 대한 논의에서 궁극적으로 말하고자 하는 것은 인간의 내적 자연 지배를 이루는 동일화 내지 획일화된 사유의 형성이다. 그러한 사유는 주로 복제기술 매체의 특성에서 빚어지는 '허위의 아우라'에서 기인한다. 예컨대 영화는 관중들에게 "현실과 직접적으로 동일시하도록 만듦으로써 그들의 자발성이나 상상력을 불구로 만든다."〔DA 147〕

또한 "문화가 광범위한 차원에서, 즉 소비품으로 되어 오늘날 관리자들과 심리 기술자들에 의해 대중들에게 지시되는 상태에서, 단순히 이데올로기로 타락했다는 사실은 물질적 실천에 대한 그 기능

---

8 R. Kager, *Herrschaft und Versöhnung*, Frankfurt : Campus Verlag, 1988, S. 120.

의 변천에 기인한다"[GS 10.1, 16]고 해도 과언이 아닐 것이다. 주지하듯이, 광고와 문화산업에 있어서 "효율성에 대한 요구는 기술을 심리조종 기술로, 즉 인간을 조종하기 위한 방법[DA 187]으로 기술 본래의 취지를 넘어서기에 이른다. 새로운 것 같지만 항상 같은 메시지를 전하는 광고의 이미지들은 거부하고 싶어도 거부할 수 없는 이미지의 마취를 강제한다. 그것은 마치 플러그를 귀에 꽂아 놓은 것 같은 '플러깅plugging'[9] 현상과 같은 것으로서, 라디오와 텔레비전의 반복된 프로그램과 반복된 시각적 청각적 경험에서 목격하게 되는데, 이는 분명 기술복제 매체가 주는 이미지의 강도 높은 폭력이라고 할 수 있다.

끈덕진 광고의 플러깅 결과, 청취자에게 기억을 강요하는 주입된 음악을 탈집중하여 듣게 되는, 유아적인 듣기 환경으로의 '퇴행'[10]이 이루어지게 된다. 실제로 이러한 플러깅 현상은 텔레비전, 라디오 등의 광고의 이미지에 반응하는 것과 유사한 반응을 유도한다. 이는 마치 '광고가 구매하게 하려는 충동 외의 것은 균질화, 단순화시키고 강렬하지만 막연하고 마술적인 끊임없는 반복적 규칙성'[11]이 구입할 때마다 나타나는 이미지의 폭력적인 작용과 같다. 산업적 기술로 만연케 된 이러한 이미지의 폭력은 보드리야르 식의 시뮬라시옹의 "소비의 사회"의 현실이기도 하다. 그러나 한편 한정되었던 예술 애호가들이 다수의 대중으로 교체되고, 가정뿐 아니라 공장에도 피카소의 그림이 걸리는 현실을 보면, 오히려 엘리트화된 과거의 예술 권력을 끌

---

9 "플러깅은 말하자면 …… 음악적으로 항상 똑같은 것 혹은 동일시하는 것에 대한 저항을 분쇄하는 것을 목적으로 한다. 그것은 청취자들을 피할 수 없는 것으로 도취하도록 이끈다. 그리하여 그것은 청취 습관들 그 자체들의 제도화와 표준화로 이끈다. 청취자들은 똑같은 것의 재발생에 너무도 익숙해져서 그들은 자동적으로 반응하게 된다."(Th. W. Adorno, "On Popular Music", *Essays on Music*, R. Leppert, Susan H. Gillespie (eds. & trans.), Berkeley : University of California Press, 2002, S. 477)

10 Th. W. Adorno, "On the Fetish-Character in Music and the Regression of Listening", *Essay on Music*, trans. by R. Leppert, S. 292-303. 청취 능력의 퇴화 및 원자적 청취에 관해 참조.

11 존 버거, 《이미지》, 시각과 미디어, 편집부 옮김, 동문선, 1997, 236쪽.

어내리는 긍정적 측면을 과소평가할 수만은 없다는 주장이 제기된다. '상품화된 예술의 미학적 가능성'은 여기서 논외지만, 상품화된 예술의 사용가치를 긍정하는 하우크 식의 입장은 아도르노의 문화산업론을 무색하게 만든다. 이러한 입장은 예술의 대중화, 민주화를 반기는 매체미학[12]의 선구자인 벤야민의 입장을 다시 고려해 볼 때, 전적으로 기술의 생산력과 혁명적 잠재성을 무시할 수 없기 때문일 것이다. 문제는 대중매체 기술에 의한 아우라의 상실이라기보다, 문화산업적 기술의 조작이 대중의 비판을 잠재우는 허위의 아우라를 만든다는 사실이다.

디디 위베르망과 같이 현대 예술에서 아우라에 어떤 위상, 말하자면 숭배 가치의 위상을 다시 부여하고자 하는 경우는 결국 관객과 작품의 상호주관적 소통을 위해 필요한 해석학적 인식의 장을 요구하는 것으로 볼 수 있을 것이다.[13] 다만 그러한 아우라를 조작함으로써 허위적 이데올로기로 이끄는 문화산업 내부에서 이루어지는 예술이 아니라, 작품을 통해 심미적 비판 능력을 구사하는 현대 예술에서 그러한 인식적 장을 기대할 수 있다. 따라서 소비사회의 이미지의 폭력은 현대 예술에서 '폭력의 이미지'로 진환 가능하다. 도마도 갬벨 수프 통조림을 광고하는 반복된 영상을 텔레비전을 통해 하루에도 수십 번씩 보는 것과, 반복된 통조림 그림을 보는 것은 우리에게 각각 다른 정서적 경험 내지 반성의 계기를 주기 때문이다. 전자가 이미지의 폭력을 행사하는 것이라면, 후자는 폭력의 이미지를 전달하는 것이라고 할 수 있다. 그것은 즉 복제기술이 전달하고자 하는 목적(이윤 창출) 때문에 발생하는 이미지의 폭력과, 기술복제가 달성하고자 하는 목적

---

12 심혜련, 〈대중매체에 관한 발터 벤야민의 미학적 고찰이 지니는 현대적 의의〉, 《미학》 30집, 한국미학회, 2001년, 5월, 1~40쪽.

13 이브 미쇼, 《예술의 위기》, 하태환 옮김, 동문선, 1997, 166~171쪽.

자체가 주는 폭력의 이미지(대량생산, 문화의 아이콘)에 해당하는 차이다. 그 차이는 엄밀히 말해서 산업적 기술과 예술적 기술의 차이에서 발생하는 것이며, 이와 같이 예술에서 폭력을 이미지화함으로써 다른 반성 작용을 유발하는 현상은 ‘예술적 기술’ 자체에 내재한 특성에서 기인한다.

아도르노에 따르면, 산업적 기술과 달리 예술적 기술은 예술의 ‘재료’라는 자연을 지배하지만, 현실적 목적에서 해방된 독립된 존재로서의 예술과 관계함으로써 ‘무목적적 합목적성’의 성격을 취한다. 무엇보다도 예술적 기술이 일반적으로 자연을 지배하는 방식과 다른 구조를 보이는 근거는, 인공품으로서의 예술이 갖는 가상적 성격에서 찾을 수 있다. 다시 말해 자연을 지배하는 것이라기보다, 자연지배를 넘어서서, 오히려 “폭력적인 자기보존적 지배로서의 실천에 대한 비판”(ÄT 26)이 될 수 있다. 이러한 비판이 가능한 것은, 예술이 인공품으로서 ‘제2의 자연’을 산출하지만 사회에 대한 안티테제로 존재하는 가상적인 것으로서 자율적 성격[14]을 지니기 때문이다. 그러므로 예술적 기술에는, 예술이 행하는 심미적 비판 즉, ‘제2의 자연’이 된 사회와, 그 사회의 산업적 기술이 도구화되면서 문화산업 전반에 나타나는 물화에 대한 비판이 잠재해 있을 수 있다.

2. 물화에 대한 심미적 비판

20세기 들어 현대 예술은 예술과 비예술의 경계를 허물기 시작했다고 해도 과언이 아닐 만큼, 예술에서의 즉물주의적 현상이 증가했다. 그러한 즉물적 현상은 지나치게 예술의 순수성을 추구하는 예술에서 나타나는데, 예를 들어 캔버스나 단순한 음을 작품이라고 하는 경우,

---

[14] 아도르노에 따르면, ‘창문 없는 단자fensterlose Monade’와 같은 예술 작품의 존재론적 특성은 바로 사회 안에 존재하지만 동시에 사회와 독립된 예술의 자율적 계기를 만든다.

예술은 비예술과의 구분이 어려워진다. 이것을 아도르노는 현대 예술의 위기, 곧 가상의 위기로 보았다. 즉물적 예술이 위험한 것은 가상을 떨치려고 하는 데에 있다기보다, 자칫 보편적 순응에 따르게 될 우려가 있다는 것이다. 그러나 예술 작품 자체가 본질적으로 가상이기에, 아무리 가상적 성격을 떨치려 해도 예술의 언어 속에 그러한 가상성은 남아 있다고 본다. 그 언어가 바로 예술의 '표현'에 해당하는데, 예술이 늘 수수께끼적이고 아포리한 것으로 남는 이유는, 예술에서의 표현이 미메시스적 계기와 맞물려 있기 때문이다. 아도르노는 이 미메시스적 계기를 일종의 "손상된 삶의 한 가운데에서 손상되지 않은 삶을 대변하는 잔재"〔ÄT 179〕로 본다. 바로 여기에 물화를 거부하는 주체의 가능성이 예술로 표현된다. 그러나 그 가능성은 물화에 대한 물화의 전략이 된다. 다시 말해서, 전면화되어 가는 사회의 미메시스를 통해, 즉 아도르노의 표현처럼, '경직된 것에 대한 미메시스'를 통해 예술은 비인간화된 사회를 향한 심미적 비판을 가할 수 있다.

새로운 예술은 그러므로 더 이상 아름다운 자연을 모사하거나 조화로운 세계상이 아닌, 화해의 가상을 거부하는 '세계의 잠재적인 것에 대한 암호'〔ÄT 56〕로 나타난다는 지적은 옳다. 왜냐하면 오늘날 현대 예술에 등장하는 추상, 부조화, 부조리, 추醜와 같은 형상화는 관리되는 사회의 도구화된 기술에 희생된 인간의 내적 자연에 대한 '폭력의 이미지'로 볼 수 있기 때문이다. 그런 관점에서, 영화와 같은 대중매체에 투영된 리얼리즘적 이미지들은 자본주의의 이윤 창출의 구조나 획일적 사고를 강요하는 동기를 보지 못하게 가로막는 또 하나의 폭력을 창출해 낸다고도 볼 수 있다. 구체적으로 이때의 폭력은 주체의 의식을 물화시킨다는 점이다. 1930년대 영화와 같은 복제기술 매체에 대한 벤야민과의 논쟁에서 아도르노가 비판적으로 문제 삼았던 것 역시 기술적 메카니즘이 문화산업의 생산물들을 물신화시키고 사회 구성원들조차 스스로를 물화시키고 있다는 점이다. 영화를 현실과 직접적으로 동일시하게 만드는 시각 이미지에 대해 우리는 실로 보드리야르가 언급했던 오늘날의 '시뮬라시옹'의 세계에 대한 분석과 같이 좀더 정치적이고 이데올로기적인 동기를 부여할 수도 있을 것이다. 아도르노는 영화에서 이미 바로 그와 같은 이데올로기적 성격을 예리하게 추론하였는데, 서부영화나 범죄물 혹은 코미디 등이 기존 사회의 규범에 관객을 포함시키고 더 순응시킬 뿐 아니라 무의식적으로 모방 충동을 일으키도록 의식을 조작하는 역할을 한다고 보았다.

허위적 사실주의를 시각적으로 대변하는 영화의 이미지들은 "물화에 대한 저항을 물화시킨다."[MM 228] "익명의 법칙에 따라 점점 냉혹해져 가는 사회가 묘사되면서도—마치 그 사회에서는 구제해 주는 선한 의지가 충분한 것처럼" "정당하고도 공정하게 생각하는 사람들이 형성한 일종의 민족 전선이 영화 속에서 그려진다"[MM 229]는 것이다. 아도르노는 《최소한의 도덕》에서, 영화는 실제의 인간적 규정과는 동떨어진 인간을 보편화하고, 유토피아적 인간 주체를 고려하지 않는 단순 반응하는 대중만을 염두에 둔, 인간과 인간적인 것을 사물로 경시하는 허위의 아우라를 발생시킨다고 주장한다. 그렇다고 영화는 순수 예술로서의 가치가 없는 대중매체의 유희의 한 양식에 지나지 않으며, 그 이미지들은 하나같이 잘못된 사회의 체계를 공고하게 하는 폭력이라고 말할 수 있는 것일까? 비록 대중매체 기술에 내재한 이데올로기의 위험성을 피하기란 어렵지만, 관습적인 리얼리즘에 못 박히지 않는 실험적 방법들은 영화의 순수 미학적 가능성을 가질 수 있다.[15]

물론 여기서 순수 미학적 가능성이란, 문화산업에 포섭되지 않는

---

[15] 의외로 아도르노는 인간 주체의 물화에는 한계가 있다고 보았다. 자동기계가 아닌 이상, 인간은 체계를 극복할 수단으로서 예술과 같은 심미적 비판의 자율적 계기를 작동시킬 수가 있는 것이다. 그런 차원에서 영화 역시 〈영화의 투명성Filmtransparante〉, 〈영화를 위한 작곡Kompositionen für den Film〉과 같은 아도르노의 후기 논문들에서 밝힌 것처럼, 영화의 순수 미학적 가능성은 남아 있다.

영화로서 허위적 사실주의나 거짓 아우라를 뿜어내는 이미지가 아닌, 오히려 그러한 것을 폭력성으로 규정한 이미지, 즉 폭력의 이미지를 드러내는 시각예술로서의 영화를 말하는 것이다. 영화를 비롯한 모든 현대 예술에서 '사회의 잠재적 기호'이자 '경직된 것에 대한 미메시스'로서의 이미지들이 등장한다. 예컨대 팝아트에 등장하는 사물들의 몽타주는 지긋지긋한 소비문화의 이미지들로서 즐겁고 유쾌한 소비의 찬양이라기보다, 오히려 이미지의 폭력에 둘러싸인 현실을 증언하고 있다. 이는 아도르노가 말하는 '자연미'와 다른 극단에 서 있는 이미지로 다가온다. 팝아트가 왜 '폭력의 이미지'로 언급될 수 있는지를 밝히기 전에, 먼저 현대 예술의 '새로움'으로 등장한 예술 범주인 '추'를 중심으로 폭력의 이미지가 어떤 의미를 지니는지 고찰해 보기로 하겠다.

II. 고통의 미학

1. '추'의 예술과 폭력의 이미지

보들레르 이래로 '새로운 예술'에서 현저하게 증가된 표현은 '추'의 이미지들이다. 아도르노는 '추'를 고통과 연관짓는다. 나치즘 하에서 핍박 받았던 표현주의 예술의 대부분이 아름다운 재현이나 모방과는 거리가 먼 왜곡과 변형된 이미지이며, 사회의 잔인함을 노골적으로 드러내고 있었음은 그가 왜 '추'를 고통과 동일시하는지의 배경이 된다.[16]

---

[16] 고통의 미학적 정서를 오늘날 예술가의 시대적 사명으로 보았다고 해도 과언이 아닐 정도로, 아도르노는 글을 통해 공공연히 현대 예술에 대한 자신의 비평적 입장을 드러냈다. 예컨대 1951년《문화비평과 사회Kulturkritik und Gesellschaft》라는 평론집에서 "아우슈비츠 이후 서정시를 쓰는 것은 야만이다"라거나, "산업화가 이루어진 이후 세계의 형상은 죽음의 형상"(ÄT 325)이라는 언급은 그 대표적 예이다.

새로운 예술 작품에는 잔인성이 노골적으로 등장한다. 그것은 현실의 막대한 힘 앞에서 예술이 두려운 일들을 아프리오리하게 형식으로 변형시킬 수 없다는 점을 인정하는 셈이다. 잔인한 면은 예술이 행하는 비판적인 자각의 일부이다. 즉, 새로운 예술은 화해된 존재로서의 자신이 요구하는 권한에 대해 절망한다. 예술 작품 자체의 속박이 흔들리게 되면 잔인한 면이 노골적으로 작품에 나타나게 된다.〔ÄT 81〕

앞서 언급했던 것처럼, 새로운 예술은 잔인성을 드러내는데, 이는 예술이 행하는 비판적 자각이라고 아도르노는 말한다. 그렇다면 18세기 바띄가 정의한 '예술은 아름다운 자연의 모방imitation de la belle nature'[17]은 오늘날 지극히 제한적인 미적 규정이 되는데, 왜냐면 오늘날 예술의 미적 범주는 크게 '추'가 이전의 '미'의 범주에 부속된 차원이 아닌, 독립된 범주로서 '부조리', '잔혹극', '혐오미술', '숭고' 등, '아름다운' 자연을 모방하는 원리와는 거리가 먼 양식들을 포함하는 것처럼 보이기 때문이다.

물론 예술사에 '추'의 예술 형식은 존재하였지만, 현대 예술에 등장하는 '추'는 과거에 미의 부속물로서 규정된 것과는 다른 미학적 의미를 갖는다고 하겠다. 예컨대 추의 미학적 가능성을 보여 주었던 19세기 헤겔의 계승자 카를 로젠크란츠의 《추의 미학》에서 보듯이, '추'가 미에서 파생된 것이고 미와 골계의 중간에 위치한 미의 한 가지 형식으로만 파악되는[18] "추가 자신의 현존을 통해 위배하는 미의 보편

---

[17] 다께우찌 도시오, 《미학예술학사전》, 미진사, 1989, 53쪽. '자연 속에는 가장 아름다운 모방이 구성될 수 있는 특징들이 포함되어 있기 때문에, 예술가는 관찰로서 이것을 추출해 내야 한다.' 이와 같이 바띄가 말하는 모방은 단순한 외적 자연의 모방이 아닌 일종의 이상화한 모방임을 의미하는데, 이때 모방의 대상인 자연은 객관적인 미의 실체나 본질과 같은 것으로서, 아리스토텔레스로부터 내려온 미학적 모방의 원리를 연장한 것이라고 할 수 있다.

[18] 카를 로젠크란츠, 《추의 미학》, 조경식 옮김, 나남, 2008, 61/73쪽 참조.

적 법칙에 따라 추를 다루어야만 한다는 점은 사실이다."" 추의 개념은 미 자체의 개념과 코믹의 개념 사이에서 부정적 중간을 이룬다." 것과는 다른 차원에서 논의될 수 있다는 것이다. 아도르노에 따르면, "추의 다의성은 예술에서 주체가 추하다는 판단을 내리는 것들, 예를 들어 다양한 형태의 성행위, 폭력으로 인해 기형적인 모습을 띠게 된 것, 죽어 가는 것 등등, 모두가 주체의 추상적 형식적 카테고리 속에 총괄되는 데에 기인한다. 예술 자체의 개념으로 볼 때 예술에 대립적인 타자는 예술이 존재하기 위해 필수적인 요인들로부터 형성된다. 또한 이러한 것은 미에 대한 안티테제로서 부정을 통해 받아들여지며, 정신적인 것으로 변모하는 예술의 긍정적 요인을 언제나 따라다니면서 이의 잘못된 점을 수정한다. 예술사에서는 '추'의 변증법 속에 미의 카테고리까지도 끌려 들어가게 된다. 이런 점에서 본다면 키치는 바로 미의 이름으로 금기시되는 추로서의 미이다."〔ÄT 77〕

'추'를 역사철학적이고 사회적 측면에서 논할 때, 왜 그것이 '고통'과 깊은 연관성을 갖느냐는 바로 아도르노의 철학에 흐르는 자연 지배의 문명사와 연루된다. 태곳적 잔인하고 위협적인 일그러진 예배물의 추한 형상이 그러한 형상에 수반되는 두려움을 모빙한 것이있다면, 점차 그러한 추는 마치 조화로움을 이상으로 여기는 문화적 여과 장치를 거쳐 타락으로 비난받기까지 하게 된다. 따라서 "예술이 추한 것으로서 저주받는 요인들을 자신의 문제로 삼아야"〔ÄT 78f〕하는 이유는 "예술이 모방하고 재생산하는 세계를 그러한 추를 통해 탄핵하기 위해서"〔ÄT 79〕라고 할 수 있을 것이다. 앞서 언급한 키치 역시 그런 점에서 현대 예술의 위기라기보다 제2의 자연에서 위조되고 조잡하게 인용하는 이미지의 폭력을 반증 혹은 탄핵하는 예라 해도 과언이 아닐 것이다.

현대미술에서의 특징 중 하나는, 현대음악에서 사용하기 시작한 불협화음과 같은 요소들, 즉 감각적 아름다움을 부수는 '추'의 형상에서 찾아볼 수 있다. 그리고 그 '추'의 형상은 주로 '추상'과 '몽타주'에서 보듯이 의미의 종합을 부정하는 비유기적 예술언어들이다. 단일한 의미를 부정하는 가운데 그러한 형상은 조화의 형상에 안주하길 원하는 주체에게 고통으로 다가온다. 마찬가지로 의미의 유기적 연결이 어려운 우연한 오브제들의 병치나 신체의 절단된 모습을 드러내는 초현실주의의 몽타주들 역시 '추'의 형상이 주는 폭력적 이미지들이라고 할 수 있다. 초현실주의적 몽타주 이미지들은 우리의 사회가 중화시킨 욕망 충동을 환기시키는 것, 즉 리비도−오브제를 그리는 데 있는 것이 아니라, '물화된' 죽은 자연을 그려 냄으로써 이 세계가 물화되고 총체성이 깨어진 것을 충격적으로 자각시킨다.〔ÄT 233-234〕 그럼으로써 우리는 그 이미지들의 폭력을 현실 세계의 기호와 같은 것으로 해석할 수 있다.

추의 형식을 넓게 이해하여, 전통 예술에 반한 재료의 사용과 같은 것으로부터, 즉 일상의 사물과 같은 오브제의 사용을 포함해, 불편함과 고통을 주는 '혐오미술'과 같은 현대 예술의 예는 무수히 많다. 뒤샹의 레디메이드 작품인 남성 소변기 〈샘〉, 워홀의 112개의 코카콜라병, 마릴린 먼로의 얼굴, 전기고문 의자와 인종 폭동의 실크스크린, 제프 쿤스의 포르노그래피적 조각, 신디 셔먼의 배설물 및 신체의 절단과 섹스를 주제로 삼은 〈혐오〉 연작들, 마틴 크리드의 구토하는 사람들의 비디오 등 보는 이를 고통스럽게 하는 한편, 강하게 시선을 유혹하는 그 작품들의 이미지는 분명히 폭력적이다.

그런데 광고와 다를 바 없는 이미지의 차용을 보여 주는 팝아트와 같은 현대 예술의 이미지가 물화된 모습으로 치달아 가는 양상을 보일 때, 예술은 폭력의 이미지가 아닌 이미지의 폭력으로 전환되는 것은 아닌가 하는 의심이 들 수 있다. 그러나 이것은 피카소에 대한 예[19] 에서 보듯이, 일종의 한 술 더 뜨기의 전략이 될 수 있다. 결국 '물화를 통해 물화를 극복'하는 예술 고유의 심미적 비판 기능은 현대의 아방가르드 예술의 추동 요인이었다고 해도 무방할 것이다. 팝아트에서 차라리 잃어버린 자연과 자연미를 떠올린다면, 바로 그러한 비판적 기능과 무관하지 않을 것이다.

그러나 물화된 예술의 예로서 피카소의 경우와 달리, 예술이 유희나 장식으로 머물렀던 유겐트 양식이나 '예술을 위한 예술' 운동에 대해서는 다른 평가를 내려야 할 것이다. 그와 같은 유미주의적 예술은 물질에 사로잡히거나 마비된 미와 같이 공허하여 장식물이 될 운명에 휘말릴 가능성이 다분하기 때문이다. 아도르노 시각에서 보면 오히려 이러한 예술들은 비진리의 사회가 지니는 고통을 외면하는 '이미지의 폭력'이 될 수도 있을 것이다. 따라서 현대 예술에서의 추의 계기는 아도르노가 말한 것처럼, 공허한 유희가 되지 않기 위해, 자율적 예술이 저항의 형식으로 불가결하게 다루는 예술언어라고 할 수 있다. "예술이 문화적 상품물신주의와 교환의 지배가 만연한 곳에서 내부로부터 총체성에 지향하는 총체성의 한 부분"[20]이 될 수 있는 것은 이러한 '추'의 예술 형식이 체계에 내재한 폭력의 이미지로 받아들여지기 때문이다.

2. 자연미와 팝아트, 치유의 예술

자연 지배의 흔적이나 상품물신주의적 사회가 만든 고통은 지금까지

---

[19] "피카소의 유희는 그가 스스로 행한 폭력의 철회이다. 그의 그림들은 현실의 물화를 거부하기 위해 그것을 한 수 더 뜬다."(GS 18, 145)고 아도르노가 말했던 것은, 즉 피카소의 종합적 큐비즘 시대의 작품들이 물화된 현실을 고발하기 위한 한층 더 폭력적인 물화의 이미지를 제공한다고 보았기 때문이다.

[20] Lambert Zuidervaart, *Adorno's Aesthetics Theory*, Cambridge : The MIT Press, 1991, p. 88.

살펴본 것처럼, 현대 예술에서 ‘추’나 부조리의 이미지로 혹은 ‘폭력의 이미지’로 형상화된다. 팝아트는 그런 차원에서 주목할 만하다. 팝아트는 주로 소비사회의 반복된 이미지와 산업사회의 기계적 생산방식의 작업—실크스크린—을 통해 비인간화된 사회의 양상을 드러내는 것으로 평가받는다.[21] 언뜻 팝아트는 소비를 지향하고 소비를 찬양하는 ‘소비의 예술’로 오해받는다. 그러나 보르리야르의 시각을 빌리면, 그것은 정반대의 언어를 숨기고 있다. 즉, 팝아트의 이미지는 주위의 사물 환경을 반영한 자연발생적 리얼리즘이라기보다, 차라리 아도르노의 ‘물화에 대한 물화’의 전략이거나, 페터 뷔르거도 언급했듯이[22] “아도르노가 ‘경직된 것, 소외된 것에 대한 미메시스’라고 불렀던 것은 앤디 워홀의 경우에서 이루어졌는지도 모른다.” ‘경직된 것에 대한 미메시스’에 가깝다.

팝 이전의 모든 예술은 심층적인 세계상이라는 것에 근거한 데 반해, 팝은 기호의 내재적 질서에 동화하려고 한다. 즉, 기호의 산업적 대량생산, 환경 전체의 인위적·인공적 성격, 사물의 새로운 질서의 팽창해 버린 포화 상태, 아울러 그 교양화된 추상 작용에 동화하려 한다고 말해도 좋을 것이다.[23]

보드리야르가 지적한 ‘교양화된 추상 작용’은 팝아트가 갖는 반복성과 일상성의 기계적 이미지가 다름 아닌 교환가치 사회에 동화된 사유 내지 인식의 구조를 보여 준다. 때문에 워홀의 코카콜라 병이

---

[21] 존 A. 워커의 《대중매체시대의 예술》(정진국 옮김, 열화당, 1987)은 팝아트의 산업사회적 이미지와 비판을 분석한 책이다.

[22] 페터 뷔르거, 《아방가르드 이론》, 최성만 옮김, 지식을 만드는 클래식, 2009, 121쪽.

[23] 장 보드리야르, 《소비의 사회》, 이상률 옮김, 문예출판사, 2004, 165쪽. 진한 글씨 표시는 저자의 것임.

나 마릴린 먼로의 얼굴은, 존 A. 워커의 표현을 빌리자면, "지긋지긋하게 반복시켜 …… 일체의 내용에 대한 감각의 상실을 가져오는 형식적 패턴을 사용하여" "비인간화의 과정을 시각화"[24] 하는 현실의 기호로서 폭력의 이미지가 되는 것이다. 즉, 현실로부터 추상된 이미지는 그 자체가 폭력이 아닌 폭력의 이미지로 작용한다. 그러므로 팝

앤디 워홀, 〈마릴린〉.

아트의 작품들은 문화산업의 매체를 통해 노출된 소비광고의 이미지들과는 다르게 "세계고의 흔적"〔ÄT 100〕을 담는다.

아도르노의 견해에 따르면, 예술은 이러한 폭력적 현실에 굴복하지 않고 오히려 그 이미지를 드러냄으로써 "세계고의 흔적을 형상화한다. 그는 《계몽의 변증법》에서 자연을 "더 이상 전능함을 의미하는 마나와 같은 별칭을 통해 직접 자신을 드러내는 것이 아니라, '눈먼 불구의 모습'으로 나타나는"〔DA 57〕것으로 설명한다.[25] 그리고 "주체 속에 있는 '자연의 기억'을 완성시기는 것은 모든 문화 속에 숨겨져 있는 진리를 찾도록 해 줄 수 있다"〔DA 58〕고 주장하다.

이는 아도르노에 의하면, 개념화할 수 없는 불확정적인 무엇이며 동일화할 수 없는 비동일적인 요인이라고 하는 '자연미'에 해당한다.

---

[24] 존 A. 워커, 같은 책, 43쪽.

[25] 아도르노가 말하는 이러한 자연은 눈에 보이는 실체이거나 확고한 개념으로 제시되지 않는 것이지만, 늘 인간의 문명과 함께 해 온 억압된 실체로서, 우리의 무의식에서 갈망하는 존재로 비유되고 있다. 아도르노의 초기 논문, 〈고양, 교훈, 그리고 회복의 원천으로서의 자연Die Natur, eine Quelle der Erhebung, Belehrung und Erholung〉에서 자연은 "오늘날 의식적인 문명에 대한 반대에 놓인 무의식적 현존재"로 정의된다. 자연이 수단으로 전도된 현대 문명에서, 즉 인간이 모든 사물을 자신의 척도로 재단하는 삶 속에서 자연 체험은 회복과 교훈과 고양을 우리에게 선사하고, 또한 자아를 개별성에서 전체성으로, 나아가 우주적인 것으로 회복시킬 수 있다는 것이다. (유현주, 〈아도르노 미학에서의 '기술Technik'〉, 홍익대 미학과 박사논문, 2009, 19쪽)

노베르트 슈나이더의 해석에 의하면 이러한 자연미는 신의 표상과 가까우며, 우상 금지의 성격을 갖는다.[26] 즉, 문명사를 통해 이성적 합리성으로 재단할 수 없는 것들이 비개념적으로 예술에 의해 포착이 되며, 이것이 바로 자연미로서 "보편적 동일성의 속박 속에서 사물들이 지니는 비동일적 요인의 흔적"〔ÄT 114〕이라고 한다면, 현대 예술에서 증폭되고 있는 이들 '폭력의 이미지'는 어쩌면 개념으로 다 포섭되지 못한 채 우리의 무의식에 생채기를 남기는 것들을 예술이 그려 낸 것이라고 할 수 있다. 그러므로 자본의 "총체적 매개가 이루어지는 시대에는 자연미는 자연미에 대한 찌그러진 형상으로 변한다"〔ÄT 106〕는 아도르노의 진술은 현대 예술에 폭력의 이미지가 왜 등장하는지를 설명한다. 그리고 그러한 '고통의 언어'는 반어적으로 해석해서, "재앙에 대한 사진술이나 거짓된 축복이 아니라 바로 그러한 것이야말로 어두워진 객관적 상황에 대한 진정한 현대 예술의 입장"〔ÄT 35f〕일 것이다. 역설적으로 자연미를 환기시키는 현대 예술은 '치유'의 힘과 연관될 수도 있음을 암시한다. 이때 '치유'의 의미는 앞서 논의했던 예술적 기술의 심미적 비판 기능과 관련지어 해명되어야 한다.

예컨대 심미적 비판으로서 자연미에 대한 감정을 불러일으키는 작품으로 파울 클레의 작품을 들 수 있다. 클레의 작품 〈지저귀는 기계Die Zwitschernmaschine〉[27]와 같이 산업시대의 기술은 자연마저 기계화한 데에서 오는 기괴함과 인간의 잔악함을 연상시키지만, 그러나 그것이 폭력에 대한 '이미지'로 다가오는 순간, 우리는 예술이 현실과의 거리 두기를 통해 심미적 비판을 행한다는 것을 알게 된다. "이 아이

---

[26] N. Schneider, "Adornos Theorie des Naturschönen", *Frankfurter Schule und Kunstgeschichte*, Hrg. von Andreas Berndt et al, Berlin : Dieter Reimer Verlag, 1992, S. 59–67.

[27] 아도르노는 이 작품에 대해 "현대의 진정한 예술 작품들에서 사이비 형태로서의 기계적 예술에 대한 불신으로 인해 산업적 소재층이 주제상 엄격히 거부되었지만, 용인된 소재의 축소와 날카로운 구성을 통해 그러한 소재층을 부정적으로 중요"〔ÄT 57〕하게 취급한 예라고 설명한다.

러니한 수채화에서는 기술적으로 이루어
진 것과 현존하는 것 사이의 불협화음이
주제"[28]를 이루고 있으며, 동시에 그 불협
화음에서 오는 고통을 통해 억압된 타자
로서의 자연을 즉 '세계고의 흔적'을 느낌
으로써 치유의 욕구를 갖게 되는 것이다.
그것은 요컨대 아도르노가 말한 자연미
의 '회상Eindenken'이자 하이데거의 존재의
'회상Andenken'에 가까운 감정일 것이다.
모든 것이 교환가치의 동일화 작용에서

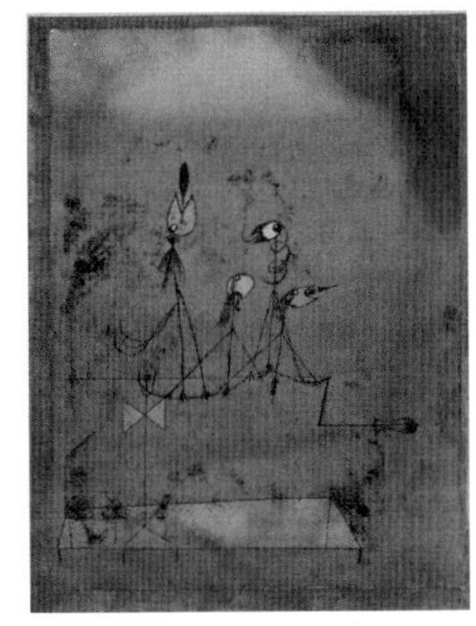

파울 클레, 〈지저귀는 기계〉.

벗어나기 힘든 사회에서 잃어버린 것, 억압된 것, 타자로서 경원시된
것은 현대예술에서 '폭력의 이미지'로 등장하게 되고, 그 이미지는 수
용하기 힘든 고통의 감정을 일으키면서도 우리가 기억해야 할 가치를
상기시킨다고 말할 수 있다.

이와 같이 보았을 때, 아도르노의 초기 논문 〈고양, 교훈, 그리고
회복의 원천으로서의 자연〉에서 자연을 강조하였던 것과 그의 미학
이 '추와 고통'이란 주제로 현대 예술을 논의한 것은 우연이 결코 아
니며, 그러한 것이 이 글의 주제인 폭력의 이미지와 자연미의 상관성
에 대한 설득력 있는 근거를 제시한다고 할 수 있다. 따라서 현대 예
술의 폭력의 이미지는 비진리 사회에서 추론되는 당연한 이미지이며,
자연미의 감정을 통해 사회의 비동일적인 것들에 대한 기억과 동경을
반증하는 예술언어라고 하겠다.

---

[28] Gerhard Faden, "Die Fremdheit der Kunst im Besteheden, Adorno und Heidegger zur Atualität der Kunst" *Technik und Kunst ; Heidegger : Adorno*, Münster ： Herausgegeben von Hartmut Schröter 1988, s. 100 참조.

예술이 현실을 인식한 결과물

예술이 자율적이라 함은 사회에 대한 저항의 힘을 갖는 영역이라는 해석이 가능하다. 그리고 그 자율성을 가능케 하는 것은 바로 예술적 기술이다. 산업적 기술과 달리 예술적 기술은 요컨대 '사물의 언어Sprache der Dinge'〔ÄT 211〕로서 개념으로만 전부 담을 수 없는 것을 모방하고 표현한다. 이때 예술에서의 모방, 곧 미메시스는 객체에 대한 친화성이자 유사성으로 현실을 참되게 인식하는 계기가 된다. 그러므로 현대 예술에서 폭력의 이미지들은 진리기관으로서 예술이 현실을 인식한 결과물이라고 할 수 있다. 예술적 기술에서의 폭력의 이미지는 산업적 기술이 폭력을 문화산업적 사업의 차원에서 광고나 상업영화의 이미지로 전달하는 것과는 현격히 다르다. 산업적 기술이 이윤 창출의 목적 아래 전달하는 폭력의 이미지와 달리, 그 자체 '무목적적 합목적성'을 추구하는 예술적 기술로 표현되는 폭력의 이미지는 '물화에 대한 심미적 비판'의 차원에서 수용될 수 있다.

예술에서의 자연 지배는 재료에 대한 폭력적인 착취와는 다른 목적 없는 유희나 놀이의 성격을 취하는 것이며, 그렇게 생성된 인공품으로서의 예술은 가상성을 필연적으로 띠게 된다. 그러므로 광고에서 수백 개의 토마토 켐벨 수프 통조림을 보는 것과 달리, 워홀의 반복된 통조림 그림은 우리에게 다른 충격을 가할 수 있다. 마찬가지로 피카소의 그로테스크한 누드화나 신디 셔먼의 혐오스런 신체의 왜곡된 표현들은 폭력의 이미지이면서 사회 이면의 고통을 전달하는 것이다. 그것은 시각적으로 추하지만, '추'를 배태한 사회의 비진리를 드러내고 동시에 인간 본연의 고향, 자연을 회상케 함으로써 궁극적으로 치유의 의지를 갖게 하는 것이다.

미학에서 '추'를 배척해 왔던 것은 '추'가 고통의 표현과 동일시되었던 것이기도 하지만, 사회역사적으로 고상함이나 아름다움만이 미의 이데올로기로 굳어져 왔던 이유이기도 할 것이다. 아도르노는 현대의 비합리적 사회에서 여전히 아름다운 예술만이 예술이라고 우기는 것에 대해 신랄한 자세를 취한다. 쇤베르크의 표현주의 음악이나 신음악을 통해 불협화음을 들었을 때, 혹은 피카소의 기괴한

파카소, 〈아비뇽의 처녀들〉.

얼굴 이미지들이나 초현실주의 작가들의 몽타주에서 낯선 사물을 대할 때, 우리는 진리라고 믿은 것들에 대한 불신을 발견하게 된다.

클레의 작품에서 본 것처럼, 고통의 예술에서 희망을 발견할 수 있다는 확신은 바로 자연미에 대한 모방을 통해 가능하다. 자연 지배의 사회가 가져온 병리는 비록 고통의 이미지로 남겨지지만, 물화를 통해 물화를 넘어서고자 하는 예술은 결국 자연의 원사Urgeschichte를 꿈꾸게 되기 때문이다. 이때 자연은 제2의 자연으로 물화된 사회에서 문화 정권으로 장식된 자연이 아닌, 인간의 내적 자연의 회복을 꿈꾸는 것으로서, 아도르노가 말하는 비동일적인 것과 같은 것이다. 결론적으로 아도르노의 고통의 미학을 통해 살펴본 현대 예술의 폭력의 이미지는 '세계고의 흔적'이자, 인간의 내적 자연에 대한 치유의 갈망을 나타낸 것이라고 할 수 있다. 즉, 현대사회의 산업적 기술이 토해낸 폭력의 이미지는 이제 현대 예술 안에서 그러한 폭력성을 가상으로 처리함으로써, 현실 너머의 유토피아에 대한 갈증을 변증법적으로 그려 낸다고 하겠다.

다께우찌 도시오, 《미학예술학사전》, 안영길 외 옮김, 미진사, 1989, 53~55쪽.

마틴 하이데거, 《기술과 전향》, 이기상 옮김, 서광사, 1993.

심혜련, 〈대중매체에 관한 발터 벤야민의 미학적 고찰이 지니는 현대적 의의〉,
　　《미학 30집》, 한국미학회, 2001, 1~40쪽.

유현주, 〈아도르노미학에서의 '기술Technik'〉, 홍익대학교 미학과 박사논문,
　　2009.

이브 미쇼, 《예술의 위기》, 하태환 옮김, 동문선, 1997, 166~171쪽.

장 보드리야르, 《소비의 사회》, 이상률 옮김, 문예출판사, 2004.

_____, 〈이미지의 폭력〉, 《월간미술》 2002년 9월, 136~138쪽.

정수경, 〈혐오 미술의 미학적 이해 : 신디 셔먼의 후기 작품을 중심으로〉, 《미학
　　예술학연구》27집, 한국미학예술학회, 2008, 125~156쪽.

존 버거, 《이미지》, 편집부 옮김, 동문선, 1997.

존 A. 워커, 《대중매체시대의 예술》, 정진국 옮김, 열화당, 1987.

페터 뷔르거, 《아방가르드 이론》, 최성만 옮김, 지식을 만드는 클래식, 2009.

카를 로젠크란쯔, 《추의 미학》, 조경식 옮김, 나남, 2008.

Adorno, Th. W. *Ästhetische Theorie*. GS Bd. 7, Frankfurt am Main : Shurkamp
　　Verlag, 1970.

_____, *Dialektik der Aufklärung*, GS Bd. 3, Frankfurt a. M. : Shurkamp Verlag,
　　1981.

______, "Die Idee der Naturgeshchichte", *Philosophische Frühschriften*. Frankfurt a. M. : Shurkamp Verlag, GS Bd. 1, 1973.

______, *Minima Moralia. Reflexion aus dem beschädigten Leben*. GS Bd. 4, Frankfurt a. M. : Shurkamp Verlag, 1980.

______, *Musikalische Schriften V*. GS Bd 18, Frankfurt a. M. : Shurkamp Verlag, 1984.

______, "On the Fetish—Character in Music and the Regression of Listening", *Essays on Music*. R. Leppert, Susan H. Gillespie (eds. &trans.), Berkeley : University of California Press, 2002, pp. 292—303.

______, "On Popular Music", *Essays on Music*. R. Leppert, Susan H. Gillespie (eds. & trans.), Berkeley : University of California Press, 2002, pp. 437—469.

——, *Prismen, Kulturkritik und Gesellschaft I*. GS Bd 10.1, Frankfurt a. M. : Shurkamp Verlag, 1977.

______, "Über die musikalische Verwendung der Radios", *GS Bd. 15*, Frankfurt a. M. : Shurkamp Verlag, 1976, S. 369—401.

Buck—Morss, Susan, *The Origin of Negative Dialectics*, New York : The Free Press, 1977, pp. 147—149.

Faden, G. "Die Fremdheit der Kunst im Besteheden, Adorno und Heidegger zur Atualität der Kunst", *Technik und Kunst ; Heidegger : Adorno*. Münster, Herausgegeben von Hartmut Schröter, 1988, S. 97—109.

Kager, R. *Herrschaft und Versöhnung*, Frankfurt : Campus Verlag, 1988.

Recki, Birgit. *Aura und Autonomie, Zur Subjektivität der Kunst bei Walter Benjamin und Theodor W. Adorno*, Würzburg : Dr. Johannes Königshausen u. Neumann, 1988, S. 137—140.

Schneider, N. "Adornos Theorie des Naturschönen", *Frankfurt schule und Kunstgeschichte*, Hrg. von Andreas Berndt et al, Berlin : Dieter Reimer Verlag, 1992, S. 59—67.

Witkin, R. W. *Adorno on Popular Culture*, London : Roultedge, 2003, pp. 52—53.

Zuidervaart, L. *Adorno's Aesthetics Theory*. Cambridge : The MIT Press, 1991.

4

진보의 신화와 '문명' 이후
: 후쿠시마 이후 문명의 소생을 위하여

이승렬

"확실히 하늘의 불을 훔친 것은 인간의 오만이 저지른 잘못이라고 저
는 생각합니다." –다까기 진자부로

홍수나 가뭄 또는 지진, 쓰나미처럼 자연의 거대한 힘 앞에서 인
간이 일궈 놓은 삶의 질서가 한순간에 물거품처럼 사라지거나 부서져
버리면 숱한 희생자가 생기고 이들의 서글픈 사연이 듣는 이들의 심
금을 울리지만 산 자들은 다시 힘을 모아 생존의 토대를 만들고 희망
의 터전을 새로이 건설하는 게 인간사의 한 부분이기도 하다. 홍수와
범람이 오히려 대지를 더욱 비옥하게 만들어 그 땅 위에 사는 농민들
의 삶을 오랫동안 지속 가능한 것으로 만들어 주는 것도 같은 이치의
자연적 섭리일 것이다. 이런 경우의 홍수와 범람을 이 글에서는 재난
의 범주에 넣지 않는다. 여기서 재난은 인간이 자연에 개입할 수 있는
힘과 재능에 의해 인간 種과 다른 생명체들의 삶이 집단적으로 파
괴당하는 현상을 가리키는 말이다. 재난을 이렇게 정의해 놓고 보면,
가령 전쟁에 의한 재난 상황과 평화 시 환경재앙에 의한 재난 상황의
명확한 구분 자체가 모호해진다. 사실 따지고 보면, 가공할 위력을
지닌 에너지를 세상에 방출할 수 있는 것은 첨단 기데 데그놀로지를
매개로 한 파괴적인 무기나 문명의 이기는 모두 세상을 재난에 빠뜨
릴 수 있는 야만의 도구일 수 있다는 점에서 공통점을 지니고 있다.

전쟁과 절멸絕滅

우리 사회가 압축적인 경제성장의 논리에 지배되는 성격이 강한 만
큼 갈등의 요인이 많고 그만큼 새로운 대형 사건이 많아서인지는 몰
라도, 후쿠시마 원자력 발전소 4기의 재앙적인 사고는 어느새 우리의

기억에서 사라지고 있으며 일회적인 저널리즘적 관심 이외에 핵 문명에 대한 문명사적인 성찰은 우리 사회에서 찾아보기 어렵다.

현재 후쿠시마 원전 사고는 진행 중이며, 이 사고가 어떤 재앙적인 결과를 잉태하고 있는지 아직 아무도 예측할 수 없다. 아울러, 일본 전역의 원전에서 발생하는 사용 후 우라늄 연료를 모두 모아 재처리하는 공장이 자리 잡고 있어 240큐빅미터의 방사능 액체 연료와 엄청난 양의 플루토늄을 보유하고 있는 로카쇼무라 지역에서 후쿠시마와 유사한 사고라도 발생한다면, 반경 100km 이내의 모든 생명체를 그 자리에서 절멸시킴은 물론 동시에 동아시아 전체에 괴멸적인 영향을 미치는 파장을 몰고 올 수 있는 것으로 추정된다.[1] 실제로, 언론에 크게 보도되지는 않았지만, 지난 4월 7일 지진의 여파로 로카쇼무라 재처리 공장의 전기 공급이 중단되는 사고가 발생하기도 했다. 실제 상황이 이런데도, 후쿠시마 원자력 발전소 사고는 우리에게 그저 한때의 뉴스 아이템에 지나지 않은 것으로 지나쳐지고 있다.

영국의 마르크주의 역사학자 E. P. 톰슨은 1980년대의 핵전쟁의 가능성을 열어 놓은 미국과 소련의 냉전 구도를 올바로 이해하기 위해서는 단순히 자유주의 대 공산주의 또는 부르조아 계급 대 프롤레타리아 계급 간의 대결이라는 관점만이 아니라, 인간 전체의 문명 위기라는 입장에 서야 한다는 점을 역설한 바 있다. 이것이 바로 톰슨이 주장한 바, 핵전쟁 위기의 시대에 취해야 할 반反절멸주의exterminism적 관점이다.[2]

톰슨의 반절멸주의에서 눈여겨봐야 할 점은 노동과 자본의 모순이라는 관점, 다시 말해 전통적인 마르크스주의의 계급투쟁론만으로

---

[1] Hirose Takashi, "The Nuclear Disaster That Could Destroy Japanese Archipelago", *The Asia-Pacific Journal : Japan Focus*, http://www.japanfocus.org/−Hirose−Takashi/3534.

[2] Edward Thompson, "Notes on Exterminism, the Last Stage of Civilization", in *Exterminism and Cold War*, London : Verso, 1982, pp. 1−33. (본 텍스트에서 인용이 있을 경우 EC로 표시함)

는 핵전쟁의 위험에 직면해 있는 현대 세계를 결코 제대로 설명할 수
도 없을뿐더러 이 세계를 올바로 변혁시킬 수도 없다는 점을 깨닫게
해 주었다는 점이다. 톰슨은 인류가 핵전쟁으로 인한 절멸을 피하기
위해서 유념해야 할 두 가지 사항을 제시한다.

1. "절멸주의에 대항하는 힘은 외부의 다른 절멸주의 세력으로부터 나
오지 않고 오로지 내부의 민중들의 저항으로부터 나온다."

2. "우리는 결국 계급투쟁의 드라마로 돌아가야 된다는 목소리는 절멸
주의 합창을 장식해 주는 것에 지나지 않는다. 종교 세력, 유럽 공산주
의자, 노동당 세력, 동유럽의 반대 세력, 소련 공산당과 무관한 시민
들, 노동조합주의자들, 생태주의자들을 끌어모아 연대를 이룰 때에만
크루즈 미사일과 SS-20s 핵미사일을 폐기시킬 수 있는 힘과 국제공산
주의자들의 활기를 모을 수 있다."(EC, pp. 29-30)

여기서 톰슨이 말하고자 하는 첫 번째 사항은 핵전쟁과 그로 인
한 문명의 절멸을 피하기 위해서는 국가state의 입장에서 탈피해서 세
상을 바라봐야 한다는 것이다. 국가 자체의 세력 확장을 위해 핵 재앙
의 가능성을 높이는 절멸주의적 국가의 입장에서 벗어나는 것이 국가
와 세계의 절멸을 피하는 첫 번째 길이다. 국가주의는 곧 절멸주의인
것이다. 절멸주의를 극복할 수 있는 힘은 국가 자체에서 나오지 않고
국가주의에 덜 오염된 각성된 민중의 저항으로부터 나오는 것이지만,
그 저항이 반드시 계급투쟁의 모습이어야 하는 것은 아니다. 오히려
정형화된 부르주아 대 프롤레타리아 계급 간의 대립 이면에서 우리는
고도의 테크놀로지의 국가적 활용과 그것의 파괴적 영향을 승인한다.
마르크스주의자들의 주장에 따르면, 계급 간의 갈등과 대립을 통해

사회주의 체제가 도래하고 이는 곧 해방된 사회라는 것이지만, 그 사회가 거대한 산업주의 체제에 의해 떠받들려져 있는 상황이라면 거대 체제를 운영하는 관료 집단으로서의 국가에 예속된 상황이 지속될 수밖에 없으며 그것은 문자 그대로 사회 본위의 해방된 사회라고 부르기 어렵다. 산업사회가 지속되는 한 계급 간의 모순과 갈등이 존재하고 그에 따라 이를 해소하기 위한 투쟁은 필요한 것이겠지만, 그 투쟁이 단순히 자본 본위의 정치경제 구조 속에서 좀 더 많은 권리를 빼앗아 오며, 국가주권을 강화하고, 문명 이기의 혜택을 더욱 많이 누리기 위한 목표 위에서 이루어지고 있는 싸움이라면 그 싸움의 결과는 오히려 산업주의적 국가 체제가 강화되는 형태로 나타날 것이며 실제로 그랬다.

핵전쟁의 절멸주의적 성격은 절대적 지위를 차지하고 있는 국가 체제 속에서 첨단 테크놀로지의 활용을 둘러싸고 적대적인 두 세력이 얼마나 협력적인 관계를 맺고 있는지를 잘 드러내 보여 주었다. 독일의 녹색당 창설자이자 생태주의 철학자인 루돌프 바로가 E. P. 톰슨의 절멸주의론에 대해 동의를 표하면서 인간의 문명은 사회주의를 통해 해방의 역사를 지향하고 있는 것이 아니라 자기파멸의 길을 걷고 있다는 점을 역설한 것도 바로 그런 이유에서였다. 바로는 현대 산업 문명의 자기파괴적 성격을 진단하면서 한 걸음 더 나아가 현대 문명의 자기파괴적 성격이 오랜 시간에 걸쳐서 인간의 본성human nature에 각인되어 있음을 강조한다.(EC, p. 87)[3]

뒤에서 다시 논의하겠지만, 여기서 문명과 인간의 본성을 연결시켜 현대산업문명론을 전개하는 바로의 태도에서 어떤 근원적 성찰을 발견할 수 있는 바, 그것은 단순히 계급투쟁의 선명성을 강조하는 좌파적 시각이나 제도적 개혁/거버넌스를 통해 점진적인 사회 발전을

---

[3] Rudolph Bahro, "A New Approach for the Peace Movement in Germany", in *Exterminism and Cold War*, London : Verso, 1982, p. 87.

도모하고자 하는 자유주의적 시각을 뛰어넘는 근원적 성찰을 보여 주고 있는 것으로 보인다.

마르크스가 〈공산당선언〉에서 "만국의 노동자여 단결하라!"고 외쳤을 때 그것은 단순히 세계 프롤레타리아트 계급만의 연대를 위한 주장이 아니었음을 절멸주의 시대는 잘 가르쳐 준다. 톰슨이 주장한 바, 종교 세력부터 국제공산주의자들 나아가 생태주의자들에 이르기까지 이들의 연대는 단순히 계급혁명을 위한 계급적 연대 그 이상의 무엇일 것이라는 점을 생각해 볼 수 있다. 여기서 톰슨은 절멸의 위기를 언급하는 순간에도 민중의 연대야말로 전체의 멸종을 피하는 가장 올바른 길이라는 점을 천명하고 있는 셈이다. 서로 지향하는 바가 다른 이질적인 민중 세력들 간의 연대라는 말을 통해 톰슨이 제시하고자 하는 정치적 메시지는 절멸주의적 국가들의 세계 체제를 가로지르는 저항의 연대체를 만들어 내야 한다는 것이다. 그러나 그런 것이 어떻게 가능할 것인가?

루돌프 바로는 결국 사람의 본성이 바뀌어야 한다고 생각했다. 정확히 말하자면, 그는 저항의 연대를 통해 인간의 본성이 바뀐다고 생각했다. 그는, 말하자면, 인간의 본성이라는 것이 다양다기한 사회적 관계들의 종합적 효과ensemble of social relations에 의해 생겨서 변화해 가는 어떤 것이라고 보았다. 연대와 협동이라는 사회적 관계를 통해서 생성되는 인간의 본성과 지배와 굴종이라는 사회적 관계를 통해서 형성되는 본성은 서로 다른 것이다. 지배와 굴종이 인간의 본성에 각인시킨 윤리적 태도는 현재에 대한 탐닉이고 연대와 협동을 통해 인간은 타인에 대해 이해하고 배려하는 본성을 키워 나간다. 앞에서 말한 대로 현대 산업문명이 인간의 본성에 자기파괴의 충동을 각인시켜 왔다는 것은 지배와 굴종의 사회적 관계가 산업문명 체제를 떠받들고 있다는 것을 의미한다. 이러한 체제에서 진정한 평화는 유지될 수 없다. 바로는 "평화는 지배의 문화와는 매우 다른 정신적 토양에서만 번성할 수 있다"(EC, p. 90)고 말한다. 그런 의미에서 핵무기와 핵발전소를 동시에 폐기하는 것은 우리 시대의 시급한 요청이라고 말하지 않을 수 없다. 우리의 진정한 평화를 위해서.

"평화를 위한 핵"

일본의 원자력 전문가로서 원전 반대운동을 벌이는 고이데 히로아키에 따르면, 흔히 원자력을 이용하여 전기 발생을 일으키는 것으로만 알려져 있는 원자로라는 기계장치는 사실은 처음부터 핵폭탄의 연료로 사용되는 플루토늄을 생산하는 장치이며 또한 사용 후 재처리 시설은 원자로를 통해서 만들어진 플루토늄을 다른 물질과 분리하는 장치라는 것이다.[4] 원자력 발전과 관련된 것으로 알려진 핵심 장치들이 사실은 핵폭탄 제조 시설에 지나지 않는다는 것은 우리에게 무엇을 말해 주는가?

아이젠하워 대통령이 '평화를 위한 핵'이라는 용어를 처음 쓴 것은 1953년으로 미국이 패권 세력으로서 영향력을 키워 나가기 위해서 제2차 세계대전 종전 이후 평화시 핵무기 생산의 정당성을 확보할 필요를 느꼈던 시점이다. 미국은 전기를 공급한다는 명분으로 원자폭탄의 재료가 되는 플루토늄을 양산하려는 의도를 갖고 있었다. 다시 말해, 미국이 '평화를 위한 핵' 산업 진흥에 나선 것은 평화를 위한 것이 아니라 핵무기의 대량생산을 위한 것이었다.

김종철 《녹색평론》 발행인이 잘 보여 주듯이, 제2차 세계대전 종전

---

4 고이데 히로아키, 〈원자력의 '평화적 이용'은 가능한가〉, 《녹색평론》 118호 (2011년 5–6호), 104쪽.

을 앞두고 2개 도시를 파괴시킨 핵의 위력을 이미 실감한 일본을 평화의 이름으로 다시 핵 발전의 함정 속에 몰아넣은 것도 결국 소련과의 냉전 구도 속에 이루어진 일이다.[5] 일본의 경제 부흥을 위해서는 핵 산업과 핵 발전이 반드시 필요하다는 미국의 설득과 강요는 사실상 세계를 군사적으로 제패하기 위한 미국의 세계 전략을 위한 것이었다. 그리고 일본과 아시아의 민중을 전쟁의 참화 속에 밀어 넣었던 일본의 군국주의 세력이 전후 50기도 넘는 원전을 일본 땅에 건설할 수 있었던 것은 일본과 아시아를 전쟁에 휘말리게 했던 바로 그 논리에 의해서였다. 탈아입구脫亞入歐의 논리가 그것이다. 이 논리의 핵심에는 경제 성장을 통한 유럽 따라잡기라는 생각이 자리잡고 있다. 종전 후에 차이가 있다면 탈아입구에서 '탈아입미脫亞入美'로 바뀌었다는 정도의 차이가 있을 뿐이다. 이웃 나라와 민중의 희생은 어떠한 것이든, 대량생산, 대량 소비, 대량 폐기를 통한 국부의 창출이야말로 한 나라의 숭고한 이념으로 자리잡게 만드는 것이 바로 경제성장의 논리다.

김종철이 경제성장의 논리를 톺아 보면서 말하고자 하는 바는, 이러한 논리의 우선적인 희생자는 물론 풀뿌리 농민들과 어민 그리고 원전과 같은 기대 기계의 부속품처럼 소비되어 처리되고 마는 히청 노동자들 등 일련의 사회적 약자들이지만 궁극적으로 이 땅 위에 거주하는 모든 사람일 수 있다는 점이다. 요컨대, 경제성장의 논리는 일차적으로 약자에 대해 차별적이라는 점에서 문제이지만 더 근본적으로는 그 논리 자체에 절멸주의적 속성이 들어 있다는 것이다. 루돌프 바로나 김종철만큼 문제의 본질을 근본적으로 파고든 것으로 보이지는 않지만, 후쿠시마 원전 재앙에 바쳐진 일본 작가 무라카미 하루키의 카탈

---

5 김종철, 〈韓國から見たフクシマ(한국에서 본 후쿠시마)〉, 《季刊 ビープルズ プラン》 제54호, 한국어 번역, 〈후쿠시마 사고, 일본이 진 세계에 가한 '테러'다!〉, http://www.pressian.com/article/article.asp?article.

로니아 국제상 수상 연설문 역시 같은 문제의식을 공유하고 있다.[6]

일본은 원폭의 피해 국가이지만 하루키는 일본의 원폭 피해가 동시에 이웃 나라들에 대한 가해의 역사를 떠올리게 한다는 점을 아프게 인식하고 있다. 후쿠시마가 재앙을 겪은 지금, 하루키는 종전終戰 이후 일본이 추구해 온 평화와 번영의 본질을 다시금 돌아보아야 함을 역설한다. "도대체 무엇 때문에 우리가 그동안 일관되게 모색해 온 평화롭고 번영된 사회가 이렇게 완벽하게 훼손되고 왜곡된 것일까요?" 이 물음에 대해 하루키가 내놓은 답은 "효율과 편리"이다. 일본의 원폭 피해의 이면에는 전쟁을 일으킨 가해자로서의 측면이 있는 것처럼, 종전 이후 일본인들의 효율과 편리 추구에도 그 자체에 가해적인 측면이 있다는 것이다. 효율과 편리 추구라는 맹목적인 생활 방식의 이면에는 산업사회의 경제성장 이데올로기가 작동하고 있으며 여기에는 태양을 향해 날아오르는 이카루스의 날개처럼 자기파멸적 속성이 내재되어 있다.

원전에 대한 비판은 으레 전력 수요량에 대한 현실적인 필요를 강조하는 목소리로 반박되곤 하지만, 자연에 기대어 살아가는 농민과 어민들, 그리고 원전에서 일하는 하청 노동자들의 희생을 대가로 한 효율과 편리는 그 자체로 현실에 대한 "뒤틀린distorted" 관념에 기인한 것이며, 사회적 약자들의 희생과 우리 모두의 절멸에 대한 공포가 오히려 훨씬 현실적인 것이다. 이것이 바로 김종철과 하루키가 공통적으로 말하고자 하는 바이다. "고도로 효율적인—것으로 생각되던— 원자로가 우리들의 눈앞에 지옥의 문을 열어 놓았다. 이것이 현실이다."(하루키) 현실을 진단하는 일본 작가 하루키의 목소리가 조국의 참사를 접하고 지나치게 감상적이 되었다거나 루돌프 바로나 김종철

---

6 Murakami Haruki, "Speaking as an Unrealistic Dreamer", *The Asia-Pacific Journal : Japan Focus*, http:// www.japanfocus.org.

같은 인문적 양심의 소리를 관념적이라거나 단순히 이상주의적 태도로 치부하고 싶은 충동이 드는 독자들을 위해서 다시 현실의 어려움을 직시하는 양심적인 과학자들의 음성을 전달해 보자.

현실을 말하자면, 반드시 치명적인 원전 사고가 아니라 하더라도 원전이 가동되고 있는 매 순간 저농도의 방사능은 일상적으로 누출되어 세계를 오염시키고 있다. 맨해튼 프로젝트에 참여하였거나 핵 산업계에 종사한 바 있던 독립적인 원자력 전문가들의 증언에 따르면, 저농도의 방사능은 원자로에서 물과 공기를 통해서 매 순간 세상으로 방출되고 있으며 원자로를 몇 겹으로 둘러싸고 있는 보호장치들로 인해서 방사선은 안전하게 차단되고 있다는 핵 산업계의 선전은 완전히 거짓이라는 것이다. 원자력 발전소로부터 50킬로미터 이내의 지역에서는, 특히 노약자를 중심으로 암 발생률과 사망률이 그 바깥의 지역에 비해서 수십 배나 높은 경우도 있음을 보여 주는 조사도 있다.[7]

이러한 일상적인 오염 이외에, 지금까지 있었던 수십 차례의 치명적인 원자력 발전소 사고들은 10만 년에 한 번 일어날 정도의 사고 확률을 목표로 원자력 발전소가 설계·건설된다는 핵과학자들과 정부의 선전을 비웃게 만드는 것이 현실이다. 일단 사고가 발생하면 그 지역은 수십 년에서 수백 년간 생명이 살 수 없는 불모지대로 변하게 된다는 사실을 비유하여 최근 호 독일 잡지 《슈피겔》은 "원자력 사막"이라는 표현을 사용하였다. 또한, 핵 산업은 평화산업으로 미화되어 왔지만 그 운영 메커니즘 자체가 전쟁을 잠재적으로 예비하고 있다. 원전 사고의 가능성과 핵폐기물 처리의 불가능성으로 말미암아 핵 기술에 의한 원자력 발전은 필연적으로 원자력 발전소가 위치하고 있는 지역을 중심으로 한 광역의 지역에서 언제든 삶의 토대를 붕괴시킬

---

[7] Leslie J. Freeman, *Nuclear Witenesses, Insiders Speak Out*, New York : Norton, 1982. http://www.ratical.org/radiation/inetSeries/nwJWG.html.

수 있는 위험에 우리를 노출시키고 있는 것이 사실이다. 2003년 부안 핵폐기장 유치가 주민들의 격렬한 반대운동으로 무산되고 이후 경주에 방폐장 유치를 실현시킨 주민투표도 금권·관권 투표로 왜곡되어 있었다는 것이 모두 이러한 현실을 반영하고 있다. 이렇듯 '평화를 위한 핵' 산업의 실체는 언제든 대지와 물과 공기를 오염시킴으로써 자연에 기대어 사는 민중들의 삶의 토대와 생명을 공격하는 무기로서의 기능을 가지고 있다.

산업문명의 확장과 순환질서의 파괴

근대산업 문명이 확장되는 과정에서 도시와 시골은 일방적인 수탈의 관계가 됨에 따라 시골의 자연은 도시의 발전을 위해 자원 공급이라는 '거룩한' 임무를 부여받아 산업 자원이 되어야 한다. 이러한 도시와 시골의 수탈 관계는 일차적으로 자연과 자연에 기대어 사는 농어민들을 희생자로 만들어 버리지만, 동시에 도시민들의 삶의 토대 역시 지극히 불안정한 것으로 만들어 놓는다. 체르노빌에서의 핵 사고는 체르노빌이나 인근의 벨라루스 같은 곳에만 재앙이었던 것이 아니라 천수백 킬로 떨어져 있는 스웨덴, 독일 등을 비롯한 전 유럽 지역에서 방사능 수치를 몇 배 이상 높여 놓았다. 산업문명의 위험성이 일부 마르크스주의자들의 생각처럼 단순히 계급 간의 일방적인 착취나 도시와 시골 지역 사이의 일방적인 수탈을 넘어서서 전면적이고 근원적인 절멸의 관점에서 재고되어야 한다는 점을 우리는 근대산업 문명의 확장의 임계점이라고 할 만한 핵 산업에서 발견한다.

수탈의 정도가 일정 수준을 넘어서면, 수탈을 하는 쪽이나 수탈을 당하는 쪽 모두에게 병리적 현상이 나타날 수밖에 없는 것이 세상의 이치다. 가령, 편견과 편향의 과학인 오리엔탈리즘은 반드시 또 다른 방식으로 편향된 옥시덴탈리즘을 수반하기 마련이며, 억압된 것은 그냥 억압된 상태로 머물지 않고 반드시 억압하는 자의 의식과 현실 속에 그 모습을 드러내기 마련인 것이다. 마르크스주의자들의 선형적인 시간관에 의하면, 부르주아 계급이 발전시킨 산업문명의 물질적 힘은 궁극적으로 프롤레타리아 계급에 의한 해방의 밑거름이 될 것이라고 한다. 마르크스의 역사관은 이러한 마르크스주의적 역사관에 비해 훨씬 리얼리즘에 기초해 있다고 보는 것이 정확할 것이다. 다가올 미래 세계에 대한 전망의 과학적/내재적 법칙성 같은 것을 마르크스는 인정하지 않았다. 그보다 마르크스는 근대화의 거대한 역사적 물결을 피하지 않고 정면으로 응시하면서 근대화 물결의 파장이 낳는 현실의 구체적 모순을 정확하게 기록하는 역사가의 역할을 수행했다.

마르크스에게 근대화의 근원적인 모순의 핵심은 순환장애다. 순환장애는, 마르크스의 표현을 그대로 사용하자면, "물질대사의 균열 metabolic rift"이다.('물질대사'를 의미하는 독일어 원어 Stoffwechsel은 원래 '물질의 교환'을 뜻하는 어휘다.) 자연이 운행되는 섭리는 순환의 원리인데 근대 문명은 순환의 법칙을 거스르고 직선적인 발전을 추구하는 데에서 발전의 모순이 발생한다고 마르크스는 본 것이다. 순환장애는 자연을 산업 발전의 자원으로만 보면서 물질과 물질 사이의 올바른 교환에 어려움이 생기는 데에서부터 비롯된다. 마르크스의 물질론[8]은 자연 상태의 원재료에 변형을 가하는 인간의 노동이 결과적으로 자연의 순환계 또는 생태계를 훼손시키지 않도록 자연을 회복시킬 수 있는 물질을 되돌려주어야 한다는 자연철학을 바탕으로 하고 있다. 나아가, 자연과 인간 사이의 정당한 물질 교환이 가능한 사회체제야말

---

[8] '유물론'이라는 표현은 물질환원주의를 뜻하는 경향이 강하므로, 마르크스의 'materialism'이라는 개념을 올바로 옮긴 번역이라고 보기 어렵다.

로 마르크스가 이상 사회로 꿈꿔 온 공산 사회라고 말할 수 있다.

도시의 확장과 시골의 위축을 특징으로 하는 근대산업 문명의 특징은 필연적으로 흙의 영양 상태를 피폐하게 만드는데, 그 이유는 말할 필요도 없이 인간의 노동에 의한 자연 변형의 대가로 자연으로 되돌려져야 할 영양분이 산업문명 체제에서는 그렇게 될 여지가 거의 없기 때문이다. 자연의 피폐는 단순히 시골의 황폐화로 끝나지 않는다. 그것은 다시 도시의 황폐화로 이어지기 마련이다. 마르크스 사상에서 생태주의적 관점을 예리하게 분석해 낸 존 벨라미 포스터는 다음과 같이 기술한다. "마르크스의 관찰에 따르면 …… 식품과 섬유질 같은 영양소들을 흙으로 돌려주지 못하게 됨에 따라 도시는 오염되고 현대적인 하수 처리 시스템은 이를 제대로 처리하지 못하게 되었다. 《자본론》 3권에서 마르크스는 '엄청난 비용을 들여서 설치한 런던의 하수 처리 시스템은 420만 명의 시민들의 배설물로 템스 강을 오염시키는 역할 이외의 다른 기능을 할 수 없다'고 적고 있다."9

마르크스는 런던의 하수 처리 시스템에 엄청난 비용을 들였는데도 제대로 기능을 다하기에는 역부족이었다는 점을 강조하고 있다. 말하자면, 마르크스는 여기서 단순히 하수 처리 시스템의 부족을 비판하고 있는 것이 아니라 자본의 투입과 기술의 개입을 통해 도시집중으로 인한 폐기물을 합리적으로 처리할 수 있다는 산업주의적 발상의 오류를 지적하고 있는 것이다. 이러한 마르크스의 반反산업문명적 태도에서 마르크스가 자본의 축적과 기술의 발전이 궁극적으로 환경오염을 비롯한 근대화의 문제점을 해결해 줄 것이라는 오늘날의 진보주의자와 보수주의자들의 공통된 견해에 동의하지 않았을 것임을 짐작할 수 있다. 환경오염을 해결할 수 있는 기술에 의한 첨단의 시설을 통해

---

9 John Bellamy Foster, *Marx's Ecology : Materaialism and Nature*, New York : Monthly Review Press, 2000, p. 163.

환경의 최적화를 이룰 수 있을 만한 자본을 축적한다면, 결국 삶의 기본 토대가 "연기처럼 사라"질지 모른다는 근대 문명의 불안을 일소할 수 있을 것이라고 마르크스는 믿지 않은 것으로 보인다. 이런 점에서 마르크스는 오히려 근대산업 문명에 대한 회의주의자들을 닮아 있다. 가령, 소로우, 간디, 톨스토이, 그리고 이반 일리치에 이르는 근대성에 대한 근원적 질문자의 계보에 마르크스가 서 있을 여지는 충분하다.

소로우는 미국의 자본주의적 근대문명 사회에 맞서 진정한 개인의 자유를 획득하고 미국의 문명사회에 대한 객관적인 성찰을 얻기 위해 월든 숲 속에서 자립적이고 독립적인 삶을 영위하던 기간 중에 여러 편의 시를 썼는데, 그중에 '낮게 걸린 구름Low-Anchored Cloud'이라는 작품이 있다.

Low-Anchored Cloud

Low-anchored cloud,

Newfoundland air,

Fountain-head and source of rivers,

Dew-cloth, dream-drapery,

And napkin spread by fays;

Drifting meadow of the air,

Where bloom the daisied banks and violets,

And in whose fenny labyrinth

The bittern booms and heron wades;

Spirit of lakes and seas and rivers,

Bear only perfumes and the scent

Of healing herbs to just men's fields!

낮게 걸린 구름

구름은 낮게 걸려,

뉴펀들랜드의 공기를 숨 쉰다.

강은 그곳에서 시작하여

이슬을 맺고 꿈의 장막을 드리운 채

요정은 하얀 식탁보를 펼쳐 놓는다.

대기의 초원이 떠다니는 강둑,

데이지 꽃과 제비꽃이 만발했네.

미로처럼 퍼져 있는 습지에서

이름 모를 물새는 힘차게 비상하고

왜가리는 두 발로 그곳을 거니네.

호수와 바다와 강의 정령은

인간을 치유하는 허브 향을 인간의 대지에

실어온다. 인간의 대지에![10] (번역은 필자의 것)

이 시는 구름과 강과 습지와 대지가 하나로 이어지는 생태적 순환계의 아름다움을 노래하고 있다. 이 시는 한 폭의 풍경화를 연상시키는 바, 구름-강-강둑-습지-대지라는 지형학적 구도 속에서 생명 에너지가 순환되고 있으며 각각의 지점을 흐르는 에너지는 야생화, 물새의 비상, 향기로운 꽃 내음 같은 아름다운 생명의 움직임을 낳고 있음을 보여 준다. 재난의 징후를 찾아볼 수 없는 질서 잡힌 시적 형상 속에서 우리는 블레이크가 노래했듯이 "영원한 기쁨"을 느낀다. 왜냐하면 순환의 법칙에 순응하는 세계는 아름다우며, 우리 삶의 건강성

---

10 http://www.poetseers.org/early_american_poets/henry_david_thoreau/thoreau_poetry/low-anchored_cloud/view/.

을 유지시켜 줄 것이며, 생성과 소멸의 순환 주기 속에서 지속적으로 반복될 것이기 때문이다.

이와는 대조적으로 근대 문명 세계에서 에너지는 순환하며 새로운 생명을 잉태시키는 것이라기보다는 거대한 용기 속에 담아 둘 수 있는 수량적인 크기로써 그 중요성을 인정받는다. 현재 우리에게 에너지가 중요한 점은 그것이 얼마나 큰 힘을 지니고 있으며 그 힘을 얼마나 잘 저장해 놓고 있느냐 하는 점이다. 원자력 에너지를 사용한다는 것도 결국 무한대의 파괴력을 과학기술의 힘을 빌려 인간이 통제할 수 있다는 믿음 위에서만 가능한 것이다. 우리에게 요청되는 것은 그런 믿음이 사실은 인간의 오만을 입증할 뿐이라는 점을 깨닫는 것이다.

진보의 신화와 '문명' 이후

역사는 끊임없이 진보한다는 믿음이 바로 휴브리스(교만)의 징표다. 계몽주의 시대 이래 인류의 역사는 지상에 낙원을 건설할 수 있다는 신화를 구축해 온 비, 그것이 진보의 신화다. 2009년 비非문명 신인을 주도하며 뮤화운동을 펼치고 있는 전 《에콜로지스트》 부편집장, 폴 킹스노스에 따르면 진보의 신화는 아무런 대가 없이 자연을 무한대로 착취할 수 있다는 자연의 신화에 기초하고 있다.[11]

그러나 요즘의 형편을 보면 자연은 결코 자원을 대줄 뿐 우리에게 너그럽기만 한 어머니의 품만은 아니라는 것이 분명해지고 있다. 조류독감, 구제역, 광우병 등 '문명' 생활에 따른 질병의 만연, 기후온난

---

[11] Paul Kingsnorth and Dougald Hine, http://www.dark-mountain.net/wordpress/dark-mountain.net/wordpress/wp-content/uploads//uncivilisation-dark-mountain-manifesto.pdf. 한국어 번역, 박경미 옮김, 《녹색평론》 110호(2010년 1-2월호).

화의 가속화, 토양의 산성화 등 자연은 자연 스스로 인간과 자연의 유기적 고리가 끊어져 있음을 보여 주고 있다. 이런 현상을 가리켜 사람들은 인간을 향한 자연의 보복이 시작되었다고 표현한다. 그러나 이런 식의 표현은 인간이 자연을 지배하는 것을 당연시하는 지배자로서의 가치관을 반영하고 있다. 이런 표현의 이면에는 인간이 자연을 억누르며 멋대로 훼손시켜도 말없이 굴종해야 하는 자연이 지배자 인간에게 반란을 일으켰다는 의식이 깔려 있는 것이다. 인간 種족 역시 자연의 일부로서의 존재론적 속성을 잊어버린 것이다. 우리가 간과하고 있는 것은, 인간을 둘러싼 생태적 재앙이 사실은 자연의 생태적 체계를 복원하려는 '자연스런' 움직임이라는 사실이다.

인간이 '환경 재앙'이라고 부르는 현상은 자기 스스로를 돌보기 위해 비상한 변화를 일으키고 있는 것일 뿐이라고 보아야 한다. 자연은 인간의 의식적인 의지의 지배를 말없이 용인하지도 않는다. 오히려 인간이 자연의 일부로서, 쇼펜하우어적인 의미에서, 우주 만물 생성의 근원적인 의지Wille zum Leben의 지배를 받는다고 말하는 것이 맞을 것이다. 자연과 유리된 현대 문명의 운명을 그려내는 것으로 유명한 일본의 애니메이션 감독, 미야자키 하야오의 〈바람계곡의 나우시카〉에는 독을 뿜어내는 곰팡이 숲이 등장하는데, 부해腐海라고 불리는 이 숲은 기술의 진보와 함께 자연환경을 인간의 이해에 맞춰 멋대로 이용하는 인간의 행태로부터 자신을 지켜내기 위한 자연의 변신에 따라 생성된 것이다.

자연의 생명 과정으로서의 재앙적 상황에 맞서 인간이 할 수 있는 일은 별로 없다. 〈바람계곡의 나우시카〉에서도 인간이 부해를 제거하려 하면 거대한 곤충 떼가 인간을 공격하는 것을 볼 수 있다. 원전 사고로 세상으로 나온 방사능 물질을 인간이 처리할 방법이 없으며, 지구 온난화에 따른 바다 수면 상승에 대해 인간이 대응할 수 있는 수단은 없다. 가령, 싱가포르의 리콴유 전 수상의 제안처럼, 전 국토를 둘러 제방을 쌓는 것은 더 큰 재앙을 예비하고 있을 뿐이다. 바닷물의 압력을 이겨 낼 댐은 이 세상에 없을뿐더러, 매년 70개 정도의 댐 붕괴 사고로 큰 피해를 보고 있는 중국의 예에서 볼 수 있듯이 댐은 언젠가는 붕괴하기 마련이다. 문명이 붕괴된 재앙적 상황에서 인간이 할 수 있는 일은 무엇인가? 폴 킹스노스가 비문명 선언의 정신에 잘 부합하는 작가로서 꼽은 작가 중 코맥 맥카시가 있다. 그의 작품 중 《더 로드The Road》는 영화로도 우리에게 소개된 바 있다.[12]

이 작품은 문자 그대로 문명 이후를 다루고 있다. 문명 질서가 파괴된 이유에 대해서 소설은 우리에게 소상한 이유를 밝히지는 않는다. 아마도 핵 재앙 등의 이유가 있었을 것이라는 짐작이 가능할 뿐이다. 이 소설이 문명 이후를 묘사하고 있는 것은 사실이지만, 핵심 메시지는 문명의 소생을 위해서 우리에게 필요한 것은 무엇인지와 관련이 있다고 할 수 있다. 《더 로드》에 나타나는 문명 이후의 세계에서 가장 두드러지는 묘사는, 당연한 것이기는 하지만, 생존에 필요한 기본 물자, 그중에서도 식량의 공급이 끊긴 상황에서 주인공들이 어떻게 그런 것들을 구해서 연명하는지에 대한 것이다. 식량 공급 같은 문제가 문명의 기초가 되는 것은 당연한 일이다. 그러니 여기서 더 중요한 것은 식량과 관련해서 두 부류의 인간군으로 나뉜다는 사실이다. 한 부류는 다른 사람들을 잡아먹는 그룹이고, 다른 한 부류는 그렇지 않은 사람들이다. 간단히 말해서, 전자는 좋은 사람이고 후자는 나쁜 사람이다. 물론 이러한 분류가 소설상의 도식이라고 말할 수도 있겠지만, 이와 같은 소설적 분류는 로망스 같은 장르에서 익숙하게 나타나는 도식이라고 볼 때 '사람을 잡아먹는 부류'/'사람을 잡아먹지 않는 부류'라는 구분은 소설 구조상의 문제라기보다는 소설의 주제와 더

---

[12] Cormac McCarthy, *The Road*, New York : Vintage Books, 2006. 한국어 번역, 정영복 옮김, 《더 로드》, 문학동네, 2006.

깊은 관련을 갖고 있는 것으로 보인다.

문명의 토대가 붕괴된 상황에서 사람을 잡아먹고 안 먹고의 문제는 사실상 배고픔을 이기기 위한 실제적인 문제이기도 하겠지만, 동시에 소설에서처럼 일회적인 약탈이나 도둑질이 아니고서는 먹을 것을 구할 수 없는 상황에도 불구하고 사람을 잡아먹지 않는 사람의 존재를 지속적으로 중요하게 부각시키는 데에는 우리 시대에 대한 작가의 어떤 문제의식을 상징적으로 드러내 보이고자 하는 목적이 있는 것으로 보인다. 자본을 앞세워 토지와 같은 기초적인 생산수단을 독점하여 다수의 인민을 노예와 같은 처지로 몰아넣을 수 있는 산업문명 체제는 이른바 '합리적'인 경쟁을 통해 '합법적'으로 다른 사람들을 먹어 치우는 것이 허용되는 세계이다. 문명의 얼굴을 한 이런 야만 세계는 필연적으로 문명 자체의 붕괴를 가져올 수밖에 없고, 따라서 이런 혼란과 혼돈의 세계가 다시 질서를 회복하여 소생할 희망은 오로지 아직 사람을 잡아먹어 본 적도 없고 그러려고 하지도 않는 존재에서 찾아볼 수밖에 없는 것이다.

《더 로드》의 이러한 세계는 고등학교 교사로서 문명비평적 교육담론을 펼치고 있는 이계삼의 '《광인일기》론'을 떠올리게 한다. 이계삼에 따르면, 노신의 《광인일기》에는 사회 구성원들 간에 서로를 잡아먹지 않겠다는 개심改心이 없으면 이 세상은 '정말로' 망해 버릴 것이라는 작가의 예지자적 메시지가 담겨 있다.[13] 근대 문명의 근원적인 폭력성을 잘 그려 낸 노신의 혜안은 그가 근대가 아닌 세계에서 근대의 세계로 발을 디딘, 말하자면 근대성의 첫 경험자였기 때문일 가능성이 크다. 예를 들어, 《광인일기》의 주인공은 다른 이들에게 잡아먹힐지 모른다는 신경증적 강박에 시달리고 있는데, 이는 사실은 시대

---

[13] 이계삼, 《영혼없는 사회의 교육》, 녹색평론사, 2009, 16~35쪽.

의 강박이기도 하다. 마찬가지로, 코맥 맥카시 역시 근대 문명의 종말을 상상할 수 있는 시기를 살아가는 작가로서 근원적으로 폭력적인 근대의 성격을 사유하는 작가이다. 이렇게 본다면 '사람을 잡아먹는 부류'는 근대 문명의 지배 논리, 즉 자본주의적 시장의 논리와 국가주의적 관료 체제의 논리를 적극적으로 체화하고 있는 다수의 사회 구성원들이다. 그런데 노신이 바라본 근대의 폭력성이 근원적인 이유는 그것이 단순히 사람의 신체를 해친다거나 제도적 속성이 그렇다거나 하는 데에서 그치지 않고 사람의 마음속 깊은 곳에 폭력성을 각인시켜 놓는다는 데에 있다. 그래서 노신은 《광인일기》에서 개심改心의 경지까지 다다라야 될 필요성을 언급한 것이다.

《더 로드》는 근대 문명 이전처럼 사람을 잡아먹지 않는 사람들을 찾아나서는 오디세이의 이야기다. 《광인일기》에서처럼 아직 사람을 잡아먹어 본 일이 없는 어린아이의 순수함을 보호하고 키워 나가는 일이 이 세상 무엇보다 중요하다는 점을 이 소설은 말하고 있다. 이 소설은 또한 어떻게 소생을 위한 순수함을 이어 나갈 수 있는지를 말하고 있다. 그것은 돌봄과 희망의 교환을 통해서다. 소설 속에서 아버지는 세상의 폭력으로부터 아이들을 지키기 위해 때로 총을 들기도 하지만, 이 소설 속의 아버지가 수행하는 대부분의 일은 모성적 돌봄이다. 아이는 그에게 희망이다. 아버지와 아들 사이에서 이루어지는 돌봄과 희망의 교환은 곧 문명의 불을 이어 가고자 하는 작가의 소망이기도 하다.(가슴속의 불을 꺼뜨리지 말라는 것이 아버지의 유언이다.)

소설의 끝 부분을 보자.

Once there were brook trout in the streams in the mountains. You could see them standing in the amber current where the white edges of their fins wimpled softly in the flow. They smelled of moss in your hand. Polished and muscular and torsional. On their backs were vermiculate patterns that were maps of the world in its **becoming**. Maps and mazes. Of a thing which could not be put back. Not be made right again. In the deep glens where they lived all things were older than man and they hummed of mystery.[14](강조는 필자의 것임)

아버지의 끝없는 자기희생적 돌봄으로 새로운 문명의 소생에 대한 희망의 끈을 이어 가던 소설의 끝에서 마침내 독자들은 소년과 새로운 가족의 만남을 목격하게 된다. 그 가족은 그동안 소년과 아버지가 그토록 찾아 오던 다른 사람들을 잡아먹지 않는 부류의 사람들이다. 물론, 소년이 새로운 가족을 만났다고 해서 반드시 구원을 보장받는 것은 아니다. 이 가족의 아버지가 말하듯이, 소년이 새로운 가족을 받아들이는 것은 운명에 모든 것을 걸고 새로운 것을 시도하는 것("take a shot")[15]에 지나지 않는다. 새로운 문명 건설에는 실패와 갈등이 있을 수 있지만, 분명한 것은 아버지로 상징되는 가부장적 사회질서—모든 종류의 국가주의와 자본주의적 질서— 대신 타인과 타인 사이의 돌봄과 환대가 사회질서의 구성 방식이 될 것이라는 점이다.

그런 사회는 밑으로부터 형성되는 사회이다. 아래로부터 권력 질서를 형성해 나가는 사회는 지배 엘리트가 미리 그려 놓은 밑그림과 청사진에 맞추어 위로부터 민중들에게 억압적인 질서를 강요하고 교육시켜 나가는(계몽해 나가는) 사회가 아니기 때문에 아래로부터 질서가 형성되어 가는 사회이다. 코맥 맥카시가 소설의 마지막 장면을 통해서 다소 몽환적인 분위기로 묘사해 놓은 다가오는 미래의 새로운 문명 세계는 끊임없이 변화가 일어나는(becoming, 생성되어 가는) 자연을 닮은

---

14 Cormac McCarthy, *The Road*, New York : Vintage Books, 2006, pp. 286-287.

15 Ibid., p. 283.

세계다. 이런 세계에서 인간은 자신이 지극히 작은 일부분에 지나지 않는 자연의 더 큰 역사와 그 신비로움을 인정하고 노래할 수밖에 없다. 그런 것이 아니라면 인간의 시와 예술은 도대체 무엇이란 말인가?

문명의 소생과 지식인 담론

"세상에서 가장 불온한 철학자"로 알려진 슬라보예 지젝의 종말론을 생각해 보자.(《종말의 시대를 살아가기Living in the End Times》)[16] 늘 열정적으로 자발적인 대중조직과 투쟁의 중요성을 강조하는 레닌주의자답게 지젝은 기후변화 같은 묵시록적인 자연환경의 변화 앞에서도 우선적으로 자본주의 체제의 타도를 위해서 공산주의자들의 동원이 우선되어야 한다고 주장한다. 여기서 지젝이 언급하는 자본주의 체제의 타도는 명백히 특정 계급의 타도를 뜻하고 있음이 분명하다.(지젝의 이런 입장은 이 글의 출발점으로 삼았던 E. P. 톰슨의 반反 절멸주의적 관점의 뒤집힌 꼴이라는 점에 주목하자. 톰슨은 핵의 시대를 제대로 이해하기 위해서는 절멸주의가 계급 모순보다 우선한다는 점을 강조했다.)

지젝의 비판은 전지구적 기후변화의 현실에 직면해서도 실질적으로 탄소 배출량을 줄일 국제적 방안을 도출해 내지 못한 2009년도의 코펜하겐 기후변화회의와 북극해 선박 운항 등 지구 온난화를 오히려 사업 확대의 기회로 삼으려는 움직임 등에 초점이 맞추어져 있다. 지젝이 비판하고 있는 것은 자본과 국가의 연합 체제이다. 이들이 세계를 구성하는 언어의 세계를 지배하고 있는 것도 사실이다. 라캉 식으로 말하자면 세계의 상징 질서를 이들이 지배하고 있다는 것이다. 그

---

[16] Slavoj Žižek, *Living in the End Times*, London ：Verso, 2010.

러나 그렇다고 해서 이러한 상징체계에 의해 설명되고 수긍되는 세계가 이 세계의 전부는 아니다. 예를 들어, 자본가와 관료 계급과는 별도로 시민들과 풀뿌리 민중들 사이에서 재생 가능한 에너지를 사용하는 다양한 형태의 시민 발전이 이루어지고 있으며 자동차 대신 자전거 등의 대체 교통수단을 자유롭게 사용할 수 있도록 하자는 시민운동과 청원 등이 역시 시민사회 차원에서도 활발히 이루어지고 있다. 이런 점에서 지구적 생태 위기의 해결 방안을 특정 계급이나 국가에만 초점을 맞춰 생각해 보는 것은 사유의 한계를 스스로 설정하는 것이며 어떤 의미에서 생각의 방향을 잘못 잡는 것이 될 수도 있다.

지젝은 전 지구적 기후변화의 현실과 관련해서 "우리 삶의 실제는 자본it is Capital which is the Real of our lives"[17]이라고 단정 짓는다. 그러나 라캉이 실제라는 개념을 통해서 의미하는 바가 상징적인 현실 질서의 틈새에 끼여 있는 실제나 상징계 너머의 실제라는 점을 감안하면, '무한 증식'을 통한 권력 수단을 의미하는 자본은 일반 시민이나 민중의 실제와는 관련이 없다는 것을 알 수 있다. 시민들에게 필요한 자본은 무한한 자기증식의 표상이라기보다는 실제적 필요나 구매력의 표상이기 때문이다. 라캉에게 있어 실제라는 개념이 언어로써는 도달할 수 없는 불가능한 진리의 영역인 것처럼, 자본과 국가 연합체가 생산해 내는 언어의 상징 질서를 넘어서는 새로운 질서가 어떻게 생성될 수 있는지는 알 수 없다. 그것은 새로운 세계에 도달하기 위해 습득해야 될 과학적 지식 체계와 마음속에 담고 있는 믿음 체계, 그 중간 어디쯤에서 생성될 것이다. 그런데 지젝의 지식 담론은 눈에 드러나는 현실에 대한 추상적인 이론의 영역에 머물러 있는 것으로 보인다.

나는 위에서 노신을 언급하면서 우리가 진정한 개혁을 원한다면

---

[17] Ibid., p. 334.

개심改心의 경지에까지 이르러야 한다는 점을 강조했다. 내가 개심이라는 표현을 사용한 것은 세속의 정치를 벗어나 종교적 피안의 차원으로 물러나야한다는 것을 의미하는 말이 아니다. 개심이라는 말은 바로 마음 속 믿음 체계belief system의 변화를 의미한다. 좁은 의미의 믿음 체계란 이데올로기 이론가들의 말처럼 이데올로기를 의미하는 것이고, 그것은 사회의 재생산 구조를 구축하는 여러 가지 재현 수단이기도 하다. 그러나 이렇게 한 사회에 대한 통치공학적 측면만 부각시켜 생각하면 인간의 믿음 체계를 지나치게 기능적인 측면만 바라보고 있는 것이다. 그러나 어떤 조작이나 공학적 기술로도 통제되지 않는 내면적인 자유의지 같은 것이 인간의 본성에 각인되어 있다.[18]

믿음 체계의 변화는 바로 이런 인간 본성에 내재한 자유의지의 작동 가능성을 뜻하는 것이다. 따라서 개심이라 함은 기존의 질서에 대한 인식 변화의 가능성을 의미하는 것으로서 앞서 루돌프 바로가 지적했듯이, 기존의 사회적 관계의 변화의 원인이 되기도 하고 다시 그 변화에 의해 개심되는 정도가 결정되기도 한다. 이렇게 보면 마음의 변화를 의미하는 개심은 곧 깨달음 혹은 지혜의 깨침이기도 하지만 그것을 초월적 종교의 치원으로만 치부할 필요는 없다. 오히려 종교와 정치를 굳이 분리시켜 생각하려는 태도야말로 근대주의적 사고방식의 문제일 것이다. 이처럼 깨달음의 차원을 별도의 종교적 영역에 머물게 함으로써 정치개혁의 문제를 단순히 공학적인 차원으로 바꿔버리는 예를 서구의 근대주의적 좌파들에게서 흔히 발견할 수 있다. 지젝도 그중의 한 예라고 할 수 있다.

지젝의 종말론은 특히 자연에 대한 과학기술의 개입에 대해 지나

---

[18] 그런 의미에서, 믿음이나 주체가 모두 이데올로기적 효과라고 생각하는 알튀세르 유의 반反휴머니즘과는 대조적으로 이 글은 휴머니즘적 입장을 견지한다. 그러나 동시에 이런 입장은 동시에 인간중심주의와는 달리 생태계의 자연 의지의 한 발현 형태로서의 휴머니즘을 상정하기 때문에, 이런 식의 휴머니즘을 우리는 생태적 휴머니즘이라고 불러 볼 수도 있을 것이다.

치게 자유주의적인 태도를 취함으로써 생길 수 있는 전망의 불투명성으로부터 비롯되는 측면이 있다. 첨단 과학기술의 개입에 의해 근원적으로 변형될 여지가 커진 자연은 더 이상 인간의 역사를 품는 더 큰 존재가 아니라, 부정적인 의미에서든 긍정적인 의미에서든 인간 사회의 일부로 편입되어 오는 작은 존재가 되었다는 것이다. 자연에 대한 이런 생각은 서구의 진보주의자들에게 공통적으로 발견되는 바, 종말론을 운위하게 된 원인인 자연과 인간의 관계의 전도顚倒—"인간이 자연의 일부다"에서 "자연이 인간사의 일부다"로—를 당연한 것으로 받아들이는 한, 지젝의 종말론은 그저 현상에 대한 관찰일 뿐으로서 그의 대중조직론과 투쟁론은 그 현실성을 잃게 된다.

자연에 대한 과학기술적 개입은 기본적으로 민주주의의 문제이다. 그 영향이 긍정적이든 부정적이든 일반 시민들이 무조건 받아들여야 할 문제가 아니다. 더구나 자연이라는 유기체에 대한 인위적 개입에 의한 영향은 언제나 장기적이고도 생태계의 연쇄 고리를 따라 파생적으로 발생하기 때문에 섬세하고 주의 깊은 관찰이 있은 후 시민들의 토론과 합의 아래 기술적 개입 여부를 결정해야 한다. 지젝은 자연에 대한 기술적 개입이 어떤 영향을 미칠지 제대로 알 만큼 인간은 자연에 대해 잘 모른다는 사실을 인정해야 된다고 주장하지만, 이것은 자연에 대한 겸손의 태도가 아니다. 진정으로 겸손한 자세는 잘 모르는 생명의 몸에는 함부로 손을 대지 않는 것이다. 가령, 인간이 자연에 개입한 결과가 어떻게 나타날지에 대한 불확실함의 예로서 지젝은 체르노빌 원전 사고 지역에서 방사능을 처리해 주는 새로운 박테리아의 발견을 제시하면서, 테크놀로지에 의한 자연 개입의 결과에 대한 섣부른 예측은 인간의 자연에 대한 무지를 드러낼 뿐이라고 주장한다.[19]

---

[19] Slavoj Žižek, op. cit., p. 337.

그러나 여기서 지젝이 놓치고 있는 것은, 테크놀로지의 개발과 사용의 자유가 반드시 인간 존재의 자유와 일치하는 것은 아니라는 점이다. 설혹 방사능 피폭으로 방사능을 먹어 치우는 박테리아가 생성되었다고 하더라도 원전 사고로 참혹한 피해를 본 수만 명에 달하는 체르노빌 주민들과 사고 처리를 위해 동원된 군인들의 희생을 정당화하는 것은 아니다. 자연은 물론 자연 자체의 고유한 의지에 의해 움직인다. 인간이 자연에 어떤 개입을 해 오든 그보다 더 넓고 강력한 자연의 힘에 의해, 재해든 재앙이든, 어떤 형태로든 자연은 그것을 소화해 낼 것이다. 그러나 노자가 말한 바, 자연의 무자비(天地不仁)에 대한 올바른 성찰은 어차피 자연의 크나큰 우주 속의 '지푸라기'와 같은 하찮은 존재에 지나지 않은 인간이 어떤 행위를 하든 그것은 아무런 의미를 지니지 않는다는 것이 아니다. 그토록 큰 힘을 지닌 자연 앞에서 인간의 문명은 자연에 대한 과도한 개입을 자제해야 한다는 것이 종말론의 전제이어야 한다. 루돌프 바로가 어느 대담에서 묵시록적 성찰의 올바른 의미는 그런 성찰이야말로 묵시록적 파국을 면하고 문명의 소생을 희망할 수 있게 한다는 점이라고 말한 바 있다.[20]

코맥 맥카시가 《더 로드》를 집필한 바로 그 이유이다. 루돌프 바로와 비교하면, 지젝의 태도는 테크놀로지에 자유를 허용하면 나머지는 자연이 모든 것을 알아서 해결할 것이라는 것이다. 이런 태도는 자연을 대하는 올바른 태도는 물론이고, 진정한 인간의 자유를 지향하는 태도라고 볼 수도 없다. 자연에 대한 인간의 과도한 개입에 대해 방임적 자세를 보이는 지젝의 태도는 필연적으로 자연에 대한 인간의 자가당착적이고 도착적인 인식으로 연결된다. 예컨대, 이명박 정부의 전 농림부 장관은 구제역 파동으로 뭇 생명들을 산 채로 땅에 묻은 결과로 나오

---

20 Rudolf Bahro, *Building the Green Movement*, trans. Mary Tyler, London : GMP, 1986, p. 26.

는 침출수에 대해서도 퇴비 자원이라며 자연의 위대함을 '예찬'한 바 있다. 지젝의 테크놀로지에 대한 방임적 태도와 구제역이 자연의 위대함을 반증할 것이라는 우리의 전임 장관의 태도는 근본적으로 다를 바가 없다.

인간의 기술과 자연의 교섭은 인간이 문명 세계를 이루고 나서 끊임없이 있어 왔던 일이다. 그러므로 기술과 자연 중 양자택일을 요구하는 것이 본 글의 취지는 아니다. 인간의 기술이 어느 정도 자연에 개입하는 것을 허용할 것이며 그러한 선택의 주체는 누구인가?

가령, 후쿠시마 원전 사고 이후 재일교포 사업가 손정의가 원자력을 대체할 태양광 사업을 제안했을 때, 태양광 에너지는 재생 가능한 에너지이므로 허용할 만한 것인가? 여기서 우리는 손정의 식의 대규모 태양광 에너지 보급은 필연적으로 또 다른 중앙집중식 에너지 보급을 불가피하게 할 것이라는 점에 주목해야 한다. 현재 유휴지로 있는 농토에 집중적으로 태양광 집적판을 설치하고 거기에서 발생하는 전기를 일본 전역에 공급한다는 발상은 적어도 두 가지 문제점을 지니고 있다.

첫째, 빠른 속도로 다가오는 식량 위기의 시대에 대비하여 식량자급률을 2014년까지 50퍼센트 대까지 올리겠다고 하는 일본의 식량주권 정책과 정면으로 충돌한다는 점, 둘째 이런 식의 전기 공급은 국가와 자본가와 에너지 전문가의 삼각 엘리트 연결 고리에 의해 시민들의 삶은 예속될 것이라는 점이 그것이다.

태양광 에너지가 의미 있는 것은 각 마을별, 지역별 에너지 분권 시스템을 가능하게 할 것이라는 점 때문이다. 이 점과 관련하여 미국의 농부 시인 웬델 베리는 이렇게 말한다. 즉, 설혹 태양열 에너지 기술의 발전이 화석연료를 대체할 수준이 된다하더라도 그 기술의 보급이 누구에게 이익이 되며, 어느 용도로 쓰이며, 어떤 부작용이 있을

수 있는가에 대한 토론과 합의를 거치지 않으면 그 사회는 민주주의 사회가 아니라는 것이다.[21]

1987년 이래 덴마크는 시민과학센터의 자문 아래에서 원자력과 유전자 조작과 같은 거대과학기술의 도입 여부에 대해서 시민합의회의consensus conference를 통해 합의를 도출하고 정부의 결정도 그에 따르고 있다. 그 결과, 덴마크는 현재 원자력발전을 전혀 하지 않는 가운데 성공적인 경제 운영을 하고 있는 것으로도 유명하다. 문명의 소생은 결국 민중과 시민들의 자치, 즉 민주주의의 회복을 통해서만 가능할 것이다. 이를 통해, 인간의 본성도 바뀔 것이다.

앞에서 언급한 루돌프 바로의 언명을 다시 한 번 반복하자. 바로는 사회적 관계들의 종합적인 효과가 인간의 본성으로 나타난다고 말했다. 진정한 민주주의의 실천은 궁극적으로 인간 종이 자연과 본성적으로 어울려 지낼 수 있다는 깨달음을 낳을 것이고, 다시, 그런 깨침은 인간 사회의 민주주의를 강화해 줄 것이다.

---

21 Wendell Berry, *The Unsettling of America : Culture & Agriculture*, San Francisco : Sierra Club Books, 1977, pp. 84-85.

고이데 히로아키, 〈원자력의 '평화적 이용'은 가능한가〉, 《녹색평론》 118호, 2011.

김종철, 〈韓國から見たフクシマ(한국에서 본 후쿠시마)〉, 《季刊 ビーブルズ プラン》 제54호, 2011.

이계삼, 《영혼없는 사회의 교육》, 녹색평론사, 2009.

Bahro, Rudolf, *Building the Green Movement*, trans. Mary Tyler, London : GMP, 1986.

Foster, John Bellamy, *Marx's Ecology : Materaialism and Nature*, New York : Monthly Review Press, 2000.

Freeman, Leslie J. *Nuclear Witenesses*, Insiders Speak Out, New York : Norton, 1982.

Haruki, Murakami, "Speaking as an Unrealistic Dreamer", *The Asia-Pacific Journal : Japan Focus*, http://www.japanfocus.org.

Kingsnorth, P. and Dougal Hine, http://www.dark-mountain.net/wordpress/dark-mountain.net/wordpress/wp-content/uploads//uncivilisation-dark-mountain-manifesto.pdf.

McCarthy, Cormac, *The Road*, New York : Vintage Books, 2006.

Takashi, Hirose, "The Nuclear Disaster That Could Destroy Japanese Archipelago", *The Asia-Pacific Journal* : Japan Focus, http://www.japanfocus.org/-Hirose-Takashi/3534.

Thompson, E. P. "Notes on Exterminism, the Last Stage of Civilization", in *Exterminism and Cold War*, London : Verso, 1982.

Thoreau, H. D. "Low-Ancored Cloud", http://www.poetseers.org/early_american_
poets/henry_david_thoreau/thoreau_poetry/low-anchored_cloud/view/.
Žižek, Slavoj, *Living in the End Times*, London : Verso, 2010.

II
폭력과 이미지

5. 합법적 폭력이라는 허구 : 박정희 시기 하위주체들의 자리

6. 박경리 소설에 나타난 폭력 희생자들의 이미지

7. 《파국Catastrophe》에 나타난 폭력적인 이미지

8. 메두사의 후예들 : 영미 여성문학 텍스트의 여자 괴물 되기

9. 스펙터클의 힘, 그 정치적 가능성

5

합법적 폭력이라는 허구
: 박정희 시기 하위주체들의 자리

송은영

국가권력, 자본주의, 저항운동과 폭력의 역설

한국 현대사에서 폭력의 문제를 사유할 때 1960~70년대 박정희 시기는 중요한 의미를 가진다. 이 시기는 정치, 경제, 일상, 사회운동 등 한국 사회의 여러 층위에서 폭력과 관련된 사회적 메커니즘이 구조화되는 시기였기 때문이다. 흔히 통칭되고 있듯이 '군사독재의 시대'이자 '산업화, 도시화의 시대'이자 '저항적 민중운동의 시대'이기도 한 이 시기는, 강력한 국가권력의 하향적인 힘, 경제 논리를 앞세워 사회 곳곳에 본격적으로 침투하는 자본주의의 폭력, 이에 저항하는 민중들의 대항 폭력들이 이전보다 훨씬 더 강력한 힘을 발휘했던 시기였을 뿐만 아니라, 각각 자율적인 메커니즘까지 형성하면서 서로 연합하거나 충돌하거나 길항했던 시기였다. 즉, 박정희 시기가 현재 한국 사회의 폭력에 대한 문제를 성찰할 때 하나의 좌표점이 될 수 있는 것은, 본질적으로 폭력과 깊은 관계를 맺고 있는 국가권력, 자본주의, 저항운동들이 이 시기의 역학 관계 속에서 뚜렷이 모습을 드러내고 구조화되기 시작했기 때문일 것이다.

실제로 이 시기 한국 사회의 모습들을 들여다보면 이 점을 어렵지 않게 확인할 수 있다. 우선 이 시기는 1961년 군사 쿠데타를 통해 4·19혁명의 열매를 흡수하며 탄생한 독재정권이 당시 민중들의 저항을 누르기 위해 강력한 물리적 폭력과 법으로 사회 전반을 지배했던 시기이다. 1972년 제정된 유신헌법, 그리고 1974년 1월부터 1975년 5월까지 선포와 해제를 반복하며 제1호부터 9호까지 시행된 긴급조치는, 1979년 10·26사태로 박정희 정권이 막을 내릴 때까지 정치, 사회, 문화, 일상을 폭압적으로 통제했다. 이 시기는 국가가 법의 이름으로 폭력을 독점하고 사람들의 주거, 신체, 일상, 문화, 내면을 전횡적으로 통제한 시기였다.

이처럼 박정희 시기 국가폭력의 물리적 행사가 전면화되고 가시화된 것은, 1960년대부터 추진되어 왔던 산업화와 경제 발전을 향한 자본주의의 목표와 밀접한 관련을 맺고 있다. 정부의 중화학공업 중심의 수출정책에 의존하여 성장과 확장을 꾀하던 자본은, 1960년대 말부터 시작된 전 세계적 경제 위기를 극복하고 '조국 근대화'라는 자본과 국가의 공동목표를 달성하기 위해서, '8·3조치'와 같은 거대자본 지원정책과 강력한 유신헌법을 필요로 했다. 1960~70년대가 부당한 국가폭력의 시기가 될 수 있었던 것은, 그 이면에 국민들의 경제적 욕망을 노린 자본주의의 이윤추구와 자기 확장이라는 목표가 국가와 결합해 있었기 때문이다.

이에 대한 민중들의 저항은 불가피하게 폭력을 동반한 운동과 시위로 나타났다. 전태일의 분신, "유신헌법 철폐 및 개헌"을 청원하는 '100만 인 서명운동', 폐교 사태를 무릅쓴 대학생들의 동맹휴학과 불법시위, 민청학련이나 인혁당과 같은 정치적 조직운동, 청계피복노조와 TV 노동조합 등의 노동운동에 이르기까지, 박정희 시기 민중들의 저항은 때로 자신과 국가 모두에게 폭력을 행사하는 형식으로 나타날 수밖에 없었던 것이다. 이에 대해 국가권력이 자본의 요구와 결탁하여 물리적 폭력을 동반한 탄압정책으로 대응했다는 사실은 잘 알려져 있다.

그런데 국가권력, 자본주의, 저항운동이라는 세 차원에서 모습을 드러낸 폭력들은, 폭력의 정당성 여부에 대한 합법성과 위법성이라는 대립항에 의존하는 동시에 그 대립항을 무너뜨리는 특성을 보여 주고 있다. 즉 비상사태 시 법률과 동일한 효력을 발휘하는 '대통령령'에 의거해 초헌법적 '예외상태'[1]를 상시화한 유신헌법은, 법에 의존하지

---

[1] '예외상태'는 조르조 아감벤이 칼 슈미트의 "주권자란 예외상태를 결정하는 자이다"라는 명제를 빌려 정식화한 개념으로, 법과 사실의 식별이 사라지는 영역을 말한다. 조르조 아감벤, 《호모 사케르》, 박진우 옮김, 새물결, 2008, 55~81쪽. ; 조르조 아감벤, 《예외상태》, 김항 옮김, 새물결, 2009 참조.

만 동시에 법 밖에 존재하는 '긴급조치'의 토대이자 박정희 시기 국가
폭력의 원천이었다.[2]

아울러 이 시기에 법의 비호를 받으며 이루어진 거대자본 중심의
경제 발전은, 국민들의 경제적 번영과 인간다운 삶이라는 목표를 위
해서라면 법적으로 보호되는 민중의 생존권을 비합법적으로 짓밟을
수 있는 명분이었다. 또한 이 시기 민중운동의 틀은 '유신헌법 철폐'
와 체제 부정이라는 법파괴적 요청에 의거해 있으면서도, 동시에 "근
로기준법을 준수하라"는 전태일의 마지막 외침이나 '개헌' 요청에서
도 알 수 있듯이 법의존적 테두리에 머물러 있었다. 다시 말해 이 시
기에 가시화된 폭력들은 '합법/비합법', '법의존/법파괴'라는 대립항
들에 근거해 있었으나, 동시에 그 대립항들의 경계를 무화시키는 역
설적 방식으로 행사되고 있었다고 할 수 있다.

이러한 역설은, 폭력의 정당성이 국가의 질서를 정초하고 유지시
키는 법으로부터 나오는 것이 아니라는 것을 보여 준다. 정당성을 따
져 볼 때, 폭력을 동반한 비합법적 저항운동이 법을 이용한 초법적
국가폭력과 등가로 놓일 수 없다. 폭력의 문제를 사유하려면 폭력은
무조건 나쁘다는 식의 무조건적 거부감이나 폭력의 합법성 여부에 대
한 집착에서 벗어나, 폭력의 정당한 행사를 합법적으로 독점하고 있
는 법적 근거의 의미와 그 효과를 물을 필요가 있다는 것이다. 일반
적 상식과 달리, 국가폭력이 법파괴적 양상을 보여 주고 반대로 저항
운동이 법의존적 성격을 보여 주는 이 시기 한국의 사회 상황을 생각
할 때도 마찬가지다. 법의 온전한 적용과 제도의 개혁을 지향하는 저
항운동의 체제의존적 면모를 국가의 법의존적 폭력과 같은 선상에서
비교할 수는 없다. 따라서 현재 한국 사회에서 문제시되는 폭력의 문

---

[2] 유신헌법에 대해서는 현재 위헌법률심판 제정이 제기되어 있으며, 이 중 긴급조치 제1호는 2010년
12월 현 헌법뿐만 아니라 유신헌법 내에서도 위헌이라는 헌법재판소의 판결이 나왔다.

제를 사유하기 위해서는, 앞에서 열거한 대립항들이 정치적으로 발휘하는 효과를 묻거나 또는 그 대립항들의 근거인 법, 개인, 인권, 시민권, 주권 등이 무화되는 상황들이 제기하는 문제들에 대해 물어야 한다.

이 글이 최인호의 소설에 재현된 폭력의 작동 방식을 살펴봄으로써 현재까지 한국 사회에서 폭력을 작동시키는 사회적 차원의 역학이 어떻게 형성되었는지 검토하려는 것은, 이러한 문제의식과 연관되어 있다. 최인호는 1960~70년대에 형성된 새로운 시대정신에 가장 민감하고도 포용력 있는 태도를 보여 주면서도, 당시 새롭게 확산되어 가던 자본주의적 인간관에 대해 비판적 시선을 유지한 작가였다. 또한 그는 국가권력이 강제하는 관제 이데올로기와 저항적 민중운동으로부터 모두 거리를 둔 작가로서, 이 글에서 문제시하고 있는 국가권력, 자본주의, 저항운동 중 어느 한 차원에 소속되지 않는 시선으로 박정희 시기 한국 사회의 폭력을 관찰한 작가이기도 했다. 실제로 최인호가 문학 텍스트에서 재현하고 있는 당대 한국 사회의 현실은 폭력의 합법성에 대한 진지한 문제 제기를 담고 있는 것으로 보인다. 따라서 이 글은 현재까지 한국 사회에서 폭력을 작동시키는 법적 또는 사회적 차원의 역학이 어떻게 형성되는지 살펴보기 위해, 우선 최인호의 소설에 재현된 폭력의 작동 방식을 꼼꼼하게 쫓아가 보고자 한다.

민주주의와 배제의 정치

작가 최인호의 문학에 대한 연구가 1970년대 초중반에 발표한 중·단편소설들에 집중되어 있음에도 불구하고, 그가 1971년 《문학과지

성》에 발표한 중편소설 〈미개인〉[3]은 의외로 별로 연구되지 않은 작품
이다. 그러나 이 소설은 1969년 4월 성동구 대왕국민학교 재학생 800
여 명과 학부형들이 내곡동 나환자촌인 에틴저Ettinger 마을의 미감아
들과 함께 공부할 수 없다고 등교 거부를 했던 실제 사건을 형상화한
것이었다.[4] 한창 국가 주도의 근대화와 발전 이데올로기에 발 맞춰 사
회 전체가 폭력적으로 변해 가는 상황을 묘사한 이 소설은, 이윤 추구
및 경제적 풍요를 향한 욕망이 공동체의 안녕과 질서를 명분으로 삼
아 민주주의적 절차와 법적 질서에 의존하는 폭력으로 발현되는 과정
을 재현하고 있다는 점에서 매우 중요하다.

〈미개인〉의 서사를 지배하고 있는 것은 공동체의 행복과 질서라
는 목표 뒤에 숨겨진 배제와 추방의 논리다. 그것을 재현하기 위해 이
소설은 실제 사건이 일어났던 장소와 다른 가상의 시공간을 설정한
다. "S동"이라 명명된 이곳은 "한참 뻗어가는 남서울 근처 어디쯤으
로 최근에야 서울시에 편입된 곳"으로, "한편에선 부르도저가 왕왕거
리며 산턱을 깎아 내리면서 단지를 조성하고 있었고, 그런가 하면 한
쪽에선 농촌 특유의 분뇨 냄새가 풍겨지고 있는 거리"로 묘사되어 있
다. 구체적으로 명시되어 있지 않지만 꽤 자세하게 묘사된 이 소설의
공간적 배경[5]은 1970년대 초반 경부고속도로 주변의 부동산 투기가

---

[3] 최인호, 〈미개인〉, 《타인의 방》, 예문관, 1977. 앞으로 이 소설을 인용할 경우 본문에 쪽수만 표기한다.

[4] 이 사건은 미감아들을 한국신학대학 병설국민학교로 옮겼다가, 음성 나환자촌 에틴저 마을에 미감아
들을 분리교육하는 국민학교 신설 논의로 이어졌다. 〈등교거부 10여일째〉, 《경향신문》, 1969년 4월
25일. ; 〈어른들 편견에 동심은 서러워〉, 《경향신문》, 1969년 5월 3일. ; 〈에틴저 마을에 국민학교
신설〉, 《경향신문》, 1969년 6월 21일. 나환자들에 대한 연구로는, 정근식, 〈동아시아 한센병사 연구
를 위하여〉, 《보건과 사회과학》 12집, 한국보건사학회, 2002. ; 정근식, 〈사회적 타자의 자전문학과
몸〉, 《현대문학이론연구》 23집, 2004. ; 최원규, 〈한센씨병력자 정착촌 주민의 삶과 욕구: 격리와 배
제의 권력구조〉, 《한국사회복지학회 춘계학술대회 자료집》, 2004. ; 정근식, 〈질병공동체의 해체와
이주의 네트웍〉, 《사회와 역사》 69집, 2006.

[5] 이 소설의 공간적 배경에 대한 묘사는 다음과 같다. "거리 옆으로는 고속도로가 개통되었다. 시원하
고 넓은 고속도로 위로 매끈한 차들이 씽씽이며 대전으로, 부산으로 달리고 있었다. 때문에 땅값이
뛰고 있었다. 유난히 질퍽거리다가는 유난히 먼지가 피어오르는 거리로, 납짝한 세단들이 소달구지

횡행하면서 땅값이 치솟는 서울 경부고속도로 주변의 강남 지역으로 추측된다.[6]

　〈미개인〉이 도시 개발의 열풍과 부동산 투기 광풍이 몰아닥친 도시 공간을 배경으로 설정한 것은, 국민들에게 경제적으로 풍요롭고 인간다운 삶을 약속한다는 국가권력의 구호와 자본주의 논리의 결합이 시민들의 삶에 어떻게 침투했는지를 보여 주기 위해서다. 실제로 박정희 정권이 추진한 강남 개발은 국가적 필요성과 경제적 요청이 결합된 거대한 프로젝트였다. 유사시 전쟁에 대비하기 위한 국가의 군사적 목적과, 1960년대 후반에 고도성장을 지속하다가 1970년대 초반 석유파동이라는 전 세계적 위기에 직면한 한국 경제를 신흥지역 개발을 통해 부흥시키려는 경제적 목적, 이 두 가지가 함께 추구될 수 있는 공간이 마련된 셈이었다. 그 결과는 순식간에 부자가 될 수 있다는 기대심리의 대중화, 그리고 그러한 분위기에 편승하려는 사회적 광풍의 형성이었다.

　이러한 사회적 분위기는 소설 속의 관찰자 '최 선생'이 포착한 대로 일종의 광기로 나타난다. 최 선생은 자신이 부임하자마자 발견한

를 피해가면서 이곳에 거의 매일이다시피 와서 쑥덕이는 흥정을 하고는 사라져버리곤 했다. 이곳 주민들은 모두 하룻밤 자고 일어날 때마다 뛰어오르는 땅값에 반쯤 혼이 나가서 모두들 앏니 빠진 유아 같은 얼빠진 표정을 하고 있었다. …… 거리거리엔 살아간다는 사실이 남의 일이 아니라 바로 우리들 자신의 일이라는 것을 확신이나 하는 듯한 시끄러운 동요가, 아우성이 물결치고 있었다. 이 추세로 보면 그들은 모두 신흥 재벌이 될 판이었다. 다행스러운 호경기가, 간밤에 달을 먹는 꿈을 꾸고 주택복권을 사서 일등에 당첨되었다는 조간신문의 기사가, 먼 곳의 일이 아니라 바로 곁에서 진행되고 있는 판이었다." 최인호, 위의 책, 206~207쪽.

6　논밭만이 가득했던 농촌 지역들을 포함시켜 사대문 중심이었던 서울의 행정구역을 대대적으로 확대시키는 법령이 발효된 것이 1963년이고, '제3한강교'(한남대교)가 개통되고 강남 일부 지구가 부분 개발되기 시작한 것이 1969년, 경부고속도로의 완전 개통이 1970년, 당시 '영동지구'라고 불렸던 강남 지역 개발과 부동산 투기가 본격적으로 시작된 것이 1971년이었음을 상기시켜본다면, 이러한 추측은 타당해 보인다. 이에 대해서는 각각 다음의 책들을 참조하였다. 서울특별시사 편찬위원회, 《서울 육백년사》 제6권, 1996, 711~712쪽. 922쪽. ; 이기석, 〈20세기 서울의 도시성장〉, 《서울 20세기 공간편천사》, 서울시정개발연구원, 2001, 106쪽. ; 손정목, 《한국도시 60년의 이야기 1》, 한울, 2005, 168~171쪽. 221~228쪽.

"이 마을 속에 흐르고 있는 이상스런 공통된 광기는 혹 건너 마을의 문둥이 부락 때문이 아닐까 하고 조심스럽게 관찰"한다. 그러나 그는 곧 이어 "그곳은 아주 무관한 먼 곳"이며, "이 마을에 일관된, 누룩처럼 끓어오르는 광란의 예감이 어디서 기인된 것인가를 찾아내려 든다면, 그것은 까부수고 뭉개는 자들에게서 흔히 볼 수 있는 집요한 의지 같은 데서 오는 것이 아닐까 하는 느낌"(210쪽)을 가지게 된다. 최 선생은 그 광기가 경제적 이윤 추구를 위해 과거를 파괴하고 땅을 파헤치는 자본주의의 발전 이데올로기 내부에서 감지한 것이다.

소설 〈미개인〉이 지적하고 있는 것은, 개발 이데올로기에 편승하여 너도나도 잘살아 보겠다는 개인들의 경제적 욕망의 팽창이, 새로운 사회 건설에 위협이 되는 비정상적 존재들을 폭력적으로 축출하고 배제하는 작업과 함께 이루어졌다는 점이다. 이 텍스트는 그 비정상적 존재들을 '문둥이'라는 이미지로 형상화한다. 이 소설은, 마을 샛강 건너편에 분리되어 있던 음성 나환자 부락의 아이들 12명이 외국인 선교사의 탄원으로 건설과 개발의 열기에 들뜬 이 지역의 학교에 편입해야 하는 상황을 통해, 그 존재들을 수면 위로 끌어올린다.

나환자 부락에서 온 아이들은 한센병을 전염시키지 않는 "미감아"이기 때문에 실제로는 전혀 위험하지 않음에도 불구하고, "공포"의 대상으로 인식된다. 나환자촌 아이들은 "문둥이 냄새"를 풍기며 나병균을 감염시키는 더럽고 비위생적인 존재라고 느껴지기 때문에, "문화인"이라고 자처하는 도시인들에게 위협적인 이미지로 다가오기 때문이다. "단순히 생각하는 이미지, 즉 문둥이들은 날카로운 면도칼을 손가락 사이에 접고 있다가 가슴을 석류알처럼 짜갠다는 것과, 눈에 눈썹이 없다는 사실이 그 아이들에게는 적용되지 않는다는 것이 판명된 이후에도, 그들은 좀 더 주의 깊게 과연 이 새로운 아이들이 도대체 우리와 무엇이 달라 격리된 존재인가를 관찰하고 있었다."(212쪽)

시민들은 이 위험한 존재들에게 공포를 느끼고 자발적으로 적대적 갈등과 폭력적 상황을 조성하며, 더 나아가 배제와 추방의 폭력을 행사하기 시작한다. 마을의 아이들은 "조용히 아무런 동요도 일으키지 않"는 "문둥이촌 아이들"이 공포스럽고 불안해서 욕지거리를 하고 비난을 한다. 실제로 공포를 유포시키는 것은 나환자촌 아이들이 아니라, 평범한 12명의 아이들이다. 그러나 나환자촌 아이들이 비폭력적으로 행동할수록 그들은 다수의 시민들에게 폭력적인 존재로 간주되는 현상이 나타난다. "힘에 있어서 우위이며 폭력을 행사하는 측이 힘에 있어서 열세인 폭력을 당하는 측에 힘의 우월과 폭력의 가해를 귀속시켜 버리는 가상의 '전도'"가 이 소설에 나타나 있는 셈이다.[7]

공포를 유발하는 '문둥이'라는 시각적 이미지는 일반적 주체 범주에 포착되지 않는 존재들을 가리키는 하나의 상징이다. 조세희의 《난장이가 쏘아올린 작은 공》에서 '난장이' 이미지가 사회적 약자들을 지칭하는 상징인 것처럼, 이 소설의 문둥이 역시 정상적으로 포착되지 않는 타자들을 상징화시킨 이미지다. 다시 말해 조세희가 '난장이'를 법의 보호를 받지 못하는 나약한 철거민들의 이미지로 상징화시킨 것처럼, 최인호의 '문둥이'는 사실상 거리를 떠도는 부랑자와 걸식 거지들처럼 치외법권 영역에 존재하는 하층민들을 상징한다.[8]

문제는 이 소설에서 이질적 타자들을 축출하고 배제하려는 집단

---

[7] 사카이 다카시는 1992년 LA 흑인폭동의 원인이 되었던 '로드니 킹 구타사건'을 분석하면서, "강자에 속하는 측이 약자에 속하는 쪽에 의해 압도적인 힘으로 포위당하고 있는 듯 두려워하고 공포를 느끼는, 심리적으로 전도되어 나타나는 구조"를 "'다수파의 공포'라는 리비도 경제"라고 명명한다. 그는 이를 노숙자 문제에게도 적용시켜, "적어도 질적으로나 양적으로 압도적으로 폭력적인 쪽은 노숙자에 비해 '평범한 다수파' 쪽이다. 그럼에도 불구하고 노숙자야말로 공포의 대상이라는 이미지를 갖게 된다. …… 이 전도야말로 사람들을 쉽게 폭력적으로 만들어 버리는 장치이다."라고 말한다. 사카이 다카시, 《폭력의 철학》, 김은주 옮김, 산눈, 2006, 116~124쪽에서 인용 및 참조.

[8] 아울러 '난장이'의 동지들이 '앉은뱅이', '꼽추'와 같은 신체적 불구자들이었던 것처럼, 이 소설에서 나환자촌 아이들의 격리와 배제에 유일하게 적극적으로 반대하는 인물인 '나', 최 선생은 월남에서 왼쪽 다리의 중요 부분을 잃고 돌아와 목발을 짚고 다니는 "외다리 선생"으로, 신체장애자이자 국가폭력의 희생자라는 점도 간과하지 말아야 한다.

적 폭력이 지역공동체의 회의와 투표라는 민주주의적 절차를 통해 공모되고 행사된다는 점, 그리고 긴급사태를 가장한 위기 앞에서 공동체의 안녕과 질서를 위한다는 명분으로 '예외상태'의 폭력을 용인한다는 점이다. 나환자촌 아이들을 추방하기 위한 시민들의 노력은, 아주 큰 산불이 났을 때 딱 한 번 울렸던 "비상종"이 긴급하게 "언덕 위 동회 앞마당"에 사람들을 호출함으로써 본격화된다.

"친애하는 S동의 동민 여러분, 여러분들을 이 평안한 오후에 이처럼 모이게 한 것은, 제 독단적인 생각 때문만은 아니올습니다. 시민 여러분, 그것은 여러분들 모두가 이곳에 모이기를 요청했기 때문에 제가 대표해서 종을 친 것뿐이올습니다. …… 여러분, 과연 그들이 이를 닦고 손을 닦는 것보다도 더욱 필요한 저 더러운 문둥이 자식들을 저 강 건너로 보내버리지 않는 이유는 바로 어디에 있는 것입니까. 그 이유가 어디 있는 줄 아십니까. 그것은 바로 여러분 자신에게 있는 것입니다. 그냥 앉아서 남의 일을 보듯이 보고 있는 바로 여러분에게 있는 것입니다. 왜 우리는 분연히 일어서서 저들을 강 건너로 쫓아버리지 않는 것입니까. 여러분, 다 같이 일어납시다. 분연히 일어나서 우리들의 자식들을 병균과 더러운 오염에서 구합시다. 그것만이 우리들의 의무입니다. 아버지 된 의무요, 어머니 된 책임이요, 형된 자격입니다. 옳소――."(224~226쪽)

시민들은 마을회의에서 열린 이 연설에 동의를 보냄으로써 공동체의 폭력에 자발적으로 동참한다. 이 연설에서 타자의 '추방'은 시민들의 "권리 이행"과 "의무"의 차원에서 정당하고 책임감 있는 행동으로 추앙될 뿐만 아니라, 부모와 형제자매의 도리처럼 인륜과 인권의 차원에서 정당화되고 있다. 자유로운 발언과 의사 표명, 자발적 동의라는 민주주의적 형식을 외피로 둘러싼 이 마을회의에서, 나환자촌 아이들은 "시민"으로 호명되지 못한 채 배제된다. 시민으로 불릴 수 있는 시민, 회의에 참여하고 발언하고 결정권을 행사할 수 있는 '시민권'을 가진 '시민'은 오직 S동의 동민들뿐이다.

학교의 선생들 역시 민주주의 절차를 폭력의 묵인에 동원하는 데 이용된다. 동회 앞마당에서 회의가 열린 다음 날 12명의 나환자촌 아이들을 제외한 학생 전원이 결석한 가운데, 주민들은 교장 주재의 "교직원 회의"를 창문으로 감시한다. 그리고 일부 선생들 역시 이 문제를 "무기명 투표"를 통해 결정하고 싶어 한다. 투표를 통해 결정해서는 안 된다는 의견을 낸 최 선생은 하숙방을 비워 달라는 부탁을 받지만, 아무리 돌아다녀도 그 지역에서 더 이상 하숙을 구할 수 없는 처지에 놓이게 된다. 푸코의 《감시와 처벌》에 따르자면, 그것은 다수의 안전을 명분으로 소수를 위험한 인물로 범주화하여 감금하고 배제하는 권력의 작동이며, 민주주의적 절차를 가장한 합법적 폭력이다.

이 소설은, 나환자촌 아이들로 상징되는 소수자들에게서 공동체에서 함께 살 수 있는 '시민'으로서의 권리 또는 주권을 박탈하려는 행위를 그리면서, 민주주의가 실상은 이질적 타자들을 배제하고 추방하기 위한 이데올로기로 기능할 수 있다는 점을 보여 준다. 이 회의는 궁극적으로는 소수자들의 기본적인 인권과 시민권을 부정하는 쪽으로 향한다. 마을 공동체의 회의가 시민권을 둘러싼 일종의 은유적 상황인 것은, 모두가 교육을 받을 수 있는 법적 권리를 제한하기 위해 열린 이 회의가 소수자들로부터 그 결정에 참여하고 발언할 수 있는 일종의 참정권을 박탈한 상태에서 열리고 있기 때문이다. 그런 의미에서 이 소설은 법과 민주주의적 절차에 의존하여 시민권과 생존권을 부여하고 박탈하는 박정희 시기 한국 사회의 합법적 폭력에 대한 하나의 우화라고 할 수 있다.

소설 〈미개인〉은 "눈에 보이는 살인과 방화, 약탈. 그것들과 약간만 눈곱치만 비껴 서 주면 무방했"던(220쪽) 과거와 확연하게 달라진 이 시기 폭력의 작동 방식을 보여 준다. '정 선생'의 관찰대로, 산업화가 보여 주는 경제적 풍요의 환상과 발전 이데올로기에 사로잡힌 1970년대 한국 사회는 모두가 "식인종"처럼 야만적이며 서로의 신체를 소리 없이 잠식해서 통제하는 사회이다. 여기서 간과하지 말아야 할 것은, 민주주의적 절차를 따른 시민들의 행동 근저에 "애써 싹튼 경기景氣의 씨를 스스로 짓밟는 결과"를 낳을까 두려워하는 자본의 논리가 스며들어 있다는 점이다. 이는 새로운 방식의 폭력을 낳은 원천에 자본주의적 욕망과 이윤 추구의 윤리, 그것과 결합해 있는 민주주의적 가치와 정치적 형식이 숨어 있다는 것을 보여 준다. "자유민주주의가 사실 자본주의적인 사적 소유 없이는 생존할 수 없다"는 지젝의 언급은, "자본주의의 정치적 형식(자유주의적 의회 민주주의)의 문제"[9]을 고려할 때 비로소 폭력의 합법성을 좌우하는 국가권력의 문제를 사고할 수 있음을 의미한다.

시민적 주체로의 훈육과 교화

최인호가 〈미개인〉과 같은 해인 1971년 《월간문학》에 발표한 〈예행연습〉[10]은, 〈미개인〉과 마찬가지로 사회의 법적 제도망에서 벗어나 있는 소수자들의 문제를 다룬 소설이다. 이 소설에 등장하는 주요 인물들은 모두 국가의 제도적 보호 장치에서 벗어나 있기 때문에 어떤 계급 집단

---

9 블라디미르 일리치 울리야노프 레닌 & 슬라보예 지젝, 《지젝이 만난 레닌》, 정영목 옮김, 교양인, 2008, 482~485쪽에서 인용 및 참조.

10 최인호, 〈예행연습〉(1971), 앞의 책. 앞으로 이 소설을 인용할 경우 본문에서 쪽수만 표시한다.

이나 문화 집단에 소속될 수 없는 존재들이다. 그러나 〈미개인〉이 나환자촌 아이들로부터 시민권을 박탈하고 추방하려는 이야기라면, 〈예행연습〉은 그와 비슷한 처지의 소수자들을 훈육과 규율을 통해 교화시킴으로서 시민사회 내부로 포섭하려는 이야기다.

〈예행연습〉의 화자인 '나(최호준)'는 중학교 2학년에 해당되는 열다섯 살 나이지만, 학생이 아니라 "국민학교"만 졸업한 상태로 학교 제도 바깥을 벗어난 청소년이다. 그는 거리의 부랑아처럼 불량하게 살고 싶어 하는 청소년이고, 미성년이지만 철공소에서 일하다가 왼쪽 새끼손가락을 잃고 그만둔 경력이 있는 육체노동자이며, 현재는 "막일이라도 없는가 찾아"다니는 "줄곧 빈털터리"인 경제적 빈곤층이다. 그가 고아원생 모집 공고를 보고 만나게 되는, 그 나이 또래의 다른 소년들의 사회적 · 경제적 처지는 모두 비슷하다. 그들은 모두 일종의 사회부적응자로 상징화되어 있다. 예컨대 그가 만난 '갈기흥'이라는 소년은 "말더듬이"이며, '이문수'는 "왼손잡이"이자 "동성애자"이다. 이들은 모두 "10세 이상 15세 미만의 소년"이면서, 모두 하루벌이 일을 찾아 헤매는 일용노동자들이고, 담배를 피우며 성인극장에 드나드는 불량 청소년들에 해당한다. 이들은 '고아원 공고'를 보고 "신체 건전한 사고방식이 도대체 뭐라는 거냐?"(118쪽)라고 질문을 던질 만큼, 안정된 규범 체제와 무관한 소년들이다.

이 소년들은 〈미개인〉의 나환자촌 아이들처럼 집단으로 움직이지 않고 개인으로 행동하기 때문에, 함께 불러 모아 교화시킬 대상으로 간주된다. 그래서 사회는 학교 제도를 벗어난 이 불량 청소년들을 훈육과 통제의 대상으로 설정하고, 그것을 실행할 공간으로 한시적으로 운영될 '고아원'을 마련한다. 그것은 학교라는 제도권을 이탈한 이 소년들이 "저녁이면 거리를 원아들이 휩쓸고 다니며 싸움질을 하거나 심지어 지나가는 행인들에게까지 행패를 하곤"(119~120쪽) 하는 일종

의 불량배들이나 다름없다고 간주되기 때문이다.[11]

그들이 공동체의 질서를 위협하는 존재라는 사실은, '좌향좌, 우향우'조차 알지 못할 정도로 기본적인 방향감각을 상실한 존재이자 "사열횡대"의 개념조차 알지 못하는 존재로 그려진다는 점에서 확인된다. 이 청소년들 중에 "부모가 있고 형제가 있는 사람도 있지"만, "그것은 큰 문제가 안 된다."(129쪽) "부모 있는 고아", 즉 고아처럼 난폭하고 불량한 존재는 가족제도에 한 발을 걸치고 있기 때문에 사회에 포섭 가능한 존재라는 점만이 중요하다.

그런데 이 불량 청소년들을 임시로 수용한 고아원은 군대와 학교가 혼합된 기묘한 공간이다. 학교를 가지 않는 이 소년들에게 이 고아원은 학교의 역할을 대신하지만, 그들을 훈련시키는 선생은 "교관"이라고 자칭하고 '나'는 "분대장"이라는 직함으로 불린다. 소년들은 고아원 후원자인 외국인에게 환영식에서 "씩씩한 모습"을 보여 주기 위해, "훈련병 같은 소리"를 내면서 "열중쉬엇, 차렷, 우향우, 좌향좌, 뒤로 돌앗"과 같은 구호에 맞춰서 몸을 움직이고, "사열횡대"를 만드는 방법도 배운다. 그리고 또래의 다른 소년들을 "화랑담배 연기 속에 사라진 전우"(129쪽)처럼 느끼는 법도 배운다. 결국 소년들은 "시병만큼은 질서 있어 보"일 정도의 수준에 도달한다.(138쪽) 이 명령 체계를 통해 청소년들은 상명하달식의 명령 체계에 익숙해지고, 사회의 규칙에 적응하고 순응하는 방법을 배우게 되는 것이다.

그런데 이 불량 청소년들이 이 군대식 훈련을 통해 얻게 되는 가장 중요한 느낌은, 육체적 고통의 공유와 단련을 통해서 느끼는 동질감과 소속감이다.

---

[11] 이와 관련하여, 박정희 시기에 빈번하게 일어났던 소년원 탈출 사건을 다룬 다음의 연구를 참조. 김원, 〈소년원을 탈출한 아이들〉, 《박정희 시대의 유령들》, 현실문화연구, 2011.

그저 우리가 알고 있었다는 것은 우리들이 언제나 어디서나 느끼는 결국엔 나 혼자라는 의식 세계 밖에서 행진이 계속되고 있다는 것뿐이었다. 그것은 차라리 무덥고 괴롭고, 숨이 탁탁 막혀 오르고, 땀을 뻘뻘 흘리는 행진이었지만 즐거운 고통이었다. 우리는 그것을 입안 한가득히 해바라기 씨처럼 굴리며 누군가의 손에 예속되어 있다는 잔인하고도 우울한 쾌감 속에서 발정과도 같은 발걸음을 내질러가며, 광란의 구호를 외쳐가면서, 행진을 계속하는 것이었다. 같은 제복을 입고 보조를 맞출 때 느끼는 수상스러운 생명감, 옷깃 스치는 소리가 동일할 때 느끼는 신선한 통일감을 끊임없이 씹어가면서…….(145쪽)

학교를 가지 않은 채 일정한 직업 없이 거리를 떠도는 불량 청소년들에게 가장 필요했던 것은, 결국 이 사회에 다른 구성원들과 함께 소속되어 있다는 소속감이다. '나'가 이틀 후 헤어져야 한다는 사실이 아쉬울 정도로, 이 소년들은 예행연습을 통해 드디어 사회의 일원으로 대접받게 되었다는 느낌을 가지게 된 것이다. 이것은 사회가 집단에 대한 소속감을 북돋워 주고 그들이 가져야 할 가치를 가르침으로써, 다시 말해 시민사회의 일원으로 교육시킴으로써 폭력적인 불량 청소년들을 통제하려 한다는 사실을 알려준다.

결국 그들이 이 고아원에서 했던 예행연습은 군대와 학교를 통해 유지되는 폭력적 사회의 예행연습이다. 〈미개인〉에서 재현된 폭력이 격리와 배제를 원칙으로 삼고 있었다면, 〈예행연습〉에서 제시된 폭력은 소속감과 통일감을 심어 줌으로써 복종과 순응을 내면화시키는 훈육의 원리에 기반하고 있다. 〈미개인〉의 우화가 시민권의 박탈이라는 배제의 논리에 근거하고 있던 것과 달리, 〈예행연습〉은 특정 집단을 사회가 요구하는 자질로 교화시켜 시민의 일원으로 새롭게 포섭하려는 포함의 논리에 근거한다.

이 소설에서 불량 청소년들은 "우리들 새로운 집단의 노래"인 '고아원가'를 통해 "씩씩한 박애"와 "총명과 슬기", "영원한 희망"처럼 가치 있고 긍정적인 태도를 배운다.(133쪽) 그들이 자유와 평등이라는 시민의 '권리'는 배우지 않고, 그것과 한 쌍으로 시민적 가치를 이루고 있는 '박애'나 질서와 같은 시민으로서의 '의무'만 배우고 있다는 사실은, 국가가 훈육과 교화를 통해 요구하는 지향점을 보여 주고 있다는 점에서 흥미롭다. 그래서 이 소년들은 아무런 보수도 받지 못한 채 고아원을 나선 후 "하루 동안의 예행연습보다도 더 지루하게 우리를 괴롭히고 슬프게 하는 예행연습들이 깔린 거리로 사라져 버"리고 나서도(150쪽), 여기서 배운 시민으로서의 의무를 잊지 않을 가능성이 크다.

그런데 훈육과 교화의 과정으로 점철된 이 소설에서 갑자기 반전이 등장하는데, 그것은 바로 '이문수'가 '나'(최호준)에게 동성애적 욕망을 품고 접근하는 마지막 장면이다.

그때 나는 누군가 어두운 그림자가 내 몸을 어루만지고 바지 단추를 끄르는 것을 보았다. 그것은 매우 조심스러운 움직임이었다. 무거운 눈을 뜨고 바라보니 그는 바로 이문수였다. 눈이 마주치자 소년은 입으로 손을 갖다 대며 조용히 하라고 무어라고 변명하지 않아도 내 다 알고 있다는 듯 눈을 꿈쩍거리더니 마땅한 장소를 골라 기쁜 것처럼 조그맣게 신음 소리를 발했다. 그리고는 뜨거운 입김을 내 목 뒤로 한가득히 부어대면서 나지막이 속삭였다.《얘. 네 몸은 참 좋구나. 얘. 넌 아주 참 좋은 몸을 가지고 있구나 얘.》(151쪽)[12]

---

[12] 이 결말이 줄곧 비판받아 온 것은 최인호가 대중소설에서 즐겨 사용하는 관능적이고 통속적 묘사가 엿보인다는 점 때문인데, 이 장면에 대해 '남색'으로 상징되는 추악한 현실 원리를 수락하는 장면이라는 평가와 함께 금기의 위반을 보여 주는 일탈적 장면이라는 완전히 상반된 평가가 나와 있다는 것은 흥미롭다.

이 장면이 흥미로운 것은, 군대처럼 살벌한 훈육의 과정을 거친 이후에도 동성애자 '이문수'가 교화되지 않은 상태로 남아 있기 때문이다. 여기서 동성애는 군대, 학교, 감옥, 경찰 등 국가가 독점한 폭력 수단의 강력한 힘에 순응하거나 동화되지 않는 지점을 지니고 있는 소수자 주체의 상징적 표상이다.[13] 불과 "얼마 전까지 한국 사회에서 성적 소수자는 법률은 물론 국가의 통치 기제 안에서 전연 존재하지 않는 '비시민non-citizen'이었다고 할 수 있다. 그들이 시민일 수 있는 조건은 자신의 성정체성으로부터 분리된, 즉 자신을 이성애적 주체로 표상하는 한에서였다."[14] 이 장면은, 국가 발전과 민족의 역사적 중흥을 위해 시민의 의무를 외치던 1960~70년대 사회에서 '시민'의 일원이 되기보다 자기 정체성을 버리지 않고 '비시민'으로 남고자 하거나 또는 '비시민'으로 남을 수밖에 없는 타자들의 어떤 지점을 포착하고 있는 것이다.

결국 최인호의 〈예행연습〉이 보여 주는 의외의 결말이 한국 사회와 한국 문학에서 폭력의 문제와 관련하여 제기하는 것은, 법적 근거를 토대로 작동하고 있는 지배와 통치의 체제들에 균열을 낼 수 있는 대중의 역능을 발견하고, 국가권력과 법의 통제를 벗어나는 탈주권적 또는 탈시민적 주체들의 역할을 사유하는 것일 것이다.

---

[13] 19세기 후반까지도 국가마다 차이는 있지만 유럽에서도 동성애는 시민권을 박탈하고 구속할 수 있는, 처벌과 사형의 대상이었다. 조지 모스, 《내셔널리즘과 섹슈얼리티》, 서강여성문학연구회 옮김, 소명출판, 2004, 50쪽.

[14] 서동진, 〈인권, 시민권, 그리고 섹슈얼리티〉, 《경제와 사회》 제67호, 2006년 가을, 82쪽에서 인용. 이 글에서 그는 "비이성애적 주체에게 시민으로서 자격을 부여하는 것은 포용의 과정이지만 또한 동시에 이성애규범성을 통해 비이성애적 주체를 규율하는 새로운 형태의 지배"임을 지적하면서, "동성애자로서의 시민, 성적 소수자로서의 국민으로 등기한다는 것은 무엇인가. 비이성애적인 성적 주체와 국민, 시민이라는 정치적 주체는 어떤 관계가 있을까. 놀랍게도 이 문제에 관하여 우리는 아직 어떤 질문도 던지지 않고 있다."고 비판한다.

박정희 시기 하위주체들의 고통과 경험

1930년대 전체주의 시기와 1960년대 혁명의 시기를 지나 최근 폭력에 대한 논의가 다시금 활성화된 것은, 2000년대가 근대 정치 이념의 근간인 개인, 인권, 주권 등을 토대로 폭력이 행사되는 시대라는 점과 밀접한 관련이 있다. 특히 민주주의와 자유의 수호라는 가치를 명분삼아 국가 간의 전쟁을 합법적 폭력처럼 행사하는 미국 등 서양 국가들과, 그것에 대항하는 테러리즘을 정당한 대항폭력으로 간주하는 이슬람 세계가 충돌하는 전 지구적 상황이 도래하면서 이 점은 더욱 부각되었다. 아감벤이 '예외상태의 상시화'라고 진단한 상황과 함께, 폭력과 법의 대립성을 부정한 벤야민, 아렌트, 푸코, 데리다, 지젝의 폭력론과 국가, 권력, 법, 주권, 민주주의, 공공성 등을 논의하는 아감벤, 랑시에르, 바디우, 발리바르 등의 논의[15] 등이 함께 맞물려 등장하게 된 것이다.

앞에서 살펴본 최인호의 소설들은, 박정희 시기 한국 사회에서 폭력이 법적·제도적으로 행사되는 방식 속에 숨어 있는 자본주의적 가치와 민주주의적 정치 형식, 시민권이라는 근대적 징치의 핵심들이 일종의 허구임을 잘 보여 준다. 그것은 오늘날 한국 사회를 유지하고 돌아가게 하는 핵심적 가치와 형식들로, 이 문제들을 사유하는 것만이 폭력의 문제가 제기하고 있는 우리 사회의 허구성을 성찰하는 방법임을 보여 준다. 이러한 의미에서 최인호의 소설이 이 시기 한국 사

---

15 특히 '법보존적 힘(Gewalt)'과 '법파괴적 힘'을 구분하고 '신화적 폭력'을 넘어서는 '신적 폭력'을 논의한 발터 벤야민, 〈폭력 비판을 위하여〉, 《역사의 개념에 대하여 外》, 최성만 옮김, 길, 2008. ; 벤야민의 논의를 계승한 데리다, 《법의 힘》, 진태원 옮김, 문학과지성사, 2004. ; 이에 대한 연구로는, 박홍규, 〈폭력론−소렐, 벤야민, 데리다, 파농, 아렌트의 논의를 중심으로〉, 《진보평론》 제17호, 2003년 가을. ; 최정기, 〈욕망과 폭력〉, 《진보평론》 제20호, 2004년 여름. ; 최정우, 〈폭력의 이데올로기〉, 《문학동네》 제59호, 2009년 여름 등 참조.

회를 재현하면서 포착한 폭력의 문제는 오늘날에도 유효하다. 그의 텍스트는, 국가권력이 의존하고 있는 민주주의적 정치 형식과 자본주의의 목표가 대중들의 일상 속에서 결합될 때 어떻게 나타나고 있는지 보여 주고 있기 때문이다.

물론 최인호의 텍스트는 폭력이 시민적/주권적 주체를 둘러싼 '배제'와 '포함'의 이중적 논리 속에서 작동하고 있음을 잘 보여 주지만, 거기에 대항하는 소위 '정당한 대항폭력counter-violence'의 재현에까지는 이르지 못하고 있다는 한계가 있다. 예컨대 〈미개인〉에서, 자신들의 주거지로 돌아갈 이동 수단인 '배'를 빼앗긴 나환자촌 아이들은 겁에 질려 쫓기고 옷이 찢겨 나가는 물리적 폭력을 당하지만, 거기에 대응하지 못하는 무력한 상태로 남는다. 〈예행연습〉의 결말에서도, 자신들이 속았다는 것을 알게 된 소년들은 사실상 같은 패거리였던 '나'를 희생양으로 삼아 애꿎은 폭력을 행사할 뿐이며, '나'는 거기에 대응하지 않고 비폭력의 명분 아래 맞기만 한다.

게다가 이 두 소설의 결말은 폭력과 대면한 자의 자기체념과 해방감이라는 측면에서 묘하게도 겹쳐 있다. 두 소설의 화자는 모두 폭력을 당한 이후 편안하고 생명감 있는 상태로 다시 태어나기 때문이다.[16] 두 소설의 서로 교차되는 결말은, 둘 다 일체의 시민적·국민적 권리로부터 배제된 후 후 별이 흐르는 자연 속에 놓여 있는 주체들의 모습을 묘사하는 장면으로 끝난다. 그러나 이 결말은 도리어 시민사회에서 각각 '배제'의 대상과 '포함'의 대상인 두 주체들, 다시 말해 주

---

[16] 〈미개인〉의 '나'는 다음과 같은 상태로 깨어난다. "그것은 참으로 편안한 휴식이어서 그대로 영원히 잠들고 싶었을 정도였다. 나는 찢긴 눈으로 땅에 누운 채 어두운 밤하늘에 무수히 흐르는 별들을 쳐다보았다. 나는 마치 꿈속의 별밭 속에 누워 있는 기분이었다." 최인호, 앞의 책, 246~247쪽. ; 〈예행연습〉의 '나'가 폭력을 당한 후 깨어나서 하는 고백은 다음과 같다. "그 후에 정신을 깨어보니, 나는 별밭 속에 누워 있었던 것일세. …… 나는 의식이 들고서도 아주 오랫동안 누워 있었네. 그것은 후송되어 내 다리를 잃었을 때와 같은 느낌이었지. 다리는 잃었어도 생명은 얻었다는 실감과 같은 것이었네. 나는 많은 것을 잃었지만 또 많은 것을 얻은 기분이었지." 같은 책, 150쪽.

권의 외부와 내부로 각각 배치되는 주체들이 서로 반대되는 지점이
아닌 공통의 지점에 서 있음을 알려 주는 것이기도 하다.

중요한 것은, 소위 부르주아 작가처럼 알려져 있는 최인호의 소설
이 1970년대 민중문학에서조차 놓치고 있는 하위주체들의 존재와 그
들이 당면해 있던 폭력의 합법성이라는 딜레마를 포착하고 있다는 점
이다.[17] 그것이 〈미개인〉과 〈예행연습〉이 각각 재현하고 있는 나환자
촌 아이들과 불량 청소년들이라는 상징적 존재들이 발산하고 있는 의
미다. 이 텍스트에서 형상화된 '문둥이' 이미지는, 1945년 해방 직후 일
제의 강제노역을 견뎌야 했던 소록도에서 탈출하여 부랑아가 된 한센
병 환자들, 그리고 1962년 음성 나환자들의 소록도 강제수용정책이 폐
지되면서 부랑아, 노숙자, 거지 등의 형상으로 전국을 떠돌게 된 음성
나환자들에 대한 대중의 공포와 밀접한 관련이 있다.[18] 다시 말해 이
공포와 불안은 소위 '저항적 민중'이라는 이름의 건강한 주체 범주에도
속하지 못하는 '도시하층민'들을 위험한 잠재적 범죄자 또는 근대화의
걸림돌로 인식하고, "자신과 다른 정체성을 지닌 '타자들'을 무차별적
으로 통합-배제하려는 일련의 정치적 기획"[19]에서 배태된 것이다.

---

[17] 이 하위주체들은 조르조 아감벤이 《호모 사케르》에서 벤야민의 〈폭력 비판을 위하여〉를 빌려 개념
화시킨 "벌거벗은 생명"의 다른 모습이라고 할 수 있다. 1970년대의 초법적 법령인 '긴급조치'는 국가
권력이 법적 질서를 스스로 파괴하고 만들어낸 "예외상태"였으며, 그들은 아우슈비츠와 관타나모 수
용소에 수감된 자들, 그리고 난민과 무국적자들처럼, 죽음의 위협에 노출되어 있는 자들이자 정치적
삶의 가능성을 완전히 박탈당한 자들이다.

[18] '저기 문둥이가 온다'는 말로 공포심을 자극하여 우는 아이들을 달래던 60~70년대 대중들의 관형어
도 여기서 비롯된 것이다.

[19] 이 도시하층민들은 '비정상인', 인간 이하의 '주변계급'으로 언급되었을 뿐만 아니라, 그들이 쫓겨 간
광주대단지는 '콜레라, 설사 등의 전염병에 시달려 하루에 서너 구의 시신이 실려 나오는' 비위생적
인 곳으로 묘사되곤 했다. 김원, 〈1971년 광주대단지 사건 연구〉, 《기억과 전망》 제 18호, 2008, 201
쪽 참조. : "운동진영의 의제 속에서 부차화됐던 도시하층민은 난민캠프, 범법자, 폭력배, 강도, 노
점상, 부랑민, 자유노동자, 매매춘 여성 등 도시의 '이질적인 타자'로 구성됐다. 바로 도시화는 도시
하층민에 대한 폭력 구조였음, 이들은 도시위생학의 대상으로 여겨졌다. 〈영자의 전성시대〉에 그려
지듯이 도시하층민에 대한 태도는 '더러운 청소대상'에 불과했다.……이처럼 도시하층민은 지속적인
불안정 상태이자, 중산층, 소시민 등으로 묘사된 도시정상인에 대한 '위협'으로 간주됐으며, 도시하
층민이 정주하는 '변두리'는 자본주의적 삶의 양식에서 배제된 불안정, 궁핍, 무질서, 비도덕, 비윤리

〈예행연습〉에 등장하는 '불량 청소년들'에게도 유사한 논리가 적용된다. 한 연구자가 지적하고 있는 대로 "생활 방식, 생산성의 정도, 스타일, 특정한 속성과 자질, 향유하는 문화와 취향 등의 근거를 통해 특정한 집단을 '문제적 집단' 혹은 '가치가 없는 삶'으로 규정하는 인식론적, 법적 구조는 근대적인 시민권을 판단하는 기제이자 국민의 자질을 판단하는 기제로도 작용"한다. 그리고 그 메커니즘 속에서는 "주로 하층계급, 청소년, 여성 등이 한편으로는 선량한 풍속을 해할 가능성이 가장 큰 집단으로 주목"된다. 인간은 "그 자체로 보호받을 권리와 시민권을 획득하는 것이 아니라, 무가치한 것을 버리고 가치 있는 형태로 전환될 때만이 보호받을 수 있는 대상(인권에 의해서든, 시민권에 의해서든)으로 진입할 수 있"[20]기 때문이다. 이 소설 속에서 불량 청소년들의 사회위협적 요소보다 그들의 교화 및 훈육이 더 큰 문제로 대두되고 있는 것은 그 때문이다.

따라서 최인호의 소설들에 "국가가 '부정한' 물리적 힘의 행사를 합법성, 정당성이라는 이름으로 은폐하고 있다는 인식을 가지고, 자신에게 향하는 국가의 폭력을 다시 국가로 되돌리는 대항적 폭력 행사를" 함으로써 "힘을 둘러싼 국가의 '폭력의 정의定義에 대한 독점'에 대항하며 그와는 다른 게임의 장을 열고자 하는 시도"[21]가 보이지 않는다고 아쉬움을 느낄 필요는 없다. 오히려 그의 소설을 통해, 당시 노동자계급 중심의 저항적 민중운동과 민중문학의 서사 및 담론 속에서조차 간과되고 있던 하위주체들이 합법적 폭력에 노출된 채 겪어야 했던 경험과 고통에 비로소 다가갈 수 있기 때문이다.

적인 타락한 성벽으로 묘사됐다." 김원, 〈부마항쟁과 도시하층민–'대중독재론'의 쟁점을 중심으로〉, 《정신문화연구》 2006년 여름호, 444 및 450쪽.

[20] 권명아, 〈음란함과 죽음의 정치–풍기문란과 근대적 주체화의 역학〉, 《현대소설연구》 제39집, 2008, 40, 41, 47쪽에서 인용.

[21] 사카이 다카시, 앞의 책, 8쪽.

| 참고문헌 |

최인호, 〈미개인〉, 〈예행연습〉, 《타인의 방》, 예문관, 1977.

조르조 아감벤, 《호모 사케르》, 박진우 옮김, 새물결, 2008.

조르조 아감벤, 《예외상태》, 김항 옮김, 새물결, 2009.

발터 벤야민, 〈폭력 비판을 위하여〉, 《역사의 개념에 대하여 外》, 최성만 옮김,
    길, 2008.

자크 데리다, 《법의 힘》, 진태원 옮김, 문학과지성사, 2004.

조지 모스, 《내셔널리즘과 섹슈얼리티》, 서강여성문학연구회 옮김, 소명출판,
    2004, 50쪽.

블라디미르 일리치 울리야노프 레닌 & 슬라보예 지젝, 《지젝이 만난 레닌》, 정영
    목 옮김, 교양인, 2008.

슬라보예 지젝, 《혁명이 다가온다》, 이서원 옮김, 도서출판 길, 2006.

사카이 다카시, 《폭력의 철학》, 김은주 옮김, 산눈, 2006.

권명아, 〈음란함과 죽음의 정치─풍기문란과 근대적 주체화의 역학〉, 《현대소설
    연구》 제39집, 2008.

공진성, 《폭력》, 책세상, 2009.

김원, 《박정희 시대의 유령들》, 현실문화연구, 2011.

박홍규, 〈폭력론─소렐, 벤야민, 데리다, 파농, 아렌트의 논의를 중심으로〉, 《진
    보평론》 제17호, 2003년 가을.

서동진, 〈인권, 시민권, 그리고 섹슈얼리티〉, 《경제와 사회》 제67호, 2006년 가을.

정근식, 〈동아시아 한센병사 연구를 위하여〉, 《보건과 사회과학》 12집, 한국보건
    사학회, 2002.

정근식, 〈사회적 타자의 자전문학과 몸〉, 《현대문학이론연구》 23집, 2004.

정근식, 〈질병공동체의 해체와 이주의 네트웍〉, 《사회와 역사》 69집, 2006.

최원규, 〈한센씨병력자 정착촌 주민의 삶과 욕구: 격리와 배제의 권력구조〉, 《한국사회복지학회 춘계학술대회 자료집》, 2004.

최정기, 〈욕망과 폭력〉, 《진보평론》 제20호, 2004년 여름.

최정우, 〈폭력의 이데올로기〉, 《문학동네》 제59호, 2009년 여름.

6

박경리 소설에 나타난
폭력 희생자들의 이미지

조윤아

비극적 운명을 가져오는 '폭력'

박경리의 소설을 평가할 때에 가장 많이 언급되어온 것은 '비극적 운명론'이다. 김치수는 그의 "소설의 주요 테마 가운데 하나는 여인의 비극적 운명"이라고 하였으며,[1] 이덕화는 운명과 제도 사이에서 비극적인 사랑을 하는 여성의 운명이 〈토지〉 이전의 작품 세계라고 하였다.[2] 또한 윤지관은 그의 "운명론적 세계관이 역사 속의 개인의 삶을 때때로 추상화시키고" 있다고 하였는데,[3] 이러한 박경리의 '운명론적 세계관'을 불교의 윤회사상으로 분석한 연구가 이루어지기도 하였다. 안남연은 "박경리의 작품은 인과응보와 업이라는 불교적 윤회사상과 관련되어" 있으며 "전생에 지은 죄의 대가를 현생에게 갚아가는 고통의 과정, 그것을 운명으로 수긍하는 토속적 정서를 박경리만큼 생생하게 그려낸 작가는 드물다"[4]고 보았다. 그렇다면 기존 연구자들이 박경리의 작품에서 읽어낸 그 '운명'이라는 것은 무엇일까.

그 운명은 대체로 개인의 자유의지와는 상관없이 개인이 극복해내기 힘들 정도의 강한 힘으로 개인의 삶을 좌우하는 '거대한 무엇'이라고 할 수 있다. 그리고 그 '거대한 무엇'이 개인의 삶을 곤경에 빠뜨릴 경우 개인은 비극적 운명에 처하게 될 것이다.

박경리 소설에서 '비극적 운명'은 대부분 폭력에 의해 발생한다. 사실, "인간이 있는 곳이면 어디라도 폭력이 존재하는 비극적인 상황"임을 부인할 수 없을 것이다. "폭력은 인간들의 삶 속에 깊숙이 파고들어 그들의 삶과 하나가 되어 그들의 운명을 가리키는 공통의 지

---

[1] 김치수, 〈비극의 미학과 개인의 한〉, 《조남현 편 박경리》, 서강대학교출판부, 1996, 77쪽.

[2] 이덕화, 〈비극적 세계와 여성의 운명－《토지》 이전의 박경리론〉, 《페미니즘과 소설비평》, 한길사, 1997.

[3] 윤지관, 〈한(恨)의 가치화와 소설의 공간－박경리론〉, 《민족현실과 문학비평》, 실천문학사, 1990, 95쪽.

[4] 안남연, 〈박경리, 그 비극의 미학〉, 《여성문학 연구》 제4집, 한국여성문학학회, 2000, 204쪽.

칭어, 나아가서는 그들이 물리쳐야 할 공적公敵이 된 지 이미 오래이다."[5] 따라서 사상이나 역사보다 생활이나 인간관계에 더 집중하고 있는 박경리의 작품에서 폭력적인 상황을 찾아보는 것은 어렵지 않다.

그 폭력적 현실을 드러낸 작품 속에서, 폭력에 의해 '비극적 운명'에 처한 자는 곧 '폭력 희생자'라고 할 수 있다. 이 글은 이 '폭력 희생자'들과 관련된 이미지를 파악하기 위해 폭력에 희생되는 인물이 부각되어 있는 작품 〈재귀열〉(1959, 연재중편), 〈내 마음은 호수〉(1960, 연재장편), 〈노을진 들녘〉(1961~1962 연재장편), 〈김약국의 딸들〉(1960, 전작장편) 등을 연구 대상으로 삼았다. 본론에서는 먼저 연구 대상에 나타나 있는 폭력의 특성을 살펴본 후, '폭력 희생자'들의 공통점을 분석하여 그들이 희생자가 될 수밖에 없었던 희생의 대상으로 분류된 '표지標識'는 무엇이었는지 파악해 보고자 하였다.

이 '표지'와 관련하여 '원죄原罪'의 개념을 생각하지 않을 수 없다. 성서에 의하면 인간에게 부여된 최초의 '표지'는 하나님이 동생을 살해한 카인에게 남긴 표지다. 동생 살해 사건은 인간 최초의 범죄로 인간의 세계가 사악한 세계로 가는 시발점이기에 이 사건을 "원초적인 죄로 제시"[6]하기도 한다. 이렇게 카인의 범죄를 원죄로 보는 경우와 달리 그 이전에 발생한 아담과 하와의 죄를 원죄로 보는 경우가 있다. 아담과 하와는 선과 악을 알게 하는 나무열매를 먹지 말라고 한 하나님의 명령을 어기는 죄를 범하였으며, 인류는 이 원죄의 굴레로부터 벗어나기 위해 신의 구원을 기다려야만 한다는 것이다. 슈베펜호이저의 "원죄야말로 그리스도교 신학에서 지배의 수단으로 도입된 핵심

5　변광배, 〈사르트르-폭력 또는 글쓰기〉, 《외국문학연구》 제5호, 한국외국어대학교 외국문학연구소, 1999. 2. 138쪽.

6　김자성, 〈독일 문학작품에 구현된 카인-아벨의 소재 변용(1)〉, 《헤세연구》 제23집, 한국헤세학회, 2010. 6. 49쪽.

개념"이라는 비판처럼[7] 원죄의식을 부정적으로 볼 수도 있을 것이다. 왜냐하면 원죄의식이란 자신의 무고함과는 상관없이 어떤 죄에 연루되어 연대책임을 지는 의식이라고 할 수 있기 때문이다. 이 글은 본론의 마지막 장에서 이러한 원죄의식의 개념을 가지고 죄인의 표지가 붙여진 '폭력 희생자'들이 지니고 있는 원죄의식의 의미를 살펴보고자 하였다.

죽음에 이르는 어둠 속 폭력

〈김약국의 딸들〉과 〈노을진 들녘〉에는 폭력으로 인해 죽거나 실성하는 인물이, 그리고 〈재귀열〉과 〈내 마음은 호수〉에는 폭력을 당하며 죽음의 위협을 받는 인물이 등장한다. 이 작품들에 나타난 폭력은 인간으로서 최소한도의 존엄성마저 훼손할 뿐만 아니라 생존 자체를 위협하거나 불가하게 하는 포악하고 원초적인 폭력이다.

〈김약국의 딸들〉은 김성수의 다섯 명의 딸 용숙, 용빈, 용란, 용옥, 용혜 중에서 어린 용혜를 제외한 네 명의 딸들과 관련된 사건이 주된 이야기를 이루고 있다. 맏딸 용숙은 청상과부가 되어 어린 아들 하나를 두고 살면서 동네 병원의 의사와 불륜 관계를 맺다가 '영아 살해' 용의자로 몰리기도 하며, 서울에서 대학에 다니고 있는 둘째 용빈은 애인의 배신으로 슬픔에 빠지기도 한다. 이 두 딸의 고통스러운 상황은 소문이나 배신으로 인한 크고 작은 정신적인 폭력에서 빚어진 것이라고 할 수 있다. 폭력적인 상황이 가장 크게 부각되어있는 인물

---

7 니체주의자 슈베펜호이저의 견해를 이주향 논문에서 재인용하였다. 이주향, 〈기독교 '죄' 개념에 대한 니체의 비판과 '죄' 사유의 긍정적 실천〉, 《니체연구》 제14집, 한국니체학회, 2008. 가을, 57쪽.

은 셋째 용란이며, 그 폭력의 재앙은 어머니 한실댁에게까지 미치게 된다.

용란의 남편 연학은 아편장이며, 성불구자였다. 그는 아편을 하기 위해 "닥치는 대로 들고 나가서 팔아먹"었을 뿐만 아니라, "밤낮 뚜디리 패"는 바람에 용란은 피멍이 든 채로 용숙 언니 집으로 도망을 다니기도 한다. 한실댁이 연학을 꾸짖고 말려도 소용없을 정도로 병적으로 구타와 폭언을 일삼아 거동조차 힘들어진 용란의 일상은 피폐하고 황폐해진다. 결혼하기 전 용란은 하인 한돌과의 정사로 소문이 나 있었는데, 그 때문에 용란과의 혼사를 원한다는 집안이 나타나자 한실댁은 제대로 알아보지도 않고 서둘러 용란을 시집보냈다. 한실댁은 불행한 삶을 살아가는 딸을 보면서 자신의 잘못이라 생각하고 "차라리, 한돌이 그놈하고나 맞춰줄거로" 하며 후회를 하기도 한다.

"용란앗! 나다 문 좀 열어랏!"

"누고!"

바로 사립문 뒤에서 남자의 목소리가 났다.

"아구짜꼬!"

혀가 안으로 말려든 듯한 소리는 틀림없는 연학의 목소리다.

"아구짜고!"

"누고?"

"나다. 문 좀 열어주게."

한실댁은 사립문을 꼭 잡으며 안간힘을 썼다. 문이 쑥 열렸다. 시커먼 그림자—

"흐흐흐……."

웃었다. …… 한실댁은 머리 위에 무엇이 쏟아진 것을 느꼈다.

"아이구우!"

머리 위에 두 손을 얹었다. 그 손 위에 무엇이 또 쏟아졌다.

"아이구우! 사람 살려랏!"

한실댁은 푹 쓰러졌다.

이 소동에 깊이 잠들었던 한돌이와 용란이 깨었다.

그들은 도끼를 휘두르는 연학을 보았다. 끼뚝끼뚝 웃으며 그는 다가왔다. 한돌이의 눈이 쳐든 도끼에 못 박힌다. 도끼가 허공에서 돌았다. (중략)

용란을 놓친 연학은 으르렁거리며 막 담을 뛰어넘으려는 한돌에게 달려간다.

한쪽 어깨 위에 도끼날이 푹석 들어갔다. 연학이는 춤을 추듯 팔딱팔딱 뛰면서 쓰러진 한돌이를 찍는다.

예배당의 종이 울렸다. 둥글게 둥글게 원을 그리며 종소리는 퍼져나가고 또 울리고—[8]

김약국에게 혼쭐이 난 후 도망을 쳤던 한돌이 돌아오자 용란은 몰래 집을 나와 북문 밖에 방을 얻어 한돌과 동거를 했다. 이 사실을 알게 된 한실댁은 그 둘을 도망시켜야겠다는 생각으로 패물을 싸가지고 비가 쏟아지는 어두운 밤길을 달려간다. 그러나 그곳에서 기다리고 있던 연학에 의해 죽음을 맞게 된다. 한돌 역시 죽임을 당하고 용란은 실성하여 '광녀狂女'가 되고 만다.

이러한 인간적인 삶의 종말이라고 볼 수 있는 '실성'이나 죽음과 같은 폭력의 극단적인 결말은 넷째 용옥에게도 일어난다. 용옥은 남편이 뱃일로 집을 비운 어느 날 어두운 밤, 시아버지로부터 겁탈을 당할 뻔하였다. 입을 막고 쓰러뜨리며 겁탈하려는 시아버지에 맞서 싸

---

8 박경리/강신재, 《김약국의 딸들/임진강의 민들레》, 한국현대문학전집 22, 삼성출판사, 1978, 388~389쪽.

우면서 간신히 집을 빠져나온 용옥은 남편이 있는 부산으로 가기 위해 항구로 나간다. 시아버지는 그곳까지 쫓아와서 "며느리년이 야밤중에 시애비 방에 들어왔다고 소문을 낼" 것이라고 협박한다. 절망적인 용옥은 배를 타고 부산에 도착하지만 남편과 길이 엇갈려 다시 통영으로 돌아오는 배를 탔다가 배가 침몰하여 죽음에 이르게 된다.

다음 작품 〈노을진 들녘〉은 영재와 그의 친구들을 중심으로 벌어지는 사건으로 구성되어 있으며, 특히 한순간의 실수로 근친상간을 범한 영재의 서사가 큰 비중을 차지하고 있다. 공대 건축학과를 졸업한 후 대학 연구소에서 일을 하고 있는 영재는 "주변에서 많은 기대를 걸고 있는 청년"이었다. 그는 해마다 여름이면 송화리 과수원을 찾아와 외할아버지 송노인과 외사촌동생 주실의 환영을 받으며 지내곤 했는데, 1959년 어두운 여름밤 천둥소리에 놀라 자신의 방으로 들어온 사촌여동생 주실을 범하는 죄를 저지르고 만다. 이 일로 주실은 임신을 하게 되고 주위 사람들은 모두 평소 행실이 단정치 못하였던 성삼을 의심한다. 성삼은 송노인의 과수원 일을 하였던 김판수의 외아들로 이전에 이미 주실을 성폭행하였던 일이 있었고, 영재의 아이임을 밝히기를 두려워하는 주실을 협박하여 다시 겁탈하기도 한다. 송노인은 성삼을 추궁하던 중 영재의 실수를 알게 되지만, 그것을 비밀에 부치기 위해 성삼과의 결혼을 추진한다. 성삼은 주실이 받을 많은 유산과 도련님 행세를 하는 영재를 "발아래 두고자 하는" 욕망으로 주실과의 결혼에 합의한다. 하지만 결혼 후 그는 더욱 광포해져 주실에게 가하는 폭력은 병적으로 변해 간다.

"앗!"
무서운 광경이다.
거의 반나체가 된 주실은 입에 수건을 물고 쓰러져 있었다. 가죽끈

으로 후려치고 있는 성삼의 무서운 눈. 사람이 아니다. 야수다. 완전히
미친개의 눈이다.

"너 할아버지가 우리 엄마를 때렸지! 짐승처럼 말이야. 나도 너 할
아버지처럼 이렇게, 이렇게 때려준다! 때려준다! 말을 해! 아가리를 열
란 말이야!"

그 순간 꽝! 하고 별안간 소리가 나더니 유리창이 와그르르 무너졌
다. 송노인이 주먹으로 유리창을 친 것이다. 성삼은 가죽끈을 늘어뜨
린 채 시뻘건 눈을 들었다.[9]

성삼은 송노인이 폭력의 현장에 나타난 것은 주실이 발고를 했기
때문이라고 생각하며 "내가 때린다는 말만 해봐라. 죽여버린다."고 협
박한다. 주실은 이러한 "성삼의 비뚤어지고 변태적인 성질" 때문에 "살
아야 한다는 본능과 죽음에 대한 공포만이 남아" 있는 "말없는 개"와
같은 존재가 되었다. 한편, 주실이 성삼으로부터 매질을 당하고 있다
는 것을 영천댁으로부터 들어 알고 있으면서도 아무런 조처를 취하지
않았던 송노인은 그 현장을 목격한 후 기절한다. 그리고 깨어난 뒤 마
구간에서 목을 매달아 자살한다. 송노인의 죽음을 슬피하며 울음을 그
칠 줄 모르던 주실은 "달이 차지 않은" 계집아이를 사산死産한다.
〈내 마음은 호수〉는 여성 소설가 혜련과 그의 시누이 명희, 두 기
혼 여성이 겪는 사랑 이야기가 중심 서사를 이루고 있다. 혜련은 결혼
전 사랑했던 애인을 피란지 부산에서 다시 만나게 되자 혼란에 빠지
고, 명희는 남편의 사촌동생 송병림을 만난 후 그 청년을 향한 사랑의
욕망을 품으면서 자살 소동까지 일으킨다. 이렇듯 명희로부터 끊임없
는 구애를 받는 송병림은 그녀의 어떤 유혹에도 흔들리지 않으며, 훗

---

9 박경리, 〈노을진 들녘〉, 지식산업사, 1979, 236~237쪽.

날 혜련의 딸 진수와 서로 진실한 사랑을 하게 된다. 이처럼 사랑의 서사로 보이는 〈내 마음은 호수〉에서 가장 큰 반전은 송병림이 정치적인 이유로 끌려가 고문을 당하는 것이다.

무지스런 고문이 시작되었다. 둘러싸인 사방의 콘크리트 벽에 병림의 이빨 사이로 밀려나오는 신음이 반향한다. (중략)

몇 시간이 지났을 때 병림은 자기가 살아 있다는 것을 의식하였다. 동시에 전등빛이 얼굴 위에 내리쏟아졌다. 그는 나무 막대기처럼 감각을 잃은 손을 들어 눈을 가렸다. 끈적끈적한 피가 손바닥을 적신다.

(중략)

물결 소리가 파도가 되어 싸아! 하고 머리 속에 밀려 들어왔다.

"두 발만 쏘면 너는 이 강물을 따라 황해로 떠내려가는 거야. 그러면 되놈들이 건져서 장사 지내줄 거 아냐? 하하하........"

웃음이 멎었다. 동시에 총성이 울렸다. 총성이 메아리가 되어 건너편 강기슭에서 돌아왔다.

병림은 픽 쓰러졌다.

"바보 같은 자식, 공포에 나자빠지다니 보기보담 쓸개가 적군."

사나이는 발길로 병림을 걸어찼다.[10]

이처럼 병림은 어느 날 아침 갑자기 하숙집으로 쳐들어온 사내들에게 강제로 알 수 없는 어두운 공간으로 끌려와 인간의 존엄을 지킬 수 없는 비참한 육체적인 고문을 당할 뿐만 아니라, 눈을 가린 채 또 다른 곳으로 끌려가 죽음의 공포에 시달리기도 한다.

〈재귀열〉 역시 두 여성의 사랑 이야기로 홀어머니와 사는 송우,

---

10 박경리, 〈내 마음은 호수〉, 지식산업사, 1982, 314~318쪽.

난우 자매는 둘 다 불행한 과거를 안고 살아간다. 송우는 약혼자 강상훈이 학병으로 나간 사이 강상훈과 친하였던 문성환에게 강탈당한 후 임신을 하게 된다. 송우는 어쩔 수 없이 공산당원인 문성환과 결혼하여 평양에서 살다가 일사후퇴 때에 아이들을 데리고 남쪽으로 도망쳐 나온다. 그 길에서 또 다른 폭력을 당하고 아들을 잃게 되자 피폐해진 송우는 술과 담배로 세월을 보낸다.

한편 난우는 애인 석구가 6·25 전쟁 때 공산당원이 되어 북으로 떠나고, 학도병이었던 상철로부터 성폭행을 당한다. 난우를 연모했으나 마음을 받아주지 않자 상철은 공산당이란 죄명으로 협박하고 권총으로 위협하여 정조를 빼앗는다.

> 난우는 사나이가 안내하는 대로 어느 방 앞에까지 다가갔다. 필경 그 방에 임신부가 누워 있는 모양이다. 그러나 방문을 열었을 때 뜻밖에도 그 방은 텅 비어 있었다.
>
> 난우는 멈칫하고 서버린다. 무언지 모르게 머리끝이 꼿꼿하게 서는 것을 느낀다. 난우는 뒷걸음질을 치면서 뒤에 선 사나이를 돌아다보았다. 사나이는 복잡한 웃음을 띠우면서 난우의 등을 외락 밀이 방안에 쓰러뜨린다.[11]

이처럼 조산원을 운영하는 어머니를 돕고 있던 난우는 어두운 밤 위급한 산모를 위해 길을 나섰다가 죽음과도 같은 상황에 처하게 된다. 서상철이 파놓은 함정에 빠져 전쟁이 끝난 이후에도 다시 반복적으로 성폭행을 당하는 비극을 맞게 된 것이다.

---

11 박경리, 〈재귀열〉, 지식산업사, 1980, 246~248쪽.

〈김약국의 딸들〉, 〈노을진 들녁〉, 〈내 마음은 호수〉, 〈재귀열〉 등에 나타나 있는 이와 같은 광포한 폭력은 주로 어두운 밤이거나 어두운 공간에서 자행되고 있다. 어둠은 희생자가 자신도 모르게 함정 속으로 들어가게 하며, 도움을 요청할 수 없도록 고립시킨다. 한밤중 폭력자는 한낮에는 볼 수 없었던 괴기스러운 힘을 발휘하며, 희생자는 상대적으로 더욱 무력해진다. 하지만 시간의 흐름은 어두운 밤이 지속될 수 없도록 한다. 비록 폭력에 희생당하는 어둠의 시간이 있기는 하지만 이들 작품의 서사에서 결말은 언제나 희망을 제시하고 있다는 점도 주목해야 할 것이다.

무고한 희생자에게 붙여진 붉은 표지標識

〈김약국의 딸들〉에서 죽음을 부르는 폭력을 당하는 두 딸, 용란과 용옥은 천진무구하거나 천사 같은 성품을 지니고 있다. 용옥은 독실한 크리스천이며 집안의 궂은일을 말없이 도맡아 하는 착한 품성을 지녔다. 조용하고 부모의 뜻을 거역하는 일이 없으며 아내, 며느리, 엄마, 딸로서 어느 역할도 소홀하게 하지 않아 없어서는 안 될 존재이다. 남편 기두가 자신을 사랑하지 않는다는 것을 알게 되어도 혼자 슬픔을 삭이며 감내할 뿐 불만을 드러내는 일도 없다. 하지만 용란의 경우는 다르다. 사실, 용란과 한돌의 정사는 구한말, 특히 통영이라는 변화가 더딘 항구 소도시 사회에서 벌어진 비도덕적인 사건임에 틀림없다. 여성이 결혼 전에 그것도 결혼이 불가한 신분이 다른 남성과 성관계를 맺는다거나 사랑을 한다는 것은 당시 그 사회에서는 용납될 수 없는 '죄'를 저지른 것이라고도 할 수 있는 일이었다. 그렇기 때문에 떳떳한 혼사를 할 수 없었던 것이다. 그럼에도 불구하고 용란이라는 인물과 그 사건에 대한 서술자의 진술은 부정적이지 않다. 용란은 "천진한 인간성"을 지닌 "아름다운" 외모의 인물이며 "자연 속에서 어떤 생물이 자라나듯이" 존재하는 인물이다. 그리고 그의 한돌과의 관계는 자연스러운 것이며 본능적인 것으로 진술되고 있다. 뿐만 아니라 지혜롭고 이성적인 성격의 용빈을 통해 그 본능에 따른 행동이 악행이라기보다 신선한 어떤 것으로 말해지기도 한다.

"그 여자는 사랑을 느끼기보다 본능에 움직였어요. 거기 대하여 모욕을 느끼기보다 신선한 …… 표현할 수 없군요. 바보처럼 천진한 그의 인간성에서 그렇게 느끼는지 모르겠어요." [12]

이와 같은 천진무구한 인물로 진술되는 용란은 남편의 병적인 폭력에 희생되어 광녀가 되고 어머니인 한실댁과 정인인 한돌이도 그 남편으로부터 죽임을 당한다. 여기서 희생자의 표지는 한실댁에게서 발견된다. 신수身數를 보러간 한실댁에게 점쟁이는 다음과 같이 예언을 한다.

"당신 집에는 잡귀가 우글우글하구마. 맞아죽은 구신, 굶어죽은 구신, 비상 묵은 구신, 물에 빠져 죽은 구신, 무당 구신, 모두 떳들었이니 집은 망하고 사람은 상하고 마리라." [13]

점쟁이가 한실댁에게서 읽어 내는 이와 같은 표지標識는 궁극적으로는 이 집안의 가장인 김약국이 지니고 있는 표지다. 김성수는 어릴

---

[12] 〈김약국의 딸들〉, 260쪽.

[13] 같은 책, 362쪽.

적부터 마을 사람들과 백모가 하는 "구신이 붙었다", "비상묵고 죽은
자식은 지리지(번식하지) 않는다" 등의 말을 지속적으로 들으며 자라
왔다. 그가 결혼을 하여 가정을 이루면서 그것이 희석되는 듯하였으
나 그의 아내인 한실댁을 통해 그 표지는 사라지지 않고 있음을 확인
할 수 있다. 성수의 어머니가 비상을 먹고 자살을 하였기에 그의 피를
이어받은 자식은 대를 잇지 못할 것이라는 '저주'와도 같은 속설은 김
약국과 그의 자손들에게 소위 '나쁜 피'[14]가 흐르고 있음을 각인시키는
것이기도 하다.

이처럼 '나쁜 피'의 '저주'가 언급되고 있는 또 다른 작품이 〈재귀
열〉이다. 재귀열에서 난우는 "자기네들 형제의 핏줄기 속에 씻지 못
할 반역의 피가 흐르고 있는 것만은 틀림이 없다고 생각했다."(236) 난
우의 아버지는 일제 시대에 "경부警部[15] 노릇을 하다가" 민중에 의해
타살되었다. 그러나 난우나 그의 언니인 송우는 "순진하고 아무것도
모르는" 어린 나이에 둘 다 폭력에 희생되었다. 송우와 난우 자매가
당해야 했던 성폭력은 자신들의 의지와는 상관없이 벌어진 일이며,
예상조차 할 수 없었던 갑작스럽게 닥친 일이다. 문성환이 자신을 고
향으로 데려다 주리라 믿었던 송우는 아직 어린 "순진하고 아무것도
모르는 계집아이"였다. 애인의 가까운 친구에게서 당한 배신은 정신

적으로도 큰 타격을 주었기에 송우는 그와 어쩔 수 없이 결혼을 한 후에도 안식을 찾지 못하고 결국 두 아이를 데리고 남편을 떠난다. 송우는 다시 애인을 만나게 된 자리에서 "이 알량한 자유를 위하여 내가 온 줄 아세요? 그까짓 사랑만 한다면야 빨갱이면 어떻구 노랭이면 어때요? 그러나 문성환은 내 원수거든. 그 원수를 나한테 베풀어준 사람은 당신 아니요?"(264)라며 원망한다. 난우 역시 자신의 뜻과는 상관없이 애인 석구와 헤어지고 동창 상철에게 협박당하면서 폭력에 희생되어야 했다. 석구는 6·25 전쟁 때 열렬한 공산당원이 되어 당의 여자와 떠나 버렸는데, 난우는 공산당이라는 죄명으로 협박하고 총을 겨누는 상철에게 강간당한다. 송우와 난우 자매에게는 일제 시대 경부를 지내고 민중에게 피살된 아버지의 혈통, 곧 "반역의 피"라는 표지뿐만 아니라 "빨갱이"라는 표지까지 붙여졌다. 송우는 열렬한 공산주의자인 남편(그녀를 폭행한 자)에게서 도망을 쳤으나 여전히 그녀는 빨갱이의 아내이며, 난우는 공산주의자가 된 애인이 버리고 떠났으나 빨갱이 애인이라는 협박을 받으며 폭행을 당하였던 것이다.

〈내 마음은 호수〉의 폭력 희생자 송병림도 "빨갱이"라는 표지가 붙여진 희생자이다. 〈내 마음은 호수〉의 송병림에 대해 박경리는 "인간적인 약점과 모순을 지니지 않는 미남은 네모난 평면"으로 그려져 강하게 부각되지 못하였다면서 아쉬움을 표하였다. 이러한 "실수의 원인은 작가 자신의 욕심이 과잉된 데서 오는 객관성의 결여와 지나치게 이상화하려는 데 있었다"[16]고 보았다. 이처럼 작가도 의식하고 있듯이 송병림은 완벽한 인간이다. 명희의 집요한 유혹에도 흔들리거나 실수를 범하거나 하지 않을 뿐만 아니라 명희를 곤란에 빠뜨리지도 않는 지혜로운 청년이다. 지적이면서 인간적인 면모와 수려한 외

---

16 박경리, 〈무거운 여운－〈내 마음은 호수〉를 끝내고〉, 《조선일보》 1961. 1. 6.

모까지 두루 갖춘 완벽한 인물이다. 하지만 그는 '빨갱이' 혹은 '괴뢰'
로 몰려 고문을 당한다.

> "… 그러나 마지막으로 공식을 하나 알려주지. 빨갱이의 거물인 그
> 대의 형과 Y를 이어줄 사람은 누구겠나? 그대는 그 거물의 동생이요,
> Y의 애제자란 말이야. 그리고, 그 형과 Y는 빨갱이, 그렇다면 문제는
> 자명하지 않을까?"[17]

사실 송병림은 공산주의자, 소위 '빨갱이'가 아니었음에도 불구하
고 북한으로 간 공산주의자의 형제라는 이유로 그를 '빨갱이'로 몰아
가고 있다. 이것 역시 '나쁜 피'의 강요에 해당된다. 송병림은 자신도
Y교수도 공산주의자 아님을 끝까지 주장하고 고문에 굴복하지 않음
으로써 위기를 모면한다.

한편 〈노을진 들녘〉에서 폭력 희생자인 주실에게 붙여지는 표지
를 발견하는 것은 쉽지 않다. '비상 먹고 죽은 자식', '반역자의 피',
'빨갱이' 등과 같이 폭력에 희생되는 이유라고 한다면 할 수 있는 그
무엇이 뚜렷하게 나타나 있지 않기 때문이다. 주실은 그저 순진무구
한, 비판적으로 본다면 너무 무지한 소녀일 뿐이다. 주실은 "송화리
과수원 밖의 세계를 구경한 일이 없다. 그의 친구는 거반이 동물이
요, 산과 들과 물이 그가 사는 세계였다." 성삼에게 처음으로 겁탈을
당한 후에도 주실은 굴욕이나 분노를 느끼지 않으며 여전히 산과 들
을 뛰어다니고 물을 헤엄쳐 다닌다. 영재에게 겁탈을 당한 후 임신을
하게 되자 할아버지께 야단맞을 것만을 걱정하여 사촌오빠 영재가 시
킨 대로 그 일에 대해 말하지 않는다. 영재는 그 일이 있은 후 곧바로

서울로 돌아가며 연락을 하지 않는데, 이때에도 주실은 영재를 원망하거나 굴욕을 느끼거나 하지 않으며 발설하지 말아야 한다는 영재의 말을 지키려고 애를 쓴다. 자신을 범하려는 성삼에게 임신한 상태에서 "또 애기를 배면 어떡해"라고 말할 정도로 주실은, 국민학교를 겨우 졸업했을 뿐 다른 교육은 일체 받은 일이 없는 무지한 인물이다.

이러한 주실이 주변 사람들로부터 촉망받는 지적인 젊은이, 그것도 사촌오빠인 영재로부터 폭력을 당하게 된 원인 중 하나는 '진홍빛' 색채 이미지로부터 촉발된다.

> 진홍빛 수영복이 눈앞에 뱅뱅 돌고 있었다. 무르익은 사과 같은 것, 강렬한 향취. 영재는 그 진홍빛 수영복을 찢어버리고 싶은 충동을 느꼈다. 그 진홍빛 수영복이 아니더면 현기증을 느끼지 않았으리라는 생각이 희미해진 이성 속에 일어났다.[18]

주실이 입은 진홍빛 수영복은 영재가 선물한 것인데, 그것을 입고 물놀이를 하는 주실을 보다가 영재는 자신도 모르게 충동을 느끼게 된다. 주목할 만한 것은 〈노을진 들녘〉에서 영재가 주실을 범하기 직전까지 진홍빛이나 핏빛, 혹은 빨간색(닭의 벼슬이나 맨드라미 꽃, 빨간 벽돌의 집, 빨간 채송화, 빨간 낚시찌), 황혼 등이 빈번하게 나타나고 있으며 겁탈 이후에는 이와 같은 붉은색의 묘사가 현격하게 줄어든다는 것이다. 물론 황혼과 붉은색은 계속 등장하며 이 작품의 마지막 장면을 장식하기도 한다.[19] 주실을 범한 이후 영재는 '붉은 색채의 환상'에

---

18 〈노을진 들녘〉, 30쪽.

19 마지막 장면은 붉은 저녁노을이 가득한 송화리의 들녘이다. 저녁노을을 보면서 영재의 친구 동섭이는(주실에게 글을 가르치며 호감을 갖게 됨) 주실에게 "참 고운 놀이다."라고 말을 하며 걸음을 멈추게 한다. 그 가까이에는 영재의 묘 앞에서 슬픔에 빠져 있는 수명(영재가 진심으로 사랑했던 여인)이 있었기 때문이다.

시달리는데, 일혜가 신은 '빨간 샌들'조차도 그를 충동하는 등 "빨간 색채는 영재의 광포한 피를 흔들어놓았"(58)다. 그렇다면 주실이 폭행의 희생을 당할 수밖에 없었던 표지는 '진홍빛'이었다고 할 수도 있을 것이다.[20]

　　이상으로 살펴본 바와 같이 〈김약국의 딸들〉·〈재귀열〉·〈내마음은 호수〉·〈노을진 들녘〉에서 서술자는 폭력에 희생당하는 인물들의 무고함과 순진무구함을 반복해서 강조한다. 그러나 희생자들은 자신에게 죄가 없다는 점을 호소하지도 않으며, 강하게 저항하지도 못한다. 〈김약국의 딸들〉의 김약국과 〈재귀열〉의 난우는 오히려 나쁜 혈통을 이어받았기 때문에 희생을 감수할 수밖에 없다는 체념을 보이기도 한다. 〈내마음은 호수〉의 송병림과 〈노을진 들녘〉의 주실은 폭력적 상황에서 공포에 휩싸여 자기 변론을 할 여력조차 없다. 이 희생자들이 자력으로 난관을 극복하지 못하고 있는 가운데, 비극적 운명의 나락으로 떨어지지 않게 하는 것은 조력자들의 등장이다. 〈김약국의 딸들〉에서 둘째 딸 용빈을 돕는 사상가 강극, 〈재귀열〉에서 난우를 돕는 의사 하영민, 〈내마음은 호수〉에서 송병림을 돕는 시인 강준, 〈노을진 들녘〉에서 주실을 돕는 의사 동섭 등은 작품 내에서 크게 부각되고 있지 않으나 조력자로서 결정적인 역할을 한다.

---

[20] 빨간색 계열 중 하나인 주홍색(주황보다는 노란색이 덜 섞인 색)에 대하여 괴테가 내린 평가는 의미심장하다. "주홍색은 믿을 수 없을 정도로 마음을 동요시킨다. 그리고 상당한 정도로 상승된 이 색은 어둠을 내포하고 있다. 주홍색 천은 동물들을 불안하게 만들고 화나게 한다." 요한 볼프강 폰 괴테, 장희창 옮김, 《색채론》, 민음사, 2003, 776쪽. 번역자 장희창에 의하면, 괴테는 그의 작품을 무대에 올릴 때에 전쟁과 파괴의 악마가 등장하는 장면에서 주홍색 유리로 램프를 가리는 방식으로 연출하도록 공연 지침을 내리기도 했다고 한다.

강요된 원죄의식의 그림자

김성수(김약국)와 그 딸들의 불행은 성수의 어머니인 숙정의 비극적인 죽음에서 비롯된다. 숙정은 사주가 나쁘다고 하여 파혼당한 후 봉룡의 재취가 되어 성수를 낳았다. 그러나 숙정의 파혼자인 욱은 숙정을 잊지 못하여 결혼 첫날밤 신부를 내버려두고 뛰쳐나와 숙정을 찾아오는데, 봉룡은 욱을 보자 숙정을 의심하여 매질부터 한다. 도망치는 욱을 좇아 봉룡이 칼을 들고 숲속으로 들어갔을 때 숙정은 비상을 먹고 자살한다. 숲에서 돌아온 봉룡이 "피 묻은 칼을" 던져 놓고 잠이 들었다고 하였으니 정황상 욱을 죽였을 것이라고 짐작할 수는 있으나, 그 죽음에 대한 더 이상의 언급은 없다. 그가 죽었는지 도망쳤는지는 확실하지 않으며, 봉룡은 그 일 때문이 아니라 숙정이 죽었기 때문에 도망쳐야 했다. 숙정의 친정에서 문제를 삼을 것을 염려하여 봉룡의 형 봉제가 노자를 챙겨 봉룡을 도망치게 한다.

이후 성수는 백부 봉제의 손에서 아들처럼 길러지는데, 백모 송씨는 그런 봉제를 못마땅하게 여긴다. 송씨는 숙정의 처참한 임종을 잊어버릴 수가 없었기 때문에 숙정과 닮은 성수에게 두려움을 느끼기도 한다. 송씨가 성수가 있는 곳에서 "비상묵고 죽은 자식은 지리지(번식하지) 않는다는데"라는 말을 되풀이 하는 것은 그 두려움을 표현하는 방법 중 하나이기도 했다. 이때에도 봉룡의 살인이 아니라 숙정의 자살을 문제 삼고 있는 것으로 보아 봉룡이 살인을 저지르지 않았던 것으로 볼 수도 있겠으나, 그 문제는 차치하고 타인의 살해 유무보다 자살을 죄악시하고 자살한 자에 대한 공포를 드러내는 사회적 담론의 이면을 생각할 필요가 있을 것이다. 자살은 '자유죽음'[21]이라고 명명하

---

21 장 아메리, 김희상 옮김, 《자유죽음》, 산책자, 2010 참조.

는 경우가 있을 정도로 자유에 대한 논란의 범주 안에 있는 것이기도 하기 때문이다.

타인을 죽음에 이르게 하는 것은 분명 범죄이며 제도적으로 처벌을 받게 되어 있으나 자살의 경우는 다르다. 자살은 살해 당사자가 죽는 것이므로 처벌할 방법이 없으며 제도적으로 자살자에 대한 단죄는 불가능하다. 기껏해야 그 행위를 방조하거나 독려한 자에 대한 처벌을 할 수 있을 뿐이다. 〈김약국의 딸들〉에서 자살자 숙정의 아들이기 때문에 성수는 귀신이 붙었다는 저주 속에서, 자손을 번식시키지 못할 것이라는 신탁 아닌 신탁 속에서 살아야만 했다. 자살자에 대해 단죄하려는 '사회의 힘'은 무고한 성수에게까지 연대連帶하여 죄값을 요구하고 있다. 어머니의 자살과 그 죄값에 대해 익히 들어온 성수는 기우는 가세家勢에 대하여 "인력으로 못하"는 것이라고 말하며[22] 이에 수궁한다. 성수 역시 '자살은 범죄 행위'라는 지배담론의 사회에서 살아온 구성원이기 때문이다. 하지만, 김약국과 한실댁, 첫째 아들 용환과 넷째 딸 용옥이 죽고, 셋째 딸 용란은 광녀가 되었으나 희망의 여지가 없는 것은 아니다. 경제력이 뛰어난 용숙이 용란을 맡아 보살피기로 하고, 지혜로운 용빈은 사상가 강극을 통해 마음의 상처를 극복하며 용혜(김약국과 가장 닮은 막내)를 데리고 서울로 떠난다.

한편 〈내 마음은 호수〉에서 송병림에게 강요되고 있는 죄목은 '빨갱이' 혹은 '괴뢰'이다. 그는 형의 영향으로 의용군에 나간 전력이 있다. 일본에서 유학한 형은 코뮤니스트가 되어 이북으로 넘어간다. 하지만 송병림은 의용군에서 이탈해 나와 동굴에 숨었다가 유엔군이었던 강준의 군복을 얻어 입고 남한으로 오게 된다. 월남 후 그가 고문

---

[22] 성수는 빚을 내어 '모구리(잠수업)' 어장을 시작하였다가 선원들이 풍랑을 만나 떼죽음을 당하는 사고를 당한다. 이후에는 흉어를 만나 어장 운영이 어려워지는데, 어장 운영을 중단해야 한다는 기두의 조언에도 성수는 "인력으로 못하네. 그냥 계속해서 하게"(333)라고 말한다.

을 당하는 이유는 잠시 의용군에 가담했다는 사실 때문이 아니라, 그의 형이 공산주의자이기 때문이다. 공산주의 사상을 갖는다는 것은 남한에서 사상범이 된다는 것을 의미한다. 그런데 남한에 살지도 않는 형이 공산주의자라는 이유로 그 동생이 죄인으로 몰리고 있다. 송병림은 이러한 상황에 대하여 "어머니, 형님의 마음의 고향은 이북이었고 아버지의 고향은 이남이었습니다. 그분들은 밤낮 싸웠죠. (중략) 어머니하구 저는 왜 싸움을 하는가 싶어 늘 마음이 아팠습니다."(314) 라며 억울함을 호소하기도 한다.

> "형은 공산주의자였습니다."
>
> 병림은 다소 마음을 놓았다. 형의 성분까지 알고 있는 것으로 보아 이미 충분한 뒷조사가 되어 있음이 분명하다. 그러나 의용군에 나간 일에 대하여 말이 없으니 그 비밀은 보존된 모양이라 생각한 때문이다.
>
> (중략)
>
> 그의 공식은 병림에게 명확한 암시를 주었다. 간단히 말해서 병림은 괴뢰의 강요를 당하고 있는 것이다. Y씨를 몰아넣는 데 쓰이는 괴뢰이다.[23]

이승만 정부가 그의 반대파인 Y교수를 제거하기 위하여 반공 이데올로기를 정치적으로 악용하고 있음을 송병림이 깨닫는 장면이다. 여기서 꼭두각시를 뜻하는 '괴뢰'란 북한을 악의적으로 지칭하는 용어이다.[24] 1950년대 반공주의는 북한이 정식 국가가 아님은 물론 주체성이

---

[23] 〈내 마음은 호수〉, 312~313쪽.

[24] 식민지 시대 일본이 "제국주의적 야망을 실현시키는 과정에서" 만주국을 "괴뢰국가"로 명명했던 것처럼 이승만 시대의 반공주의도 다분히 정치적인 의도로 북한을 괴뢰로 지칭했다고 볼 수 있다. 윤휘탁, 〈'괴뢰'라는 비난에 가려졌던 '국가' 효과〉, 《역사비평》 통권 48호, 역사비평사, 1998. 8, 403쪽.

없는 괴뢰라며 '북한괴뢰'로 부르도록 했다.[25] 당시 "이승만 체제의 반공은 '공산주의=야만=반민족'이라는 등식에 의해 내셔널리즘과 결합했다."[26] 이승만 정권은 정치적 생명을 이어나가기 위해 반이승만 세력을 억압하는 데에 반공 이데올로기를 명분으로 내세웠던 것이다.[27] 한국전쟁이라는 직접적 체험은 이러한 반공이 정당성을 지닐 수 있는 원천을 제공하였다. 전쟁의 경험은 계급별, 정치집단별, 개인별로 상이한 것이었지만 전쟁의 참혹함은 남북한 양자에 대한 객관적인 이해보다는 상대방에 대한 적개심을 유발하게끔 하였다. 또한 "반국가적 요소의 완전소탕과 대공사찰"이 진행되는 과정에서 민중들이 느낀 이념에 대한 공포와 피해의식은 반공에 대한 수동적인 동의를 이끌어냈다.[28] 반공 이데올로기가 현실의 모순을 은폐하고 그 지배 구조를 정당화하는 데에 결정적인 역할을 수행하였다는 데에는 의문의 여지가 없을 것이다. 좌익이라면 그 가족, 친지까지 무조건 끌려가 고문당하고, '빨갱이 협조자' '앞잡이'라는 누명을 쓰고 학살당하였다.[29]

〈내 마음은 호수〉에서 송병림 역시 북한에 있는 공산주의자 형 때문에 그 사회의 '권력자'의 정치적 목적에 의해서 북한에 대한 '동조자', '협조자' 혹은 '빨갱이'로 누명을 쓰고 위험에 빠질 처지에 놓인 것이다. 박경리는 6·25 전쟁이 '이념전쟁'이었다고 전제하면서 그 이념으로 인해 북한이나 남한에서 '자유'가 제한당하고 있는 현실의 문

---

25 임대식, 〈1960년대 초반 지식인들의 현실인식〉, 역사비평 통권 65호, 역사비평사, 2003. 11, 305쪽.

26 남원진, 〈반공(反共)의 국민화, 반반공(反反共)의 회로〉, 《국제어문》 제40집, 국제어문학회, 2007. 8, 323쪽.

27 유재일, 〈한국전쟁과 반공이데올로기의 정착〉, 《역사비평》 통권 18호, 역사비평사, 1992. 2, 145~146쪽.

28 최장집, 〈해방 40년의 국가·계급구조·정치변화에 대한 서설〉, 《한국현대사 I 》, 열음사, 1985, 37~40쪽 참조.

29 한지수, 〈반공이데올로기와 정치폭력〉, 《실천문학》 통권 15호, 실천문학사, 1989. 9, 109~111쪽.

제를 피력한 일이 있다.[30] 사실, 공산주의는 사상의 자유를 허락하는 국가에서는 '죄' 혹은 '적敵'의 개념과 무관하게 논의되는 사상이다. 하지만 남한에서 그것은 생명을 위협하여도 굴복할 수밖에 없는 죄목이 되고 있다. 이렇듯 "빨갱이는 죄인"이라는 지배담론의 사회에서 송병림은 사상의 자유를 주장하기 전에 의용군이었던 전력을 숨기고 싶어 하며 자신은 공산주의가 아니라 사회주의를 이상적으로 생각하고 있다고 말하기도 한다.[31] 송병림은 끝까지 결백을 주장하고 주위 사람들의 도움을 받아 위험에서 벗어난다. 그리고 진수와의 사랑을 이루면서 희망적인 미래를 기대한다.

6·25전쟁이 '이념전쟁'이기도 했기에, 그 이념과는 무관한 사람들에게 6·25는 더욱 혼란스럽고 납득하기 힘든 전쟁이었다. 〈재귀열〉에서 난우는 공산주의자가 된 애인에 의해 자신의 아버지는 '반역자'였다는 것을 각인하게 된다.[32] 그리고 애인이 떠난 후에는 애인이 공산주의자였다는 이유로 협박을 당한다. "괴뢰군이 남침"하였을 때에는 일제 시대 경부警部를 지낸 아버지가 "민중에게 타살 된" 사건을 떠올리지 않을 수 없었으며, 국군이 들어왔을 때에는 "공산당이라는

---

[30] "육이오는 두말할 것도 없이, 그 이면의 경위야 어찌 되었든 이념의 전쟁이었던 것만은 부인할 사람이 없을 것입니다. (중략) 그네들은 선체주의로써 이쪽은 개인주의로써 공방하는 중, 그네들은 전체주의 정치이념을 위해 개인의 봉사를 강요할 것이요, 이쪽은 이쪽대로 자유주의를 고수하기 위한 무장의 방법으로 제한된 자유는 필연적인 것으로 될 것입니다. (중략) 이 제한된 자유가 일상생활을 얼마만큼 잠식해 들어가고 있는가 그것은 논의 밖으로 하고, 작가에게서 창작 행위에 얼마 만한 영향을 미치고 있는가, (중략) 이적 행위라는 것으로 못을 박아 진실에 대한 소극적인 표현을 할 수밖에 없는 것도 자유주의 이념 밑에 사는 작가에겐 크나큰 고통이 아닐 수 없을 것입니다." 박경리, 《Q씨에게》, 솔출판사, 1993, 70~71쪽.

[31] "날보구 빨갱이라구? 천만에, 나에게는 꿈과 낭만이 있어. 공산주의 사회에 있어서는 조직이, 자본주의 사회에 있어서는 금력이 인간을 기계화하고 있지만 인간은 결코 기계가 될 순 없다. 쌍방이 다 나의 꿈을 비웃을 거야. 그러나 인간은 꿈을 버리구 살 순 없어. 비록 유토피언 소셜리스트(공상적 사회주의자)이며 그의 이상을 위한 싸움에서 패배했을지라두 영국의 로버트 오웬을 나는 존경한다." 〈내 마음은 호수〉, 211쪽.

[32] "난 정치는 몰라요. 그리고 반역자인 우리 아버지도 전 모르겠어요. 다만 그는 나의 아버지였을 뿐이고 당신은 나의 남편이 될 사람이라는 것, 그것 이외 내가 무엇을 생각할 수 있겠어요?" 〈재귀열〉, 242쪽.

죄명”으로 협박과 강간을 당하였던 것이다. 난우를 통해 〈재귀열〉에
서는 지배하는 이념에 따라 죄목이 달라지고 있음이 확연하게 드러난
다. 그리고 추궁하고 있는 그 ‘죄’라는 것이 난우 자신이 저지른 것이
아님에도 불구하고 죄값을 치르게 되는 상황 때문에 “신으로부터 저
주를 받은 모양”(305)이라고 자조 섞인 말을 하기도 한다. 그러나 “어
느 누가 저를 강제로 지배한단 말”이냐면서 삶의 의지를 굽히지 않는
다. 난우가 덧씌워진 죄인의 굴레를 벗어나려는 강한 의지를 보일 수
있었던 것은 그녀를 믿어주고 희생적으로 도와주는 외과전문의 하영
민이 있었기 때문이다. 결국 난우를 죽음의 위협에 빠뜨렸던 상철은
죽음의 종말을 맞으며 난우와 영민은 사랑의 결실을 이루게 된다.

〈김약국의 딸들〉, 〈내 마음은 호수〉, 〈재귀열〉의 경우는 희생자
가 폭력적 상황에 처하게 된 근원을 의식하는 것으로 강요된 원죄의
식을 드러내고 있다면, 〈노을진 들녘〉의 경우는 죄를 범한 자가 희
생자의 피해를 목격하면서 자신의 죄를 인정함으로써 죄의 연대, 원
죄의 대물림을 깨닫게 되는 과정을 보여 준다. 송노인은 서울 토박이
로 대학 농과를 졸업한 후 송화리에 내려온다. 그곳에서 과수원을 만
들고 자기만의 세계를 만든다. 강 저쪽 멀리 마을이 있고, “강 이쪽은
모두 송정주 노인이 경영하는 송화리 과수원의 영역에 속한다. 완전
히 격리된 하나의 별천지였다.”(15) 이렇게 자기만의 별천지를 만들고
주실을 그곳에서만 자라게 했다. 국민학교를 졸업시킨 후에는 제도권
교육을 시키지 않아 주실은 마치 자연 생물처럼 자랐다.

‘한 마리의 눈 먼 송아지……’
송노인은 주실을 눈먼 송아지라 생각했다.
‘내가, 내가 그 눈을 막았구나! 불쌍한 것! 발바닥에 피도 안 마

른 그것을 늑대 같은 그놈에게 주었으니, 세상에 둘도 없는 그것 하나를……'

송노인의 눈에서 눈물이 두 줄기 흘렀다.

'명만 길라고, 오래오래 살기만 하라고 짐승처럼, 수목처럼 자라라고 아아……'

송노인은 흐느낀다. 아들과 딸, 며느리를 동시에 잃은 그의 슬픔이, 결국 그릇된 집착이 되어 오늘의 비극을 낳게 한 회한이 그의 가슴을 찢은 것이었다.

(중략)

'누구의 죄냐! 다 이 할아버지의 죄로구나!'[33]

송노인이 깨닫게 되는 자신의 죄는 '그것이 죄인가'라는 의문이 들기도 하는 것이다. 주실에게 교육을 시키지 않고 자신이 만든 '별천지' 밖으로 나가지 못하게 하였다는 것은 사회화를 거부한 것이며, 그것은 제도권에 대한 부정이라고 할 수도 있다. 공산주의자가 되거나 자살을 하는 것보다는 미약한 것이기는 해도 교육을 부정하는 것은 엄연히 지배딤론에 대한 거부에 속한다. 할아버지가 지배담론을 서부한 대가로 손녀 주실은 남성들의 폭력 희생자가 되어야 했다. 송노인은 스스로 자신의 죄를 인정하고 목숨을 끊는다. 그렇게 함으로써 주실은 그 폭력적 상황에서 벗어날 수 있게 된다. 송노인이 죽은 후 주실은 범죄의 상징이라고 할 수 있는 근친상간으로 생긴 아이를 사산하게 되며, 송화리를 벗어나게 된다. 서울로 탈출한 주실은 아름다운 숙녀로 변모하게 되고, 동섭을 통해 교육을 받는다. 주실을 보호하기 위해 영재는 성삼을 껴안고 낭떠러지로 떨어져 죽음을 맞으며 동섭이

<hr>

33 〈노을진 들녘〉, 233~235쪽.

주실 곁을 지키게 된다. 사회적 금기를 깨뜨린 죄인들, 영재와 성삼까지 죽음으로써 죄값은 죄를 범한 자를 통해 모두 치러졌으며 무고한 주실은 죄의 굴레에서 벗어나게 된다.

무고한 폭력 희생자의 실낱같은 희망

박경리의 작품에서 폭력의 양상을 발견하는 것은 어렵지 않다. 〈전도剪刀〉(단편)에는 여주인공이 충동적인 폭력으로 인한 돌발적인 살인에 희생되고, 〈표류도〉(장편)에는 위기해 처한 여주인공이 자기방어적 행동으로 상대에게 폭력을 가하여 살해를 하기도 한다. 또한 〈군식구〉(단편)와 〈평면도〉(단편)에는 동물을 폭력 살해하는 인물이 등장하며, 〈우화〉(단편)에는 집단이 한 개인을 폭력 살해하는 사건이 벌어지기도 한다.[34] 박경리의 작품에 자주 등장하는 가족은 아버지 혹은 아들이 부재하는 경우가 많은데, 이것은 전쟁과 같은 "강력한 외부적 폭력에 의해서 파생된 가족 구성"[35]이기도 하다.

이 글에서 살펴본 네 작품은 폭력적 현상이 다양하게 나타나 있는 박경리의 작품 중에서 무고한 폭력 희생자에게 원죄의식을 강요하는 특징을 보이는 작품들이다. 부모나 형제, 조부모 등 가족이 죄인으로 낙인찍히고 이로 인해 주인공들은 폭력의 희생자가 되고 있으며, 이들은 자신의 무고함과는 상관없이 죄의식에 시달리기도 한다. 이처럼 희생자에게 원죄의식을 강요하는 것은 그가 속한 사회에서 권력을 가

---

[34] 작품 속 소설가가 쓴 소설의 사건이다.

[35] 이금란, 〈가족 서사로 본 박경리 소설 연구—초기 단편을 중심으로〉, 《현대소설연구》 19집, 한국현대소설학회, 2003, 318쪽.

지고 있는 자의 지배담론이다.[36] 〈김약국의 딸들〉, 〈내 마음은 호수〉, 〈재귀열〉, 〈노을진 들녘〉에서 희생자를 만드는 지배담론은 '자살은 죄악이다', '공산주의자는 빨갱이 죄인이다', '사회적 교육을 거부하는 것은 죄악이다' 등으로 요약될 수 있다. 이 지배담론은 사회의 기득권자가 그 사회를 유지하는 데에 필요한 담론으로 급격한 권력 재편에 의한 사회적 변동이 일어나지 않는 한 지속될 수밖에 없기 때문에 이것을 위반한 자에 대한 낙인은 가족과 자손에게까지 이어지게 된다. 이러한 상황은 개개인의 나약한 힘으로는 극복할 수 없는 것이다. 거대한 힘이 무고하고 순진한 개인을 죄인으로 만들며 그가 이루어 온 삶의 질과는 상관없이 그 사회의 패배자가 되게 하므로 비극적인 운명론에 빠지게 한다.

하지만 그 거대한 폭력, 다시 말해 '나쁜 혈통'이라는 피해의식이나 원죄의식 또한 인간에 의해 만들어진 것이므로 의식의 개혁으로써 그 비극적 운명을 타개해 나갈 수 있다. 네 작품에 등장하는 조력자들의 역할은 바로 그 의식의 개혁을 이끄는 것이었다. 안타까운 것은 이 네 작품에서 조력자들의 비중은 상당히 약한 반면, 폭력 희생자의 비극적 상황이 상대적으로 큰 비중을 차지하고 있다는 점이나. 때문에 작가의식 또한 비극적 상황에 대한 피해의식 쪽으로 기울어져 있는 것처럼 보이게 한다는 것이다.

박경리는 전쟁미망인인데, 그의 남편은 6·25 전쟁 중에 좌익 활

---

[36] 폭력 희생자의 논의에서 문명과 종교의 기원을 '희생양' 혹은 '속죄양' 기제로 설명한 르네 지라르의 '희생양'의 의미를 언급하지 않을 수 없을 것이다. 지라르가 말하는 '희생양'이란 "한 사람에게로 보편적인 증오가 집중된 바로 그 죄 없는 한 사람"을 뜻한다.(김현, 《르네 지라르 혹은 폭력의 구조》, 나남, 1987, 73쪽) 성서에서 예수는 군중의 요구로 희생양이 된다. 당시 권력자는 빌라도였지만 "군중은 그보다 위에" 있었으며, "빌라도를 압도하면서 제도도 밀쳐내고서" 예수를 죄인으로 처단하는 데에 합세한다. 이 지점은 박경리의 작품에 나타난 희생자의 성격과 대비되어 그것을 규명하는 데에 중요한 단서를 제공한다. 박경리 소설의 '희생자'는 군중이 아니라 '빌라도'의 위치에 있는 '권력'에 의해 죄인으로 몰리고 있으며, 군중도 희생자와 함께 공포를 느끼고 희생자를 돕기도 한다.(르네 지라르, 김진식 옮김, 《희생양》, 민음사, 1998, 183~185쪽 참조)

동 혐의로 투옥되었다가 죽고 말았다. 그 후 박경리의 가족들은 '빨갱이 가족'이라는 표지가 붙어 온갖 곤욕을 치러야 했다.[37] 〈토지〉 연재를 끝낸 후 인터뷰를 통해 조금씩 말하였으며 시 작품에 조금 남겼다. 그 시는 박경리가 눈을 감은 후 유고 시집을 통해 알려졌다. 그는 남편의 사후로부터 50여 년이 지난 후에야 남편의 이력 때문에 늘 불안에 떨어야 했고, 딸이 연좌제에 걸려 미국에 가지 못했을 때에는 절망적이었다고 고백을 한다.

> "후손들에게 죄를 묻는 건 옳지 않은 일입니다. 연좌제죠. 딸이 미국 가려고 할 때도 연좌제 때문에 못 갔어요. 그때 내가 참 많이 울었어요. (중략) 옛날엔 살인 죄인의 아들이라고 해서 핍박을 받았잖아요. 〈토지〉에도 나오지만, 그게 인간의 기본권 침해예요. 아버지의 것과 아들의 것은 전혀 다르거든요."[38]

남편을 죄인으로 만든 이념으로부터 자유롭지 못했던 작가는 죄의 의미와 죄에 대한 연대책임에 대해 깊이 생각하지 않을 수 없었을 것이다. 때문에 김약국, 송병림, 난우, 주실과 같이 폭력에 희생되는 무고한 인물들을 통해 '원죄'를 물어 폭력을 가하는 사회의 부당함을 드러내려 했던 것으로 보인다.

---

[37] "… 국군의 입성은/ 또 한 번 세상을 바꾸어 놓고 말았다/ 빨갱이는 씨를 말려야 한다는/ 구호가 충천했고/ 사람들은 눈에 핏발을 세우며/ 부역자들을 잡아서 국군에게 넘겼다/ 무리 중에 가장 과격하고 앞장선 사람은/ 반장네 식구들이었다/ 우리 사정은 그들과 반대였다/ 직장으로 내려간 남편은/ 좌익이라 하여 인천서 체포되었고/ 빨갱이 가족인 우리가/ 무사하지 못할 것은/ 불을 보듯 뻔한 일이었다/ 집은 적산으로 지목되어/ 가재도구 일체를 봉인했고/ 국군이 총대를 디밀고/ 집을 비우라 했다 …." 박경리, 〈어머니의 사는 법〉, 《유고시집 ; 버리고 갈 것만 남아서 참 홀가분하다》, 마로니에북스, 2008, 67~68쪽. 하지만 박경리는 이러한 남편과 관련된 일에 대하여 작품 활동을 하는 40여 년 동안 한 번도 언급한 일이 없다.

[38] 황호택, 〈황호택 기자가 만난 사람 : 국민문학 《토지》의 작가 박경리〉, 《신동아》 통권 544호, 2005. 1. 1.

박경리는 투르게네프의 장편소설 〈처녀지〉를 논하면서 현실주의자 솔로민이 비록 이상주의자이자 로맨티스트로 화려하게 등장하였다가 자살로 극적인 삶을 마감하는 주인공 네지다노프 뒤에서 그림자처럼 슬며시 회색을 띤 아무런 특색도 없는 것처럼 존재하지만, 실상은 네지다노프가 솔로민을 위해 등장했던 것으로 보았다. 그리고 이것이야말로 작가의 "뛰어난 속임수"라고 하였다.[39] 작품 전면에 등장하여 화려하고 극적인 삶을 살면서 독자의 이목을 집중시키는 인물을 제시하고 그 이면에 눈에 띄지 않게 작가 자신이 지지하는 인물을 그려 넣고 있다는 것이다. 작품을 연구하면서 작가의 메시지를 읽어 내고자 한다면 박경리의 이러한 지적을 기억할 필요가 있다. 작품 전면에 나타난 인물이나 서사에만 집중해서는 작가의 내밀한 음성을 들을 수 없기 때문이다. 박경리는 다작의 작가이다. 그러나 박경리의 작품 세계는 몇몇의 작품을 대상으로 하여 단 몇 가지의 어구로 단정되기 일쑤다. 그의 많은 작품 속에 산재되어 있는, 내밀한 이면을 통해 드러내려고 했던 다양한 작가의 메시지를 읽어내어 그의 풍부한 작품 세계를 구축하는 작업은 오늘날의 연구자들의 몫으로 남아 있다.

---

[39] 박경리, 《Q씨에게》, 솔출판사, 1993, 162쪽.

| 참고문헌 |

박경리, 〈무거운 여운-〈내 마음은 호수〉를 끝내고〉, 《조선일보》 1961. 1. 6.
_____, 〈노을진 들녘〉, 지식산업사, 1979.
_____, 〈재귀열〉, 지식산업사, 1980.
_____, 〈내 마음은 호수〉, 지식산업사, 1982.
_____, 《Q씨에게》, 솔출판사, 1993.
_____, 《유고시집 ; 버리고 갈 것만 남아서 참 홀가분하다》, 마로니에북스, 2008.
박경리/강신재, 《김약국의 딸들/임진강의 민들레》, 한국현대문학전집 22, 삼성출
    판사, 1978.

김임구, 〈르네 지라르의 문화인류학과 문학비평의 가능성〉, 《괴테연구》 제13집,
    한국괴테학회, 2001, 381~382쪽.
김자성, 〈독일 문학작품에 구현된 카인-아벨의 소재 변용(1)〉, 《헤세연구》 제23
    집, 한국헤세학회, 2010. 6, 49쪽.
김치수, 〈비극의 미학과 개인의 한〉, 《조남현 편 박경리》, 서강대학교출판부,
    1996, 74~89쪽.
김현, 《르네 지라르 혹은 폭력의 구조》, 나남, 1987.
남원진, 〈반공(反共)의 국민화, 반반공(反反共)의 회로〉, 《국제어문》 제40집, 국
    제어문학회, 2007. 8, 323쪽.
르네 지라르, 김진식 옮김, 《희생양》, 민음사, 1998.
변광배, 〈사르트르-폭력 또는 글쓰기〉, 《외국문학연구》 제5호, 한국외국어대학

교 외국문학연구소, 1999. 2, 138쪽.

안남연, 〈박경리, 그 비극의 미학〉, 《여성문학 연구》 제4집. 한국여성문학학회, 2000, 204쪽.

요한 볼프강 폰 괴테, 장희창 옮김, 《색채론》, 민음사, 2003.

유재일, 〈한국 전쟁과 반공이데올로기의 정착〉, 《역사비평》 통권 18호, 역사비평사, 1992. 2, 145~146쪽.

윤지관, 〈한(恨)의 가치화와 소설의 공간–박경리론〉, 《민족현실과 문학비평》, 실천문학사, 1990, 95쪽.

윤휘탁, 〈'괴뢰'라는 비난에 가려졌던 '국가' 효과〉, 《역사비평》 통권 48호, 역사비평사, 1998. 8, 403쪽.

이금란, 〈가족 서사로 본 박경리 소설 연구–초기 단편을 중심으로〉, 《현대소설연구》 19집, 한국현대소설학회, 2003, 318쪽.

이덕화, 〈비극적 세계와 여성의 운명–《토지》 이전의 박경리론〉, 《페미니즘과 소설비평》, 한길사, 1997.

이상열, 〈일제 식민지 시대 하에서의 한국경찰사에 관한 역사적 고찰〉, 《한국행정사학지》 제20집, 한국행정사학회, 2007, 79~88쪽.

이상진, 〈탕녀의 운명과 저항 –박경리의 〈성녀와 마녀〉에 나타난 성 담론 수정 양상 읽기〉, 《여성문학연구》 17집, 여성문학학회, 2007, 290~320쪽.

이주향, 〈기독교 '죄' 개념에 대한 니체의 비판과 '죄' 사유의 긍정적 실천〉, 《니체연구》 제14집, 한국니체학회, 2008. 가을, 57쪽.

임대식, 〈1960년대 초반 지식인들의 현실인식〉, 역사비평 통권 65호, 역사비평사, 2003. 11, 305쪽.

장 아메리, 김희상 옮김, 《자유죽음》, 산책자, 2010.

최장집, 〈해방 40년의 국가·계급구조·정치변화에 대한 서설〉, 《한국현대사 Ⅰ》, 열음사, 1985, 37~40쪽.

한지수, 〈반공이데올로기와 정치폭력〉, 《실천문학》 통권 15호, 실천문학사, 1989. 9, 109~111쪽.

황호택, 〈황호택 기자가 만난 사람 : 국민문학 《토지》의 작가 박경리〉, 《신동아》 통권 544호. 2005. 1. 1.

7

《파국Catastrophe》에 나타난
폭력적인 이미지

방 찬 혁

베케트의 극에 나타난 폭력의 이미지

베케트의 극에서 지속적으로 나타는 이미지 중의 하나는 극중 인물들에게 가해지는 폭력의 이미지라고 할 수 있다. 모든 것이 불확실한 상황 속에서 고도와의 약속이라는 언어적인 폭력을 통해 기약 없는 기다림의 행위를 지속하게 만드는 것이 《고도를 기다리며Waiting for Godot》에서 볼 수 있는 언어적인 폭력의 이미지라면, 인물들의 신체를 구속함으로써 의미 있는 언어소통을 불가능하게 만드는 《행복한 날들Happy Days》에서는 인간 존재의 근본적인 두 가지 축이라 할 수 있는 언어와 신체를 억압하고 구속하는 신체적인 폭력의 이미지를 보여 주고 있다.[1] 그러나 베케트의 극은 대체로 이러한 폭력적인 이미지의 행위 주체가 누구인지 명확하게 규정하거나 제시하지 않는다. 결과적으로 베케트의 극은 폭력의 가해자나 피해자뿐만 아니라 결국 최후의 승리자가 누구인지 어느 것 하나 분명하게 보여 주지 않는다.

그럼에도 불구하고 《파국》에서 베케트가 구사하는 폭력의 이미지는 표면적으로만 보면 어느 정도 그 행위의 주체를 암시적으로 드러내는 측면이 있다. 이심이 여지없이 인간의 존엄성과 가치를 다룬 이 극은 정치적인 억압에 관한 것이라기보다 연극 공연에 가해지는 억압의 방식에 관한 것이다. 비록 구체적인 내용이 결여된 불확실한 약속으로 인해 더 이상의 기다림을 중단하고 목을 매어 죽으려 하는 인물들의 시도와 모든 상황을 해결해 줄 고도에 대한 희망으로 기다림을 지속케 만드는 필연적인 반복의 가능성 사이에서 고도의 약속이 피할 수 없는 절대적인 폭력성을 나타내는 기제가 된 것처럼, 이 극 또한 연출가가 행사하는 폭력을 그저 받아들이고 당할 수밖에 없는 무력한

---

[1] 베케트는 하벨과의 개인적인 교류가 없었을 뿐만 아니라, 이때까지 극을 헌정한 사례 또한 지인들 외에는 없었던 것으로 알려져 있다. (Libera 246)

주연배우의 초라한 모습을 통해 폭력의 메커니즘이 인간의 신체와 정신에 어떻게 작용하고 있는가를 보여 주고 있다.

그러면 폭력이란 무엇인가? 폭력이란 다른 사람에게 물리적인 힘으로 고통을 주어 제압하는 힘을 말한다. 폭력에 대해 메를로 퐁티Maurice Merleau-Ponty는 그의 저서 《휴머니즘과 폭력—공산주의 문제에 대한 에세이Humanisme et Terreur—Essai sur le probleme Communiste》에서 정치와 폭력의 문제를 성찰하면서 인간의 불가피한 현상, 즉 실존적 문제로 파악하였다. 인간은 "폭력 없는 순수"와 "폭력적 행위" 가운데 하나를 선택하는 것이 아니라 이미 존재하고 있는 여러 종류의 폭력 가운데 하나를 선택할 뿐이라며 메를로 퐁티는 물리적으로 강제되는 폭력뿐 아니라 대화와 설득을 통해 다른 사람을 자신의 의지에 따르게 하는 것까지 폭력으로 간주하였다.[2]

이런 점에서 볼 때, 이 극에서 연출가와 주연배우 간의 표면적인 역학 관계는 폭력을 가하는 가해자와 피해자로 구분된다. 그렇지만 보다 광범위한 인간의 존재 양태에 대해 베케트가 관심을 나타내 온 것을 고려해 보면 이 극에서 찾을 수 있는 폭력적인 이미지는 대략 두 가지 층위에서 작용하고 있다. 최종 예행연습을 통해 연출가는 자신의 생각에 따라 주연배우의 몸동작을 마음대로 바꾸고 있는데, 여기서 볼 수 있는 신체적인 억압이 폭력적인 이미지를 보여 주는 한 가지 방식이라면, 극중 인물들의 복장과 더불어 주연배우에게 집중되는 다양한 주체의 시선을 통한 폭력의 행사가 다른 한 가지 방식이라 할 수 있다. 인간의 몸을 상대로 하는 폭력이 신체에 대한 억압 이상의 의미가 있을까?

이 글은 《파국》에 나타난 폭력적인 이미지를 시각적인 이미지의

---

2 메를로 퐁티는 《휴머니즘과 폭력》(100–120)과 〈마키아벨리에 대한 노트〉(9–93)에서 폭력의 보편성에 대해 말하는데, 인간은 신체를 가지고 있기 때문에 폭력은 불가피하다는 것이다. 즉, 신체를 가지고 있는 주체는 위협받고 있다고 느낄 수밖에 없기 때문에 그 공포를 이제는 거꾸로 타자를 향해 투사한다. 그는 폭력이 보편적인 이상 어떠한 폭력인가를 문제 삼아야 한다고 주장한다.

대비와 응시gaze의 관점에서 살펴봄으로써 이러한 이미지가 베케트의 극 기제에서 어떤 역할을 수행하고 있는가를 분석하고자 한다. 또한 이 과정에서 폭력적인 이미지를 통해 베케트가 궁극적으로 성취하고자 하는 것이 무엇인가를 살펴보고자 한다.

폭력성과 시각적인 이미지

베케트의 작품 중에서 《파국》만큼이나 공동체의 집단적인 억압과 폭력성에 대한 개인의 저항을 전면에 부각시킨 것은 찾아보기 힘들어 보인다. 극 제목의 부제로 붙어 있는 '바클라브 하벨을 위하여For Vaclav Havel'에서 알 수 있는 것처럼, 국가 전복subverting the republic 모의 죄로 징역형을 선고받고 투옥 중(Knowlson 595-96)인 체코의 저명한 작가이자 하벨을 위해 베케트는 이 극을 헌정한 것으로 알려져 있다. 비록 사적인 교분을 나누고 있던 관계는 아니었지만, 투옥 중인 하벨을 위해 이 극을 헌정한 것은 표면적으로 인권 남용에 저항한 죄로 투옥된 하벨의 상황에 대한 베케트의 개인적인 저항 심리의 표현으로 보인다. 하지만 이와 같은 행위는 제2차 세계대전 중에 프랑스를 떠나 고국 아일랜드로 돌아가지 않고 위험한 레지스탕스 활동을 했던 그의 이력과 좌우파를 구분하지 않고 정치적인 양심수들에 대한 국가의 탄압에 대해 비난했던 베케트의 전력, 그리고 작품을 통해 사회나 국가와 같은 거대한 집단의 폭력으로 인한 개인의 희생에 대해 지속적으로 관심을 보여 왔던 그의 태도를 고려한다면 그리 놀랄 만한 일은 아니다.[3]

---

[3] 베케트가 생전에 정치와 무관하다는 점을 공공연히 밝혀 왔다는 점에서 현실 정치 상황에 대해 베케트가 직접적으로 관여했다는 사실은 분명치 않다. 그렇지만 "베케트는 명확하게 정치적인 주제로 글을 쓰지는 않았다. …… 그러나 그가 현실에서 유리되어 있는 사람은 아니다."(Sandarg 139 재인용)라는 쉬나이더Alan Schneider의 지적처럼 이 극을 쓸 당시 베케트는 하벨이 치한 상황을 알고 있었을 것으로 추정된다.

더욱이 《파국》은 비공식적인 전당대회(cacus) 참석을 예정하고 있는 연출가Director가 연극의 최종적인 예행연습을 통해 무대 위의 '주인공Protagonist'에게 여러 가지 방식의 폭력을 동원하는 억압적 모습이 그려지고 있다는 점에서 이 극은 마치 국가적 억압과 그에 저항하는 개인의 무력한 모습과 비견된다. 이런 시각에서 바라보면 이 극은 베케트의 정치극으로 파악할 수 있는 가능성을 제공한다. 지속적으로 비정치성을 강조한 베케트가 하벨의 헌정극을 쓴 창작 과정과 관련해 멜 구소Mel Cussow는 억압에 저항하는 개인에 대한 베케트의 지속적인 관심이 이 극에 내재해 있음을 다음과 같이 지적한 바 있다.

《파국》의 정치의식이 관객들에겐 의외로 여겨질지 모르지만, 베케트의 연극 세계에는 억압적인 권위자에 저항하는 개인주의에 대한 지속적인 관심이 내재되어 있다. 《고도를 기다리며》의 포조와 럭키, 《종말놀이Endgame》의 햄과 클로브는 단지 종속 관계가 가장 눈에 띄게 드러나는 예일 뿐이다. 《상실된 것들》에 제시된 베케트 특유의 공허한 공간 속에서도 차이에 바탕을 둔 사회적 관계, 의식 그리고 의무의 이행에 대한 촉구는 존재한다. 일차적으로 그는 정치적 극작가도 아니고 논객으로 자처한 적도 없지만, 작품 속에서는 그가 주변의 세계에서 일어나는 [사회정치적인] 사건들에 대한 의식을 하고 있었다는 것을 보여 준다. …… 열렬한 사회의식의 소유자인 극작가 존 아든은 베케트가 프랑스의 알제리 지배에 대해 침묵하고 있음을 비난한 적이 있다. 여기에 대해 [베케트를 충실히 따랐던 미국의 감독] [앨런] 쉬나이더는 그의 모든 연극이 비유적 차원에서 '알제리에 관련된 것'이라며 분개하여 응수하였다. 이 말에서 영감을 빌리자면, [《파국》뿐 아니라] 그 외의 베케트의 희곡들도 바클라브 하벨과 같은 이들에 관한 것이라고 볼 수 있다.(160)

　　정치와의 무관함을 누누이 강조한 그 자신의 주장에도 불구하고, 멜 구소에 따르면 억압적인 힘에 대한 무력한 개인의 저항에 관한 관심을 베케트는 글쓰기를 통해 변함없이 실천해 온 것이다. 프랑스의 알제리 지배에 대한 베케트의 침묵을 비난한 것에 대한 쉬나이더의 반응처럼, 어쩌면 그는 자신의 극을 통해 사회나 국가와 같은 집단적인 폭력성에 대해서는 적극적인 저항을 표현해 온 것이다.

　　대다수의 비평가들은 베케트의 문학을 여전히 일종의 이데올로기 비판ideology-critique의 관점에서 분석해야 할 의무감을 느끼는 것처럼 보이지만,[4] 정치극의 가능성[5]을 보여 주는 《파국》은 또한 개인을 상대로 가해지는 억압 방식, 이를테면 개인을 무력화시키고 저항할 수 없도록 만들기 위해 폭력을 행사하는 다양한 방식을 제시하고 있다. 베케트는 이미 여러 극을 통해서 여러 가지 형태의 폭력적 양상을 드러내 왔다. 예를 들어, 베케트는 《고도를 기다리며》에서 고도와의 약속이 희망과 절망 사이에서 어느 한쪽 방향으로 귀결되는 것을 방지하면서 극중 인물들로 하여금 계속해서 기다리게 만들기 위해 언어적

---

[4]　데이비드 와이즈버그David Weisberg의 *Chronicles of Disorder : Samuel Beckett and the Cultural Politics of the Novel*, New York : SUNY P, 2000에서 볼 수 있는 것처럼, 대다수의 비평가들은 유럽의 역사와 문학사의 관점에서 베케트의 작품을 읽음으로써 베케트의 문학 세계를 모더니스트의 자율성과 전후의 책임 사이의 공간 속에 자리 매김하려는 시도를 하는 경향이 있다. 마찬가지로 타이러스 밀러 Tyrus Miller 또한 "Dismantling Authenticity : Beckett, Adrono and the Post-War", *Textual Practice*, 8:1 (1994) : 43-57를 통해 아도르노와 유사한 방식으로 베케트의 문학을 이해하는 모습을 보여 준다. 물론 와이즈버그와 밀러는 모두 아일랜드인으로서의 베케트가 보여 주는 경험에 대한 사고방식re-thinking에는 관심을 기울이지 않는다.

[5]　그동안 사무엘 베케트의 극은 정치극의 관점에서 분석하는 것이 적합하지 않은 것으로 여겨져 왔다. 아도르노Theodor W. Adorno는 실제로 "Trying to Understand *Endgame*"에서 "정치적인 증인으로 베케트를 증인석에 세우는 것은 어리석은 짓이 될 것"이라고 지적한 바 있다. 레슬리 힐Leslie Hill 또한 베케트의 극을 정치적인 관점에서 바라보려는 시도에 반대하면서 "베케트에게 정치성이라는 것이 있다면 그것은 우리의 재현 능력을 초월하는 그 무엇, 즉 그의 삼부작 소설 중 한 편의 제목처럼 "이름 붙일 수 없는 것the unnamable"이라고 주장하면서 예술을 명명 가능한 역사와 정치 등에 종속시키는 행위가 글쓰기 자체를 단순한 모방의 행위로 전락시키는 위험성을 내포한다고 경고한다.(218) 또한 *Engagement and Indifference : Beckett and the Political*, Eds. Henry Sussman and Christopher Devenny, New York : SUNY P, 2001은 베케트의 정치성에 대한 글 읽기의 어려움을 잘 보여 주고 있다.

폭력을 활용했다면, 《무엇을 어디서What Where》에서는 극중 인물들에게 반드시 수행되어야 할 명령, 즉 '기다려라'를 대체하는 '대답하라'는 임무를 부과하면서 그 임무가 달성될 때까지의 지속적 노력을 강제(박지숙 9)하는 방식으로 폭력을 행사하고, 또한 《행복한 나날들》에서는 가끔씩 꺼내서 만지작거리는 리벌버 권총처럼 결코 사용하지는 않지만 잠재적인 폭력의 가능성을 제시하거나 관객들이 직접 볼 수는 없지만 위니Winnie가 윌리Willie의 머리에 유리병을 깨거나 파라솔 손잡이로 치는 행위와 같은 불안한 이미지를 통해 폭력적인 이미지를 드러내고 있다. 중요한 것은 베케트가 보여 준 폭력의 이미지가 피할 수 있거나 해결할 수 있는 것이 아니라는 점에서 거의 절대적인 폭력성을 띤다는 사실이다.

회피할 수 없는 절대적인 폭력이 가해지는데 반해, 이 극의 무대 장면과 스토리는 비교적 단순하다. 무대 위에서 연출가는 조연출이 준비한 주연 배우의 이미지를 자신의 생각대로 수정하는 장면으로 이루어져 있는데, 극 텍스트의 지문은 무대의 상황을 다음과 같이 기록하고 있다.

감독, 관객석에서 보기에 왼쪽 무대 위에 있는 안락의자에 앉아 있다. 모피코트와 그에 어울리는 차양 없는 모피 모자를 쓰고 있다. 나이와 체격은 중요치 않다.

조연출은 감독 옆에 서 있다. 하얀 작업복 차림에 머리엔 아무것도 쓰지 않았다. 귀에는 연필을 꽂고 있다. 나이와 체격은 중요치 않다.

주연배우는 무대 중앙에 있는 46센티미터 정도의 검은 단 위에 서 있다. 검은색의 챙이 넓은 모자에 발목까지 내려오는 검은 실내복을 입고 있다. 맨발에 머리를 수그린 채 양손을 주머니에 넣고 있다. 나이와 체격은 중요하지 않다.

Director(D) in an armchair downstairs audience left. Fur coat. Fur toque to match. Age and physique unimportant.

His female assistant(A) standing beside him. White overall. Bare head. Pencil on ear. Age and physique unimportant.

Protagonist(P) mid-stage standing on a black block 18 inches high. Black wide-brimmed hat. Black dressing-gown to ankles. Barefoot. Head bowed. Hands in pockets. Age and physique unimportant. (457)[6]

연극의 마지막 장면에 대한 최종적인 예행연습을 하는 무대 장면은 시각적인 이미지가 강렬하게 나타난다. 먼저 눈에 띄는 것은 무대 중앙에 서 있는 주연배우와 조연출, 그리고 지시를 하고 있는 연출가의 모습이다. 연출가는 모피 코트로 치장하고 당당한 모습으로 안락의자에 앉아 있는데 반해, 조연출은 하얀 작업복 차림으로 감독의 지시를 내릴 때마다 귀에 꽂은 연필로 무언가를 열심히 적고 있다. 또한 명의 극중 인물인 주연 배우는 회색 잠옷 위에 실내복을 걸치고서 무대 중앙에 놓인 검은색 받침대 위에 서 있지만, 회색으로 대변되는 그의 시각적 이미지는 권력자 앞에서 무기력하게 직아진 인간의 모습을 상징적으로 보여 주고 있을 뿐이다. 다시 말해서 주연배우의 모습은 연출가가 구체화시키는 절대적인 힘으로 인해 전형적인 베케트의 인물들처럼 발가벗겨진laid bare 채 말도 제대로 하지 못하는 허약한 인물로 관객에게 다가오는 것이다.

더욱이 이들의 시각적인 이미지는 색상의 대비를 통해 폭력과 억압의 이미지를 더욱더 암시적으로 나타낸다. 흑백의 초라한 무대 배경이 기준색이라면, 감독의 화려한 모피 코트는 매서운 겨울 추위를

---

[6] 《파국》의 텍스트는 *Samuel Beckett : The Complete Dramatic Works*, London : Faber and Faber, 1986에서 인용.

이겨 내고 전당대회에 참석하는 체코 프라하의 공산당 간부를 상징한
다. 연출가의 지적 사항들을 일일이 적고 있는 작업복 차림의 여성 조
연출자는 마치 상사의 지시를 받고 주인공을 감시하는 공산당원의 모
습과 흡사하고, 처음부터 끝까지 시종일관 중앙의 검은색 받침대 위
에, 그것도 맨발로 서 있어야 하는 주연배우의 모습은 공산당원의 통
제를 받는 가련한 희생양에 불과하다. 그나마 주연 배우의 몸에 걸쳐
져 신체를 보호하는 기능을 하던 복장마저도 극적 창조를 위한 연출
가의 지시에 따라 하나씩 벗겨지면서 주연배우는 결국 육체가 사라지
고 조명의 표적이 된 머리만 남겨지는 상태로 축소되고 만다. 다시 말
해서 주연배우의 몸과 복장은 머리색과 함께 더 이상 존재 가치를 찾
을 수 없는 육체로 변해 이제는 다 타 버린 담뱃재처럼 유용성을 상실
한 존재로 제시되고 있는 것이다. 때때로 연출가는 손에 든 담배를 피
우기 위해 조연출에게 담뱃불을 찾고 있는데, 이런 장면은 이미 담뱃
재만큼이나 하찮은 존재로 추락한 주연배우의 모습과 비교된다. 주연
배우에게 유무형의 폭력적 억압을 가하는 연출가의 모습이 권력자의
모습과 상치될 수 있다면, 주연배우의 존재 상태는 이미 재ashes와 다
름없이 무의미하여 비록 몸은 살아 있더라도 정신은 이미 죽어서 영
혼이 박탈당한 생중사life-in-death의 상태임을 이 극은 시각적 색상의
이미지를 통해 암시하는 것이다.

조연출 : 그의 잠옷입니다.

연출가 : 색깔은?

조연출 : 재색. (연출가는 담배를 꺼낸다.)

연출가 : 불. (조연출은 돌아와서 담배에 불을 붙이고 조용히 서 있다.
　　　　연출은 담배를 핀다.)

두개골은 어때?

조연출 : 보셨잖아요.

연출가 : 잊었어. (조연출이 주연배우에게 다가간다.) 말해 보라고.

　　　　(조연출은 머뭇거린다.)

조연출 : 탈모증이라서. 몇 가닥 남지 않았어요.

연출가 : 색깔은?

조연출 : 재색.

A : His night attire.

D : Colour?

A : Ash. 〔*D takes our a cigar.*〕

D : Light. 〔*A returns, lights the cigar, stands still. D smokes.*〕 How's
　　the skull?

A : You've seen it.

D : I forget. 〔*A moves towards P.*〕 Say it.

〔*A halts.*〕

A : moulting. A few tufts.

D : Colour?

A : Ash. (458)

　시각적인 색상의 비교 이미지를 통한 폭력의 이미지는 극중 인물
들이 걸친 복장에서 끝나지 않는다. 연출가는 주연배우의 두개골과 목
덜미, 손, 정강이에 이르기까지 드러나 있는 몸은 모두 하얗게 칠하도
록 지시함으로써 권력자로서의 힘을 이용하여 타자Other를 지배하고자
하는 폭력적인 욕망을 공공연히 드러낸다. 이때 연출가와 주연배우의
관계에서 관건이 되는 것은 타자에 대한 연출가의 지배 욕망이다. 연
출가는 무엇 때문에 주연배우를 가혹한 방식으로 지배하려고 하는가?

지배를 향유하는 것이 지배하려는 욕망의 이유가 될 것이다. 더욱이 지배의 욕망이 좀 더 구체적인 차원에서 권력의 향유로 나타난다는 점을 상기하면, 연출가가 보여 주는 권력의 억압은 다른 모든 것을 희생해서라도 획득해야 하는 욕망의 대상이 될 수 있는 것이다.[7]

그렇다면 이 극에서 베케트가 상정하고 있는 권력에 대한 의지, 다시 말해 지배 향유에 대한 욕망의 원천은 무엇일까? 지배에 대한 욕망이 타자를 자기에게 복속시켜 자기의 일부로 만들려고 하는 점에서 본다면 타자에 대한 지배 욕망은 사랑의 욕망과 유사하다. 그렇지만 사랑과 지배는 그 전개 양상이 전혀 다를 수밖에 없다. 자유의지에 따라 자신의 자유를 헌납함으로써 상대에게 복속하는 상호적 관계, 즉 상호간에 복속함으로써 자유의 관계를 이루는 것이 사랑이라면, 타자에 대한 욕망은 지배하고자 하는 상대를 자신의 힘 아래 둠으로써 성취되는 것이다. 다시 말해서, 타자에 대한 권력의 의지는 타자의 의사에 상관없이 강제로 자기에게 복속시키는 것이다. 권력을 행사하여 지배하려는 욕망은 타자를 자기 것으로 만듦으로써 권력을 행사하는 당사자의 나르시시즘적 욕망을 충족시키는 것에 불과하다. 이런 점에서 권력의 위험성에 대한 푸코Michael Foucault의 논의는 주목할 만하다.

타자를 지배하고 타자에게 가하는 폭군적인 권력의 위험성은 인간

---

7 제임스 프레이저Sir. James George Fraser의 《황금가지The Golden Bough : A Study in Magic and Religion》에 나오는 '이탈리아 네미 마을 성소의 사제' 이야기는 타자에 대한 지배 욕망을 다음과 같이 비유적으로 설명하고 있다 : 이 성소의 사제는 왕이라 불리는데, 그 사제직은 현재의 사제를 살해한 자에게 계승된다. 프레이저는 이렇게 쓰고 있다. "그는 불안스런 밤을 새워야 하며 혹은 무서운 악몽 때문에 괴로워하지 않으면 안 된다. …… 잘못하다가는 잠자리에서 목숨을 빼앗기는 수도 있다." 중요한 것은 이 치명적 위험에도 아랑곳하지 않고 많은 사람들이 목숨을 걸고 사제직을 차지하려고 한다는 사실이다. "죽음의 위협에도 불구하고 권력을 추구한다는 것, 이것은 권력 향유의 강렬함을 말해 줄 뿐이다."

이 자신의 자아는 돌보지 않고 욕망의 노예가 되어 왔다는 사실에서 찾을 수 있다. 그러나 당신이 스스로를 제대로 돌아본다면, 다시 말해서 존재론적으로 어떤 상태인지를 알고, 또한 무엇을 할 수 있는지에 대해 인식하고 …… 무엇을 두려워해야 하고 두려워하지 않아도 되는 것이 무엇인지 알고 있다면, …… 마침내 죽음을 두려워하지 말아야 한다는 것을 안다면, 그러면 당신은 타인에게 마음대로 권력을 행사할 수 없다.(Foucault 1988 : 8)

권력을 행사하는 위험성에도 불구하고 베케트가 창조한 극중 인물로서의 연출가는 주연배우의 몸을 상대로 한 권력과 통제를 통해 주연 배우를 지배하기 위한 폭력적인 욕망을 성취하려는 행위를 지속한다. 그렇지만 지배 욕구의 대상이 된 주연 배우는 흰색으로 덧칠해진 가면의 삶, 다시 말해서 가면 뒤에 감추어진 절망의 삶을 살아갈 수밖에 없게 됨으로써 개인에게 가해지는 집단의 폭력이 한 개인을 얼마나 무력한 존재로 전락시키고 있는지를 보여 주고 있을 뿐이다. 내 모습이 아닌 덧칠해진 모습은 결코 내 것이 될 수 없다. 어느 날 아침 눈을 띠 보니 정신은 인간의 정신 그대로인데 몸은 저다린 갑충으로 변신해 있는 그레고리가 말짱한 인간의 정신을 갖고 있으면서도 인간 사회로부터 단절되고 마는 《변신The Metamorphosis》의 이야기처럼, 권력의 억압으로 인해 주연배우의 정신은 가면 속의 나(I)이면서 동시에 내가 아닌 가면의 모습으로 살아가야 하는 무기력한 희생자가 될 수밖에 없는 것이다.

응시의 폭력성

"연출가와 조연출, 주연배우의 모습을 열심히 관찰하고 있다."(D and A contemplate P.)(457)라고 명시되어 있는 극 텍스트의 지문처럼 베케트는 이 극의 시작부터 시선의 중요성을 강조하고 있다. 극중 인물로서 주연배우는 연출가의 지시가 없다면 시선을 통한 권력의 욕망을 자기 마음대로 나타낼 수 없는 존재이다. 하지만 연극 연습 과정에서 절대적인 권력을 휘두르는 연출가는 그 자신의 시선은 물론, 심지어 또 다른 감시자인 조명의 시선까지 독점하여 조정함으로써 시선을 통해 대상에 대한 폭력을 마음대로 행사할 수 있다. 폭력성이 시선을 통해 드러난다는 점에서 시선과 응시gaze에 대한 사르트르Jean-Paul Sartre와 라캉Jacques Lacan의 견해들은 유용한 분석 도구가 될 수 있다. "시선에 노출된 대상, 즉 '보이는 것'은 언제나 응시의 희생양"(Wollen 95)이라며 끊임없이 '시선' 그 자체를 문제 삼았던 사르트르에 대해 제이Martin Jay는 다음과 같이 말한다.

> 시각중심주의에 대한 사르트르의 비판은 다른 비평가들이 포함하고 있는 다양한 불만들을 가차 없고 압도적인 고발로 통합시켜 내고 있다는 점에서 특별히 귀를 솔깃하게 말한다. 그는, 시각의 이상 발달이 인식론적인 문제를 불러일으키고, 본성의 지배를 부추기며, 시간에 대한 공간의 헤게모니를 지원할 뿐만 아니라, 심각하게 불편한 상호주관적 관계와 위험스러운 비본래적 자아의 판본을 만들어 낸다고 주장했다.(Jay 276)

시선에 대한 사르트르의 비판은 "보임look"에 대한 문제 제기이기도 하다. 보는 자가 적극적이고, 공격적이라면, 보는 행위에 노출당한 대상은 속절없이 객관화되고 소외당할 수밖에 없다. 결국 보이는 대상, 즉 시선에 노출된 대상은 시선의 폭력에 희생당할 수밖에 없는 존재가 된다. 이런 점에서 사르트르는 라캉과 마찬가지로 신체 기관인 눈과 그 눈의 행동인 응시를 구분한다.

응시에 대한 라캉의 이론은 '그림'과 응시의 관계에 대한 분석에 잘 나타나 있다. 라캉에게 그림은 응시를 감추고 있는 '가면'이고, 인간은 이 '가면'을 쓰고 유희할 줄 아는 유일한 존재이다. 라캉에 따르면, "동물과 달리 오로지 인간 주체만이 이런 상상적 포착에 전적으로 붙들려 있지 않은 존재이다.(Lacan 107) 인간이 그림을 제작하고 감상하는 행위는 상상적인 차원에 그치는 것이 아니라는 사실을 라캉은 강조하고 있는 것이다. 흥미롭게도 라캉은 사르트르와 유사한 관점에서 "눈은 어떤 것의 은유"(Lacan 72)라고 말하며 눈이 선행하는 것은 "보는 자의 쏨shoot", 즉 응시를 지칭한다. 응시는 우리 앞에 나타나는 상징적인 것으로 거세에 대한 불안을 구성하는 그 결여의 경험을 파고 들어오는 것이다. 눈과 응시를 분리시키는 지점, 다시 말해서 눈과 응시가 불일치하는 틈새에서 충동drive이 나타난다.

눈의 행동인 시선에서 응시가 빠져나간다는 생각은 사르트르의 입장과 일치하면서 동시에 상이한 개념이다. 이 시선에서 빠져 나가는 응시에서 대상은 '보이는 것to be looked'일 뿐만 아니라 또한 '보여 주는 것to show'이기도 하다. 이런 점에서 볼 때, 라캉에게 응시는 그 자체가 대상object을 내포하고 있는 것이다.(Lacan 76) 사르트르와 달리, 라캉에게 응시는 상상적 관계를 넘어서기 위한 중요한 조건으로 설정되고 있다. 이런 맥락에서 라캉이 개념화하고 있는 응시는 사르트르가 언급하고 있는 차원을 넘어선 것이지만, 마찬가지로 응시를 시각적인 것이 아니라 그 너머에서 작동하는 언어적인 것 또는 상징적인 것으로 본다는 측면에서 근본적으로 시선에 대한 불신을 내포하고 있다.

따라서 사르트르에게 응시가 불편한 까닭은 "인식한다는 것은 보는 것이고, 보는 것을 받아들인다는 것은 대상으로서 보는 것을 이해하는 것이 아니기 때문이다".(이택광 154 재인용) 사르트르에게 대상은 "배수 구멍"을 통해 물처럼 빠져 나가는 흐름이 잠시 중단된 것에 불과하다. 대상을 통해 우주와 흐름, 그리고 배수 구멍은 다시 회복되고, 파악되고, 고정된다. 결국 응시는 세계의 움직임을 사물로 만들어 버리는 객관화의 폭력에 다름 아니다. 또한 이런 응시의 메커니즘에서는 '보이는 것'을 사물로 만들어 버리는 행위자가 다른 무엇도 아닌 시선 그 자체이다. 따라서 사르트르에게 있어 응시를 벗어나기 위한 유일한 방법은 시선의 전투에서 상대를 이기는 것뿐이다. 이런 시각을 《파국》의 극중 인물들에게 대입시켜 보면 표면적으로 주연 배우에 대한 연출가의 시선이 시선의 싸움에서 승리한 것처럼 보이지만, 공연을 전제로 한 연극의 예행연습이란 점을 고려한다면 시선의 싸움에서 연출가가 승리를 성취하기 위해서는 그 자신의 시선 속에 주연 배우뿐만 아니라 극을 지켜보는 관객까지 자신의 시선으로 포섭할 수 있어야만 한다. 그래서 연출가의 시선이 결국 관객의 시선과 일치해야만 하는 것이다. 다시 말해, 권력을 행사할 수 있는 연출가로서 시선의 대상인 주연배우에게 가해지는 폭력에 대해 관객들이 연민을 느끼지 못하게 만들어야만 하는 것이다. 이런 점에서 시선을 통한 감시의 메커니즘에 대해 푸코는 다음과 같이 언급하고 있다.

규율의 훈련은 시선의 작용에 의한 강제성의 메커니즘을 전제로 삼고 있다. 그것은 눈으로 볼 수 있는 기술에 의해 권력의 효과가 생기는 장치이며, 또한 반대로 강제권의 수단에 의해 적용 대상이 되는 사람들을 분명히 가시적으로 만드는 장치이다. …… 다른 한편에서는 다양하고 상호 교차적인 감시의 기술, 또한 보이지 않으면서 보아야 하는 시선의 기술이 작은 규모들로서 자리잡게 되었다. 빛과 가시적인 것에 관한, 세상에 잘 알려지지 않은 기술이 인간을 복종시키기 위한 기술과 인간을 이용하기 위한 수단을 통해서 암암리에 인간에 관한 새로운 지식을 준비하게 되었던 것이다.(Foucault 170-71)

푸코에 따르면 시선은 억압된 신체를 관찰함으로써 관찰 대상을 폭력적인 권력에 종속시키는 힘을 갖고 있다. 다시 말해, 베케트 그 자신이 언급한 것처럼,[8] 연출가의 폭력적인 시선을 받는 주연배우는 연출가와 조연출 외에도 관객의 시선을 통해 보여지고 보이는 관찰의 대상이 되고 있다. 이러한 시선은 마치 교도소에 갇힌 죄수를 교도관이 감시하고 관찰하는 행위를 통해서 타자에 대한 억압적인 욕망을 시선 전략에 내포시켜 행사하는 권력의 폭력성이라고 할 수 있다. 사르트르의 생각처럼 연출가는 주연배우를 응시를 통해 극에 출연한 배우, 즉 배우로서의 한 인간이 아니라 자신이 가진 권력의 힘으로 마음대로 조정하고 통제할 수 있는 사물로 인식함으로써 보이는 것을 사물로 만들어 버리는 행위자가 다른 그 무엇이 아닌 시선 그 자체의 폭력성임을 드러내고 있는 것이다.

게다가 이 극에서 주연배우는 무대의 정중앙에 놓여 있는 받침대 위에 서 있는 인물로 그려진다. 무대 한가운데 놓여 있는 검은색 받침대는 감시의 시선과 함께 그 시선을 받는 감시 대상의 비참함을 더욱 증대시키고 동시에 연출가의 권력이 어느 정도인가를 암시적으로 보여 주는 기능을 함으로써 관객 또한 연출가의 시선에 포섭되도록 강제하는 기능을 한다. 예를 들어, 정치권력의 역학에서 누군가를 처형대 위에 세웠다고 가정한다면, 군중의 시선은 처형대 위에서 죽어 가

---

8 "연출가 : 왜 받침대를 세웠니? / 조연출 : 관객석에서 발을 볼 수 있게 하기 위해서요."(D : Why the plinth?/A : To let the stalls see the feet.) (457)

는 대상만큼이나 그를 그곳에 세울 수 있었던 권력의 힘으로 집중될 것이다. 또한 이런 과정에서 처형을 지켜보는 군중의 시선은 처형대 위의 희생자를 자신들과 동일시시키는 효과를 통해 처음부터 권력에 대한 저항의 가능성을 상실하게 만드는 효력을 발휘하게 될 것이다. 이런 시각에서 볼 때, 이 극을 지켜보는 관객들은 받침대 위에서 극이 끝날 때까지 마음대로 움직일 수도 없는 주연배우에 대해 연민이나 동정을 느끼는 것조차 방해받게 될 것이다.

무대 중앙의 받침대 위에 서 있는 주연배우와 마찬가지로 극중 인물들의 부동의 몸은 베케트 극에 나타나는 주된 이미지 중의 하나이기도 하다. 베케트는 극중 인물들을 대체로 파편화된 존재이거나 움직임의 능력을 상실한 부동의 존재로 제시한다. 《종말놀이》에서 햄 Hamn은 극이 시작할 때부터 맹인으로 등장하고, 내그Nagg와 넬Nell의 경우에는 냄새가 진동하는 세계 속의 인간의 모습을 쓰레기통 속에 들어 있는 그로테스크한 이미지로 제시한다. 게다가 이들의 육체 이미지는 한층 더 왜곡된 형상으로 다가온다. 블라디미르와 에스트라곤이 행위와 지각의 기능은 유지하고 있지만, 쇠퇴해가는 유기체로서의 육체적인 고통을 호소하는 인물들로 그려졌다면, 햄과 클로브, 내그와 넬은 신체 활동, 지각, 그의 외견상 거의 모든 영역에서 상당히 퇴행과 불능의 상태에 도달해 있는 육체적으로 격하된 인물들로 등장하고 있다.

《크랩의 마지막 테이프Krapp's Last Tape》에서 크랩Krapp 또한 근시에 잘 듣지도 못하는 인물로,《행복한 날들》에서 윌리와 위니는 몸이 절반쯤 땅속에 묻힌 모습으로 등장한다. 더욱이 《연극Play》의 극중 인물들-M과 w1, w2-은 단지 속에서 무언가 삐져나와 있는 흉측한 모습으로 등장함으로써 신체적인 결핍과 부정형negativity 상태를 나타내기 때문에, 그들의 움직임과 부동성 간의 관계는 말과 침묵 간의 내재적인 긴장만큼이나 극적 실체를 구성한다.(Pierre Chabert 24) 이들의 왜곡된 육체는 자연스런 인간의 육체와 충돌함으로써 실제와 상상 사이의 메울 수 없는 간극으로 나타나고, 특히 해체되고 분열된 육체 이미지와 인물들 상호 간에 보여 주는 잔인하고 폭력적인 이미지는 《고도를 기다리며》에 남아있는 휴머니즘의 흔적마저 지워 버린다. 그럼에도 불구하고 《파국》에서 볼 수 있는 움직일 수 없는 부동의 대상, 즉 주연배우는 연출가와 조연출자의 시선뿐만 아니라 조명이라는 또 다른 감시자의 시선 덕택에 극을 지켜보고 있는 관객의 시선에도 더욱 용이하게 포착될 수 있는 것이다.

주연배우의 몸을 상대로 폭력적인 억압을 행사하는 연출가의 권력은 무대의 조명을 통해 더욱 구체화된다. 연출가의 지시에 따라 무대조명은 주연배우에게 맞춰지는데, 조명을 받는 주연배우는 관객에게 자신을 드러내는 동시에 그 자신을 억압하는 연출가의 감시 대상이 되고 있다. 마치 무소불위의 권력자로서 연출가는 언어적인 수단을 통해 지시를 내리지만, 정작 조명에 포착된 주연배우는 소통이 가능한 어떠한 대화도 허용되지 않기 때문에 무대조명은 그저 주연배우를 지켜보고 감시하는 또 다른 감시자의 역할을 하고 있을 뿐이다. 《고도를 기다리며》에서 두 부랑아가 고도로 대변되는 권력의 명령에 따라 그 자리를 마음대로 떠나지도 못하고 관객이라는 집단에 둘러싸인 무대로서의 시골길에 갇혀 버린 존재들인 것처럼, 얼굴에 조명이 비추기 전에는 아무런 말도 할 수 없는 《연극》의 극중 인물들처럼 이 극의 주연배우는 연출가와 조연출뿐만 아니라 조명과 관객들의 집단적인 감시에서 자유롭지 못한 가련한 존재가 되고 있는 것이다.

극이 끝난 후에 주연배우 또한 억압과 감시의 장소인 무대를 떠나 자유로울 수 있겠지만, 무대 위에서 극이 진행되는 동안에는 집단적으로 그 자신에게 가해지는 제도적이고 폭력적인 시선을 피할 수 있는 방법을 그는 어디에서도 결코 찾을 수 없는 것이다. 이런 점에서 주연배우는 종말놀이에서 햄을 떠나고 싶어도 떠날 수 없는 클로브의 존재 조건과 유사하다. 왜냐하면 현 상태에 잡아 두려고 하는 절대적인 힘을 결코 이길 수 없는 집단적인 폭력성의 무기력한 희생자가 바로 이 극의 주연배우이기 때문이다. 집단의 폭력적인 억압에 대항하는 개인의 저항은 그저 무의미한 시도일 뿐이다.

시선의 폭력성은 주연배우의 몸에 집중될 수밖에 없다. 인간의 정신이 추상적이고 눈에 보이지 않으며 변화무쌍하다면, 인간의 신체는 구체적인 형상과 물리량을 지닌 실체로서 구체적이고 시각적이기 때문에 시선을 통해 전해지는 폭력성을 주연배우가 피할 수 있는 길은 없다. 베케트가 시선의 폭력성을 활용하는 방식은 첫 번째 예행연습이 끝난 후에 연출가가 한 대사를 통해 짐작할 수 있다. 연출가는 "좋아. 대단원의 막이 내린 거야. 확실히Good. There's our catastrophe. In the bag."(460)라고 하면서, "한 번 더 하자구. 난 가야 하거든Once more and I'm off."(460)이라고 말한다. 이 대사는 결국 첫 번째 연습이 끝난 것임을 알려줄 뿐, 앞으로 몇 번의 최종 연습을 더하게 될지 전혀 알 수 없음을 암시하면서 동시에 연출가와 조연출 그리고 조명 기구를 통해 합세한 관객들의 폭력적인 시선이 결코 끝나지 않고 여러 번 되풀이하는 과정을 통해 반복될 것임을 암시하는 것이다.

이러한 방식은 주연 배우의 시련이 결코 끝난 것이 아니라 조명을 통해 관객의 시선에 반복적으로 노출됨으로써 이를 지켜보는 관객들마저 권력자의 폭력적 시선과 일치되어 시선을 통한 폭력을 행사하는 일에 동참하도록 만드는 역할을 한다. 또다시 되풀이되고 시간이 지나 갈수록 이 사회의 권력 집단이 가하는 폭력성에 대항하여 관객들이 저항하고 비판하게 만드는 것이 아니라 연출가의 시선과 조명 기구의 강렬한 빛과 함께 주연배우에게 가해지는 폭력성을 오히려 함께 체험하도록 만드는 것이다.

그러나 다른 한편으로 베케트는 이 극의 응시 전략을 통해 단순히 폭력적인 이미지만을 드러내는 것이 아니라 극을 지켜보는 관객으로 하여금 메타연극 전략에 빠져들도록 만드는 시도를 하고 있다. 극의 마지막 장면에서 연출가와 주연배우의 모습을 지켜보는 관객은 연출가의 폭력에 무방비로 노출된 주연배우의 모습에서 연민과 동정의 단계를 넘어 관객 자신을 주연배우의 자리에 스스로 대입하는 경험에 참여하도록 유도되고 있다. 따라서 관객은 마치 무대 위의 주연배우가 자신의 아바타avater라도 되는 것처럼 연출가가 행사하는 권력으로 인해 두려움과 고통을 경험하게 되는 것이다. 더욱이 이러한 시도는 관객을 극 속에 참여시키는 것으로 끝나지 않고 폭력성이라는 부정적인 함의를 예술가가 구축해 내는 미학적인 연극성, 다시 말해 베케트는 연출가와 주연배우의 관계에서 드러나는 권력과 폭압의 극적 장면을 통해 이제까지 갖고 있던 도덕적인 관념과 삶과 존재에 대한 세계관을 관객들이 다시 한 번 확인하도록 이용함으로써, 연출가가 행사하는 폭력의 대상이 주연배우 한 사람에게 한정된 것이 아니라 우리가 살고 있는 이 사회, 국가, 세계에 보편적인 것임을 상기시키고 있다. 폭력의 피해자는 주연배우만이 아니라 관객 자신은 물론 이 세계의 모든 사람이 희생자가 될 수 있음을 암시하고 있는 것이다.

이런 점에서 볼 때, "삶을 조정하고 통제하는 예술가의 능력이 베케트의 극에 대한 집착을 갖게 하는 요인 중의 하나"라고 말한 마틴 푸치너Martin Puchner의 주장은 공감할 만하다.(161) 푸치너에 따르면, "대상과 제스처를 의미 있는 실체로 바꾸는 일은 그 대상과 제스처가 그 이상을 대변하기 시작할 경우에만 성취될 수 있다".(161) 따라서 무대 위의 인물들은 베케트라는 예술가의 권력과 통제력을 대변하는 또 하나의 상징적인 존재가 되는 것이다.

제도적 폭력성과 집단적 폭력성

주연배우를 상대로 시각적인 이미지와 시선이 폭력적인 권력의 속성을 가하는 수단으로 활용되고 있지만, 베케트는 마지막 장면을 통해 극을 쓴 의도가 무엇인지를 비교적 잘 나타내고 있다. 대부분의 다른 극들과 마찬가지로 베케트는 이 극에서 또한 구체적이고 명확한 메시지를 거부하고 상황 그 자체만을 제시하고 있지만, 마지막 장면에서는 극 전반을 통해 일관적으로 유지했던 주연배우의 시선을 다르게 처리함으로써 짧지만 효과적이고 강렬한 메시지를 전하고 있다.

오 브라이언Anthony O'Brien의 지적처럼(47), 주연배우의 응시는 마치 주인과 노예처럼 그를 예속시켰던 "지배의 사슬"을 끊는 행위와 다름없다. 극이 끝났을 때 "여기서도 나는 그 소리를 들을 수 있을 정도야I can hear it [applause] from here."(461)라고 연출가가 예상했던 것처럼 관객들의 우렁찬 박수 소리가 들려온다. 이 박수 소리는 마치 연출가가 의도했던 극적 상황에 대해 모든 관객이 동의하는 표시로 이해될 수도 있을 것이다. 그러나 주연배우는 고개를 들어 관객들을 뚫어지게 응시함으로써 관객들의 박수 소리를 잠재움으로써("The applause falters, dies.")(461) 지배 욕구가 내재 된 타자의 시선을 통해 자신의 존재 가치가 정의될 가능성을 분명하게 거부한다. 더욱이 주연배우가 고개를 들어 관객을 응시하는 마지막 장면은 관객들로 하여금 비극의 마지막 장면에 대한 메타연극적인 예행연습을 지켜보고 있는 자신을 발견하게 함으로써 제도적인 폭력의 실체가 무대 위의 주연배우에게만 한정된 것이 아님을 인식하게 만들고 있다.

그럼에도 불구하고 베케트가 폭력의 이미지를 통해 의도한 것은 무엇일까? 단순히 하벨이라는 저명한 반체제 작가를 위해 만든 헌정극의 의미로 한정해 극의 의미를 평가절하 할 수는 없다. 점점 더 강력해지는 사회와 국가의 집단적인 권력이 행사하는 폭력은 한 개인을 억압하고 소외시킴으로써 결국 개인의 정신을 축소시키고 왜소화시키며 부동화시킴으로써 한 개인의 죽음을 초래하게 만드는 것이 엄연한 사실이다. 결국 베케트는 인간의 기본적인 가치와 권리, 특히 집단적인 힘에 억압당하는 개인의 저항 정신을 지켜내려는 지속적인 관심을 그려 냄으로써 사회와 국가라는 집단 속에서 직간접적으로 체험하는 육체적 정신적 억압과 제도적이고 집단적인 폭력성의 문제를 더 보편적이고 광범위한 담론의 차원으로 끌어 올리도록 요구하고 있는 것이다.

| 참고문헌 |

박지숙, 〈사뮈엘 베케트의 What Where : 문학의 생산과 글쓰기 폭력〉, 새한영어
    영문학회 봄 학술발표 자료집, 2009, No. 5. : 9-14.

Adorno, Theodor W. "Trying to Understand Endgame", *Notes To Literature*, Vol. 1.
    Ed. Rolf Tiedemann, Trans. Shierry Weber Nicholson, New York : Columbia UP,
    1991.

Beckett, Samuel, *Samuel Beckett : The Complete Dramatic Works*, London : Faber and
    Faber, 1986.

Chabert, Pierre, "The Body in Beckett's Theatre", *Journal of Beckett Studies*,
    Autumn(1982), No. 8 : 22-8.

Foucault, Michael, *Discipline and Punish : The Birth of the Prison*, Trans. Alan Sheridan,
    Harmondsworth : Penguin, 1977.

______, "The Ethic of Care for the Self as a Practice of Freedom", *The Final Foucault*,
    Eds. J. Bernauer and D. Rasmussen, Cambridge, Mass. : MIT Press, 1988.

Gussow, Mel, "Beckett Distills His Vision", *The New York Times* 31 July, 1983. Sec.
    H:5.

Hill, Leslie, "Beckett, Writing, Politics : Answering for Myself", *Beckett and Religion/
    Beckett/Aesthetics/Politics* (Beckett et la Religion/Beckett/L'esthetique/la Politique)
    Eds. Marius Buning, Matthijs Engelberts, Onno Kosters, Mary Bryden, and Lance
    St. John Butler, Amsterdam/Atlanta : Rodopi, 2000.

Jay, Martin, *Downcast Eyes : The Denigration of Vision in Twentieth-Century French Thought*, Berkeley : U of California P, 1994.

Knowlson, James, *Damned to Fame : The Life of Samuel Beckett*, New York : Touchestone, 1997.

Lacan, Jacques, *The Seminar of Jacques Lacan Book XI : The Four Fundamental Concepts of Psychoanalysis*, Ed. Jacques—Alain Miller, Trans. Alan Sheridan. New York : Norton, 1978.

Libra, Antoni, "Beckett's Catastrophe", *MD* 8 (1985) : 341—47.

O'Brien, Anthony, "Staging Whiteness : Beckett, Havel, Maponya", *Theater Journal*. 46:4 (1994) : 45—62.

Merleau—Ponty, M., *Humanisme et Terreur : Essai sur le Problèe Communiste*, Gallimard, Paris, 1947.

______, *Sens et Non-sens*, Nagel, Paris, 1948.

Puchner, Martin, *Stage Fright : Modernism, Anti-Theatricality, and Drama*, Baltimore : Johns Hopkins UP, 2002.

Sandarg, Robert, "A Political Perspective on Catastrophe", *Make Sense Who May : Essays on Samuel Beckett's Later Works*, Eds. Robin J. Davis and Lance St. J. Butler, Gerrards : Smythe, 1988 : 137—44.

Sartre, Jean—Paul, *Being and Nothingness : An Essay on Phenomenological Ontology*. Trans. Hazel E. Barnes, London : Routledge, 1998.

Wollen, Peter, "On Gaze Theory", *New Left Review* 44(2007) : 91—106.

8

메두사의 후예들
: 영미 여성문학 텍스트의 여자 괴물 되기

차 희 정

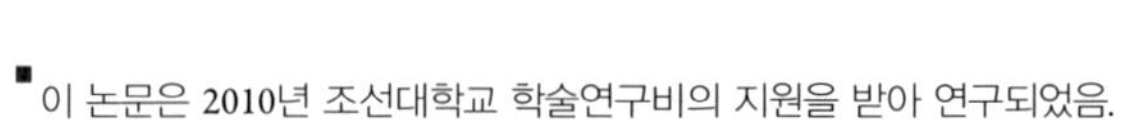

■ 이 논문은 2010년 조선대학교 학술연구비의 지원을 받아 연구되었음.

방 안에 갇혀 미쳐 가는 아내들

20세기 자본주의 산업사회의 발전과 더불어 여성의 사회 진출과 정치 참여가 활성화되면서 이는 궁극적으로 여권신장이라는 긍정적인 결과를 가져왔다. 하지만 여전히 성의 상품화가 소위 문화산업의 일부로 치부되는 오늘날에도 여성의 '천사 같은 이미지'는 여성을 효율적으로 감시하고 규제하는 기제로 작용하고 있음은 주지의 사실이다. 특히 헌신적인 어머니 그리고 순종적인 아내는 오랫동안 칭송받아 왔고 현대 산업사회에서도 여성의 미덕으로 상징화·이미지화되어 왔다. 어머니 또는 아내라 불리는 여성들은 무성asexual의 존재로서 희생, 복종, 과묵, 순수, 공손, 섬세함, 그리고 따뜻함이라는 여성적 이미지들을 만들어 낸다.

이러한 '순종적 천사' 또는 버지니아 울프가 정의했던 '집 안의 천사Angel in the House'라는 이미지에서 벗어나려는 여성들은 그리스·로마 신화의 메두사처럼 남성만이 전유하던 용어인 폭력, 위험, 파괴 등으로 묘사되는 소위 '여자 괴물female monster'이라 불리는 혐오와 제거의 대상이 되었다. 흔히 남성의 시선에서 볼 때 여자 괴물들은 남성의 행위를 받아들이기 위한 관능적 대상으로서 존재하기를 거부하며 자기주장과 자율성 그리고 공격성을 지닌 기이하고 괴상한 존재들인 것이다. 흥미로운 사실은 브램 스토커Bram Stoker의 《드라큘라Dracula》(1987) 그리고 데프니 드 모리에Daphne de Maurier의 《레베카Rebecca》(1938) 등 여러 작품에서 잘 드러나듯이 이러한 파괴적이며 관능적인 여성들은 주로 상류계급의 교육받은 남성에 의해 잔인하게 살해되곤 한다는 것이다.

가부장적 사회에서 규정된 정상normality 또는 보편적 상식에 반하여 비정상적이라 여겨지면서 억제되고 억제되어져야 할 것, 즉 "성적 에너지, 양성애, 여성의 섹슈얼리티와 창조성, 어린이의 섹슈얼리티, 또는 타자—특히 여성, 노동자, 다른 문화, 소수민족, 대안적 이데올로기, 성적 이상자들, 그리고 아이들"이 괴물의 형태로 나타난다.(Duda 10) 따라서 남성의 섹슈얼리티가 정상이라면 여성의 섹슈얼리티는 기형적이며 괴물적인 것이다. 흔히 남성 작가들은 제거되어야 할 존재인 관능적, 유혹적, 에로틱한 여자 괴물을 창조하면서 남성적 권위와 도덕적 우월성을 강조한다. 반면에 여성 작가들은 비정상 또는 광기의 여성 인물들은 통하여 여성적, 도덕적, 육체적 정체성을 탐구하면서 기존의 가부장적 문화와 자본주의적 질서에 의문을 제시한다.

이 글에서는 제도 전복적이고 파괴성과 폭력성을 지닌 메두사를 중심으로 영미 여성 작가들의 문학텍스트에 나타난 여자 괴물의 이미지와 탈전형적 여성성을 살펴보고자 한다. 즉, 섹슈얼리티, 계급, 폭력과 관련된 여성의 식민화된 몸과 괴물적 이미지를 점검함으로써 여성의 창조적 파괴성을 고찰하고자 한다. 결론적으로 메두사 같은 여자 괴물이 가부장적 자본주의 사회와 어떻게 연결되어 저항적 이미지를 생산하고 있는지를 논의할 것이다. 따라서 백인 남성 중심의 세계에서 여자 괴물의 효시라 할 수 있는 그리스 신화의 메두사를 필두로 하여 진 리스Jean Rhys의 《드넓은 사가소 바다Wide Sargasso Sea》(1966) 그리고 샬럿 퍼킨스 길먼Charlotte Perkins Gilman의 〈누런 벽지The Yellow Wallpaper〉(1892)의 방안에 갇혀 미쳐 가는 아내들을 분석의 대상으로 한다.

분노의 여자 괴물 메두사

그리스 신화에 등장하는 지하세계에 사는 흉측한 여자 괴물인 고르곤

Gorgon은 흔히 '메두사'라 불린다. 메두사는 고대 그리스 시대부터 오늘날까지 가장 지속적으로 서구의 예술적, 문화적, 문학적 상상력을 자극하는 신화적 인물이다. 메두사의 머리카락은 뱀으로 뒤엉켰으며 그녀와 시선을 마주친 남성들을 즉석에서 돌로 변하게 하는 마력을 지녔다. 고대 그리스 이전 리비안 여전사들Libyan Amazons은 생명력과 창조의 근원적 힘을 상징하는 뱀 여신Serpent—Goddess으로서 메두사를 숭배하였다. 이러한 생명을 잉태하는 창의적인 여성성을 강조하는 메두사 신화는 파괴적이고 억압적인 남성 중심의 그리스 문화에서 위험한 것으로 여겨졌으며, 더 나아가 여성의 몸과 정신의 정복과 복종을 정당화시키는 신화로 변질되었다고 학자들은 주장한다.

로마의 시인 오비디우스Ovid가 전하는 신화에 의하면, 본래 메두사는 탐스럽고 매끄러운 머리카락을 자랑하는 아름다운 처녀로 많은 남성들로부터 구애를 받았다. 하지만 메두사는 나르시시즘적으로 자신의 아름다움에 취해 아테나Athena[1]의 신전에서 여신보다 자신이 훨씬 아름답다고 자만하여 아테나의 분노를 사서 흉물스러운 괴물로 변했다고 한다. 또는 바다의 신 포세이돈Poseidon이 메두사의 아름다움에 반해 아테나의 신전에서 예배를 드리고 있는 그녀를 범하자 자신의 신전을 더럽힌 죄로 아테나가 메두사를 흉측한 괴물로 변신시켰다는 설도 있다.

세상을 어지럽히고 두려움에 떨게 하는 광폭한 여자 괴물 메두사는 아테나의 도움을 받은 그리스 신화에 등장하는 최초의 영웅인 페

---

[1] 그리스 신화의 아테나(또는 로마 신화의 미네르바)는 제우스의 딸로 두통에 시달리는 제우스의 머리를 도끼로 가르자 완전무장한 모습으로 태어났다고 한다. 그녀는 지혜의 여신이자 전쟁, 공예, 실천적 이성의 여신이다. 《일리아스》에서 아테나는 영웅과 군인의 이상을 나타내는 신이고, 《오디세이아》에서 아테나는 오디세우스의 수호신으로 나온다. 또한 그녀는 여러 신화에서 페르세우스와 헤라클레스 등 그리스 영웅들을 돕는 수호신으로서 전쟁의 지적이고 문명화된 측면과 정의 및 기술의 덕성을 상징할 뿐만 아니라 훌륭한 조언, 신중한 자제, 실제적인 통찰력의 여신으로 그려진다.

르세우스Perseus에게 목이 베어 죽고, 그녀의 잘린 머리는 승리의 전리품으로 아테나의 방패 아이기스aegis에 붙여졌다고 전해진다. 이렇듯 남성에 의해 정복되어야 할 메두사와 남성의 정복을 돕는 아테나는 영웅의 탄생을 위한 주변적인 존재들로 전락한다. 또한 남성 중심의 신화에서 전복적 여성의 상징인 메두사와 초월적 여성의 상징인 아테나는 여성의 '괴물'과 '천사'라는 양극단의 이미지를 보여 준다.

하지만 그리스어 '메두사Μέδουσα'는 악령이나 재앙을 막는 수호자 또는 보호자protectress를 뜻하며, 성폭력 희생자와 그녀의 자유를 상징한다는 점은 주목할 만하다. 메두사에게 전통적으로 숭배되었던 여성의 연약함과 섬세한 아름다움을 비추던 거울을 바라보는 것이 금지되었다는 것 또한 흥미롭다. 어떤 이유에서든 결국 남성의 찬사의 대상이 되었던 메두사의 아름다운 머릿결은 혓바닥을 날름거리는 뱀들로 바뀌었으며, 남성의 성적 욕구의 시선에 맞선 메두사의 시선은 죽음의 공포를 불러왔다.

남성 중심적인 가치를 중시하는 사회에서 순종과 정숙이라는 여성적 절대 미덕의 반대 항에 서있는 독립된 주체로서 그리고 남성을 대상화하는 응시의 주체로서 메두사는 여자 괴물로 재탄생한다. 남성의 시선을 제압하고 돌로 변하게 하는 메두사의 시선은 남성 중심적 이데올로기에 대한 저항을 의미한다 할 수 있다. 하지만 신체 변형으로 메두사는 남성적 폭력성에 맞설 수 있는 힘을 지닌 공포의 주체로 전환되었지만, 자신의 목소리를 빼앗긴 채 어두운 지하세계에 갇혔다는 점은 주목할 만하다. 동시에 남성을 화석화시키는 악마와 같은 사악한 존재인 메두사는 다시 남성적 용맹성과 도전성을 시험하는 공격 대상이 된다. 다시 말하자면, 메두사 신화는 남성에 의해 억압되고 대상화되었던 수치스러운 경험을 겪은 여성의 몸은 사라진 채 뱀들로 뒤엉킨 머리만이 남겨져 영웅적 남성성을 강조하고 남성 중심적 가치를 규합하는 남성 신화[2]로 전락한다. 그러므로 메두사처럼 남성 신화가 지배하고 발전 논리가 지배적 가치의 세계에서 추방당한 여성은 끔찍한 모습으로 괴물화되고 목소리를 빼앗긴 채 타자화됨을 의미한다.

프랑스 여성주의자 엘렌 식수Hélène Cixous는 그녀의 짧은 글 〈메두사의 웃음The Laughter of Medusa〉에서 여성에 대한 새로운 이미지를 구성하는 구심점으로 저항적, 전복적 속성을 가진 메두사를 재해석하면서 여성 존재에 대한 새로운 가능성을 제시한다. 식수는 자신의 모습조차 바라보는 것이 금지된 메두사의 버려진 몸을 찾으면서, 남성 중심적 가치에 기반 둔 문화 속에서 어떤 것(페니스)을 가지지 못한 자신들의 몸을 혐오하면서 어둠 속으로 감추고 부끄러워하도록 강요당한 여성들이 무의식적으로 "스스로의 적"(1455)이 되었음을 지적한다. 따라서 식수는 남성 중심적 이데올로기에 의해 부정되고 무시된 여성의 권리와 목소리 찾기를 강조하며 여성의 몸의 글쓰기를 그 시발점으로 제시한다. 억압당하고 냉대를 받았던 여성의 몸은 여성 글쓰기의 원천이자 방법인 것이다.

메두사의 버려진 몸이 그녀가 겪은 수난을 기억하고 있듯이, 기록되지 않은 여성의 역사는 여성의 몸에 새겨져 있다. 자신의 목소리를 빼앗긴 채 치명적, 파괴적 창조력을 지닌 메두사 같은 여성의 글쓰기는 "변화의 가능성 자체"(1456)를 상징한다. 사실 많은 여성 작가들, 특히 유색인종 여성 작가들은 여성의 몸을 텍스트로 하여 침묵당한 여성들의 다양한 모습을 그리고 있음은 주지의 사실이다. 또한 탈식민주의 비평가 알베르 메미Albert Memmi가 "기억이란 단지 정신적 현상만은 아니다"(103)라고 지적하듯이, 여성 작가들의 텍스트에서는 제

---

[2] 프로이트의 남근 중심의 정신분석적 관점에서 보면, 메두사의 잘린 머리에 대한 공포는 거세 콤플렉스castration complex에서 비롯된 '거세공포terror of castration'이다.

도적·성적·가부장적 폭력의 기억을 여성의 몸으로 재현하고 있다.

예를 들면 토니 모리슨의《빌러비드Beloved》(1987)에서 자식을 살해한 어머니 세스, 마르세 콘디의《나, 티튜바, 세일럼의 흑인마녀I, Titubas, Black Witch of Salem》(1994)에서 흑인 마녀로 재판장에 서게 된 티튜바, 노라 옥자 켈러의《위안부Comfort Woman》(1997)에서 전장에 버려진 소녀 아끼꼬, 그리고 진 리스의《드넓은 사가소 바다》과 샬럿 퍼킨스 길먼의〈누런 벽지〉에서 방에 갇힌 아내 버사 메이슨와 이름 없는 여성 화자 등 여러 작품에서 아픈 역사의 흔적을 몸에 새긴 여성들을 만날 수 있다. 흔히 가부장제적 이데올로기와 사회 가치를 그대로 수렴하지 않는 그녀들은 목소리를 빼앗긴 채 이성적으로 설명이 불가능한 히스테릭한 존재인 마녀나 미친 여자 또는 여자 괴물로 서술되었다. 반면에 여성 텍스트에서는 이러한 광기의 여자 화자들이 여자 괴물 메두사로 변하면서 전복적이면서 창조적인 파괴력을 지닌 새로운 이야기를 들려준다.

다음 장에서는 19세기 미국 여성 작가 샬럿 퍼킨스 길먼의〈누런 벽지〉와 20세기 영국 작가 진 리스의《드넓은 사가소 바다》에 등장하는 남성지배 담론이라는 거대한 방에 감금되어 있는 광기 어린 아내들을 살펴보고자 한다. 그 시대적·공간적 차이에도 불구하고, 이 여성 작가들은 "사회의 지배질서에 의해 주어지는 주체가 아니라 자신의 자아를 주제로 삼는"(원철,《포스트구조주의와 문학》67) 자서전적 글쓰기를 통하여 여성의 광기를 남성 지배 질서를 넘어설 수 있는 적극적인 수단 또는 억압적인 가부장적 자본주의 문화 질서를 향한 분노의 표출로 이용하고 있다는 점은 주목할 만하다. 다시 말하자면, 식수가 주장하듯이, 진 리스와 샬럿 퍼킨스 길먼은 자서전적 글쓰기를 통하여 가부장적 권위를 무기로 삼는 남편들에 의해 방 안에 감금당한 아내들의 억압된 자아와 열망을 괴물이 된 여성의 몸으로 표출하고 있다. "여자가 천사처럼 행동하지 않으면 괴물이라고 경고 받는 사회에서"(길버트와 구바 141) 의존적이고 연약하며 침묵적인 아내들은 메두사 같은 공격적이고 파괴적이며 동시에 창조적인 괴물들로 재탄생하여 그들의 목소리와 이야기를 갖게 된다. 즉, 여성문학 텍스트의 '메두사 또는 여자 괴물 되기'란 침묵하는 존재에서 분노를 분출하는 존재로의 전환을 의미한다.

메두사 되기

남성 중심적 신화에서 아름다운 처녀가 메두사라는 괴물로 바뀌었듯이, 작가의 자서전적인 경험을 토대로 한 길먼의 〈누런 벽지〉와 리스의 《드넓은 사가소 바다》에서도 결혼이라는 가부장적 제도에 의해 여성들은 아내라는 이름의 굴레에 갇혀 괴물로 변해 간다. 다락방에 갇힌 여성들의 광기 또는 괴물성은 여성의 '집 안의 천사'라는 사회적·문화적 이미지에 반하는 것이다. 또한 이는 자기 성찰의 기회를 제공히며 새로운 여성의 이미지를 형상화함으로써 여성성에 대한 새로운 정의를 제시하고 있다.

길먼의 일기 형식으로 구성된 〈누런 벽지〉는 여름 석 달 동안 "스산한 집"(196)에 갇혀 지내야 하는 이름 없는 백인 아내 화자의 내적 갈등과 분열이 외적으로 표출되는 과정을 들려주고 있다. 아내 화자는 권위적인 의사 남편 존과 오빠에 의해 단순한 산후 신경쇠약이라는 진단을 받고 일체의 사유 및 행동의 자유가 금지된 채 그저 누워만 있으라는 처방을 받는다. 남성─의학 담론에 의해 환자로 규정된 화자인 아내는 19세기 수동적이고 연약하면 복종적인 여성을 대표함과 동시에 기존의 가부장적 사회질서로부터 탈출하고 싶은 여성의 역제된 욕망을 보여 준다. 표면상으로 의사 남편 존과 환자 아내 화자의 갈등은 "감성과 이성의 갈등, 무능과 능력의 갈등, 환상과 지성의 갈등, 이야기 만들기(허구)와 사실 사이의 갈등, 갇힌 자와 자유로운 자 사이의 갈등이고, 환자와 의사의 갈등이며, 특히 광기와 제정신 사이의 갈등"(오정화 145)[3]이다. 무엇보다 길먼의 〈누런 벽지〉에서 나타나는 의사 남편과 환자 아내의 관계는 대상화하는 주체(남성)와 대상화되는 객체(여성)의 권력 관계를 여실히 보여 준다.

합리적이고 실용적인 이성을 대표하는 남편은 아내의 여성적 사유를 항상 비논리적이며 어리석은 환상fancy으로 치부한다. 따라서 이성적 사고의 의사 남편은 감성적인 어린 소녀 같이 쓸모없는 공상과 상상력으로 가득 찬 환자 아내의 개인적인 글쓰기[4]와 자신의 처지를 생각하는 것조차 금지함으로써 소극적이며 수동적인 여성성을 강요할 뿐만 아니라 사랑하는 아이와 남편을 위한 희생적 아내의 위치를 재확인시킨다. 남성적 권위에 의해 주어진 여성성은 사회적 권력 관계를 유지하고 강화하는 이데올로기적 역할을 수행한다. 이에 반하여 아내 화자 자신도 왜 쓰는지조차 모르면서도 "죽은 종이"(196) 위에 계속되는 비밀스런 글쓰기와 상상력은 강요된 여성적 주체의 위치를 해체하고 자신의 정체성을 찾고자 하는 무의식적 저항으로 해석될 수 있다. 이러한 억제된 무의식적 저항은 보호라는 명분 하에 자신이 갇힌 방의 누런 벽지에 나타나는 "괴상하고 자극적이며 형체가 없는 형

---

[3] 오정화의 논문 〈정체성의 비극으로서의《오이디푸스 군주》와《누런 벽지》와《자각》에 나타난 여성정체성의 비극성〉은 정체성의 비극이라는 관점에서 〈누런 벽지〉에서 보여 주는 여성에 한정된 비극성과 정체성 탐구 과정을 논하고 있다.

[4] 원철의 논문 〈문학의 탈신비화와 저항적 자아〉는 포스트모더니즘/포스트구조주의 관점에서 《누런 벽지》를 저항적 텍스트로 분류하고 화자의 글쓰기는 남/여, 이성/비이성, 의학/병, 중심/주변 등의 이분법에 토대를 둔 "서양의 근대 휴머니즘 담론에 저항하면서 주변화되고 억압된 자신의 자아를 회복하는 수단"(225)으로 분석하고 있다. 그리고 김진옥의 논문 〈《누런 벽지The Yellow Wallpaper》: 쓰기 치료와 여성간의 유대〉 또한 여성적 글쓰기는 여성 자아의 억압된 욕망을 표현하는 출구로서 여성/남성, 자아/타자를 구분 짓는 이분법적 경계를 넘어선다고 주장한다.

상"(200)에 투영된다.

　사랑이나 보호라는 미명 하에 행해지는 남편의 '실용적이고 자상한' 폭력은 아내 화자의 잠재적, 반항적, 분열적 괴물성을 깨우게 된다. 아내의 내적 갈등은 남편에 의해 지정된 '실용적으로 편의를 위한 자리'—아이들을 위해 만들어진 햇볕과 바람이 잘 통하며 안전을 위한 창살이 있는 커다란 다락방—에서 시작된다. 저명한 의사 남편은 "고통스러워해야 할 어떤 이유가 없음에도"(198) 고통스러워하는 아내의 고통의 원인을 찾고자 하는 노력조차 보이지 않은 채 아내의 연약한 정신력을 은연중에 비난한다. 게다가 방을 바꿔 달라거나 친구를 방문하고 싶다는 등 변화를 원하는 그녀의 요구들을 경제적 또는 거리상의 이유를 들어 '실용적이고 합리적'으로 무시한다.

　이런 자상하게 독재적인 남편을 향한 사회적 · 문화적으로 강요된 순종은 아내의 자아분열을 촉진시키면서 알지 못하는 불안감으로 자신의 갓난아이를 돌보는 어머니의 역할마저 거부하게 한다. 지적 · 육체적 활동을 금지 당한 채 자신을 보호/감시하는 시누이 제니를 제외하고는 일체 대화의 상대를 찾을 수 없는 아내 화자는 그저 침대에 누워 색이 바란 누런 벽지를 바라볼 수밖에 없다. 창조적 열정으로 가득 차 화자의 시선은 자신을 지켜보는 벽지 속의 "불합리적이고 태연한 눈들"(199)과 마주친다. 이러한 화자의 '바라봄'은 창살 달린 방 안에 갇힌 자신의 상황을 보여 주는 "살아 있는 종이"(오정화 146)인 누런 벽지 안에 갇혀 탈출을 시도하면서 여기저기를 기어 다니는 여성을 인식하게 한다.

　　내 생각엔 저 여자는 낮에 나오는 것 같아요!
　　왜인지 그 이유를 말해주죠 — 내가 직접 그녀를 봤거든요!
　　내 방의 모든 창문에서 그녀를 볼 수 있어요!

바로 그 여자예요, 왜냐고요, 그녀는 항상 기어 다니거든요. 그리고 대부분의 여자들은 낮에 기어 다니지 않잖아요. ……

나도 낮에 기어 다닐 때에는 항상 방문을 잠그거든요. 난 밤에는 기어 다닐 수가 없어요. 존이 금방 낌새를 알아차릴 거예요.

I think that woman gets out in the daytime!

and I'll tell you why ―privately― I've seen her!

I can see her out of every one of my windows!

It is the same woman, I know, for she is always creeping, and most women do not creep by daylight. ……

I always lock the door when I creep by daylight. I can't do it at night, for I know John would suspect something at once.

더 나아가, 알 수 없는 불쾌감과 증오의 감정을 불러일으키는 누런 벽지 속에서 기어 다니는 여성과 자신을 동일시하면서 아내 화자는 비슷한 처지에 놓인 가정/결혼이라는 관습적 틀patterns에 갇힌 다른 여성들도 볼 수 있게 된다. 여성의 희생을 요구하는 '행복한 가정'을 유지하기 위해 항상 가부장적 남편을 의식하면서 순종적인 천사의 가면을 쓰고 다녀야 하는 아내들의 잠재된 반항적 광기는 사회적 통념상 성인에게는 금지된 '기어 다니기'라는 행위로 표출된다. 그러한 억제된 광기를 사회적 시선을 피할 수 있는 어두운 밤에만 드러내는 많은 여성들과는 달리, 대낮에 기어 다니는 여성은 아내 화자의 도전적·저항적·파괴적 여자 괴물로의 전환을 의미한다. 즉, 남성이라는 거대한 괴물과 맞서기 위해서는 아내들 또한 창조적 괴물이 되어야 한다. 길먼의 아내 화자가 벽지를 벗겨 내면서 보여 주는 여성적 광기는 남편이라는 이성적·실용적·합리적 괴물과 맞서게 하는 용기를 수반한다. 이는 아내 화자의 목소리 회복으로 나타난다. 이야기 전반에 걸쳐 보여 주었던 아내의 울음 섞인 나약한 목소리와 남편의 논리적인 또렷한 목소리는 마지막 장면에서 아내의 부드럽고 차분한 목소리와 남편의 당황과 공포의 외침으로 바뀌게 된다.

"무슨 일이야?" 그가 소리쳤어요. "맙소사, 당신 뭐하는 거야?"

나는 그저 계속해서 기어 다니면서 어깨 너머로 그를 쳐다보았어요.

"드디어 제가 빠져나왔어요," 내가 말했어요. "당신과 제니의 감시에도 불구하고 말이죠. 그리고 벽지의 대부분을 제가 벗겨 버려서 당신은 다시 저를 가둘 수 없어요."

그런데 왜 저 남자가 기절을 해야 하지? 아무튼 벽 옆으로 난 나의 길을 막아서면서 그는 기절해 버렸고 나는 그를 매번 기어서 넘어야 했어요.

"What is the matter?" he cried. "For God's sake, what are you doing?"

I kept on creeping just the same, but I looked at him over my shoulder.

"I've got out at last," said I, "in spite of you and Jannie![5] And I've pulled off most of the paper, so you can't put me back!"

Now why should that man have fainted? But he did, and right across my path by the wall, so that I had to creep over him every time. (206)

---

5 《누런 벽지》의 1899년 초판본에서는 'Jannie'가 아니 'Jane'으로 표기되어 있다. 그 후 본 글에서 인용한 책자를 비롯하여 많은 출판물에서는 'Jane'은 'Jannie'의 출판상의 오류로 인식하여 'Jannie'로 정정하였다. 하지만 어떤 학자들은 'Jane'은 화자의 이름으로 남편뿐만 아니라 자신을 억제하고 감시하는 존재가 가부장적 질서를 내면화한 자신임을 은연중에 암시하는 것으로 해석한다. 윌리엄 비더의 논문 "Who is Jane? The Intricate Feminism of Charlotte Perkins Gilman", *Arizona Quarterly* 44, 1988, pp. 40–79 참조.

결국 남편이라는 괴물을 쓰러뜨리고 그의 몸을 넘나드는 길먼의 이름 없는 아내 화자는 '네발로 기기'라는 몸의 체험을 통하여 억눌렸던 자아의 존재와 여성적 사유를 회복하게 된다. 다이엔 프라이스 헌들Diane Price Herndl에 의하면, "병은 19세기 사회의 성 규범들에 도전하는 방법, 특히 남성 지배에 도전하는 여성적 형식, 병든 세계에서 진정한 건강을 보여 주는 기호가 된다."(114 ; 재인용 원철, 〈문학의 탈신비화〉 224) 이러한 점에서 역설적이게도 여성의 "광기는 병든 남성 지배질서에서 병자로 규정된 화자가 보일 수 있는 건강한 저항의 기호"로 읽을 수 있다.(원철 224) 여러 학자들은 기절한 남편은 잠시 후 깨어날 것이므로 아내 화자의 탈출은 실패이며 비극적 결말이라고 주장한다. 하지만 메두사의 죽음이 새로운 시작을 열듯이, 화자의 탈출의 성공 여부나 비극성보다는 여성의 깨달음과 가능성을 보여 주는 긍정적인 열린 결말에 더 주목하여야 한다. 또한 흥미롭게도 여성주의 비평가 산드라 길버트와 수전 구바는《다락방의 미친 여자The Madwoman in the Attic》라는 저서에서 "텍스트의 무늬 벽 뒤에 있는 마비된 세계로부터의 탈출이란 질병으로부터 건강으로의 탈출이었다는 것은 길먼 자신에게 매우 명백했다"(196)고 지적한다.

더 나아가 길버트와 구바는 메리 셸리, 브론테 자매, 조지 엘리엇, 에밀리 디킨슨 등 19세기 여성 작가들의 작품 속에 등장하는 "괴물," "미친 여자," "사나운 야생성"은 강고한 남성 중심적 문학적 성채와 전통에 갇혀 지내는 여성 작가들의 분신이라 주장한다. 이를 가야트리 스피박Gayatri Chakravorty Spivak이 〈세 여자 텍스트와 제국주의 비판 Three Women's Texts and a Critique of Imperialism〉에서 예절 바른 여주인공들과 분노에 찬 여성 괴물들을 제국주의적인 백인 자아의 우월성을 향유했던 제1세계 여성과 서구 문명의 밖이나 경계에 있는 제3세계 여성으로 대체하면서 그들의 주장에 이의를 제기한다. 다시 말해, 스피박은 백인 여성주의자들이 백인 여성의 주체성을 구성하기 위해서는 타자는 말살될 수도 있다는 암묵의 전제 하에서 여성이라는 단일한 개념을 제공하고 있다고 비판한다. 샬럿 브론테의《제인 에어》에 등장하는 제인과 버사는 좋은 예이다.

《제인 에어》는 빅토리아 시대 백인 여성의 성장소설로서 "감금과 탈출"의 이야기다.(길버트와 구바 579) 사회적 운명에 순종하기를 거부하는 여주인공 제인은 가부장적 사회에서 여성들이 부딪칠 수밖에 없는 여러 가지 역경—억압, 굶주림, 광기 그리고 추위—를 극복해야 한다. 길버트와 구바는 가부장적 소유욕과 지배력을 지닌 로체스터와의 결혼 전날 밤 제인의 새하얀 결혼식 면사포를 밟아 뭉개는 유령 같은 존재인 버사 메이슨을 비유적, 심리적인 면에서 "제인의 또 하나의 화신," 즉 가장 위험하고 어두운 분신이며 분노한 자아를 구체화시킨 인물로 해석한다.(610) 많은 비평가들은 정숙하고 단정한 제인의 내밀한 욕망, 표출되지 않은 분노, 결혼에 대한 불안, 새로운 지배에 대한 적대감이 다락방에 감금된 로체스터의 법적인 아내 버사를 통해 구체화된다고 본다. 그리고 버사가 불타 죽음으로써 기만적이고 남성적인 힘을 상징했던 로체스터가 불구가 되고 장님이 된다는 점에 주목하면서 이를 "상징적인 거세"(622)로 해석한다. 이로써 제인과 로체스터는 진정으로 동등하게 되고 가부장적 억압과 사회적 제약에서 벗어나 일방적인 착취가 아닌 상호의존의 관계 형성이 가능해졌다. 따라서 순수한 백인 여성 제인의 자아와 동등성은 서인도제도 출신의 광녀 버사의 죽음으로 성취된다.

다시 말하자면, 제인과 로체스터의 합법적인 결혼과 함께 제인의 기나긴 여정의 행복한 결말을 위해서는 반항과 분노로 가득 찬 반유럽적이고 반기독교적인 기괴한 여성 버사는 잿더미 속으로 사라져야만 했다. 그렇다면 미친 아내로 타자화된 주변적 존재인 버사는 누구인가? 도미니카 출신 여성 작가 진 리스는 전복적 해체 텍스트[6]인《드넓은 사가소 바다》에서 "무대 뒤에서 소름끼치는 존재로만 작용하는 정신이상의 버사를 무대의 한가운데에 등장"(김정매 8)시키면서 제인과 차별화된 인물로서 버사의 빼앗긴 이름과 목소리를 되찾아준다. 성적으로 방탕한 로체스터는 자메이카에서 영국의 순수한 혈통을 지닌 크리올 여성의 미모와 매력에 반하여 그리고 무엇보다 경제적 이유로 앙뚜와넷과 결혼한다. 그러나 얼마 지나지 않아 "백인우월주의 및 남성우월주의적 사고와 행위에도 불구하고 그가 저급하다고 무시하는 타자들에 의해 고통받는 인물"(윤정길 450)로 그려지는 로체스터는 3만 파운드의 지참금을 건네준 '법적' 아내의 타자성을 강하게 인식하면서 그녀를 본래 이름 '앙뚜와넷' 대신 '버사'라 부른다.

길먼의 아내 화자와 남편 존의 관계에서 나타나듯이, 사회적·문화적·인종적·성적 권력관계 속에서 버사와 로체스터 또한 대화가 불가능하다. 존이 창조적 열정과 변화를 갈구하는 아내를 자기 통제와 의지가 약해서 환상에서 허우적거리는 감성적인 존재로 규정하듯이, 로체스터도 그의 합법적 아내가 보여 주는 문화적 이질감과 비영국적인 여성성으로 인해 그녀의 이야기를 비도덕적이고 비이성적인 것으로 여기며 그녀의 웃음조차 저급하고 히스테릭한 것으로 받아들인다. 더 나아가, 로체스터는 아내의 이름조차 자신의 기호에 맞게 정하는 것이 자연스러운 마냥 행동한다. 사실 새로운 이름을 명명하는 행위는 새로운 정체성을 부여하는 행위이며, 이는 가부장적 권력과 지배를 의미한다.

---

6 윤진구의 논문 《《드넓은 사가소 바다》 연구— '사가소 바다'의 순환구조와 서사의 순환〉은 진 리스의 작품을 "상호텍스트성에 위한 문학사 다시쓰기"로 비유럽인의 억압받았던 목소리를 첨가하여 문학사와 역사의 변화를 증명하였다고 평가한다.

"내가 하고 싶은 말은 이게 다예요. 당신을 이해시키려 노력했지요. 하지만 아무것도 변한 것이 없네요." 그녀가 웃었다.

"그렇게 웃지 마, 버사."

"내 이름은 버사가 아니에요. 왜 날 버사라 부르는 거죠?"

"그 이름을 내가 특별히 좋아하기 때문이지. 난 당신을 버사로 여겨."

"I have said all I want to say. I have tried to make you understand. But nothing has changed." She laughed.

"Don't laugh like that, Bertha."

"My name is not Bertha ; why do you call me Bertha?"

"Because it is a name I'm particularly fond of. I think of you as Bertha."(111)

영국적인 사회규범에서 자란 로체스터가 버사를 바라보는 시선은 가부장적·유럽적·기독교적 가치에 반한 성적 매력(전형적인 여성성을 규정하는 젠더 틀에 맞지 않는 퇴폐적 또는 노골적 섹슈얼리티)을 지닌 크리올 여성을 향한 은밀한 욕망을 감춘 백인 남성들의 맹목적인 편견, 혐오, 불신을 그대로 드러낸다. 즉, 버사의 성적 자유분방함과 야생적 본능은 로체스터가 내재화한 '집 안의 천사'로서의 여성의 도덕적 절제와 순수성의 이미지를 깨뜨리고 남성적 이성과 통제력의 미덕마저 흔들어 놓는다. 따라서 화려하고 관능적이고 이국적인 모습의 버사는 제국주의적·자본주의적·가부장적 영국 사회에서 거절당한 채 어두운 다락방에 갇혀 섬뜩한 웃음소리와 기괴한 중얼거림으로 공포를 자아내는 괴물로 변한다. 이 괴물은 또한 백인 남성이 "지우고 싶은, 감추고 싶은 기억"(142)의 형상이다.

《제인 에어》에서 버사는 몸집이 크고 검은 머리카락이 치렁치렁

늘어져 있으며 남자 같은 힘을 지녔을 뿐만 아니라 네 발로 기어 다니면서 미친 듯이 울부짖고 공격적인 여자로 묘사된다. 그러므로 개인적 역사는 무시된 채 버사는 괴물, 악마, 마귀, 짐승으로 불린다. 반면에 《드넓은 사가소 바다》에서 백인 농장주들과 흑인 노예들 사이의 불안하고 불행한 환경에서 자란 버사는 남편의 고향으로 옮겨 와서도 문화적 충돌과 소통 불가능으로 낯선 땅, 낯선 사람들 속에 고립된 존재이다. 게다가 길먼의 〈누런 벽지〉의 아내가 의사 남편에 의해 환자로 분류되어 철저한 감시를 받듯이, 로체스터 또한 의사들을 동원하여 아내를 유전적 광녀로 진단하여 보호라는 미명 하에 합법적으로 어두운 다락방에 가두어 감시한다. 하지만 가부장적 식민 잔재에 뒤덮인 자메이카 고향에서 버사가 자신의 삶과 안정을 남성에 의지하려는 무기력하고 나약한 모습을 보였다면, 영국에서 괴물이 된 타자로서 버사는 가족 또는 결혼이라는 제도가 부여한 법적인 권리로 자신을 억압하고 지배하는 남성들(남편과 오빠)로부터 탈출하고자 한다.

여러 면에서 성적으로 유린당하고 결혼이라는 남성적 굴레에 묶인 버사는 메두사와 비슷하다. 손필드 대저택을 방문하는 사람들에게 어둠 속에 갇힌 버사는 시선을 마주치고 싶지 않는 스산한 유령 같은 존재이다. 그리고 메두사처럼 버사 또한 자신의 모습을 바라보는 것이 금지되어 있다.

이 방엔 거울이 없어 지금의 내 모습이 어떤지 알 수가 없다. 머리를 빗는 내 모습과 그 모습을 바라보던 나의 눈빛을 나는 기억한다. 내가 보았던 소녀는 나였지만 완전한 나 자신은 아니었다. …… 그들은 모든 것을 빼앗아 갔다. 나는 지금 이곳에서 무엇을 하고 있으며 나는 누구인가?

There is no looking-glass here and I don't know what I am like now.
I remember watching myself brush my hair and how my eyes looked back
at me. The girl I saw was myself yet not quite myself. …… Now they have
taken everything away. What am I doing in this place and who am I?(147)

가부장적인 거울/텍스트의 이미지 속에 갇혀 있는 여성이 거울 밖으로 나오기 위해서는 거울 속의 이미지화 된 자아를 깨뜨려야 한다. 즉, 자신을 바라본다는 것은 자신의 위치, 현실, 그리고 정체성을 재확인하는 행위다. 따라서 자신을 응시하는 것마저 허용되지 않은 버사는 인종적·문화적 자아의 정체성 문제에 직면하게 된다. 가부장적 앵글로색슨 중심의 사회 속에서 계급, 인종, 성별의 세 국면에서 열등한 타자로 분류된 버사는 사회적 이탈자로서 그리고 문화적 괴물로서 설자리가 없으며 자신의 이야기를 가질 권리도 없다.

결국 길먼의 아내 화자가 억압과 구속의 상징으로 여긴 방 안의 누런 벽지를 찢어 내면서 기어 다니듯이, 버사가 그녀의 물질적 감옥 손필드 저택를 방화[7]하는 것은 "자신을 억압하고 타자로 규정한 것에 대한 최초의 반항이며 파괴적인 방식을 통해서나마 자아를 주장하는 행위"이다.(조애리 254) 현실과 꿈이라는 모호성의 불길 속에서 그녀는 자신을 향해 "버사, 버사"를 외치는 한 남자(로체스터)의 목소리를 듣는다. 작가는 작품 전체를 통하여 로체스터의 이름을 언급하지 않는다. 이는 앙뚜와넷의 이름을 빼앗아 간 그의 가부장적 권위를 부정하는 도전으로 해석될 수 있다. 또한 메두사의 시선처럼, 남자의 도움(구속)의 손길을 외면한 그녀의 응시는 그 남자를 불구로 만들었으며,

---

[7] 김봉은의 논문 〈타자 알레고리를 해체하는 제삼세계의 인도주의 : 진 리스의 《광활한 싸가소 바다》〉는 불의 알레고리적 역할을 분석하면서 리스의 텍스트에서 불은 단순한 저항, 보복, 해방의 의미를 넘어 버사의 깨달음을 이끄는 계몽의 의미를 함축하고 있다고 본다.

마침내 여자 괴물 버사는 앙뚜와넷으로서 자신의 존재를 주장하는 전복적 열린 결말을 맺는다. 이로써 그녀는 억압적 요소들로 가득 찬 현실을 거부하고 저항하는 자신의 창조적 이야기를 갖게 된 것이다.

가부장제와 자본주의가 만든 '괴물'

지금까지 살펴보았듯이, 비록 시공간 및 인종적 차이에도 불구하고, 길먼과 리스는 자신들의 텍스트에서 여성의 억압된 존재와 삶을 신체적·정신적 변화를 야기하는 여성적 광기로 표출하고 있다. 이 글에서 다루었던 〈누런 벽지〉와 《드넓은 사가소 바다》는 많은 공통점이 있다. 어둠 속에 갇혀 기어 다니는 메두사 같은 여자 괴물로 변해 가는 아내, 중산계급의 남편과 오빠라는 가부장적 존재, 여성을 감시·감독하는 가부장적 시녀 역의 여성, 낯설고 고딕적인 공간, 그리고 열린 결말open ending 등을 예로 들 수 있다. 무엇보다 이 작품들에서 남성의 집에 갇힌 아내들의 새로운 이야기의 시작은 법적 남편들의 존재를 망각하면서 시작된다는 점이다. 〈누런 벽지〉의 이름 없는 화자와 《드넓은 사가소 바다》의 버사는 마지막 장에서 그녀들의 남편을 그저 '한 남자'로 인식하면서 남편으로서의 가부장적 권위와 우월성을 배제해 버린다. 즉, 메두사의 시선이 남성들을 화석화시키듯이, 괴물이 된 아내들의 남편을 향한 시선은 결혼 또는 가정이라는 이데올로기적 제도의 밑바탕에 깔려 있는 계승, 부권, 위계질서를 해체한다. 사회로부터 격리된 여성의 '본다'는 주체적 행위는 억압된 현실을 인식하고 분노를 표출하는 것으로 이어지며 이는 남성에게는 공포를 야기한다. 이러한 점에서 메두사처럼 남성을 직시할 수 있는 여자 괴물이 된다는 것은 복종과 침묵을 미덕으로 제시하는 사회적 거울 속의 이미지를 파괴하며 새로운 여성성을 창조함을 뜻한다.

따라서 식수가 주장하듯이, 비록 외형적으로는 괴물의 형체로 변하였을지라도, 메두사를 비롯한 여자 괴물들은 아름다우며 그녀들의 웃음은 스스로를 사랑하는 용기와 부당한 현실을 향한 도전적 외침을 상징하는 것이다. 여자 괴물은 억압되고 은폐되는 주변과 타자가 아닌 "말하는 주체speaking subject"로서의 저항적 자아 형성의 시발점이며 남성 중심의 지배담론에서 벗어날 수 있는 가능성을 보여 준다. 남성 영웅에 의해 목이 베여 죽었지만 메두사가 여전히 후세의 예술적·문학적·문화적 상상력을 자극하듯이, 여성 문학텍스트에 등장하는 분노와 공포의 여자 괴물들 또한 주변화되고 타자화된 이들에게 '새로운 이야기'를 만들 수 있는 토대를 제공한다.

마지막으로 덧붙이자면, 이 글에서 다루지 못하였지만, 흔히 남성 중심의 서양 문화에서 동양 여성은 조용하며 신비스럽고, 흑인 여성은 무섭고 공격적이며, 라틴계 여성은 감성적이며 육감적이고 원주민 여성은 강인하고 소박한 이미지로 그려진다.(Harris and Ordena 306) 하지만 이미지는 대상의 주체적 의지나 본질을 나타내기보다는 그 대상을 바라보는 타자의 시선이나 가치관이 강하게 개입되어 만들어진다. 이러한 점에서 여성의 부정적 이미지들 또한 가부장제 질서와 사회를 근본적으로 위협하는 불순한 세력을 효과적으로 잠재우기 위한 것이라는 주장은 타당하다. 여자 괴물은 가부장적 사회와 문화를 반영하고 있으며 기존 질서를 유지하고자 하는 지배 이데올로기의 대항적 산물로 여겨져 남성 지배자들의 절대 제거 대상이 되어 왔다. 역설적이게도 아름다움과 퇴폐적 파괴성을 지닌 여자 괴물은 남성의 성적 쾌락에 대한 금욕적 태도 및 도덕적 우월감 뒤에 감추어진 은밀한 욕망과 두려움의 발현이기도 하다. 또한 남성적 발전 논리가 지배적 가치인 현대사회에서 여성에게는 괴물이 된다는 것이 사회적·집단적 특성과 개인적·심리적 특성이 복잡하게 혼융된 정체성의 문제로 부각된다.

결론적으로, 가부장적 가치관과 자본주의 사회의 확대가 여자들을 여자 괴물로 전환시켰다. 하지만 여성 작가들의 작품에 등장하는 역사적·문화적으로 무시되고 소외된 여자 괴물들은 파괴적이면서 창조적인 새로운 여성으로 탄생한다. 또한 이러한 여자 괴물들은 21세기 계급, 성, 젠더, 인종의 차이의 인식을 바탕으로 한 건전한 인간관계 형성에 대하여 고찰하는 기회를 제공한다는 점에서 더욱 지속적인 연구가 필요하다 하겠다.

| 참고문헌 |

김봉은, 〈타자 알레고리를 해체하는 제삼세계의 인도주의 : 진 리스의 《광활한
　　싸가소 바다》〉, 《영미문화》 5.2, 2005, 1~19쪽.
김정매, 〈해체적 글쓰기 : 진 리이스의 《드넓은 사가소 바다》—샬럿 브론테의
　　《제인 에어》와의 비교 연구〉, 《영미문학 페미니즘 3》, 1996, 7~34쪽.
김진옥, 〈《누런 벽지The Yellow Wallpaper》 : 쓰기 치료와 여성간의 유대〉, 《근대
　　영미 소설》 14.1, 2007, 35~51쪽.
산드라 길버트와 수전 구바, 《다락방의 미친 여자》, 박오복 옮김, 이후, 2009.
조애리, 〈역사 속의 타자 《드넓은 조해》〉, 《현대영미소설》 4.2, 1997, 237~256쪽.
오정화, 〈정체성의 비극으로서의 《오이디푸스 군주》와 〈누런 벽지〉와 《자각》에
　　나타난 여성정체성의 비극성〉, 《근대영미소설》 5.2, 1998, 135~163쪽.
윤정길, 〈《광활한 싸가쏘 바나》의 또 나른 해석—신 리스의 로제스터 숙소선략과
　　그 의미〉, 《영어영문학》 49.3, 2003, 449~474쪽.
윤진구, 〈《드넓은 사가소 바다》 연구—‘사가소 바다’의 순환구조와 서사의 순환〉,
　　《영어영문학》 49.4, 2007, 233~257쪽.
원철, 〈문학의 탈신비화와 저항적 자아〉, 《영어영문학》 48.4, 2006, 211~229쪽.
　　　　, 《포스트구조주의와 문학》, 한국학술정보, 2009.
홍성주, 〈마리아의 복종과 앙뚜와넷의 일탈—진 뤼즈의 《사중주》와 《광활한 싸
　　가쏘 바다》의 비교〉, 《현대영미소설》 6.2, 1999, 209~239쪽.

Cixous, Hélène, "The Laugh of the Medusa", *The Critical Tradition*, Ed. David

H. Richter, Boston : Bedford, 1998. pp. 1454−1466.

Duda, Heather L., *The Monster Hunter in Modern Popular Culture*, Jefferson, North Carolina and London : McFarland & Company, 2008.

Harris, Virginia R., and Trinity A. Ordona., "Developing Unity among Women of Color", *Making Face, Making Soul : Creative and Critical Perspectives by Feminists of Color*, Ed. Gloria Anzaldúa, San Francisco : Aunt Lute, 1990, pp. 304−16.

Gilman, Charlotte Perkins, "The Yellow Wallpaper", *Discovering Literature : Fiction, Poetry, and Drama*, Ed. Hans P. Guth and Gabriele L. Rico, New Jersey : Blair P, 1993, pp. 196−207.

Memmi, Albert, *The Colonizer and The Colonized*, Trans. Howard Greenfeld, New York : Orion, 1965.

Rhys, Jean, *Wide Sargasso Sea*, New York : Penguin, 1966.

Spivak, Gayatri Chakravorty, "Three Women's Texts and a Critique of Imperialism", *The Feminist Reader : Essays in Gender and the Politics of Literary Criticism*, Ed. Catherine Belsey and Jane Moore, New York : Basil Blackwell, 1989, pp. 60−91.

스펙터클의 힘, 그 정치적 가능성
– 장이머우 〈홍등〉, 〈황후화〉를 중심으로

이 시 욱

이 논문은 서울장학재단 하이서울장학금의 지원을 받아 연구되었음.

블록버스터, 대작 영화를 둘러싼 맥락들

1990년대 후반을 기점으로 한국 영화계는 새로운 국면으로 접어들었다. 그 새로움이 구체적으로 무엇인가 하는 문제에 있어서는 논자들에 따라 의견 차이가 있을 것이지만, 1990년대 후반의 한국 영화들이 이전과는 현저히 다른 특징들을 지니고 있음은 분명하다. 이 시기의 영화를 두고 널리 회자된 용어는 '한국형 블록버스터'인데, '블록버스터'란 용어 자체는 영화의 흥행 수치를 가리킬 뿐, 영화의 장르, 스타일, 주제 혹은 정치적 지향을 직접 지칭하지는 않는다.[1] 그러나 블록버스터에 대한 비판을 통해 그 특징을 추출해 낼 수는 있다.

블록버스터 영화들은 거대 자본과 최신 테크놀로지를 활용한 특수효과를 앞세워 구현된 '규모의 스펙터클'을 중심으로 내러티브를 단순화한다는 점에서 비판 대상이 된다. 관객의 스펙터클에 대한 몰입은 주로 선—악의 대립 구도를 취하는 단순화된 내러티브를 바탕으로 하여 강화되는데, 단선적인 서사에 동반되는, 항상 선의 승리로 끝나는 영화의 결말은 현실에 존재하는 복잡다기한 갈등과 차이들을 은폐하고 봉합한다. 요컨대 "블록버스터의 세세 속에서는 어떤 모호함이나 혼동이 허용되지 않는"다.[2]

블록버스터와 스펙터클에 대한 열광은 일상의 스트레스에서 일시

---

[1] 애초에 블록버스터는 '1억 달러'란 불가능하게 여겨진 흥행 수치를 깬 영화를 가리킨다. 김경욱, 〈할리우드 블록버스터의 전개과정과 이데올로기 : 〈스타워즈〉 시리즈를 중심으로〉, 《영화연구》 19호, 2002, 171쪽. 김병철은 '한국형 블록버스터'라는 명칭에 담긴 욕망과 실체를 분석하면서 그것이 한국 영화에 미친 영향을 영화 내적 측면과 영화 외적 측면— 문화 산업적 측면—에서 면밀히 살피고 있다. 그는 할리우드산 블록버스터 영화가 한국적으로 전유되면서 새로운 특징들을 지니게 되었음을 지적하면서, 세 가지로 그 특징을 분류하여 서술하고 있는데, 그 세 가지 특징이란 다음과 같다. 첫째 테크놀로지와 스펙터클에 대한 매혹, 둘째 한국적 근대성의 구현, 셋째 문화산업과 민족영화. 김병철, 〈한국형 블록버스터에 나타난 한국적 특수성에 대한 연구〉, 중앙대 박사논문, 2004, 21~22쪽.

[2] 김경욱, 앞의 글, 180~181쪽. 일례로, 영화 〈스타워즈〉에서 제국 쪽은 그들이 건설하고 있는 거대한 우주기지를 가리켜 '죽음의 별'이라 명명함으로써 그들 스스로 악의 이미지를 적극적으로 구축하는 아이러니한 모습을 보인다.

적으로 벗어나기 위한 광적인 소비 행위에 다름 아니며, 정치적으로
반동적이고 퇴행적인 것으로 간주된다. 스펙터클은 '화면의 표면', 즉
이미지의 수준에 국가 이데올로기 및 보수적인 가치관을 각인한다는
점에서 문제적이다.

> 여성은 경제적·정치적으로뿐만 아니라 우리 문화의 추론, 의미화 작
> 용, 그리고 상징적 교환의 양식에 있어서도 억압받는다. 영화는 정치적·
> 경제적, 문화적 양식의 독특한 접합점이기 때문에 이런 종류의 억압을
> 검증하는 가장 좋은 장소인 것이다. …… 성차별주의와 자본주의의 폭력
> 을 경험하는 곳이 바로 이미지의 수준이므로 영화가 중요했다.[3]

이미지의 수준에 새겨진 폭력과 억압을 밝혀내고자 하는 태도는
애초에 페미니즘 진영의 영화 비평 작업에서 비롯되었지만 오늘날에
는 비단 여성의 문제에만 한정되지 않는다. 예컨대 할리우드 블록버
스터를 비판하는 근거는 영화 속에서 제시되는 여성 이미지 이외에도
유색인종의 이미지, 타 민족의 이미지 등 다양하다. 선–악의 이분법
적 구도 속에서 여성이나 흑인 또는 동양인은 대개 주인공의 의도를
방해하는 역을 맡으며, 그렇지 않은 경우에도 전형화된 타자이자 볼
거리로 제시될 뿐이다. 때문에 블록버스터의 스펙터클을 분석하는 작
업은 문화생산물에 침투된 이데올로기적 프레임워크, 자연화된 응시
의 구조를 인식하게 하고, 이를 통해 주변부를 억압하는 메커니즘의
작동 방식을 폭로한다는 점에서 영화를 바라보는 하나의 의미 있는
지점을 마련하고 있다고 할 수 있다.
　　한편, 자본과 기술이 결합된 '규모의 스펙터클'을 앞세운 할리우

3　로버트 랩슬리·마이클 웨스틀레이크, 이영재·김소연 옮김, 《현대영화이론의 이해》, 시각과언어,
　1995, 39~40쪽.

드 블록버스터에 대항하기 위해 할리우드 바깥에서는 '민족/민중 의식' 또는 '(역사적) 진정성'이라는 가치 아래 일련의 작업들이 전개되었다. 영화사에 대한 지식과 영화 이론, 그리고 사회비판 의식으로 무장한, 이른 바 '작가'로 지칭되는 일련의 감독들에 의해 할리우드 안팎에서 광범위하게 전개된 이 작업들은 각국에서 '뉴 시네마 운동'을 형성했다.[4] 1960년대 후반부터 1970년대 중반 사이 미국에서는 마틴 스콜세지, 브라이언 드 팔마, 프랜시스 포드 코폴라, 조지 루카스, 피터 보그다노비치 등 젊은 감독들이 아메리칸 뉴 시네마(뉴 할리우드)를 주도하였고, 중국에서는 1980년대 천카이거, 장이머우, 텐좡좡, 우쯔뉴 등 '5세대' 감독들이 등장하여 새로운 흐름을 이끌었다. 한국에서는 1980년대 후반부터 박광수, 장선우 등을 중심으로 '코리안 뉴 웨이브(혹은 뉴 코리안 시네마)'가 대두했다. '뉴 시네마 운동'은 이전과는 다른 재현의 정치, 즉 자본과 국가주의, 그리고 가부장제의 '억압'을 자연화하고 은폐하는 (할리우드 영화로 대표되는) 상업영화에 맞서 이미지의 수준에서 그러한 '억압'을 폭로하고 억압 대상으로서의 민중을 '해방'시키고자 하는 기획을 의식적으로 시도함으로써 영화를 일종의 의미에 대한 투쟁의 장으로 전환했다는 의의를 지닌다.

'중심 대 주변', '억압 대 저항/해방', '은폐 대 폭로', '이데올로기적 허상(거짓 신화) 대 진정성(본질)' 등의 이분법적 가치 체계는 할리우드 영화(상업영화)와 그에 대한 대항적 실천으로서 3세계 민족영화(예술영화)를 구분하고 후자에 긍정적 의미와 위상을 부여하는 기준으로 기능해왔다. 국제영화제는 후자가 인식되고 유통되는 물적·제도적 토대를 제공했다. 그러나 오늘날 양자의 구분은 쉽지 않다. 국제영화제의 개막과 폐막을 장식하는 것은 블록버스터 대작영화인 경우가 많

---

[4] 김병철, 앞의 글, 40쪽 ; 김경욱, 앞의 글, 173쪽 참조.

으며, 기존에 '작가'로 불렸던 감독들이 대자본과 기술, 국가적 차원의 후원에 힘입은 블록버스터, 대작영화를 생산하고 있기도 하다. 특히 1990년대 중반 이후 한국, 중국 등 동아시아 영화에서 '스펙터클을 앞세운 블록버스터(대작영화)' 지향은 뚜렷이 드러나는 바, 이는 1960년대 후반부터 90년대 중반 사이 '뉴 시네마 운동'에 의해 활발히 전개된 대항적 실천들이 점증하는 자본의 힘을 이겨 내지 못하고 패배로 귀결되었음을 시인하게 한다.[5]

이러한 맥락을 염두에 두면서, 이 글에서 동아시아 영화감독 중 가장 활발하면서도 논쟁적인 행보를 보이고 있는 장이머우의 영화 작업을 조명하고자 한다. 장이머우가 흥미를 끄는 것은 일단 '작가'에서 대작영화 감독으로의 성공적인 변신 때문인데, 이러한 변신은 그를 변절자 내지는 타협자로 간주하게 한다. 2000년대 이후에 나온 그의 대작 영화들에 대한 비판은 그것들이 변절 내지 타협의 결과임을 강조한다. 나아가 일찍이 억압받는 민중에 대한 관심과 억압에 대한 저항의 산물로 간주되었던 초기작들에서까지 폐쇄적 자민족 중심주의, 즉 중화주의의 흔적을 발견하기도 한다. 영화 텍스트 자체, 그리고 장이머우의 영화 작업을 둘러싼 현실적 맥락들에 대한 자세한 분석을 동반하고 있는 이러한 비판들은 나름의 타당성을 지니지만, 동시에 어느 정도 인신공격적인 것도 사실이다. 보다 문제적인 것은 이러한 비판이 억압 대 저항이라는 전형적인 틀 내에서 이뤄지고 있다

---

5 물론 패배를 시인하기에는 아직 이르다고도 할 수 있다. 자본의 영향에서 자유로운 독립영화들이 생산되고 있으며, 몇몇 '작가' 감독들 역시 영화제 또는 예술영화 시장의 틀 내에서 간헐적이지만 꾸준한 활동을 하고 있기 때문이다. 그러나 이전과 비교할 때 이들의 입지가 좁아지고 영향력이 현저히 감소한 것 역시 분명하다. '뉴 시네마 운동'을 이끈 '작가' 감독들 중 다수가 더 이상 영화 작업을 하지 못하고 있다는 사실—정확히 말해 (장선우, 박광수의 경우에서 보듯) 블록버스터 제작을 시도했으나 그것이 실패로 돌아감으로써 '작가'로서의 경력에 치명적인 흠집을 내며 작업을 중단할 수밖에 없었다는 사실—을 상기하는 것은 적지 않은 충격을 동반하며 패배를 시인하게 한다. 그렇다면 패배의 이유는 무엇인가? 이 글에서는 '작가'에서 '대작영화 감독'으로 성공적으로 변신한 유일한 감독인 장이머우의 영화를 독해함으로써 그러한 의문에 우회적으로 답하고자 한다.

는 것이다.

　장이머우의 영화에 대한 일반적인 평가는 "서사와 주제의 빈곤함과 같은 단점들에도 불구하고 영상미만은 훌륭하다"는 것이다. 그런데 이러한 평가에는 내러티브와 이미지—스펙터클을 서로 대립되는 것으로 보고 전자에 우위를 부여하는 관점이 내재되어 있다. 그러나 중요한 것은 막연히 '영상미'나 '낭비적 전시'라고 지칭되는 부분에 대한 분석, 즉 영화에서 스펙터클—이미지가 구성되는 방식, 또 배치되고 기능하는 특정한 양상을 분석하는 것이다. 오늘날 한국 영화계 역시 블록버스터를 중심으로 재편되고 있는 상황임을 고려할 때, 장이머우 영화에 대한 온당한 평가 지점을 발견하는 것은 우리에게도 의미 있는 일일 것이다.

스펙터클의 전시와 영화 기호의 생산

장이머우는 데뷔작 〈붉은 수수밭〉(1987)으로 세계적인 명성을 얻는다. 하지만 〈붉은 수수밭〉을 비롯한 그의 초기작들(〈국두〉(1990), 〈홍등〉(1991))은 셀프—오리엔탈리즘이라는 비판을 받게 되고, 중국 내 상영 또한 금지된다. 개혁과 개방을 표명하고 나선 중국 정부로서는 자국에 대한 건전한(혹은 진보적인) 이미지들을 장이머우가 영화를 통해 다뤄 주길(정확히 말해 창조해 주길) 바랐겠지만,[6] 장이머우가 다룬 것은 중국 사회의 모순과 억압적 측면이 시각화된 '여성의 멍든/정신 나간 신체'였다.

---

[6]　크리스 베리는 중국의 영화에 대해 "민족적인 것과 중국적인 것, 민족적 매개를 다시 생각하면서, 중국이 영화를 만드는 것이 아니라 영화가 중국을 만들어 가는 것"이라고 말한다. Chris Berry, "If China Can Say No, Can China Make Movies?", *Boundary* 2, 25:3, 1998, 김수현, 〈장이모우의 〈추국타관사〉 연구 : '상(象)'을 중심으로〉, 연세대 중문과 박사논문, 2004, 15쪽에서 재인용.

이에 대해 중국 내에서는 장이머우가 서양인들이 보고 싶어 하는 '후진성'의 이미지로 중국과 중국 여성(농민)을 전시한다는 비판이 가해 졌다. 레이 초우 역시 장이머우에 대해 논하면서, "장이머우의 영화가 종종 시시하고 진부한 내러티브로 마무리되는 여성적인 사건을 멜로 드라마화 한다는 것"을 지적한다. 그러나 그는 계속해서 "장이머우가 하는 모든 작업은 테마가 되는 관심사와 성격 묘사를 강조하기 위한 것이 아니라 시각적 성격만 강조하기 위한 것"이며, "이 시각적 진열은 여성을 통해서 가장 효과적으로 달성된다"고 논의한다. 나아가 영화에 서 장이머우가 수행하는 것은 "(정치적 의미를 획득하는) 섹슈얼리티의 해방이 아니라, 무엇보다도 영화기호의 생산"이라는 것이다.[7]

초우의 논의로부터 얻을 수 있는 시사점들은 다양하다. 일단 그는 장이머우의 영화에 대해 가해진 가장 흔한 비판인 셀프−오리엔탈리 즘이라는 비판, 즉 서구의 시선을 의식한 자기 전시에 지나지 않는다 는 비판에 대해 그러한 비판 자체가 서구의 시선을 의식한 결과라고 지적한다. 중국 공산당이 새로 들어온 서구의 이론(탈식민주의와 오리 엔탈리즘)을 근거로 영화를 비판하고 상영금지 처분을 내린 것은 개 혁·개방을 표방하고 나선 공산당의 자기 이미지 구축에 손상을 입히 지 않는다는 점에서 큰 메리트가 있는 것이다. 나아가 초우는 장이머 우의 영화에서 긍정적인 가치, 즉 억압받는 민중/여성의 원초적인 생 명력을 보고 그것을 찬양하는 비평들에 대해서도 비판한다. 그것은 영화에서 '어떤 중국적인 것(중국의 본질)'을 발견하려 드는 태도이며, 따라서 이 역시 외부의 시선을 의식한 비평 태도라는 것이다.[8] 여기서

7　레이 초우, 정재서 옮김, 《원시적 열정》, 이산, 2004, 221~226쪽 참조.

8　김수현, 앞의 논문, 18쪽. 오리엔탈리즘적 맥락에서 주로 비판받았던 장이머우의 초기 세 작품을 '여 성 삼부작'이라 규정하는 일반의 논의를 수용한 후, 이후 제작된 〈귀주 이야기〉를 하나의 일탈적 현 상으로 보고 거기에서 '인민의 상'을 발견해 냄으로써 적극적으로 정치적 의의를 부여하고자 하는 김 수현의 시도는 초우의 논의를 다음과 같이 한정짓고 마는 한계를 보인다. "그리고 장이모우의 영화의

초우는 '이데올로기적 허상 대 본질'이라는 대립 구도 속에서 민족영화라는 범주가 구성되고 거기에 대항적 실천이라는 의미가 부여되는 것을 지적하고 있다. 그러나 민족영화의 실천은 이데올로기적 신화에 맞서 또 다른 형태의 신화(본질로서의 민족성)를 허구적으로 상상하고 구축하는 것이기도 하다.

초우가 장이머우의 영화들에 주목하는 것은 이런 맥락에서이다. 그는 특히 장이머우의 영화들이 보여주는 진부하고 피상적인 이미지들에 주목하는데, 이는 "진부함을 그대로 인용하는 것", 즉 표층에 외면화하는 것이다. 초우는 영화 〈국두〉에서 여주인공 쥐더우가 벽에 난 구멍을 통해 자신을 훔쳐보는 텐칭을 향해 (그가 훔쳐보고 있다는 사실을 의식하는 가운데) 상처나고 멍든 벗은 몸을 돌리는 장면을 분석하면서, "(보여지는 것으로서 구성된 여성성이라는) 가장 페티시화된 것을 전시하는 이 몸짓의 효과는 이제 관음증적 쾌락이 아니라 고양된 자의식"이라고 논의한다.[9]

초우에게서 이러한 논의는 민족영화와 민족성에 관한 것으로 확장된다. 즉, 여성성이 보여지는 것으로서 구성되었다면, 중국의 민족영화가 재현하는 중국의 민족성 역시 마찬가지인 것이다. 쥐더우가 '보는 자'의 욕망을 의식하면서 '보여지는 일'을 직접 처리하는 것처럼 장이머우의 영화 작업 역시 진부한 이미지들을 전시함으로써 동일한 작업을 수행한다. 이것은 '새로운 영화기호의 생산'으로 이어진다. 표층에서 상호작용하는 이 기호는 억압 대 저항, 허구 대 본질이라는 대립 축을 중심으로 짜여진 폐쇄회로적 프레임 속에서 '민족적인 것'으

진부성, 피상성 역시 이데올로기를 그려 내는 그의 형식이라고 밝힌다." 그러나 앞서 살폈듯 초우가 장이머우 영화의 특징으로 진부함과 피상성을 언급하면서 전면화하고자 하는 것은 그것이 지닌 이데올로기적 측면이 아니다.

[9] 레이 초우, 앞의 책, 252~253쪽 참조.

로서의 이미지가 구성되는 방식, 그리고 그것이 전 지구적 시각경제 속에서 유통되고 소비되는 방식을 드러낸다.

물론 장이머우 영화에 대한 비판들, 즉 전통의 왜곡, 여성 이미지의 착취, 깊이 없음 등은 모두 일리 있는 분석이다. 레이 초우 역시 "그런 해석들은 훌륭한 감수성과 정교함으로 장이머우 영화의 진실을 말하고 있다"고 한다. 그러나 다른 한편으로 그러한 해석은 시각 이미지의 힘을 애써 간과한 것이기도 하다. 어떤 측면에서 오늘날의 영화비평가들은 단지 시각적인 것을 거부하고 있을 뿐이다.

빌렘 플루서가 말하듯, 영화(기술적 영상)는 '해독될 수 없는' 성질을 갖고 있다. "기술적 영상의 의미는 언뜻 보아도 자동적으로 표면 위에 그대로 묘사되어 있는 것"이다. 그리하여 영상-이미지는 "상호작용적 의미 공간"을 만들어 낸다.[10] 초우가 장이머우가 수행하는 것이 "무엇보다도 영화기호의 생산"이라고 강조할 때, 그리고 "그것을 통해 관객을 무한한 놀이에, 의미와 표층의 치환에 끌어들이고 있다"고 말할 때, 그가 의미하는 바는 플루서의 '상호작용적 의미 공간'이 가리키는 바와 상통한다. 그 공간 안에서는 현실과 비현실이 뒤섞여 '진실성'은 중요하지 않게 되며, 따라서 '본질주의'나 '역사의식'에 기댄 담론들 역시 그 중요성을 잃게 된다. 요컨대 현실과 역사를 얼마나 '사실적으로', 그리고 '진실하게' 반영했느냐 하는 문제, 즉 '역사적 진정성historical authenticity'이 중요하지 않게 되는 것이다.

---

10 빌렘 플루서, 윤종석 옮김, 《사진의 철학을 위하여》, 커뮤니케이션북스, 2005, 11쪽.

스펙터클과 역사적 진정성

'발명된 전통'이라는 주제는 오늘날 상식에 속한다. 또한 초우가 지적하듯 〈붉은 수수밭〉, 〈국두〉, 〈홍등〉 등의 장이머우 영화가 공들여 전시하는 전통이 실제 중국 전통이 아니며 시각적 효과를 극대화하기 위해 '발명된 것'이라 하더라도,[11] 그러한 특징이 장이머우의 영화에만 해당하는 것도 아니다. 그러나 주목할 것은 상업영화와 예술영화를 불문하고 많은 영화들이 (국가주의적 관점에서 또는 민중적 관점에서) 역사적 진정성을 담보하기 위해 다양한 전략들을 구사한다는 사실이다. 그렇다면 스펙터클을 매개로 역사적 진정성이 어떻게 획득되는가의 문제를 살펴볼 필요가 있다. 이 문제와 관련하여서는 대작 역사서사극, 전기영화 등을 분석한 톰 브라운의 논의를 참조할 수 있다. 그는 스펙터클을 시선/응시gaze의 측면에서 다룸으로써 '스펙터클한 광경spectacular vista'에 매개되어 표현되는 '역사의 시선historical gaze'이라는 개념을 제안한다.[12]

'역사의 시선'은 인물 중심의 다큐멘터리 영화나 유사 다큐멘터리라고 할 수 있는 전기영화bio-pic에서 쉽게 발견되는 것이다. 가령 레니 리펜슈탈의 〈의지의 승리〉(1935)에서 히틀러와 군중 간, 그리고 영화와 관객 간에 형성되는 시선의 연쇄는 시선의 대상인 히틀러를 시선의 담지자, 주체로 자리매김한다. 히틀러는 행진하는 군인, 꽃을 든 여성과 아이들을 바라보고, 운집한 군중은 경이에 찬 시선으로 다시 히틀러를 바라본다. 영화는 히틀러와 군중 간에 오가는 시선을 중

---

[11] 레이 초우, 앞의 책, 217~218쪽 참조.

[12] Tom Brown, "Spectacle/gender/history : the case of *Gone with the Wind*", Screen no. 49-2, Oxford University Press, Summer, 2008, pp. 157-178을 참조. 이후 세 문단은 톰 브라운의 논의를 참조한 것이다.

심으로 숏을 배열하고 나아가 히틀러의 시선이 디제시스 공간을 통제하게 함으로써 단순히 시선의 대상이 아닌 시선의 담지자, 주체로서 히틀러를 부각한다.

한편 역사 속의 위대한 인물을 다룬 전기영화 역시 동일한 접근 방식을 따른다. 1930년대 루이 파스퇴르, 에밀 졸라, 링컨 등을 다룬 전기영화는 위대한 인물이 전투, 군중, 집단적 행동, 찬사 등을 응시하는 모습을 제시한다. 역사의 시선은 특정한 수행적 태도를 통해 나타나기도 하는데 인물의 중요한 연설이 수행되는 연극적 실내 공간 내에서 머리를 쳐들고 먼 곳을 바라보는 것이다. 이를 통해 역사의 흐름을 통찰하고, 그를 통해 현재의 사회적 모순을 극복하는 역할이 인물에게 부여된다.

브라운이 논의에서 주요 분석 대상으로 삼고 있는 〈바람과 함께 사라지다〉(빅터 플레밍, 1939)는 '역사의 장식decor of history'과 '스펙터클한 광경'이 상호작용함으로써 역사의 진정성을 창출하는 경우다. 영화의 주인공 스칼렛 오하라는 영화 전반부에는 가정 내의 영역에 머무는데, 그녀를 둘러싼 화려하고 풍부한 실내의 미장센과 드레스 등은 그녀를 시선의 대상으로 위치시킨다. 그녀는 오직 파티에만 관심이 있으며 임박한 전쟁(남북전쟁)에 대해 이야기를 나누는 남성들을 타박하는데, 이는 남성들이 '미래를 계획할 수 있는 능력'에 의해 정의되는 반면 그녀는 오직 현재의 관심사에 국한되어 있음을 가리킨다. 그러나 이어지는 '수난'을 통해 그녀는 남성적으로 코드화된 역사의 응시를 획득한다. 대표적인 장면이 스칼렛이 멜라니를 위해 의사를 찾으러 거리에 나서 수천의 시체와 부상자가 늘어선 폐허의 한 가운데로 들어서는 장면이다. 이 장면에서 카메라는 처음에는 스칼렛과 스칼렛의 눈에 비친 광경만을 보여 주다가 점점 공중으로 이동하여 수천의 군인들 속에 섞여 점처럼 존재하는 그녀를 비춘다. 결말에 이르러 그녀는 영화의 시작과는 달라진 모습을 보인다. 변화는 그녀가 폐허가 된 타라Tara의 농장의 언덕에 올라 눈앞에 펼쳐진 평원(대자연)을 응시하는 것으로 표현되는데, 이때 그녀는 시선의 대상에서 주체로 발돋움한다.

브라운의 논의는 영화의 의미 생산 과정에서 "스펙터클의 역할을 이해하고, 또 인물의 감정과 인물을 둘러싼 세계와의 관계를 전달함에 있어 그것의 효과를 이해하는 것이 필수적"임을 드러낸다.[13] 달리 말해 인물을 둘러싸고 있는 스펙터클은 인물과 세계가 맺고 있는 관계를 현실화하며, 인물의 세계 인식을 나타낸다. '역사의 장식'에 의해 시각적으로 표현되는 바, 개인적 이해관계에 의거한 소우주에 존재했던 인물은 일사불란한 군중, 전쟁의 폐허 속의 군중 등 '스펙터클한 광경' 속에 위치함으로써 또 그것을 응시함으로써 역사 속에서의 자신의 위치와 역할을 깨닫는다. 이것과 동일한 과정이 스크린 상의 스펙터클을 응시하는 관객에게도 발생하는데 이때 관객은 흔히 '감동'이라 일컬어지는 정서적 체험을 하게 된다. 즉 스펙터클은 서사와는 상관없는, 불필요한 전시, 상업적 의도가 개재된 '영화적 과잉cinematic excess'으로 여겨져 왔지만, 영화에 대한 관객의 몰입을 추동하고 강화하며 관객에게 '역사의 시선'을 각인하는 역할을 수행하는 것이다.

장이머우의 스펙터클—소우주적 폐쇄 공간 내의 일사불란함

스펙터클—이미지는 그 자체로는 아무것도 의미하지 않는다. 이 말은 이미지의 순수성과 자족성, 그리고 그에 대한 믿음에 기반을 둔 탐미

---

[13] Ibid., p. 162.

주의적 태도를 옹호하는 것으로 해석될 수 있다. 영화가 필연적으로 '정치, 경제, 문화의 독특한 접합점'일 수밖에 없음을 염두에 둘 때 이러한 태도는 부당할 뿐만 아니라 위험하다. 그러나 다른 한편으로 스펙터클—이미지는 그것이 특정한 방식으로 배치되고 운용될 때 현실과의 관련 속에서 구체적 의미 작용을 할 수 있다.

〈의지의 승리〉는 다큐멘터리로서 제작되었지만 히틀러를 스펙터클한 응시의 대상이자 군중의 시선을 통제하는 주체로 제시함으로써 프로파간다로서의 역할을 수행한다. 〈바람과 함께 사라지다〉는 가정과 사교계라는 협소한 공간 내에 존재하던 남부의 귀족 여성이 전쟁의 참상을 겪으며 주체적 존재로 변모하는 모습을 그리는데, 영화 전반부에 스펙터클로 제시되는 '역사의 장식' 즉 저택 내부의 풍부한 미장센과 화려한 옷차림은 유럽의 문명을, 후반부의 '스펙터클한 광경', 즉 전쟁의 참상과 광활한 대지는 파시즘의 광기와 전쟁으로 귀결된 유럽 문명을 대체할 미국의 새로운 활력을 각각 상징하는 것으로 볼 수 있다. 이때 '역사의 시선'을 담지하는 것은 '스펙터클한 광경'을 바라봄으로써 그 자신 스펙터클한 존재로 새롭게 창출되는 여주인공 스칼렛이다.

주지하다시피 장이머우의 영화에서 특징적인 것은 과도한 미장센을 앞세운 스펙터클이다. 김병철은 한국형 블록버스터의 경우 할리우드 블록버스터의 스펙터클에 미치지 못하는 기술력과 자본에 의한 결점을 감추기 위해 스펙터클의 강화/대체물인 '눈물', 즉 '감상성'이 두드러진다고 지적하는데,[14] 장이머우의 대작영화는 정확히 그 반대의 지점에 자리하는 것이다. 그는 화려하고 아름다운 미장센을 위해 서사적 개연성을 희생하기를 마다하지 않으며, 관객이 감정적으로 동

---

[14] 김병철, 앞의 글, 172~174쪽 참조.

일시할 수 있는 인물 역시 제시하지 않는다. 때문에 과도한 스펙터클에 대해 '탐미주의의 절정'이나 '낭비적 전시'라는 수식어를 붙이고 그로부터 문화 제국주의에 대항하는 또 다른 이데올로기로서 '중화주의라는 중핵적 요소'를 발견하는 것은 일견 정당한 비판처럼 보인다.[15] 그러나 다른 한편, 장이머우의 영화에서 스펙터클이 제시되는 방식에 주의를 기울일 필요가 있다. 왜냐하면 장이머우 영화의 스펙터클에는 어떤 중심점이 존재하지 않기 때문이다.

장이머우 영화에서 스펙터클로 제시되는 것은 인물이 아니라 화려한 미장센으로 치장된 소우주적 공간, 그리고 그 공간 내에서 펼쳐지는 일사불란한 행동이다. 그의 영화에서 인물들은 연극적으로 구성된 닫힌 공간 내에 배치된 미장센으로서 기능한다. 인물의 행동을 보여주는 경우에도 영화는 인물의 주체성을 강조하기 보다는 인물이 공간 내에서 정해진 경로를 따라 이동하는 것이나 전통적 관습과 절차에 따른 기계적이고 일사불란한 움직임을 전시한다. 그 결과 그의 영화에서 두드러지는 것은 폐쇄의 감각인데, 여기에 주목할 때 그의 영화가 봉건 사회 또는 마오쩌둥 말년의 폐쇄적이고 억압적인 중국 질서를 비판하는 것이라는 해석은 어느 정도 타당성을 지닌다.[16]

한편 이러한 미장센은 최근의 대작 영화에서도 일관되게 관찰되는데, 이에 대해서는 다음과 같은 이전과는 사뭇 다른 해석이 가해진다. 가령 "중국의 황궁이 드넓다 해도 그 안에 천하를 품은 듯, 그 밖의 세계란 존재하지도 않는 듯한 유아독존의 느낌은, 무언가 이상하다. 중국이 세계의 중심이어서 진정한 의미를 지닌 유일한 장소라 믿

---

15 안시환, 〈장이모식 탐미주의의 절정〉, 《씨네 21》 590호, 2007. (http://www.cine21.com/Article/article_view.php?mm=005004001&article_id=44601)

16 슈테판 크라머, 황진자 옮김, 《중국영화사》, 이산, 2000, 253쪽.

었던 중화中華사상이란 이런 것이었나 싶어진다"[17]라는 해석이 그러한데, 동일한 현상이 어떤 경우에는 봉건 질서에 대한 비판으로, 다른 경우에는 중화주의의 잔영으로 읽히는 것은 흥미롭다.

여기서 두 가지 상반된 해석에 대해 어느 한쪽이 타당하지 않다고 주장하려는 것은 아니다. 다만 두 해석의 공통적 근거인 장이머우 영화의 특징, 즉 소우주적 공간의 자족성과 폐쇄성에 집중하고 그 의미를 규명할 필요는 있다. 장이머우 영화에서 소우주적 공간은 일면적으로는 개인을 억압하는 거대하고 견고한 질서를 의미하는데, 주목할 것은 공간 내에서 질서가 구축되고 유지되는 방식이 표면적으로 시각화되고 있다는 것이다. 즉, 인물이 반복적으로 수행하는 거의 자동기계를 떠올리게 하는 관습과 절차의 세부는 그 자체로 소우주적 공간 내의 질서가 유지되는 메커니즘을 표현한다.

물론 영화가 제시하는 전통적 관습과 절차는 〈홍등〉의 등장인물인 쑹롄이 말하듯 아무런 의미가 없는 것이다.("그 모든 것들(점등, 멸등, 봉등)은 아무 쓸모도 의미도 없다.") 여기서 쑹롄의 발언은 장이머우 영화의 스펙터클이 형성되고 또 관객에게 소구하는 메커니즘을 드러내 준다. 영화는 쑹롄이 스스로의 발언을 통해 부정하고 있음에도 불구하고, 그 모든 관습과 절차들을 자동적으로 수행하는 모습을 보여 준다. 한편으로 쑹롄의 발언은 자신의 불만을 표출한 것에 지나지 않으며, 견고한 닫힌 체계 속에 갇혀 벗어날 수 없는 자신의 현재 처지를 인정하는 효과를 낼 뿐이다. 그러나 영화 〈홍등〉이 관습과 절차들을 제시하는 데 대부분의 시간과 노력을 할애하고 있다는 점에 주목할 필요가 있다. 즉, 이를 통해 영화는 억압적 체계를 구축하고 유지하는 핵심이 그 배후에 존재한다고 상정되는 보이지 않는 권력이 아

---

17 김현정, 〈전대미문의 부부싸움 〈황후花〉〉, 《씨네 21》 588호, 2007. (http://www.cine21.com/Article/article_view.php?mm=002001001&article_id=44275)

니라 그 자체로는 아무런 의미가 없는, 표면적이고 진부한 관습과 절차의 자동적이고 반복적인 수행임을 드러낸다. 한편 이러한 전통의 전시를 요구하는 동시에, 그것을 중국의 억압적 봉건 질서로 해석하는 것은 다름 아닌 관객(외부의 시선)이다.

관습과 절차들을 세부적으로 묘사하는 것은 소우주 내의 질서가 유지되는 메커니즘을 나타내면서, 동시에 그것이 위선과 가식으로 깊이 부패해 있음을 드러낸다. 〈홍등〉의 대저택은 견고한 질서로 유지되고 있는 것 같지만 사실은 그렇지 못하다. 셋째 부인 메이산은 의사와 밀회를 즐기며, 주인 역시 하녀인 옌얼과 부적절한 관계에 있다. 겉보기에 완전한 질서가 구축되어 있는 것처럼 보이는 공간 내의 부패와 위선, 무질서의 징후들은 영화 속 등장인물을, 그와 더불어 관객을 혼란 속에 빠뜨린다. 전통적 관습의 자동적이고 반복적인 수행이 권력과 체계 유지의 핵심인 한, 이는 인물의 인식 변화와 같은 사소한 것을 계기로 소우주적 공간을 지탱하는 질서가 쉽게 무너질 수 있는 것을 의미하기도 한다.

이는 할리우드 영화들이 전형적으로 취하는 전략인데, 가령 앞서 살펴본 〈바람과 함께 사라지다〉의 경우 스칼렛의 내적 변화는 그녀가 전쟁의 참상을 겪는 것을 스펙터클하게 제시함으로써 강조된다. 비단 스튜디오 시기의 할리우드 영화뿐만 아니라 최근의 영화에서도 이러한 구성, 즉 어떤 사건을 계기로 체제의 위선과 부패를 깨닫게 된 인물이 음모의 핵심에 접근하고 그 내용을 폭로하는 구성은 전형적인 것이다.[18] 그러나 〈홍등〉의 경우 쑹롄은 전통의 불합리함과 체제의 위선 및 부패를 인식하고 있음에도 불구하고 그에 저항하기보다는 오히려 전통적 질서 속에 자신을 위치시키고, 그 속에서 유리한 입지를 얻

---

[18] 가령 최근 할리우드 블록버스터의 지배적 경향을 접하고 있는 슈퍼히어로물은 주인공이 군수산업체와 결탁한 국가의 패권주의적 욕망이 초래한 사태를 해결하는 과정을 다룬다.

는 데 몰두한다.

〈홍등〉의 시작 부분에서 쑹롄을 견고한 소우주 속으로 몰아넣은 것이 가족의 가난이라고 설명되는 부분은 의미심장하다. 그녀는 가난 때문에 학교를 그만두고 첩살이를 하게 된다. 이는 이후 그녀가 지닌 (전통의 불합리함, 체제의 위선과는 대비되는) 가난과 교육이라는 계급적 자질 또는 정체성을 구심점으로 체제의 불합리한 억압을 극복하는 과정을 기대하게 한다. 그러나 영화는 그러한 기대와는 전혀 다르게 전개된다. 부자에게 시집을 가기를 강권하는 어머니의 목소리가 들리는 첫 장면은 전통사회의 논리가 개인에게 가하는 폭력의 양상을 효과적으로 드러낸 것이라고도 볼 수 있겠지만 그 모습이 보이지 않는다는 것은 억압의 구심점이 존재하지 않음을, 단지 존재한다고 가정될 수 있을 뿐임을 가리킨다. 저택으로 상징되는 소우주의 질서의 구심점에 존재한다고 여겨지는 주인의 모습이 한 번도 등장하지 않는 것 역시 마찬가지다.

〈홍등〉에서 가장 관객의 눈길을 끄는 충격적인 장면들은 저택이라는 거대하고 견고한 공간 속에 존재하는 왜소한 인간의 모습과 움직임들이다. 쑹롄은 거의 항상 거대한 벽에 갇혀 있는 모습으로 제시된다. 그리고 쑹롄이 셋째 부인인 메이산과 조우할 때, 그들은 항상 멀리 떨어져 있거나 다른 층에 있다. 그들은 같은 시간, 같은 장소에 있지만 소통하지 못한다. 집안의 모든 사람들에게 정해진 위치가 있고, 그들은 정해진 시간에 정해진 장소에 나와 주인이 그들에게 자의적으로 부여하는 위계질서를 받아들인다. 인물들은 공간 내에서 관습들(발마사지와 홍등에 대한 의식들, 이들 역시 스펙터클이라 할 수 있을 터인데)에 대한 근본적인 의문 없이 그저 주어지는 대로 받아들이며, 그 한계 내에서—즉 각자에게 주어진 지위, 권력, 공간 내에서—권력 게임을 벌인다. 그 결과 애초에 억압에 대한 희생자의 형상을 하고 있었던 쑹렌은 주인의 사랑을 받기 위해 위장 임신을 하고 그 사실을 폭로한 하녀 옌얼에게 복수하는 억압자로 변모한다.

쑹렌이 옌얼에게 복수하는 방식 역시 의미심장한데, 그녀는 옌얼의 비밀, 즉 그녀가 비밀리에 홍등을 오래도록 모아 왔음을 폭로함으로써 그녀에게 수치심을 안기는 동시에 그녀를 죽음으로 몰아넣는다. 이는 '치명적 비밀'이 공간 내의 위선과 부패의 핵심에, 권력자에 의해 은폐된 채 자리하는 게 아니라, 공간과 질서의 구성원들이 수행하는, 그 자체로는 아무런 의미 없는 관습과 절차들에 의해 만들어진 것임을 가리킨다. 만약 인물들이 공모한다면 그저 우습기만 하고 아무 의미 없는 것으로 치부될 수 있는 관습과 절차들은 인물 자신들을 억압하고 희생시키는 체계를 구축하며, 그러한 체계를 유지시키는 (거짓) 비밀을 잉태한다. 여기서 비밀은 만들어지고 폭로되기를 반복한다. 따라서 어떠한 인물도 결코 중심에, 정확히 말해 중심이 간직하고 있다고 상정되는 비밀과 모순에 도달할 수 없음은 당연하다.

〈황후화〉(2007)에서도 스펙터클은 거대하고 견고한 공간과 그 공간 내에 존재하는 개인의 왜소한 모습의 대비를 통해 구성된다. 여기서 강조되는 것은 갇혀 있다는 느낌이다. 〈황후화〉의 인물들은 대개 거대한 황궁의 황금빛 기둥 사이에 갇혀 있는 모습으로 등장하며, 이동 시에는 기둥과 벽 사이의 복도를 빠른 속도로 걷는다. 그러나 그 장면은 인물이 현재의 공간을 벗어나고 싶은 욕망과 그것이 실현 불가능하다는 사실 사이에서 비롯된 초조함에 휩싸여 있다는 느낌만을 전달할 뿐, 그들이 어떤 목표를 향해 나아가고 있다는 느낌은 전달하지 못한다. 오히려 관객은 인물들이 미로 속을 끝없이 헤매고 있다는 느낌을 받는다. 이러한 느낌은 근거가 충분한 것인데 왜냐하면 〈황후화〉는 인물의 행동을 추동하는 동기가 모호하기 때문이다. 가령 영화에서 황제가 황후를 독살하려하는 이유나 황후가 반란을 꾀하는 이유는 명확하게 제시되어 있지 않다. 사실 두 인물의 행동 동기는 뫼비우스의 띠를 연상케하는 순환 고리를 이루고 있다. 따라서 다음과 같은 설명만이 가능하다. 황제는 황후가 반란을 꾀하려 하기에 그녀를 독살하려 한다. 혹은 황후는 황제가 자신을 독살하려 하기에 반란을 꾀한다. 둘 모두 진부한 설정인데, 〈황후화〉에서는 전후 관계가 명확하지 않은 채 서로 얽혀 있어 누가 진실의 담지자인지, 선과 악, 저항과 억압의 주체를 판가름하기가 어렵다. 사실 이러한 설정은 스펙터클을 전시하기 위한 최소한의 설정으로서의 역할만을 담당할 뿐인데, 여기서 스펙터클의 '전유'가 아닌 '전시'가 장이머우의 유일한 관심사라는 점은 강조될 필요가 있다.

이러한 순환 고리를 깨는 인물, 나아가 견고한 질서가 위선과 부패로 얼룩져 있음을 드러내 보임으로써 그것을 무너뜨릴 수 있는 치명적 비밀을 간직한 인물로 간주될 수 있는 것이 황궁에 침입한 자객이다. 그녀—자객은 황제의 전 아내이자 현재 태의의 아내로, 이름 없는 무사였던 황제가 권력을 차지하기 위해 그녀를 버리고 현재의 황후와 결혼한 것이라고 설명된다. 하지만 이를 질서의 위선과 부패를 드러내는 치명적인 비밀로 간주할 수는 없다. 왜냐하면 자객이 등장하기 이전부터 인물들은 각자의 비밀을 갖고 있기 때문이다. 가령 황후는 첫째 아들 원상과 관계를 맺고 있으며, 원상은 다시 태의의 딸인 '선'과 관계를 맺고 있다. 이들이 맺고 있는 관계가 근친상간이라는 점은 (〈황후화〉의 소우주적 질서가 가족을 의미한다는 점에서) 자객이 폭로하는 비밀만큼이나 치명적인 것이다.

한편 비밀은 인물들 사이에 공평하게 분배되어 있기도 하다. 황제는 황후와 원상의 관계를 알고 있지만, 황후가 전 아내의 정체를 알고 있다는 사실을 모른다. 황후는 황제의 전 아내의 정체를 알게 되고 원상과 '선'의 관계를 알고 있지만, 황제가 자신과 원상의 관계를 알고 있음을 모른다. 독살을 시도하는 쪽이든 반란을 꾀하는 쪽이든 최소한의 명분은 양편 모두에게 주어져 있는 것이다. 중양절 행사를 앞둔 날 밤 황제의 전 아내—자객이 재등장하여 그 앞에서 서로의 비밀을 교환할 때 비밀은 비로소 치명적인 것이 되지만, 이 비밀은 소우주 내의 구성원 각자가 그것이 형성되는 데 기여한 것이기도 하다.

절대 권력의 부패를 증명하는 치명적인 비밀의 부재는 선과 악을 구분하는 것을 어렵게 만듦으로써 관객을 혼란에 빠뜨린다. 독에 중독된 황후가 육체적 고통에 시달리는 장면은 그녀를 억압의 희생자로 간주하게 만들지만 이는 육체적 고통을 통해 희생자를 재현하는 진부하고 표피적인 재현 방식을 그대로 인용하는 것이기도 하다. 둘째 왕자 원걸에게 자신의 고통을 전시함으로써 황후는 명분 없는 자신의 반란에 참여하도록 원걸을 설득한다. 한편 황후의 편에 서서 이 모든 관계망과 관습과 절차들을 단칼에 베려는 둘째 왕자 원걸의 시도는 또 하나의 스펙터클을 제공하지만 황제의 질서를 깨뜨리기엔 역부족이다. 전투 장면에 이어지는 장면은 단순하기에 더욱 섬뜩하고 압도적이다. 황궁 마당에 쌓인 시체와 무기들, 피로 물든 노란 국화꽃들은 일사불란한 움직임 속에서 순식간에 치워지고 예정된 중양절 행사가 치러진다. 그런데 이러한 일사불란함이야말로 영화가 자본의 힘을 빌어 형상화해 낸 가장 압도적인 스펙터클이라 할 수 있다. 이 스펙터클은 앞에서 제시된 모든 스펙터클들을 왜소한 것으로 만들어 버린다. 〈홍등〉의 경우에도 그렇지만 〈황후화〉에서 가장 강조된 움직임이 관습과 절차가 신체에 훈육되고 습득된 결과인 '일사불란함'이었음을 상기할 필요가 있겠다. 여기서 개인적 능력(영웅다움)은 별다른 힘을 발휘하지 못한다.

장이머우 영화에서 핵심은 일사불란한 움직임이 수렴되는 중심점이 존재하지 않는다는 것이다. 인공적인 세트에서 처리된 황궁 내에서의 전투, 뒤이은 행사 장면들을 특징짓는 일사불란한 움직임은 서사적 차원에서 밝혀지는 비밀이나 그로 인한 인물의 각성과는 무관하게 펼쳐진다. 전투와 같은 '스펙터클한 광경'이 인물의 각성, 즉 세계 속에서의 자신의 위치를 깨닫는 것과 연결되지 못하고 단지 '역사의 장식'으로만 기능하는 것은 영화 속 인물을, 나아가 영화 전체를 하나의 볼거리로 위치시키며 그것을 전시한다.

장이머우 영화에서 인물이 소우주적 공간에 머물러 있는 것, 혹은 미장센의 한 부분으로 기능하는 것은 스펙터클이 인물과 세계의 관계를 전달하는 기능을 한다는 점을 참조할 때 주목을 요하는 지점이다. 요컨대 인물은 '스펙터클한 광경'이 의미하는 바 세계와의 관련성을 지니지 못하며, 따라서 '역사의 시선'의 담지자가 되지 못한다. 즉, 장이머우 영화에는 과도하고 낭비적인 미장센으로 특징지을 수 있는 '역사의 장식'만이 존재한다. 이것을 중국 감독으로서 장이머우가 지닌 과거의 중국에 대한 향수, 즉 중국이 곧 세계를 의미했던 시절에 대한 향수의 결과물로 평가할 수도 있을 것이다. 그러나 이는 동시에 중국적인 어떤 요소를 기대하고 요구하는 외부의 시선과 욕망에 포착될 때 '중화주의'라 표현될 수 있는 그러한 향수를 그대로 외면화한 것이기도 하다.

장이머우가 화려한 미장센을 통해 제시하는 견고한 소우주적 공간은 체제 자체의 틀을 의식하지 못한 채 그 안에서 수행되고 그럼으로써 현 체제의 형성과 존속에 기여하는 일사불란한 움직임을 가리킨다. 그런데 그러한 소우주적 공간이 고도로 추상화된 채 제시되고 있다는 점에서 그것은 견고한 질서를 지닌 어떤 것에든 적용될 수 있는 것이기도 하다. 예컨대 현 시기 이미지와 영화가 유통되는 전 지구적 시각 경제체제를 의미하는 것으로 해석될 수 있는 것이다. '작가'의 예술영화 또는 독립영화에서 나타나는 억압에 대한 희생 혹은 그와 맞물린 저항을 표상하는 여성의 형상이나 민족의 형상은 그 자체로 전형적이고 진부한 기호가 되어버린 측면이 있다. 그 반대 극단에 자리한 상업영화, 특히 할리우드 블록버스터들은 외부의 보이지 않는 위협과 내부의 부패한 세력의 결탁을 치명적 비밀로 제시하고 그러한 비밀을 밝혀내고 결탁을 분쇄하는 영웅을 제시함으로써 개인의 윤리적 결단과 자율성을 찬미한다. 각자가 제시하는 스펙터클을 구심점으로 후자는 패권주의에 기반을 둔 중심부가 상상하는 역사의 시선, 역사적 진정성을 창출하며, 전자는 그에 대항하는 주변부의 저항적·대항적 진정성을 창출한다. 장이머우는 그러한 진부함을 그대로 인용하여 노골적으로 전시하는 방식으로 의미의 생산과 분배, 소비 방식이 통제된 견고한 질서에 저항하며, 억압 대 저항, 허상 대 본질의 대립 구도를 축으로 짜여진 기존의 프레임에 포착되지 않는 새로운 시각 기호를 생산하는 것이다.

스펙터클의 정치적 가능성

한 예술 작품 안에서 필연적인 것은 스타일이다. 더할 나위 없이 적절한 것으로 느껴지며 그와는 다른 경우를 상상할 수 없는 작품인 한, 우리는 그 스타일의 질적 성취도에 반응하는 것이다.[19]

재현의 기회를 얻더라도 현존하는 재현 체계를 그대로 온존시킨다면 근본적 변화는 없을 것이다. 재현체계 비판은 따라서 전략적이 될 필요가 있다. 이때 핵심적으로 떠오르는 것이 재현체계란 '배치'라는

---

[19] 수전 손택, 이민아 옮김, 《해석에 반대한다》, 이후, 2003, 49~50쪽.

사실이다. 배치는 없애야 할 대상이 아니라 재편의 대상이다. …… 오늘 재현의 정치에 주어진 과제는 재현의 지배적 배치인 근대적 재현 체계를 바꾸는 일이다. 이것을 나는 재현의 근대적 배치에서 탈근대적 배치로 전환하는 일로 이해한다. 근대적 배치에서 재현은 문화적·경제적·정치적 영역들을 관통하며 분산 체계를 이루며 특정한 '현실효과들(특정한 이해, 관념, 의미, 해석 등을 현실에 대한 자연스럽고 자발적인 표상으로 만드는 효과)'을 만들어 내고 있다. 오늘의 생산관계, 권력관계, 사회관계 등을 포함한 '현실'의 인정이 그것이다.[20]

손택이 말하는 스타일을 가리켜 재현 체계라고 말할 수 있다면, 스타일의 질적 성취도란 재현 체계 내의 가장 효과적인 배치를 말한다. 그리고 효과적으로 이뤄진 배치는 '유혹'의 힘을 발휘하여 관객을 '상호작용적 의미 공간'으로 끌어들인다. 그렇다면 이때 중요한 것은, 스펙터클 자체가 아니라 스펙터클이 어떤 맥락 속에서 어떻게 배치되었는가 하는 점일 것이다. 스펙터클이 냉전 이데올로기나 팍스 아메리카나 이데올로기에 복무하는 한에서 효과를 발휘하는지, 혹은 분단의 상흔이라는 외적 계기를 염두에 두고서 그러하는지, 아니면 영화의 서사적 논리나 그것과 연관되는 현실정치적 논리와는 무관하게 자율적 의미 작용을 함으로써 새로운 기호를 생산해 내고 있는지를 구별할 필요가 있는 것이다.

물론 어떤 영화도 실제 현실을 지시하는 측면이 전혀 없다고 말할 수는 없다. 그러나 영화 내에서 스펙터클이 그 자체로 온전히 기능하고 있다면, 그에 대한 영화에 대한 정치적 해석, 이데올로기 비평은 자칫 과도한 의미 부여 내지는 평가가 될 것임을 인정해야 한다. 장이

---

20 강내희, 〈재현체계와 근대성―재현의 탈근대적 배치를 위하여〉, 《문화과학》 2000년 겨울호, 36~37쪽.

머우의 영화에서 스펙터클이 발휘하는 효과와 그것이 차지하는 역할과 비교할 때, 미국의 블록버스터와 한국형 블록버스터의 스펙터클은 미국이야말로 세계 평화의 수호자라는 미국 패권주의 이데올로기, 혹은 민족정서와 분단(또는, 가족 이데올로기)이라는 영화 현실의 논리와 결합할 때 그 효과가 발휘되는 스펙터클이다.

여기서 짚고 넘어가야 할 것은 장이머우 영화에서 스펙터클이 제시되고 기능하는 특정한 양상이다. 〈홍등〉과 〈황후화〉로 작품이 한정지어졌다는 한계가 있지만, 살펴본 바에 따르면 장이머우가 제시하는 스펙터클은 전투 장면이나 폭파 장면이 아니며 널리 알려진 바대로 여성 신체도 아니다. 그가 제시하는 스펙터클은 공간 그 자체이다. 그 공간은 확고한 질서가 각인되어 있는 하나의 소우주적 폐쇄 공간이다. 여기서 장이머우에 대해 가해진 다음과 같은 비판, 즉 "영화 속 인물들은 허구적이고 추상적인 모습으로 비쳐지며 좀처럼 생기와 활력을 갖지 못한다"는 비판을 되새겨 볼 필요가 있겠다. 애초에 장이머우가 강조하고자 한 것이 공간과 그 안에서 무력하게 존재하는 인물이라면, 위와 같은 비판은 영화의 핵심을 짚어내지 못한 것이다. 오히려 그는 공간과 인물을 관객의 눈길을 끄는 스펙터클의 방식을 통해 제시함으로써 '상호작용'이 가능한 '(매혹적인) 영화기호를 생산'해 낸 것이며, "바르트적 의미에서 하나의 기호 체계를 또 하나의 다른 기호 체계 위에 세우고 있는 것"이다.[21]

할리우드 블록버스터 영화들의 스펙터클은 미국의 패권주의와 결부되어야만 강력함과 쾌감이 획득된다. 마찬가지로 '한국형 블록버스터'인 〈쉬리〉와 〈태극기 휘날리며〉에서 민족의 비극인 분단은 폭력을 정당화하면서 관객의 정서를 강렬하게 자극한다. 반면, 〈황후화〉

---

[21] 레이 초우, 앞의 책, 226쪽.

를 보며 옛 당 제국의 영광이나 그와 결부된 현 중국의 제국주의적 욕망을 떠올리기는 쉽지 않다. 이는 이미지들이 추상화되어 있기 때문인데, 〈황후화〉에서 가장 두드러지게 드러나는 것은 질서(일사불란함)가 정점에 다다를 수 있었던 원동력이 다름 아닌 가식과 위선이었다는 사실, 그럼에도 불구하고 그 권력의 체계를 어떠한 대가를 치르고서라도 유지하려는 황제의 허황한 욕망이다. 고도로 추상화된 소우주적 공간의 스펙터클은 이 허황한 욕망의 시각적 구현물인 바, 영화는 동시에 이것이 깊이 부패해있음을 시각적 스펙터클을 통해 드러낸다. 즉, 〈황후화〉는 시각 이미지의 차원에서 겉보기에는 탄탄한 권력과 질서가 실은 와해되기 쉬운 것임을 강하게 암시한다.

물론 그럼에도 〈황후화〉를 제국주의적 야심이 담긴 영화로 보는 이유는 몇 가지 있을 수 있다. 먼저 할리우드를 능가하는 수준의 스펙터클과 그것이 중국의 역사를 시대 배경으로 취하고 있다는 사실, 그리고 그러한 스펙터클이 단지 테크놀로지만으로 이뤄진 것이 아니라 중국의 자원인 '많은 사람'들과 실제 자원인 '황금', 그리고 (기술이 아닌) 실제 '몸의 액션'이 그 바탕이라는 사실 등이다.(덧붙여 주윤발, 공리, 주걸륜 등, 범-아시아 스타들을 주인공으로 기용한 사실도 근거가 될 수 있을 것이다.) 하지만 동시에 기술적·경제적 측면에서 분명히 드러나는 중국에서 그 저개발성에도 불구하고 괄목할 만한 성과가 나왔다는 사실 자체가 〈황후화〉를 비롯한 대작영화에 대한 전반적인 폄훼 혹은 경계적 태도로 이어지고 있는 것은 아닌지 돌아볼 필요가 있다.

장이머우는 해외에서 격찬을 받으며 그 영화 이력을 시작하였음에도 불구하고, 바로 그 격찬 때문에 갖가지 폄훼와 공격을 받아 왔다. 최근의 대작 영화를 두고 그에게 가해진 공격들은 영화 내적인 분석, 특히 영화가 핵심 요소인 스펙터클의 양상과 의미에 대한 분석을 생략하고 이뤄졌다는 점에서 특히 문제적이라 할 수 있다. 이 글에서는 장이머우의 영화들의 근본적인 특징을 그것이 제시하는 스펙터클로 본 레이 초우의 논의에 주목하여, 〈홍등〉과 〈황후화〉 분석을 통해 장이머우가 제시하는 스펙터클의 특정한 양상과 의미에 대해 살펴보았다. 그 결과, 장이머우 영화의 스펙터클은 기왕에 알려진 바와는 다르게 여성의 신체나 전투 장면이 아닌, 양파껍질이라 표현할 수 있는 거대하고 견고하며 벗어날 수 없는 억압적 공간과 그와 대비를 이루는 왜소한 사람의 이미지, 그리고 그 안에서 일어나는 일사불란한 움직임이라는 것을 규명할 수 있었다.

논의를 마치기에 앞서 이 글의 첫머리에서 논의했던 세 가지 맥락을 되새겨 보기로 하자. 첫째, 장이머우에 대한 지금까지의 논의로부터 이끌어 낼 수 있는 중요한 사실은 한국형 블록버스터가 주요 담론으로 부상하고 있는 시점에서 할리우드 블록버스터의 일반적 특징을 무비판적으로 답습한 것으로 여겨지면서, 그런 입지점에서 부정 일색으로 평가되었던 장이머우의 대작영화들을 일정한 시간이 지난 시점에서 다시 한 번 돌아보는 가운데, 부정적 평가에 깃든 우리의 불안감을 살필 수 있었다는 점이다.

둘째, 장이머우에 대한 논의를 바탕으로 민족주의 담론 속에서 이뤄진 각국의 뉴 시네마적 운동들에 대한 평가 역시 온당한 지점을 찾을 수 있으리라 기대된다. 장이머우는 뉴 시네마 운동의 기수(5세대의 대표적 감독)였으면서도 이후 대작 영화감독으로 활약하고 있다는 특이한 입지점을 지니고 있는데, 이러한 점을 감안하면 그의 영화들에 대한 평가의 양상이 어떤 일관성 없이, 편의적으로 부여된 명칭에 의존하여 이루어지고 있는 경향이 뚜렷이 드러난다. 뉴 시네마에 속하는 영화들이 민족주의나 사회 비판적 태도만을 빌미로 과잉 해석과 넘치는 호평을 받아 왔다면 그 역시 지양되어야 할 현상임에는 틀림이 없다.

　마지막으로 장이머우의 영화는 전지구화 시대의 블록버스터로서 하나의 형식적·정치적 가능성을 지닌다. 블록버스터와 그 핵심에 자리한 스펙터클-이미지가 대개 정치적으로 수상쩍은 것으로 간주되거나 형식적 가능성과는 상관없는 것으로 여겨져 왔다는 점에서 보면, 장이머우의 초기작들에 대한 초우의 논의를 연장하여 최근작에까지 적용시킨 것은, 그 논의가 큰 무리 없이 이뤄졌다는 전제 아래, 스펙터클-이미지의 형식적·정치적 가능성을 사유할 단초를 마련했다는 의의를 가질 수 있다.

　쉽게 번역 가능한 언어라 할 수 있는 스펙터클-이미지는 하나의 의미 체계를 구성하는데, 이러한 의미 체계는 어떤 상위의 이데올로기에 복무하는 것이 아니라 그것과 상관없이 그 자체로 하나의 독자적이고 자율적인 체계를 이룬다. 영화가 지니는 혼종성은 대개의 경우 영화제작사가 흥행을 목적으로 영화의 수익을 최대화 할 수 있는 요소들을 이것저것 끌어 모으는 상업적 목적에서 비롯된 특성이지만, 장이머우의 영화에서는 '발명된 전통'들이 현실과 가상의 위계질서를 무너뜨리고 그 위에 '유혹의 기술'이라 일컬을 수 있는 표층의 스펙터클들이 매혹의 힘을 발하는 가운데 펼쳐지고 상호작용한다는 점에서 새로운 의미를 지닌다. 이런 면에서 장이머우 영화의 이미지와 스펙터클들은 고정된 해석을 거부하고, 나아가 근대적 재현 체계 및 전 지구적 시각 경제의 작동 방식을 비판하면서 새로운 배치를 통해 그들에 부과된 고정된 의미로부터 벗어나 새로운 것으로 탈바꿈하는 긍정적인 입지점을 획득할 수 있을 것이다.

강내희, 〈재현체계와 근대성-재현의 탈근대적 배치를 위하여〉, 《문화과학》, 2000.

김경욱, 〈할리우드 블록버스터의 전개과정과 이데올로기 : 〈스타워즈〉 시리즈를 중심으로〉, 《영화연구》, 2002.

김병철, 〈한국형 블록버스터에 나타난 한국적 특수성에 대한 연구〉, 중앙대 박사 논문, 2004.

김수현, 〈장이모우의 〈추국타관사〉 연구 : '상(象)'을 중심으로〉, 연세대 중문과 박사논문, 2004.

김현정, 〈전대미문의 부부싸움 〈황후花〉〉, 《씨네 21》 588호, 2007.

레이 초우, 정재서 옮김, 《원시적 열정》, 이산, 2004.

랩슬리, 로버드 · 웨스틀레이크, 마이클, 이영재 · 김소연 옮김, 《현대영화이론의 이해》, 시각과언어, 1995.

플루서, 빌렘, 윤종석 옮김, 《사진의 철학을 위하여》, 커뮤니케이션북스, 2005.

수전 손택, 이민아 옮김, 《해석에 반대한다》, 이후, 2003.

크라머 슈테판, 황진자 옮김, 《중국영화사》, 이산, 2000.

안시환, 〈장이모식 탐미주의의 절정〉, 《씨네 21》 590호, 2007.

Brown, Tam, "Spectacle/gender/history : the case of Gone with the Wind", *Screen no*. 49-2, Oxford University Press, 2008.

III
재난과 이미지

10. 세계의 끝, 끝의 서사

11. 〈쇼아〉 : 익명의 아이히만—chimann은 어떻게 가능한가?

12. 재난 주제 한시의 형상화 양상과 그 의미

10

세계의 끝, 끝의 서사
− 2000년대 한국 소설에 나타난 재난의 상상력과 그 불만

복 도 훈

■ 이 원고는 복도훈, 《묵시록의 네 기사》(자음과모음, 2012)에 실린 것을 부분적으로 수정한 글이다.

■■ 이 글을 처음 발표할 때 논평을 맡아 주셨던 문학평론가 김형중, 이장욱 선생님 그리고 박민규 소설에 대해 흥미로운 의견을 주셨던 문학평론가 이소연 님에게 감사드린다.

■■■ 이 글에서 언급하는 작품들은 다음과 같다. 박민규, 《핑퐁》, 창비, 2006 ; 〈축구도 잘해요〉, 〈깊〉, 〈끝까지 이럴래?〉, 〈양을 만든 그분께서 당신을 만드셨을까?〉, 〈굿모닝 존 웨인〉, 《더블》 Side A, 창비, 2010 ; 〈루디〉, 〈슬膝〉, 《더블》 Side B, 창비, 2010 ; 윤이형, 〈아이반〉, 《내일을 여는 작가》, 2007년 여름호, 〈큰 늑대 파랑〉 〈로즈 가든 라이팅 머신〉, 《큰 늑대 파랑》, 창비, 2011 ; 김사과, 〈매장〉, 《02》, 창비, 2010, 〈더 나쁜 쪽으로〉, 《작가세계》, 2011년 봄호 ; 김애란, 〈물속 골리앗〉, 《2011 제2회 젊은작가상 수상작품집》, 문학동네, 2011 ; 《자음과모음》, 2010년 여름호 ; 〈두 개의 물소리〉, 《2011 제2회 젊은작가상 수상작품집》 ; 김성중, 〈게발 선인장〉, 《문학과사회》, 2010년 여름호 ; 〈허공의 아이들〉, 《2011 제2회 젊은작가상 수상작품집》. 이 단편들은 김성중, 《게발 선인장》, 문학과지성사, 2011에 수록되어 있다 ; 김경욱, 〈소년은 늙지 않는다〉, 《한국문학》, 2010년 여름호 ; 황정은, 〈옹기전〉, 《현대문학》, 2010년 6월호, 〈묘씨생猫氏生—걱정하는 고양이〉, 《문예중앙》, 2010년 가을호. 이 단편들은 황정은, 《파씨의 입문》, 창비, 2012에 수록되어 있다 ; 조하형, 《조립식 보리수나무》, 문학과지성사, 2008 ; 편혜영, 《재와 빨강》, 창비, 2010 ; 〈저녁의 구애〉, 《저녁의 구애》, 문학과지성사, 2011.

그러자 최후의 심판이 시작되고 모든 이는 상상의 눈으로
저마다 처한 상황에 따라 그 비전을 보니라.
― 윌리엄 블레이크, 〈최후 심판의 비전〉

묵시록이라는 우세종, 파국의 정서 구조

'세계의 끝'은 그것이 하나의 어휘로 표현될 수 있는 한 여전히 세계
일 것이다. 그렇지만 '세계의 끝'은 그 지시 대상이 텅 빈 시공간에 대
한 명명이기도 하다. 그래서 묵시록적인 '세계의 끝'은 고립된 섬의
표상으로 실제로 세계의 끝에 위치하는 '유토피아'와 닮아 있으며, 또
유토피아의 흔적이다. 세계의 끝과 유토피아의 절합. 이러한 절합은
역설적인데, 이 역설이 우리에게는 흥미롭다.

우리는 최근 한국 소설에 점증하는 재난의 상상력을 최근 작가들
이 '세계의 끝'이라고 부른 역설의 기표를 통해 되짚으려고 한다. 최
근 2~3년 동안 한국 소설에서 재난의 상상력을 표방하는 각종 재난
소설, 묵시록, 과학소설 등은 유례없이 증가하는 추세여서 이제 재난
소설이나 묵시록 등은 한국 소설의 우세종으로 불러도 큰 무리는 아
니다. 게다가 파국, 쇠락, 종말, 끝이라는 일련의 기표에서 환기되는
'정서 구조structure of feeling'(레이먼드 윌리엄스Raymond Williams)도 정치,
경제, 문화 도처에서 고조되고 있는 듯하다. 그런데 '세계의 끝'은 그
에 부합하는 현실에 대한 격렬한 징후일까 아니면 현실을 고스란히
놔둔 채 꾸는 한낱 백일몽일 뿐일까.

참으로 흥미로운 문제는 이것이다. 예를 들어 '자본주의의 종말'이
라는 정치경제적 하부구조에 상응하는 것으로 미디어, 문학, 영화 등
이 재현하는 문화의 상부구조는 '세계의 끝'으로 표상될 법도 한데,

사실 이 둘은 결코 같지 않다는 것이다. '자본주의의 종말'과 '세계의 끝'에는 특정한 단락短絡이 있으며, '세계의 끝'에 대한 서사 또는 담론은 종종 이러한 단락을 개폐開閉하는 이데올로기적 증상을 내포하고 있다는 것이 우리의 쟁점이다. 프레드릭 제임슨이 말하는 것처럼, 우리는 구조적으로 '자본주의의 끝'을 천천히 사유하기보다는 일격으로 '세계의 끝'을 재빠르게 상상하는 하는 편을 따르며, 이것은 우리 시대의 이데올로기적·서사적 증상의 중요한 일부다. 그래서 우리는 '세계의 끝'이라는 일종의 불가사의하고도 기괴한 판타지를 통해 인간과 다른 생명체 모두가 멸망한 상태로 또는 지구조차 완전히 파괴된 상태로 고독하게 자신의 생명을 영원히 작동시켜 나가는 자본주의라는 공장과 기계를 묵묵히 응시하고 있는 것이다.[1]

그러나 '세계의 끝'이라는 발상은 반드시 이데올로기적이기만 한 것일까. 일본의 비평가이자 소설가인 아즈마 히로키(東浩紀)는 언젠가 이렇게 말한 적이 있다. "그리고 현재의 특징 중 하나는 '세계의 종말'로 향하는 그런 사고가 현실적으로 존재하는 이 세계에 대한 지식이나 관심에서 분리되는 것, 보다 정확히 말하자면 분리되는 형태로밖에 전개될 수밖에 없다는 것입니다. 그들은 '세계의 종말'에 대해 사고하고 있지만 '세계'에 대해서는 사고하지 않고 있습니다. 왜냐하면 '세계'에 대한 적절한 사실을 보증해야 할 상징계가 그들에게는 더 이상 기능하고 있지 않기 때문입니다."[2] 일본의 애니메이션이나 오타쿠 문화에 대한 진단이지만 이러한 언급은 최근 한국 문학의 묵시록 서사와 관련해서도 하나의 비평적 바로미터로 참조할 수 있다. 확실히

---

1 Slavoj Žižek, "Apocalypse at the Gates", *Living in the End Times*, London & New-York : Verso, 2010, New Edition, 2011, p. 334.

2 아즈마 히로키, 〈우편적 불안들〉, 김영심 옮김, 《동서문학》, 2001년 겨울호, 434쪽. 한편으로 일본 애니메이션에 나타난 '세상의 종말'에 대해서는 수잔 J. 네피어, 《아니메》, 임경희·김진용 옮김, 루비박스, 2005, 309~346쪽 참조.

어떤 비평적 단견이 그러한 것처럼, 최근 묵시록 서사는 영화에서 애니메이션에 이르는 기존에 유행하는 묵시록 서사의 관습화된 양식을 차용한 것에 불과할 수도 있다. 그러나 이렇게 말하는 것은 결국 아무런 판단도 하지 않는 것에 진배없다. 그렇다고 1990년대 문학 이후에는 드물었던, 사회적 현실의 모순에 대한 작가들의 참여와 관심의 증가가 세계의 전멸 쪽으로 문학의 상상력을 이동시켰다고 무조건 인정할 수만도 없다. 단순 모방과 현실 인식의 첨예화라는 두 극점이 그리는 벡터 속에서 이 글은 묵시록적 경향의 최근 한국소설에서 표상되는 '세계의 끝'이라는 '비표상의 표상' 또는 '비공간의 공간'에 함축된 이데올로기와 유토피아의 원소를 추출하고 재조합할 것이다.

'세계의 끝'의 양가성

글 가운데에도 인용하겠지만 '세계의 끝'을 자신의 소설에서 직접 언급하는 박민규, 윤이형, 김사과, 김애란 이외에도 재난과 파국을 서사화하는 작품을 쓴 작가들의 목록은 아마 더 늘어날 수 있을 것이다. 최수철, 김경욱, 김현영, 강영숙, 황정은, 배명훈, 김성중 등은 각각 집단 자살, 아파트 철거, 동물 살처분, 매장, 동물 유기遺棄, 전쟁, 테러, 휴거 등 각양각색의 재난을 서사화하는 작품들을 장편과 단편의 형태로 최근에 썼다. 그리고 인간과 사물의 점진적인 쇠퇴와 소멸, 종말에 대한 엔트로피의 감각을 형상화하는 소설집 《간과 쓸개》[3] 등의 작가 김숨도 넓은 의미에서 재난을 중요한 문학의 소재와 주제로 취급하는 소설가라고 할 수 있겠다. 게다가 최근에는 황석영도 《낯익은

---

3 김숨, 《간과 쓸개》, 문학과지성사, 2011.

세상》[4]에서 문명의 배설물인 쓰레기를 취급하며 살아가는 80년대 '꽃섬' 사람들의 이야기를 형상화함으로써 재난을 형상화하는 작가들의 대열에 합류한 것처럼 보인다. 물론《낯익은 세상》은 쓰레기 더미 속에서도 여전히 피어나는 삶의 가능성에 대한 찬가, 문명의 덧없음에 대한 애가로 앞의 소설들이 지닌 어두운 분위기는 거의 없는 소설이지만. 아무튼 황석영 소설의 표제처럼, 재난의 상상력은 이제 한국문학에서는 '낯익다'고 할 만한 지경에 이르렀다고 할 수 있겠다. 황석영도《낯익은 세상》의 〈작가의 말〉에서 파국의 징조에도 불구하고 그것을 붙잡고 끊임없이 달려야 하는 자본주의에 대해 언급하고 있다.

물론 이전의, 보다 가깝게는 1990년대 한국 문학에서 파국, 종말, 통틀어 '세계의 끝'이라고 부를 만한 소재와 주제를 형상화한 사례가 없는 것은 아니었지만(박상우, 백민석, 김영하 등) 그러한 문학의 사례에서 환기되는 분위기는 한 세기가 저물 때 엿보이는 세기말의 퇴폐와 우수, 조락의 감각에 보다 근사했다고 잠정적으로 말할 수 있다. 그래서 그것은 '세계의 끝'이라기보다는 '세기의 끝fin de siècle'에 가깝다고 할 수 있겠다.

그런데 2000년대 한국 소설에서 보이는 재난의 서사화 양식과 주제는 그 이전의 문학과는 그 양상이 꽤 상이하게 나타나는 것 같다. 국내에서는 도심 재개발을 명분으로 기업과 국가가 파괴적으로 공모한 결과인 용산참사와 같은 현실적 재앙, 덧붙여 구제역과 가축의 살처분, 서브프라임 모기지 사태의 파급과 여파, 계급 격차의 심화와 갈등, 그리고 국외적으로는 자연 재해와 인재가 더 이상 구분이 불가능했던 사건으로 2011년 3월 일본에서 발생한 지진과 쓰나미, 후쿠시마 원전 사고나 한 해 전의 아이티 지진 등 자연적·역사적 재난들이

---

4 황석영,《낯익은 세상》, 문학동네, 2011.

최근에 부상하고 있는 묵시록이나 재난소설에서 보이는 재난의 상상력 또는 재난의 서사화 양상에 있어 핵심인자일 것이다. 자기가 살아가는 시대가 '세계의 끝'에 방불하다는 감각은 별로 새로운 것은 아닐지도 모른다. 그러나 그것이 기표의 형태로 자주 출몰하는 것에 대해서는 한번 곰곰이 생각해 볼 일이다. 왜 '세계의 끝The End of the World'이라는 기표가 최근 한국 소설에서 자주 그리고 직접적으로 출현하는 것일까. 그리고 그것이 앞서 언급했던 작가들의 작품에서 어떻게 표현되는가. 일단, 박민규 소설이라는 나침반이 가리키는 '세계의 끝'부터 한번 읽어 보도록 하자.

> 내겐 도움이, 약이, 필요한 걸까? 전 미국이 돌아서서 웃고 있었다. 죽는다는 사실을, 나는 이미 알고 있었다. 도망치고 싶었다. 이들이 찾지 못할 곳으로, 이 세계의 끝으로 나는 도망치고 싶었다. 살려주세요. 그래서 눈앞에
>
> 한국이 떠올랐다.
>
> 다시 태어날 수 있다면, 저 세계의 끝에서 태어나고 싶었다. 흙 묻은 달팽이처럼, 그래서 아무도 날 찾을 수 없게, 내 입에 약을 못 넣게. 깊고, 크고, 어두운 강의 밑바닥 같은 곳을 그래서 나는 건너야 했다. 갑자기 눈이 부셨다.[5] (밑줄은 인용자)

먼저 박민규의 자전소설 〈축구도 잘해요〉에서 뽑은 인용문의 '세계의 끝'은 전생前生을 마릴린 먼로라고 믿고 있는 주인공 '나'가 도피

---

[5] 박민규, 〈축구도 잘해요〉, 《더블》 Side A, 246쪽.

하는 '한국'이다. 여기서 '세계의 끝'은 축자적으로는 작가가 현재 살고 글을 쓰는 물질적·심리적 공간으로 제시되지만, 박민규 소설 전체를 놓고 비유적으로 보면 바로 이 한국이야말로 《핑퐁》 식으로 말해 '인스톨을 유지할 것인가, 언인스톨할 것인가'를 결정토록 하는 막다른 '세계의 끝'이며, 동시에 그러한 '세계의 끝'을 다채롭게 상상할 수 있는 시공간인 것이다. 이 '세계의 끝'에 대한 박민규 소설의 표상은 사실 〈축구도 잘해요〉보다는 《더블》에 실린 〈루디〉, 〈슬膝〉, 〈깊〉, 〈끝까지 이럴래?〉와 같은 여러 묵시록 단편들에서 희극적이면서도 음울한 파토스를 부여받는다. 예를 들면, 〈루디〉에서 월스트리트의 사업가인 주인공 보그먼이 언젠가 자신이 고용했지만 한 번도 마주친 적은 없었던, 그러나 악마적인 살인자로 다시 나타나 자신에게 총을 쏘는 청소부 루디와 조우한 장소는 오로라의 "푸르스름한 …… 초록의 거대한 섬광이"[6] 비치는 극지極地 '알래스카'였다. 〈루디〉에서 '알래스카'는 죽으려고 해도 죽을 수 없고 서로 떨어지려고 해도 결코 뗄 수 없는 영원한 '러닝메이트'가 되는 주인과 노예, 자본가와 노동자가 마지막 아마켓돈을 벌이지만 결코 끝장나기 힘든 싸움을 하는 '세계의 끝'이다.

특히 BC 17000년이라는 먼 과거와 AD 2487년이라는 먼 미래를 무대로 한 이야기인 〈슬〉과 〈깊〉은 좀 더 양의적인 의미의 '세계의 끝'을 함축하고 있는 단편들이다. 〈슬〉에서 식량을 구하기 위해 주인공 '우'는 극한의 추위와 눈을 감당하면서 사냥을 떠나지만, 아내인 '누'와 새끼가 있는 보금자리를 옮길 수가 없다. 이 소설에서 먹을거리가 떨어진 '세계의 끝'은 먼저 '우'의 보금자리가 있는 곳이다. "늙고 현명한" 족장인 추의 말처럼 먹을거리는 더 이상 "여긴 없"는 것이

---

6 박민규, 〈루디〉, 《더블》 Side B, 81쪽.

다.[7] 그런데 족장인 '추'가 마을 사람들을 데리고 먹을거리를 찾아 떠나는 저기 "불 뿜는 산"[8] 또한 '우'의 눈에는 '세계의 끝'일 수도 있다. 그곳은 미지의 새로운 세상처럼 보이지만, '불 뿜는 산'의 불길한 이미지가 암시하듯이 더 큰 파국을 앞당기는 곳인지도 모른다. 그렇게 볼 때, '우'가 늙은 코끼리와의 결투 속에서 부상을 당하고, 결국 자신의 무릎 아래의 다리를 잘라 식량으로 들고 돌아올 보금자리는 '세계의 끝'인 동시에 거기서 삶을 다시 시작하고자하는 '끝의 세계'라고 할 수 있겠다. 박민규의 냉정한 현실 감각이 엿보이는 부분이다. 한편, 시뮬레이션 훈련을 통과하고 살아난 세 명의 디퍼들이 들어가 모든 통신이 차단되는 과학소설인 〈깊〉의 유터러스 해연의 틈새 역시 '세계의 끝'이다. 디퍼들이 탄 잠수정이 '데브리'가 된 후에 깨어나 다시 죽은 동료들을 '느끼고' 지구를 바깥에서 바라보는 〈깊〉의 불가사의한 마지막 장면은 읽기에 당혹스럽다. 하지만 "새로운 눈 같은 것이 다시금 열리는 기분이었다"[9]라는 구절을 통해서도 짐작할 수 있듯이, 박민규 소설의 '세계의 끝'은 그저 시공간의 종말이 아니라, 아직은 그 의미에 상응하는 물질적 언어를 부여받지는 못했지만 어떤 시작의 기미幾微를 잠시나마 환기하고 있는 텅 빈 시니피앙이라고 볼 수 있다. 그 기미란, 《핑퐁》, 〈양을 만든 ㄱ분께서 당신을 만드셨을까?〉, 〈굿모닝 존 웨인〉과 같은 묵시록이나 과학소설에서 환기되는 것 같은 인간 종種의 실체 변환으로 짐작된다.[10]

---

7 박민규, 〈슬〉, 《더블》 Side B, 278쪽.

8 박민규, 〈슬〉, 《더블》 Side B, 280쪽.

9 박민규, 〈깊〉, 《더블》 Side A, 140쪽.

10 《핑퐁》에서는 이미 '인류의 인스톨' 여부를 놓고 주인공 '못'과 '모아이는 자신들과 한판 승부를 벌이는 '인류의 대표'인 말콤 X 그리고 메스너와 다음과 같은 대화를 나눈다. "만약 인류를 제거한다면 말이다. …… 그 다음에 대해선 아는 바가 있니? 메스너가 물었다. 새로운 종, 새로운 생태계를 설치한다고 들었어요. 오, 호! 하고 손을 치켜들며 말콤이 소리쳤다."(《핑퐁》, 228쪽) 한편, 탁구 스승 '세끄라탱'은 '언인스톨' 이후의 인류에 대해 '못'과 다음과 같은 대화를 주고받기도 한다. "그럼 …… 제거

박민규 소설을 통해 환기된 '세계의 끝'을 포함해서 인용된 소설에서 언표된 '세계의 끝'은, 프레드릭 제임슨의 말을 빌리면, "구체적 공간이 스스로를 하나의 의미 있는 언어로서 구성하기 위해 필요로 하는 절대적 비공간"에 가깝다 할 수 있다.[11] '세계의 끝'은 의미가 생성되기를 기다리는 텅 빈 기표와 비슷한 것이다. 그런데 제임슨은 '세계의 끝'이라는 표상이 함축하는 바에 대해 다음과 같이 적극적인 의미를 부여한다.

만일 자본주의의 끝보다 세계의 끝을 상상하는 것이 훨씬 쉽다면, 우리는 아마도 새로운 예루살렘에 대한 유토피아적 비전보다 더 그럴듯해 보이는 총체적 파괴와 지구 생명체의 절멸에 대한 점증하는 대중적 비전들뿐만 아니라, 비판적 디스토피아에서 예시된 바 있는 다양한 파국들(1950년대 식의 낡아 빠진, 핵 폐기에 대한 불안들을 포함하여)과는 다소 다른 대중적 비전들을 특징화해야 할 또 다른 용어를 필요로 해야 한다. 묵시록이라는 용어는 반유토피아의 이러한 내러티브 장르를 차이화하는 데에 도움을 줄 수 있을지도 모르는데, 왜냐하면 오웰이 물리치려고 했던, 정치에 대한 환멸에 빠진 데다가 묵시록 서사에 대한 그 어떤 지식이 없는 독자들은 자신을 교정해 줄 그 어떠한 책무에 대한 감각도 없기 때문이다. 그러나 묵시록이라는 이 새로운 용어는 특이하게도 우리를 출발점으로 다시 데려가 준다. 왜냐하면 파국과 소망 충족을 포함하고 있는 만큼이나 본래의 묵시록이라는 것은 세계의 끝과 지구상에 그리스도 왕국을 개시하기, 유토피아와 인간 종족의 절멸을 모두

된 인류는 어떻게 되는 건가요?/어디론가/이동될 거야. 어떤 정보(情報)의 형태가 되어 (중략) 물론 육체는 이곳에 남아 분해될 거야."(《핑퐁》, 246쪽)

11 프레드릭 제임슨, 〈〈북북서로 진로를 돌려라〉의 공간 체계들〉, 《항상 라캉에 대해 알고 싶었지만 감히 히치콕에게 물어보지 못한 모든 것》, 슬라보예 지젝 엮음, 김소연 옮김, 새물결, 2001, 93쪽.

함께 포함하기 때문이다. 만일 묵시록이 역사적이거나 이데올로기적 용어로 판독할 때 변증법도 (유토피아적 "반대 항"을 포함한다는 의미에서) 심리 투사도 아니게 되면, 그때 묵시록은 아마도 형이상학적이거나 종교적인 것으로 파악할 수 있을 것이다. 그런 경우에 묵시록의 은밀한 유토피아 여행은 그 주위에 새로운 독자와 신봉자들이라는 커뮤니티 연합체를 구성한다.[12]

그렇다면 '세계의 끝'에 대한 탐닉을 단지 '자본주의나 억압 체계의 끝'에 대해 상상하거나 골몰하지 못하는 무능력의 소산으로만 봐야 할까. 아즈마 히로키가 말한 것처럼, 정말 '세계의 끝'을 상상하면서 정작 '세계'를 상상하지 못하고 있는 것일까. 생각보다는 애매하게 보인다. 확실히 《핑퐁》의 대단원을 보면 언인스톨 이후의 세계는 그다지 변한 것이 없어 보이며, 주인공 '못'은 여전히 학교에 간다. 그러나 다르게 생각해 볼 수도 있다.

우선 비평은 '세계의 끝'에 대한 작가들의 구체적인 형상화를 이제 작가들이 조금씩 미래를 상상하는 능력을 회복하는 신호로 받아들이고 이를 좀 더 적극적으로 사유해야 할 필요기 있다. 아울러 '세계의 끝'을 응시하는 통찰 속에서 '세계'에 대한 감각의 맹목도 면밀히 지켜봐야 할 것이다. 인용문에서 제임슨도 말하는 것처럼, 묵시록은 그 안에 '파국과 소망 충족', '세계의 끝과 그리스도 왕국', '유토피아와 절멸' 모두를 동시에 포함하는 양가성이 있다. 묵시록의 벡터에는 이렇게 다양한 이데올로기적 형식과 내용의 요소들이 긴장을 유지하고 있으며, 이 벡터 안의 기호학적 요소들이 맞물리고 충돌할 때의 유연성과 경화硬化의 움직임을 함께 포착하는 것이 비평의 관건이어야 한다.

---

[12] Fredric Jameson, "Journey into Fear", Archaeologies of the Future—The Desire Called Utopia and Other Science Fiction, London & New-York : Verso, 2005, p. 199.

재난 서사나 묵시록은 보통 백일몽이나 악몽의 형태로 나타난다. 프로이트가 다니엘 파울 슈레버의 묵시록 자서전《한 신경병자의 회상록》을 분석하면서 언급한 것처럼, 세계를 파국과 종말로 몰아가는 재난의 상상은 사도·마조히즘으로 보이지만, 그만큼 세계의 재건과 회복에의 염원을 담고 있다. 사태를 파국으로 몰아가면서도 파국으로만 끝내지 않고 궁극적으로는 회복을 꿈꾼다는 것이다. 다시 말해 상당수의 묵시록이나 재난 서사도 파괴를 통한 정화, 파멸을 통한 구원이라는 메시지를 하나의 형식으로 내포하고 있다. 그래서 많은 묵시록이나 재난 소설에서 주인공은 그 파국의 세계에 대해, 그 원인에 대해 무지한 어린아이거나 어린아이와 같은 처지에 있는 사람인 경우가 많으며, 그/녀는 동시에 파국과 절멸 이후의 신생新生의 주인공으로 약속받는 존재가 된다. 김경욱의 〈소년은 늙지 않는다〉, 김성중의 〈허공의 아이들〉, 김애란의 〈물속 골리앗〉의 주인공은 흥미롭게도 모두 미성년이다. 그런데 이러한 미성년의 존재는 묵시록이나 재난 서사가 파멸 그리고 그와 상반되는 희망의 내용을 적당히 어설프게 타협 형성한 서사로 의심할 만한 이유에 대한 형식적 증거로 읽을 수도 있다.

유토피아 앞에서의 불안

그렇다면 그 어떤 희망의 낌새도 없는 세계의 완전한 종말이란 재난 서사(재난+서사)라는 어휘의 불가능한 조합이 그러하듯이, 전혀 상상할 수 없을지도 모른다. 반대로 완전한 유토피아란 완전한 파국만큼이나 총체적 혁명을 필요로 한다면, 그 유토피아가 실현되기 두려운 사람들에게 유토피아란 파국이나 재앙 그 자체이기도 할 것이다.

그런데 김성중의 〈허공의 아이들〉의 경우, 전반적으로 묵시록

의 어조에도 불구하고 소설에 표상된 '세계의 끝'은 그와는 정반대로 읽을 수 있다. 사실 〈허공의 아이들〉은 같은 작가의 〈게발 선인장〉과 같은 종교적 광신과 구원, 몰락의 이야기를 상기해 보면, 휴거携擧(rapture)에 대한 패러디로도 읽을 수 있다. 다카하시 신(高橋しん)의 만화 《최종병기그녀(最終兵器彼女)》(2001)에서 소년 소녀가 손을 맞잡고 파국의 세상을 응시하는 마지막 장면을 연상시키기도 하는 이 소설은 또한 파국과 몰락의 파토스를 지닌 묵시록에 대한 기묘한 비틀기이기도 하다.

〈허공의 아이들〉은 땅이 서서히 무너지고 땅위에 있던 것들이 공중으로 뜨는 '휴거의 나날들'에 마지막으로 남겨진 소년 소녀가 소멸되기 직전에 하릴없이 소멸을 기다리는 이야기다. 그런데 이 소설에서 가장 핵심이 되는 질문은 이것이다. "우린 선택된 걸까, 아님 누락된 걸까?"[13] 만일 이 상황이 재앙이라면 그들은 재앙으로부터 선택된 존재들이며, 이 상황이 구원이라면 그들은 구원에서 누락된 불행한 존재들이다. 이 소년 소녀가 견딜 수 없는 것은 소멸과 소멸에 대한 공포라기보다는 그들이 여전히 성장통을 겪고 있으며, 이제 막 자라나기 시작한 기억과 이루지 못한 소망, 성sex과 같은 육체적 변이를 여전히 체험하고 있다는 바로 그 사실이다. 그러나 "사라지는 세계에서 성장한다는 것은 무슨 의미가 있을까?"[14]

〈허공의 아이들〉은 반성장의 묵시록이지만, 성장을 불가능하게 만드는 세계의 완전한 소멸을 선택함으로써 소멸해갈 수밖에 없는 아이들이라는 현존재를 도리어 역설力說한다. 잔인한 농담처럼 들리지만, 이 아이들이 기억과 육체와 희망과 더불어 완전히 소멸되는 것은

---

13 김성중, 〈허공의 아이들〉, 《2011 제2회 젊은작가상 수상작품집》, 204쪽.

14 김성중, 〈허공의 아이들〉, 《2011 제2회 젊은작가상 수상작품집》, 209쪽.

차라리 몰락해 가는 이 세계에서는 '선택된' 것일지도 모른다. '누락된' 것은 이 세계지, 세계가 누락한 이 아이들이 아니다.

그래서 반대로 완전한 유토피아는 완전한 묵시록이나 재난 소설처럼 그에 대한 이미지나 서사를 거의 제시할 수 없다는 점에서 비서사적일 수 있다. 그래서 서사적 반전을 갖고 있는 묵시록이나 디스토피아 소설은 내러티브의 측면에서 꽤 흥미롭지만, 그러한 것이 거의 없는 유토피아 문학은 꽤 지루하며, 그 세계는 대단히 권태로울 수 있다. 그런데 이것이야말로 유토피아의 특징은 아닐까.[15] 그러나 우리에게는 아직 완전한 파국만큼이나 완전한 유토피아를 상상하는 작품이 없다. 다만 우리는 약간의 유토피아적 흔적과 상당량의 파국적 제스처를 내재한 디스토피아 서사나 묵시록을 취급할 수 있을 뿐이다. 실제로 최근 들어 읽게 되는 한국형 디스토피아 소설이나 묵시록은 대부분 현재의 재난과 파국의 징조와 기미의 요소들을 가상의 미래의 시공간으로 유추하거나 외삽한 근近미래 소설이며, 이것이 최근 묵시록적인 한국 소설의 일반적인 경향이기도 하다. 내 생각은 이것이다. 우리 시대의 소설과 영화를 통해 수많은 판본을 낳고 있는 묵시록 및 재난 서사는 일정한 코드와 패턴을 반복하거나 답습하고 있으며, 따라서 어떤 작가가 재난 서사나 묵시록을 쓸 경우 이러한 패턴과 코드를 관습적으로 모방할 수 있다는 것이다. 특히 묵시록의 결말ending, 프랭크 커머드가 묵시록 특유의 '반전peripeteia'이라고 불렀던 것은 '세계의 끝'이라는 비어 있는 기표에 이데올로기적 의미를 투사하는 작업과 관련 있어 보인다. 커머드에 따르면, 아이러니한 반전의 수사는 결말을 신뢰하는 심리 때문에 가장 조야한 스토리에도 존재하며, 묵

---

15 프레드릭 제임슨, 〈유토피아의 정치학〉, 《뉴레프트리뷰 2》, 황정아 옮김, 길, 2010, 358~359쪽. 나는 문윤성의 과학소설 《완전사회》(1967)에 대한 글에서 이 문제를 자세히 다뤘다. 복도훈, 〈단 한 명의 남자와 모든 여자 : 아마겟돈 이후의 유토피아와 섹슈얼리티—문윤성 과학소설, 《완전사회》에 대하여〉, 《한국근대문학연구》 24집, 2011년 하반기, 월인, 2011, 360~362쪽.

시록과 관련해 '반전'은 종말에 대한 기대를 재조정하는, 종말을 시작으로 바꾸는 기능을 행한다.[16]

그와 관련하여 읽어 볼 윤이형의 두 번째 소설집인 《큰 늑대 파랑》에 실린 이야기들은 근미래를 형상화한 디스토피아 소설이 대부분인데, 특히 〈큰 늑대 파랑〉은 대니 보일 감독의 〈28일 후〉와 같은 좀비 묵시록이나 애니메이션의 양식을 활용한 수작秀作이다. 윤이형의 소설이야말로 과학소설, 판타지, 묵시록 등의 준準문학, 하위 서사를 적극적으로 전유하는 실험 의식에서는 가히 첨단을 선보인다. 하지만 여러 평자가 이미 지적한 것처럼, 소설의 결말을 맺을 때는 이상하게도 소박한 휴머니즘으로 회귀하는 양상을 보인다. 《큰 늑대 파랑》에는 실리지 않은 과학소설 단편인 〈아이반〉에서 '인간에 대한 경멸'만이 유일한 감정으로 남은, 초자아와 이드가 없고 모든 것, 심지어 책 읽기조차 로봇이 대신해 주는 미래 사회에서 '꿈꾸기'에 대한 인간적 믿음을 피력하는 결말이나 〈로즈 가든 라이팅 머신〉에서 예술이 사라진 근미래의 하이테크 유토피아의 시대에 여전히 글쓰기에 대한 염원을 표출하는 마지막 대목을 통해 공통으로 환기되는 휴머니즘은 이 소설들의 형식적 실험과의 낙차가 지나치게 크게 느껴지는 내용이다.

그러나 정서나 꿈, 나아가 '예술의 종말'이 실현된 미래란, 뒤집어 생각해 보면 예술과 그 근간이 되는 상상력과 정서를 억압하는 디스토피아가 아니라, 그 자체가 심미적으로 프로그램화된, 세계 그 자체가 이미 예술인 유토피아일수도 있다. 사실 두 소설의 미래는 그 미래에 대해 서술하는 어조에도 불구하고 디스토피아의 요소가 그리 많지 않으며, 또 다르게 읽으면 유토피아이기도 하다. 물론 예술 없는 사회가 아무리 유토피아더라도 실제로는 디스토피아에 불과하다는 작

---

16 프랭크 커머드, 《종말 의식과 인간적 시간》, 조초희 옮김, 문학과지성사, 1993, 31쪽.

가의 근심은 충분히 근거가 있으며, 또 공감이 가지 않는 것은 아니
다. 그러나 어떻게 보면 유토피아는 예술을 별도로 필요로 하지 않는,
그 자체가 심미화된 사회, 아름다움이 만개한 공화국은 아닐까. 〈로
즈 가든 라이팅 머신〉, 〈아이반〉은 겉보기와는 다르게 디스토피아에
대한 불안을 그린 과학소설이 아니라, 유토피아 앞에서 '예술의 종말'
이 두려워 뒷걸음질 치는 구식 휴머니즘 소설로 읽을 수도 있다. 따라
서 윤이형 소설의 휴머니즘식 결말은 여러 평자가 지적하는 것과 달
리 어색한 끼워 넣기, 내용과 형식의 불일치가 아닌 구조적 필연일 수
있다. 이러한 '예술의 종말'은 윤이형의 다른 소설에서 나오는 '세계의
끝'에 상응한다.

아영은 있는 힘을 다해 주차장 쪽으로 뛰었다. 시동이 걸리자마
자 집 쪽으로 차를 몰았다. 거리를 가득 메운 시체들이 과속 방지턱처
럼 타이어에 턱턱 걸렸다. 사람들은 새빨간 눈을 하고 팔을 공중으로
치켜든 채 제각기 다른 방향으로 걷고 있었다. 아영은 욕설을 뱉어내
며 액셀레이터를 밟았다. 이해할 수는 없었지만, 언제나 찾아올 것 같
기만 하고 정작 오지는 않던 <u>세상의 끝</u>이 어딘가에서 이미 시작된 듯
했다. 땅과 하늘 모두가 천천히 죽음에 먹히고 있었다. 그동안 모든 일
이 그러했던 것처럼 그 일도 아영의 의사와는 상관없이 진행되고 있었
다.[17](밑줄은 인용자)

그런데 "세상을 가득 채운 죽은 사람들"[18] 사이에서 최후의 생존자
인 아영이 몸집이 커진 '파랑'의 등을 타고 또 다른 누군가를 찾아 떠

---

[17] 윤이형, 〈큰 늑대 파랑〉, 《큰 늑대 파랑》, 137쪽.
[18] 윤이형, 〈큰 늑대 파랑〉, 《큰 늑대 파랑》, 144쪽.

난다는 〈큰 늑대 파랑〉의 결말도 휴머니즘을 크게 벗어나지는 못한
다. 소설은 '땅과 하늘 모두가 천천히 죽음에 먹히고 있'는 '세상의 종
말'에서 파랑의 네 부모 중 유독 아영이 선택된 것, 이러한 서사의 반
전에 지나치게 의미 부여를 하는 듯하다. 작가도 그런 것 같고, 비평
가들은 더욱 그러하다. 예를 들면, 좀비들이 아영을 보지 못하고 지
나치는 것은, 그리하여 아영이 살아남을 수 있었던 것은 소설에 의거
하면 아영이 그동안 살아왔던 수동적인 삶이 갖고 있는 비非존재감
때문이라는 식이다. 그러나 어떠한 좀비 묵시록에서도 어떤 존재가
특별히 선하거나 악하다는 이유만으로 살아남지는 않는다. 살아남는
것에는 원인도 이유도 없다. 문제는 휴머니즘이 아니라, 어떤 휴머니
즘이냐는 것일 터이다. 공정을 기하자면, 이 소설에서 부모의 요구로
부터 시작되는 온갖 이데올로기적 호명에 순순하게 순응하면서 살아
왔던 아영은 '세상의 끝'에서 자신을 공격하는 좀비가 된 부모를 처음
으로 살해한다. 비록 방어적인 행동이라 하더라도 아영은 난생 처음
으로 반反오이디푸스적인 행위를 감행했던 것이다.

재난의 자연화

최근 한국 소설의 묵시록적 상상력에서는 여전히 휴머니즘에 대한 염
원이 간절한데, 그것을 무조건 이데올로기로 기각할 필요는 없겠다.
그러나 적어도 묵시록 코드를 담은 할리우드 재난영화의 이데올로기
적 결말, 예를 들면 스티븐 스필버그Steven Spielberg의 영화 〈우주전쟁
War of the Worlds〉(2005)에서의 가족의 재통합과 같은 내용이 지닌 상투
성에 식상함을 느끼는 독자라면, 한국 소설의 묵시록적 경향에서 엿
보이는 '결말의 휴머니즘화'에 내포된 이데올로기적 봉합에 대해서도

똑같이 유의할 필요가 있다. 우리의 논의는 다소 우회로를 거쳐 묵시록 소설에서 보이는 휴머니즘에 대한 열망에 대한 짝패이자 상관항인 '재난의 자연화' 양상을 먼저 점검한 다음, 그것을 가능하게 만드는 휴머니즘을 문제 삼을 것이다.

'재난의 자연화'란 인위적인 개입으로 빚어지는 역사의 파국을 그것이 저절로 그렇게 될 수밖에 없었던 것처럼 자연화, 신화화해서 정태적인 것, 변혁 불가능한 것, 영원한 것으로 뒤바꿔 놓는 체제의 이데올로기 메커니즘이라고 간략히 정의할 수 있다. 그렇다면 필요한 것은 재난이 자연화되는 양상에 대한 예민한 감각일 것이며, 이러한 자연(화) 자체를 역사로 감지하는 소중한 능력일 것이다. 누군가가 아도르노의 자연사自然史(Naturgeschichte) 개념에 빗대어 말한 것처럼, "오늘날의 담론 속에서 자연이 사실은 역사적 변화를 자기 안에 감추고 있다는 점이 간파되는 경우는 드문 형편인데, 이렇게 간파된 변화조차 현재의 체제가 가지는 의사擬似 자연적 지위를 문제 삼는 데 사용되기보다는 이 체제의 '자연적 존재' 안으로 통합되어 버리고" 마는 것이 오늘날의 이데올로기적 현실이다.[19] 그러나 담론뿐만 아니라 서사에서도 이러한 역사의 자연화 양상은 현저히 나타난다. 왜냐하면 다른 대안이란 존재하지 않는다고 말하는 자본주의야말로 그 어떤 소설보다도 특유의 감각을 발휘하여 자신을 자연에 위치시키고 인간 본성에 부합하는 체제로 스스로를 정당화해 온 발전의 거대 서사이기 때문이다. 특히 어떠한 묵시록 서사나 담론의 엔트로피 경향은 "전 우주가 소진되어 모든 것을 포괄하는 획일적인 동일성으로 변형"[20]된다는 관념을 통해 결정화된 역사 허무주의에 저항하기보다는 역사를

---

[19] 스벤 뤼티겐, 〈비자연적 역사?〉, 《뉴레프트리뷰 3》, 정대훈 옮김, 길, 2011, 92쪽.

[20] 스벤 뤼티겐, 〈비자연적 역사?〉, 《뉴레프트리뷰 3》, 107쪽.

자연으로 치환하는 데에 우주론적으로 복무하려고 한다. 역사를 자연으로 치환하면서 실종되는 것은 정치경제적인 적대를 윤리의 이름으로 해소할 때 실종되는 것과 비슷하다.

　그 죽은 박물관의 또 다른 이름은 서울시 서남부 제2차 재개발 지역이었다. 박물관 입구에는 붉은 두 개의 깃발이 걸려 있었다. 첫 번째 깃발에는 살고 싶다, 두 번째 깃발에는 반대한다, 라고 씌어 있었다. 시야에 들어온 모든 건물들이 천천히 무너져내리고 있었고, 반복해서, 포클레인은 길게 목을 빼고 울부짖었다. 부서진 시멘트 아래 드러난 철골 구조물은 붉게 녹이 슬어 모두 피를 흘리는 것 같았다. 비명 소리는 텅 빈 건물의 곳곳에서 흘러나왔고, 이따금, 바람이 아주 세게 불었다. 나는 부서진 플라스틱 바구니, 물에 젖은 달력, 흙이 묻은 잠옷을 따라 걸었다. 찢어진 플라스틱 저금통, 녹이 슨 에프킬라, 중국산 유아용 장난감들을 따라 걸었다. 열다섯 살인 나는 그곳이 <u>세계의 끝</u>이라고 생각했다. 다섯 살 때도 그랬다. 스물다섯 살인 나는 이제 끝이 아닌 세계를 어디에서도 발견할 수가 없다.[21](밑줄은 인용자)

　예를 들면, 김사과의 〈매장〉에는 '역사의 자연화' 양상을 간파하는 감각과 지각 능력이 드물게 엿보이지만, 어떤 한계가 없지 않다. 이 소설에서 '세계의 끝'에 해당하는 물질적 은유는 '죽은 박물관'으로 명명된다. 이 '죽은 박물관'은 소설의 에세이적 서술자에 따르면 서울 서남부의 재개발 지역이기도 '뉴욕'이기도 '평양'이기도 하고 '폭격을 당한 드레스덴'이거나 '달의 표면'이기도 하며, 그곳으로 향하는 길은 남쪽이어도 북쪽이어도 아무 곳이어도 특별히 상관없다. 그 '세계

---

21 김사과, 〈매장〉, 《02》, 233~234쪽.

의 끝'은 모든 문명의 잡동사니 쓰레기와 폐기물이 모인 자연사 박물관처럼 전시되어 있다. 거기에는 '부서진 플라스틱 바구니, 물에 젖은 달력, 흙이 묻은 잠옷, 플라스틱 저금통, 녹이 슨 에프킬라, 중국산 유아용 장난감들'이 여기저기 흩어져 있으며, 도처에 "사라진 사람들, 바람, 부서진 건물의 잔해, 비명 소리, 바람"[22]이 어지러이 널려 있다. 인공물은 자연의 이미지로 은유된다. '반복해서, 포클레인은 길게 목을 빼고 울부짖었다. 부서진 시멘트 아래 드러난 철골 구조물은 붉게 녹이 슬어 모두 피를 흘리는 것 같았다.'

역사가 자연과 합치되는 순간 그것은 폐허로 드러나는데, 이에 대한 김사과 나름의 감각은 꽤 칭찬할 만하다. 그러나 소설은 차분히 그 폐허를 전력해 응시하기보다는 이내 다른 곳으로 점핑하며, 그때 소설은 묘사와 서술을 끈질기게 밀고 나가는 대신 김사과 소설에서 종종 보이는 고질적인 단점이기도 한 설명과 담론으로만 귀착된다. "결국 세계를 바꿀 수 없었으므로 (그리고 앞으로도 계속해서) 우리는 이제 그만 세계를 끝내려고 한다. 그 방법은 더 이상의 번식을 중단하고 집단 학살과 자살을 병행하여 인류 전체가 멸종에 이르는 것이다."[23] 그런데 어떻게, 무엇으로? 이것은 결국 하나마나한 얘기는 아닐까. 진짜 질긴 실감이란 "여전히 우리는 세계를 끝장낼 방법을 알 수 없었고 상관없이 이 세계는 끝 너머로 이어지고 있"을 뿐이라는 게 아닐까.[24] 단 한순간의 일격으로 종말이 오지 않는다면, 우리는 그 이후의 시간을, '세계의 끝' 이후를 그저 묵묵히 견디며 살아갈 수 있을 뿐일까.

그럴지도 모른다. 그러나 이렇게 물어볼 수는 있다. 도대체 작가

---

[22] 김사과, 〈매장〉, 《02》, 234쪽.

[23] 김사과, 〈매장〉, 《02》, 235쪽.

[24] 김사과, 〈매장〉, 《02》, 239쪽.

가 말하는 '세계의 끝'의 '세계'란 무엇일까. 김사과 소설에는 결국 그가 문제시하는 세계는 없고 세계에 대한 기분, 분노만 있는 것은 아닐까. 그것이 '세계의 끝'으로 서둘러 표현된 것은 아닐까. 김사과 소설은 확실히 구태의연한 휴머니즘과는 결별한다. 그러나 이러한 제스처는 세계에 대한 방향 없는 분노의 분출과 무기력한 응시의 악순환에 꼼짝없이 결박되어 있다.

김사과 소설에서 참으로 안쓰럽게 읽어 내고 싶어 하는 속류의 '메시아주의'란 인간 없는 메시아의 재림일 뿐이다. 이러한 메시아주의란 공허한 기다림을 참지 못하다가 결국 한순간의 대참사나 재난을 앞당기기 위해 무차별 테러를 실행하는 것으로 귀결될 뿐이다. 김사과 소설의 인물들은 천년왕국의 묵시록적 사도만큼이나 종말을 앞당기지만, 그것은 해프닝으로 끝나고 만다. 혁명도 뭣도 아닌, 혁명의 일인一人 퍼포먼스, 코스프레(costume play)에 불과한 것으로. 그렇다면 배설로서의 분노 터뜨리기가 아니라, 김애란의 〈물속 골리앗〉에서 주인공의 죽어 가는 어머니가 물 봉지를 칼로 찌르는 섬뜩한 장면에서처럼, 텍스트 안으로 기입하는 방식으로 분노를 표출해 보는 것은 어떨까도 싶다. 작가도 그것을 모르고 있는 것 같지는 않다. 최근에 발표된 〈더 나쁜 쪽으로〉와 같은 단편을 읽어 보면 '분노의 세대'라고 불릴 만한 '우리'에 대한 공통감과 연대의식 같은 것이 이전 소설과는 다르게 엿보여서 주목된다. 이 작가의 '더 나쁜 쪽으로'는 아직은 현재진행형이다.

마지막으로 근래에 발표된 작품 중 가장 인상적인 김애란 소설을 읽는다.

나는 그 자리에 털썩 주저앉았다. 그러고는 다시 훌쩍훌쩍 울었다. 그가 사라졌다는 사실보다 다시 혼자 남겨졌다는 게 무섭고 서러웠다.

주위는 어느새 어두워져 있었다. 이제 어떻게 해야 하는지, 어디로 가
야 되는지, 아무것도 알 수 없었다. 어쩌면 이곳이 내가 갈 수 있는 <u>세
계의 끝</u>인지도 몰랐다. 여기구나. 여기까지구나. 쓰러지듯 철판 위에
몸을 던졌다. 그동안의 피로가 순식간에 밀려오며 온몸이 진흙처럼 흐
물흐물 녹아내렸다.[25](밑줄은 인용자)

그런데 김애란의 〈물속 골리앗〉과 같은 압도적인 백미의 작품에
서도 어떤 한계가 엿보이는 것도 이러한 '현실(역사)의 자연화' 양상
과 결코 무관하지 않다. 이 소설에서 장마와 홍수로 표상되는 자연
은 인간과 그것이 세운 모든 것들을 아랑곳하지 않고 모두 쓸어 버린
다. "세계는 비 닿는 소리로 꽉 차갔다. 빗방울은 저마다의 성질에 맞
는 낙하의 완급과 리듬을 갖고 있었다. 하지만 그것도 오래 듣다 보니
하나의 소음처럼 느껴졌다. 자연은 지척에서 흐르고, 꺾이고, 번지
고, 넘치며 짐승처럼 울어댔다. 단순하고 압도적인 소리였다. 자연은
망설임이 없었다. 자연은 회의懷疑가 없고, 자연은 반성이 없었다. 마
치 어떤 책임도 물을 수 없는 거대한 금치산자 같았다."[26] 그래서 자연
은 인간을 전혀 닮아 있지 않으면서도 어떤 표정과 암시와 징후를 인
간에게 보여준다. 아마도 〈물속 골리앗〉과 더불어 한국 소설에서 '자
연'에 대한 어떤 기호론적 전도顚倒가 일어났다고도 감히 판정해 볼 수
있을 것이다. 김애란 소설 특유의 감각적인 일격一擊의 문장에 따르
면, "자연은 자연스럽지 않게 자연이고자 했다."[27]라는 것이다. 〈물속
골리앗〉에 와서 이제 자연은 인간이라는 종이 그 안에 완전히 포함된
생태계의 일부가 되며, 그것은 소설에서 주인공인 사춘기 소년의 놀

25　김애란, 〈물속 골리앗〉, 《2011 제2회 젊은작가상 수상작품집》, 43~44쪽.

26　김애란, 〈물속 골리앗〉, 《2011 제2회 젊은작가상 수상작품집》, 18쪽.

27　김애란, 〈물속 골리앗〉, 《2011 제2회 젊은작가상 수상작품집》, 23쪽.

라운 '생존과 적응'으로 표출된다. 삶은 적응과 생존 자체가 된다.

그런데 이 소설에서 자연은 인간적인 표정을 짓는 만큼이나 이데올로기적으로 작동한다. 〈물속 골리앗〉에서 대홍수로 표상된 자연은 모든 것을 덮어 버리고 쓸어 버린다. 그런데 소설에서 서술된 바와 같은 '상중喪中'인 현실, 곧 부모님이 주택담보 대출을 갚을 무렵 철거 명령이 떨어지고 나온 보상금은 터무니없이 적고 아버지가 타워 크레인에서 의문사를 당한 현실에 대한 그 이상의 있을 법한 질문마저 파국의 자연, 대홍수가 함께 쓸어가 버리는 것은 혹시 아닐까. 그래서 소설의 후반부로 갈수록 주인공이 환영과 망상 속에서 아버지를 그리워하고 추억하는 방식으로 어물어물 이야기가 전개되다 "누군가 올 거야"[28]로 소설이 끝나는 대목은 확실히 징후적으로 읽힌다. 이 부분을 다시 자세하게 읽어 본다.

원래 〈물속 골리앗〉이 처음 발표되었을 당시에는 따옴표가 없이 "누군가, 올 것이다"[29]라는 독백으로 소설이 끝났으며, 개작하기 전에는 '세계의 끝'이라는 표현도 없었다. 그런데 작가가 개작한 대목에서 따옴표가 있는 독백체로 바뀐 "누군가 올 거야"라는 문장 다음에는 마지막 문장이 더 있다. "칼바람이 불지 골리앗 크레인이 휘청휘청 흔들렸다."[30] 이 마지막 구절 때문에 이 소설은 확실히 김애란이 이전에 써 온 것과 비슷한 소설이 된다. 김애란 소설에서 사물들이 사람에게 감응하는, 가령 가로등이 주인공에게 윙크하는 다른 소설의 한 대목을 연상하게 하는 결말을 한번 상기해 보자.[31]

---

[28] 김애란, 〈물속 골리앗〉, 《2011 제2회 젊은작가상 수상작품집》, 47쪽.

[29] 김애란, 〈물속 골리앗〉, 《자음과모음》, 75쪽.

[30] 김애란, 〈물속 골리앗〉, 《2011 제2회 젊은작가상 수상작품집》, 47쪽.

[31] 처음 발표된 소설과 개작된 소설의 차이를 지나치게 파고드는 것 같은 느낌이 없지 않지만, 여기서 한번 〈물속 골리앗〉의 마지막 대목을 각각 인용하고 풀이해 본다.

〈물속 골리앗〉에서 '누군가 올 거야'라는 자기 암시에 감응할 때 골리앗 크레인이라는 인공적 이미지는 거기서 실족사한 아버지보다도 추억 속 아버지와 더욱더 결부되면서 거대하게 팔을 뻗치는 나무마냥 '자연화된다naturalize'. '누군가 올 거야'는 확실히 이 소설의 서술자이자 주인공으로 아직은 아버지가 필요한 소년과 잘 어울리는 염원의 표현이겠지만, 동시에 이러한 재난이 왜 일어났는지에 대한 질문을 중지

〈물속 골리앗〉, 《자음과모음》판. (밑줄은 인용자)	〈물속 골리앗〉, 《2011 제 2회 젊은작가상 수상작품집》판.(밑줄은 인용자)
나는 다시 기다려야 했다. 큰 바람이 불자 골리앗 크레인이 휘청휘청 흔들렸다. 나는 빗물에 젖은 속눈썹을 깜빡이며 달무리 진 밤하늘을 오랫동안 바라봤다. <u>그러곤 파랗게 질린 입술을 덜덜 떨며 조그맣게 중얼댔다.</u> <u>—누군가, 올 것이다.</u>(75쪽)	나는 다시 기다려야 했다. 비에 젖어 축축해진 속눈썹을 깜빡이며 달무리 진 밤하늘을 오랫동안 바라봤다. 그러곤 파랗게 질린 입술을 덜덜 떨며, 조그맣게 중얼댔다. <u>"누군가 올 거야."</u> <u>칼바람이 불자 골리앗 크레인이 휘청휘청 흔들렸다.</u>(47쪽)

《자음과모음》판의 결말에서는 무시무시하고도 무심한 자연과 거대한 인공물 앞에 무방비로 놓인 상태에서 실낱같은 희망을 바라는 주인공의 극한 상황과 생존이 강조된다. 이에 비해 개작에서 '누군가 올 거야'라는 독백은 따옴표로 묶이면서 보다 확실하고도 능동적인 소망의 발화로 변한다. 그리고 그 발화에 골리앗 크레인이 감응한다고나 할까. 마치 아들의 부름에 멀리서 아버지가 응답하는 것처럼. 물론 골리앗 크레인이 크게 흔들리는 것은 단순한 자연현상으로, 그저 칼바람이 불었기 때문일 것이다. '누군가 올 거야'라는 독백 다음 절에서 '칼바람'이라는 단어가 등장하기 때문에 주인공의 염원이 담긴 독백이 곧바로 골리앗 크레인의 흔들림과 결부되는 것은 꼭 아니리라. 그러나 두 소설 모두에서 골리앗 크레인은 복합적인 의미를 품고 있는 사물이라는 점에 다시 주목해 보면 이야기가 달라진다. 골리앗 크레인은 아버지가 실족사한 무시무시한 사물이었다가 점차로 아버지에 대한 주인공의 환영과 겹쳐지면서 추억 속 아버지의 이미지와 이미 오버랩이 되어 친숙하게 의미가 변화하는 사물이기도 한 것이다. 개작 전 소설에서 큰 바람에 흔들리는 골리앗 크레인이 여전히 낯근적 사물이라는 느낌을 준다면, 개작 소설에서 칼바람에 흔들리는 골리앗 크레인의 이미지는 주인공의 부름에 멀리서 응답하는 것 같은 추억 속 아버지와 좀 더 가깝게 결부된다. 그런 식으로 개작의 의도와 결과를 읽어낼 수 있지 않을까. 어쩌면 〈물속 골리앗〉의 진짜 위력이 여기에 있을 수도 있겠다. 곧 무시무시한 사물, 타자마저도 감응과 교감이 가능한 인간적인 대상으로 축소해 만드는 작가 고유의 역량 말이다. 〈물속 골리앗〉은 '대홍수'의 숭고한 묵시록으로 시작해서 '달무리 진 밤하늘'의 아름다운 동화로 끝나는 소설이다. '누군가, 올 것이다' 또는 '누군가 올 거야'라는 소망은 여전히 간절하고도 필연적으로 보이지만, 그 소망 속에는 이미 불가항력적인 현실에 대한 체념이자 판단이 자리 잡고 있어 보인다. '누군가 올 거야'는 달리 어찌할 도리가 없을 때 내뱉는 '하나님, 제발'과 비슷한 문장이리라. 그럼에도 대홍수라는 불가항력의 현실에서 우리가 할 수 있는 것은 소설에서 암시된바 그저 손 내미는 구원에의 막연한 기다림과 기다림대로 될 수 있으리라는 거듭된 자기 주문 이외에는 달리 정말, 다른 게 없는 것일까.

시키고 아버지에 대한 그리움과 추억의 애도로 봉합되고 마는, 몽매蒙味의 주문呪文은 아닐까. 이러한 판단의 근거를 김애란의 다른 글에서도 한 둘 찾아볼 수 있어 내친김에 마저 이야기해 보고자 한다.

김애란은 〈물속 골리앗〉에 대한 '작가 노트'인 〈두 개의 물소리〉라는 글을 소설을 쓴 다음에 썼다. 이 글에서 작가는 일본 후쿠시마 쓰나미와 원전 사고와 구조 장면을 지켜보면서 우리에게 필요하거나 부족한 것은 "공포에 대한 상상력이 아니라 선善에 대한 상상력"[32]이라고 말한다. 확실히 작가다운 휴머니티의 발현이며, 이러한 윤리 감각에 돌출한 흠집이라곤 별로 없다. 작가도 '노트'에서 완전한 공포란 상상할 수 없다고 말한다. 그러나 이렇게 질문해 볼 수는 있다. 만일 할리우드 재난영화의 결말에서 가족 통합이나 형제애의 회복과 같은 휴머니즘이 발현되는 것과 김애란의 〈물속 골리앗〉에서 주인공이 대홍수라는 '세계의 끝'에서 '누군가 올 거야'라고 희망을 염원하는 것에 차이가 있는지, 있다면 어떤 차이가 있으며 또 그것이 무엇인지를 물어야 한다. 그런데 그 둘의 차이는 우리가 생각하는 것보다 별로 없을지도 모른다.

왜 수많은 재난영화나 묵시록은 비인간적이고도 무시무시한 재난을 실컷 상상하고 난 다음 마지막에는 고루하고 식상한 휴머니즘을 내세울까. 휴머니즘을 강조하기 위해 재난을 끌어오는 방식은 서사적으로 자명하거나 불가피한 것일까. 〈물속 골리앗〉은 그러한 휴머니즘에서 진정 예외라고 할 수 있을까. 우리는 우리가 읽는 묵시록 텍스트가 리얼리즘 소설이 아니라 잠재적인 '꿈 사고Traumgedanken'가 명시적인 '꿈 내용Trauminhalt'으로 응축·전치되는 형식화의 과정임을, 즉 이러한 '꿈 작업Traumarbeit'은 하나의 소망이 서사적 공정工程을 통해 어

---

32 김애란, 〈두 개의 물소리〉, 《2011 제2회 젊은작가상 수상작품집》, 51쪽.

떻게 왜곡되어 충족되는가를 은폐하는 일임을 염두에 두어야 한다. 반복해서 말하는 것이지만, 프로이트의 장례식 꿈에서 남자가 가까운 친척들의 장례식을 계속 꿈꾸는 이유, 즉 이러한 '꿈 내용'에 담긴 진실은 그 친척들이 죽기를 바라는 소망이 실현된 것이 아니라, 장례식장을 빌려 장례식에 참석하는 옛 여자친구를 계속 만나기 위해서다('꿈 사고'). 즉, '꿈 내용'이 아닌 '꿈 작업'의 응축(여자친구)과 전치(장례식장)의 형식화에 주의해야 한다. 그래서 김애란의 〈물속 골리앗〉과 '작가 노트'를 나란히 두면, 대홍수의 재난과 가족의 몰락 후에 희망을 바라는 〈물속 골리앗〉은 마치 인류의 '선함'을 강조하는 '작가 노트'를 위해 뒤늦게 쓴 것처럼 읽히기도 한다.

숭고erhabene에서 기괴ungeheuer로

아마도 우리가 언급하는 문학 텍스트를 통해 대면하고 있는 재난은 그 재난을 바라보는 안전한 거리와 관찰자가 확보된 숭고한 풍경만은 아닐지도 모른다. 전형적인 묵시록과 재난 소설은 미학적으로 말하면 '숭고erhabene'와 관련이 있었다. 칸트는 어떤 압도적인 대상으로부터 주체가 숭고를 체험하기 위한 조건으로 '안전한 거리'를 요청한다. 그런데 김애란이 말한 '선에 대한 상상력'은 칸트가 말한 숭고의 다른 이면을 윤리로 재차 확인한 것이다. 쓰나미가 눈앞에 닥쳐왔지만 끝까지 대피 방송을 하고 자신은 물살에 휩쓸려 간 동사무소 여자 공무원의 최후, 그에 대한 김애란의 언급은 윤리적으로 숭고하다. 우리는 여기서 감명을 받지 않을 수 없으며, 그것이 참으로 소중한 것임을 여전히 배워야 할 필요가 있다. 그러나 그러한 윤리적 깨달음이 숭고처럼 '안전한 거리'를 가정하지 않고서는 발생하기 어려운 것 또한 난감한 진실이다.

2001년 9·11테러라는 대참사를 TV로 지켜보면서 마치 악몽 같은 할리우드 재난영화의 한 장면을 보는 것 같다가도 '아니지, 이것은 상상이 아니라 현실이야!'하면서 우리의 지각과 감수성을 재차 수정해야 하는 이중의 작업이 우리가 '리얼리티'라고 부르는 것에 걸려 있는 중요한 문제일 것이다. 그런데 김애란이 언급한 후쿠시마 원전 사고와 쓰나미는 거기서 우리가 선의 법칙을 재차 확인하게 되는 숭고한 풍경만은 아닐 수 있다. 자연재해와 인재가 결합된 이번 후쿠시마 사태에서 중요한 것은 그러한 재난으로부터 우리는 더 이상 안전한 거리를 확보할 수 없다는 진실이 아닐까. 수잔 나이만Susan Neiman은 모더니티의 상징적 참사의 두 현장인 '리스본'과 '아우슈비츠'에 대해 다음과 같이 명징하게 요약했다. "리스본은 세계가 인간과 얼마나 멀리 떨어져 있는지 보여 주었다. 아우슈비츠는 인간이 다른 인간과 얼마나 멀리 떨어져 있는지 보여 주었다. 자연을 인간과 분리하는 것이 근대화 프로젝트의 일부였다면, 리스본과 아우슈비츠 사이의 거리는 그것을 얼마나 떨어뜨려두기 어려운지를 보여 준다."[33] 이 문장은 지그문트 바우만, 《유동하는 공포》, 함규진 옮김, 산책자, 2009, 103쪽에서 인용했다. 그러면 우리는 '후쿠시마'에 대해 무슨 말을 할 수 있을까. 세계와 인간의, 인간과 다른 인간 사이에 놓인 무한한 거리만큼이나 이제 무서운 것은 세계와 인간의, 인간과 다른 인간 사이의 숨막힐 정도의 가까움이지 않을까.

후쿠시마 원전에서 방출된 핵의 방사능 물질은 냉전 시대의 핵병기에 대한 상상의 공포와는 질적으로 다르다. 핵 방사능 물질은 여전히 후쿠시마라고 하는 특정한 지역에서 발생하는 것이겠지만, 그것은 어느새 우리의 대기에 침투하여 생물학적 삶에 상당한 영향을 미칠

---

[33] Susan Neiman, *Evil in Modern Thought⎯An Alternative History of Philosophy*, Princeton University Press, 2002, p. 240.

것이다. 뿐만 아니라 우리는 그 재난에 대한 어떠한 지식과 대비책조차 갖지 못한 채 무지 속에서 압도적인 공포를 품을 수밖에 없다. 그것은 멀리 있는가 하면 대단히 가까이에 있다. 그것은 미처 인지하기도 전에 신체에 침입해 있을지도 모른다. 그것은 '이미'와 '아직'이라는 시간의 뒤틀림을 낳는다. 그 뒤틀린 시간을, 세계의 끝을 지금 우리가 살고 있다.

우리는 여기서 지금 그리고 앞으로도 생겨날 법한 재난의 상상력을 미적으로 규명하는 하나의 (비)개념을 제안하고자 한다. 칸트 미학에는 미와 숭고의 범주에는 묶이지 않는, 오히려 그 범주를 파괴하는 비미학적인 표현이 하나 더 있다. 일상의 독일어로 '운게호이에르 ungeheuer'인 그것은 한국어로는 괴물, 기형畸形, 기괴奇怪로 번역될 수 있으며, 칸트 미학에서는 보통 피라미드처럼 엄청나게 큰 것에 대한 '수학적 숭고'의 별칭으로 해석된다. 그러나 운게호이에르는 애매한 데가 적지 않다. 간단히 말하면 숭고 앞에서 나는 여전히 안전할 수 있다. 하지만 "괴물, 즉 여기-있음의 저 무시무시한 시험 앞에서 나는 안전하지 못하다."[34] 게다가 운게호이에르, 기괴한 대상은 너무 압도적이라서 도무지 제시=재현이 불가능하다. 다시 말하자면, 핵은 '숭고'하다. 그렇지만 핵 방사능 물질은 '기괴'하다. 어디에 있는지 도무지 모르는 그 기체氣體는 정체가 불분명하니 재현으로 포착되지 않으며, 그래서 '기괴'는 "미메시스의 곡예가 실현되는 장소"가 된다.[35] 재난은 이제 우리 삶에 자리한 대단히 이질적이면서도 견고한 중핵이 되며, 그에 대해 방어하는 면역 체계를 면역 체계가 스스로 파괴하는, 그리하여 자기와 타자(적과 동지)를 도무지 구별하지 못하는 '자

---

34 엘리안 에스쿠바, 〈칸트 혹은 숭고의 단순성〉, 장-뤽 낭시 외, 《숭고에 대하여—경계의 미학, 미학의 경계》, 김예령 옮김, 문학과지성사, 2005, 126쪽.
35 엘리안 에스쿠바, 〈칸트 혹은 숭고의 단순성〉, 《숭고에 대하여—경계의 미학, 미학의 경계》, 107쪽.

가면역질환autoimmune disease'을 닮게 된다.[36] 편혜영의 장편소설《재와 빨강》의 한 대목이 잘 말해 주듯이, "높은 감염률과 높아져 가는 사망률과 확보되지 않은 백씬 소식에도 불구하고" 사람들은 제 시간이 되면 밥을 먹으러 나가고 무엇을 먹으면 좋을지에 대해 하릴없는 수다를 떤다.《재와 빨강》의 표현을 빌면 "일상의 면역력은 견고했다". 하지만 일상은 동시에 "목을 가눌 수 없는 갓난아기"이기도 하다.[37] 이 소설에서 말하는 '일상의 면역력'이란 재난에 적응하는 삶의 끈질긴 복원 능력이 아니라, 재난에 대한 감각과 상상을 잃어버리는 만큼 증가하는 무감각과 기억상실에 가깝다. 인간이야말로 파국의 진정한 근원인 것이다.

마르틴 하이데거는 '파국katastrophe'을 둘로 구분했다. 히로시마와 나가사키에 투하된 핵폭탄과 같은 문명이나 지진, 쓰나미, 화산 폭발과 같은 자연재해로부터 비롯된 '존재적 파국'과 지속 가능한 성장이라는 구호를 통해 핵을 인간의 행복을 위해 안전하게 관리할 수 있다는 인간의 신념과 의지 그 자체에서 비롯되는 '존재론적 파국'이 바로 그것들이다. 하이데거의 입장은 존재적 파국보다 존재론적 파국이 본질적이며, 그것이 진정한 파국이라는 것이다. "존재자 내부에서 인간은 유일한 재앙이다."[38]

이쯤에서 우리는 대홍수와 같은 자연재해와 혜성의 충돌 등 '존재

---

36 죽음(자살)에 대한 최수철의 묵시록적 장편소설《페스트》, 문학과지성사, 2005의 '자살'의 양태 또한 자가면역 질환과 닮아 있다. '죽음에 이르는 병'인 멜랑콜리를 스스로 앓는 게 아니라 그로부터 면역되어 있는 상태가 오히려 더 큰 재앙을 초래할 수 있다는 한 작중인물(명인)의 경고는 자살의 자가면역 질환의 성격을 잘 드러낸다. 이에 대해서는 복도훈, 〈죽음에 이르는 병—최수철의《페스트》를 중심으로〉,《눈먼 자의 초상》, 문학동네, 2010 참조.

37 편혜영,《재와 빨강》, 179쪽.

38 마르틴 하이데거,《횔덜린의 송가 〈이스터〉》, 최상욱 옮김, 동문선, 2005, 121쪽. 존재적 파국과 존재론적 파국의 차이와 아포리아에 대해서는 복도훈,《묵시록의 네 기사》(자음과모음, 2012)에 실린 〈대지와 파국—칼 슈미트와 마르틴 하이데거를 통해 다시 읽는 문학의/과 정치〉를 참조할 것.

적 파국’을 전경화하면서 인간 자체가 재앙의 근원일 수 있음을 이야기하는 두 작가의 소설과 만나게 된다. 박민규의 〈끝까지 이럴래?〉에서는 심판관이라는 뜻을 지닌 ‘리퍼리Rippere’라는 혜성이 지구와 충돌하기 하루 전날, “간간이 폭음이 들려오는 인류의 마지막”[39] 전날이라는 존재적 파국을 묘사한다. 이러한 파국의 전경을 뒤로 하고 아파트에 남은 최후의 두 남자인 애덤스Adams와 창創, 또한 최초의 남자이기도 할 이들이 벌이는 미묘한 신경전을 잠시 들여다보자. 이 소설을 ‘숭고’와 ‘기괴’의 대립으로 분석해 보면, 애덤스와 창이 원인 모를 ‘층간소음’을 두고 예의 바른 척 신경전을 벌이는 가운데 드러나는, 두 이웃의 우스꽝스러우면서도 그로테스크함과 삶의 음산한 속내, 서로에게 느끼는 끈적끈적한 친근함과 불쾌함 등 요컨대 ‘기괴’의 감각적 구체具體가 지구 종말이라는 ‘숭고한’ 사실보다 어쩌면 견디기가 더 어려울지도 모른다. 〈끝까지 이럴래?〉에서 애덤스와 창의 집도 아닌 그 소음의 진원지가 결코 밝혀지지 않는 층간소음은 적당히 멀리 떨어져 있기에 숭고한 것이 아닌, 너무 가까이 있기 때문에 도무지 견딜 수 없이 불쾌한 ‘이웃Nebenmensch’이라는 사물이 발산하는, 소름 끼치도록 신경을 곤두서게 만드는 잡음일 것이다.

운게호이에르, 기괴와 관련해서 이 장에서 마지막으로 언급해야 할 작가의 소설이 한 둘 더 있다. 최근의 엄청난 구제역 사태와 가축 살처분, 집단 매장과 관련해 인간과 함께 살고 있는 동물들은 인간에게 정말 할 말이 많을 것이다. 그러나 만일 사자가 말을 해도 인간은 사자의 말을 조금도 알아들을 수 없을 것이라고 비트겐슈타인Ludwig Wittgenstein은 말했다. 우리에게는 사자의 목소리를 들을 귀가 없다. 황정은의 단편 〈묘씨생—걱정하는 고양이〉에서 섬뜩한 것은 제아무

---

39 박민규, 〈끝까지 이럴래?〉, 《더블》 Side A, 167쪽.

리 말을 해도 사람들이 조금도 알아들을 수 없는, 다섯 번 죽고 다섯 번 태어난 고양이의 묵시록적 저주인데, 그 저주의 기운은 매우 독하게 사방으로 퍼져나간다.

최근의 황정은 소설은 〈옹기전〉처럼 '서쪽에 다섯 개가 있어'라는 말 이외에 다른 말은 할 줄 모르는 항아리와 같은 사물로 하여금 말하게 하는 우화를 택한다. 모든 것을 땅에 묻고 그렇게 잊어도 사람들은 "세상은 멀쩡하다"라고, "당장 어떻게 되는 일 없다"[40]라고 말하지만, 이 소설은 대량으로 묻어 버리고 망각해 버린 것이 조만간 천하에 드러나게 될 "거대한 동공"[41]을 증언한다. 〈옹기전〉에서 '서쪽', 항아리가 내는 소리를 듣고 찾아간 "여기가 거기"[42]인 서쪽이란 '세계의 끝'이다. 한편 〈묘씨생〉에서 "등이나 가슴 부근의 느낌이 짜증스러워 혀로 핥으면 죽은 털이 목을 메울 듯 가득 묻어" 나오는 "뼈가 뒤틀리고 머리의 형태도 울퉁불퉁"한 "깡마르고 험악한 몰골"[43]을 한 고양이 화자의 형상은 일전에 내가 세계의 직접적인 압박으로 찌그러지고 뒤틀려 버린, 그 세계의 상징 질서로부터 배제되는 바로 그런 방식으로 거기에 분명히 존재하는 '기괴한 피조물들'로 불렀던 것의 하나다.[44] 이 기괴한 피조물들의 말 없는 말은 무언의 증언testimony, 말할 수 없는 것들로 하여금 말하게 하는, 인간의 말이 기억이 아니라 망각에 봉사하는 한, 인간적 말의 질서를 중단시킨다. 아마도 말 없는 절규 속에서 살처분 당한 동물들과 〈묘씨생〉의 저주받을 고양이의 육신에게 그러하듯이, 노상의 고양이들을 잡아다가 강제 불임수술을 시키고 유기하는

---

40 황정은, 〈옹기전〉, 《현대문학》, 90쪽.

41 황정은, 〈옹기전〉, 《현대문학》, 90쪽.

42 황정은, 〈옹기전〉, 《현대문학》, 91쪽.

43 황정은, 〈묘씨생—걱정하는 고양이〉, 《문예중앙》, 268쪽.

44 복도훈, 〈인형과 꼽추난쟁이—소설가 황정은과 나눈 말들의 풍경〉, 《문예중앙》, 2010년 겨울호 참조.

업종의 인간들에게 붙잡혀 처분될 동물들의 분노는 인간 '세계의 완파'를 절실하게 원할 것이다. "도무지 이 몸이란 짐승 역시 먹고사는 것을 제일로 여기는 처지, 먹고사는 일로 따지자면 어느 짐승의 먹고사는 일이 가장 중요한지는 누구도 간단히 말할 수는 없는데도, 자기들만 살아갈 가치가 있다는 듯 아무 데나 눈을 흘기는 인간들이 승하는 세계란 단지 시끄럽고 거칠 뿐이니 완파되는 편이 좋을 것이다."[45]

그러나 황정은 소설의 피조물의 어법을 흉내 내어 말해 보자면, 이 동물들의 말없는 분노의 외침을 들을 귀 있는 인간이란, 아아, 도대체 있기나 한 것인지, 있다면 얼마나 있을지는 도무지 모를 일이로다. 이처럼 황정은의 소설에서 '세계의 끝'은 동물의 편에서는 모든 참사와 재난의 최종심급인 인간 種의 남김 없는 완파일 것이다.

세계의 끝인가, 자본주의의 끝인가

재난은 그 외관과 달리 결코 만인에게 공평하게 다가오지 않는다. 장준환 감독의 SF 블록버스터 〈지구를 지켜라!〉의 마지막 장면이 그러하듯이 '지구의 폭파'를 통해 평등한 종말을 꿈꾸는 이유는 어쩌면 그만큼 평등한 세계를 원해서일지도 모른다. 그러나 우리가 마주하는 실상은 〈루디〉에서 그렇듯이 자본가들이 평등하게 괴롭혀 온 것에 대한 노동자들, 곧 배제된 자들의 '평등한' 복수일 뿐이다.

지금까지 살펴본 우주론적 묵시록에서 재앙은 서구 최초의 철학적 금언이라고 부르는 아낙시만드로스Anaximandros의 말처럼 만물이 소멸을 향해 가는 평등한 엔트로피 상태다. 그러나 그렇게 상상한 '세

---

45 황정은, 〈묘씨생―걱정하는 고양이〉, 《문예중앙》, 258~259쪽.

계의 끝'에는 이데올로기의 증상과 계급 차별이 엄연히 내포되어 있다. 글머리에서도 언급했지만, '세계의 끝' 이후에도, 지구의 종말 이후에도 우리는 여전히 불가사의한 응시 속에서 자본주의의 공장과 기계가 자신만의 서사 법칙에 따라 잘 굴러가는 모습을 지켜본다. 그것은 이 글에서 다룬 묵시록이라는 장르가, 편혜영의 〈저녁의 구애〉의 마지막에 나오는, 자신의 트럭과 비슷한 불타 버린 트럭을 바라보는 주인공의 묵시적인 응시처럼, 마치 자신의 죽음을 자신이 지켜보고 있는 것 같은 꿈 텍스트라는 형식에서 연유하는 것이기도 하다.

"바람이 세차게 불고 하늘은 잔뜩 찌푸린 어느 봄날, 런던 시는 바닷물이 말라 버린 옛 북해를 가로질러 작은 광산 타운을 추격하고 있었다."[46] 이 놀라운 문장으로 시작하는 필립 리브Philip Reeve의 견인 도시 연대기 4부작 가운데 첫 번째 과학소설인 《모털 엔진(Mortal Engines)》(2001)을 거의 다 읽을 즈음에서야 나는 이 소설 제목을 그동안 'immortal engine'으로 상상하고 읽었다는 것을 문득, 깨달았다. '모털 엔진'은 물론 소설 속에서 다른 도시들을 집어삼키면서 움직이는 '런던' 길드처럼, 약육강식이나 적자생존과 같은 도시 진화론의 법칙에 충실한 자본주의에 대한 알레고리적 명명일 것이다. 그런데 나는 왜 자본주의를 필멸의 엔진이 아닌, 불멸의 엔진으로 생각하고 있었던 것일까. 혹시 자본주의의 끝을 상상할 수 있는 능력이 내겐 없음을 자인하고 있었던 것은 아니었을까. 프레드릭 제임슨과 슬라보예 지젝이 종종 말하는 것처럼, 우리는 세계의 끝을 열심히 상상하는 만큼 자본주의의 끝을 상상하려 하지는 않는다. 그런데 《모털 엔진》은 60분간의 핵전쟁, 즉 일격에 닥친 '세계의 끝' 이후에도 끈질기게 살아남는 자본주의에 대한 우화가 아닌가.

---

[46] 필립 리브, 《모털 엔진》, 김희정 옮김, 부키, 2010, 11쪽.

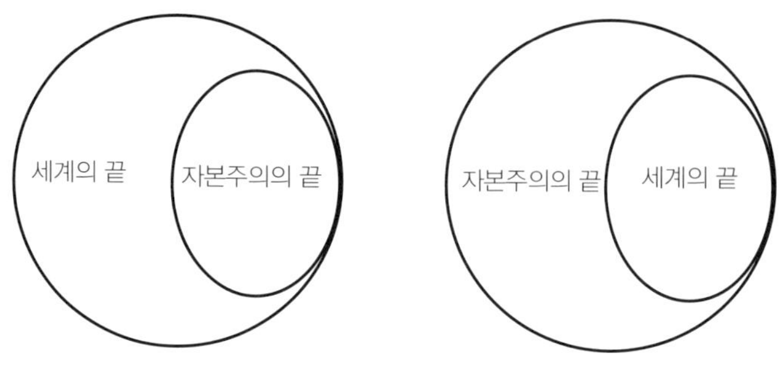

'세계의 끝'에 대한 우주론적 이데올로기와 그에 대한 정치경제적 비판의 도식을 위와 같이 그려 보도록 하자. 묵시록이나 과학소설에서 재현되는 재앙은 흔히 자연적이거나 우주론적이다. 그러나 이 우주론적 비전은 인간의 개입과 같은 작위보다는 천재지변과도 같은 자연으로 형상화되는 경우가 더욱 많다. 그런데 주의해야 한다. 어떤 인간적인 개입과 그 결과를 자연화하는 능력은 자본주의의 가장 탁월한 이데올로기일 수 있다는 것을. 여기서 문제는 한층 복잡해진다. 물론 묵시록 서사에서 재난과 파국이 우주적, 자연적, 생태적 이미지로 표상된다고 해서 그러한 표상을 무조건 기각할 필요는 없겠다. 무엇보다도 그것을 하나의 증상으로, 두 제곱으로 읽는 것이 중요하다. 이러한 재현의 층위에서 제기되는 문제와 함께 그리고 그것과 뒤얽혀 중요하게 다뤄야 할 현실적인 문제는 전 지구적 차원의 생태적 재난을 어떻게 취급할 것인가라는 질문이다. 그것은 분명 자본주의의 부산물이지만, 생태적 재난이라는 이 부산물은 이제 자본주의가 도무지 어찌할 수 없을 정도로 지구와 인간 種 한복판을 가로지르는 보편성을 획득했다는 것이다. 생태적 재난이라는 '보편적 적대'(종의 전멸)는 자본주의에서 비롯되는 '특수한 적대'(계급투쟁)보다 더욱 보편적인가 그렇지 않은가. 전 지구적인 차원의 환경파괴에 따른 재난이 긴급한 것인가 자본주의의 항구적 운동이라는 재난이 긴급한 것인가.[47] 그런데 생태적 재난의 보편성을 우위에 두고 인간을 하나의 종으로, 역사를 자연사로 파악하는 입장은 이데올로기적 신비화에 노출되는 경우가 적지 않다. 지젝이라면 '두려움의 생태주의ecology of fear'[48]라고 비꼬았을 어떤 생태주의 묵시록은 '자본주의의 끝'보다 '세계의 끝'을 즐긴다. 강하게 파국을 이야기하면 할수록 이러한 묵시록은 파국이 실제로 일어나는 것을 결코 원하지 않는다.

　여기서 간단한 사고 실험을 해볼 수 있겠다. 자본주의의 무한한 확장과 식민화 결과로 인한 무분별한 환경 파괴는 자본주의의 종말마저 가져다줄 것인가. 그럴 수도 있다. 그러면, 기다려라! 30여 년 정도의 매장량밖에 남지 않은 석유 종말시대에 대한 묵시록적 비전을 제시해 주는 제임스 하워드 쿤슬러James Howard Kunstler의 《장기 비상시대The Long Emergency》(2005)[49]와 같은 책이 자칫 빠질 수도 있는 이데올로기적인 함정이 바로 여기에 있다. 석유를 대체할 만한 대안에너지를 만들지 못한다면, 그러면 어찌할 것인가. 그저 석유를 다 쓸 때까지만 기다려라. 그러면 석유를 근간으로 하는 자본주의의 종말도 함께 오리라. 이것은 냉소주의 아닌가. 따라서 우주론적인 재난을 그 자제로 읽기보다는 정치경제적 재난의 걸괴에 대한 하나의 증상으로 독해하는 것이 중요하다. 우주론적 재난은 엔트로피처럼 평등하게 결과하지만, 정치경제적 재난은 불평등의 구조적 요소를 가장 첨예하게 드러낸다. 그래서 재난은 자본의 순환 과정에서 독특하게 헤지펀드와

---

[47] 이러한 질문은 다음 글에서 핵심적으로 제기되는 문제다. 디페시 차크라바르티Dipesh Chakrabarty, 〈역사의 기후―네 가지 테제〉, 김용우 옮김, 조지형 · 김용우 엮음, 《지구사의 도전―어떻게 유럽중심주의를 넘어설 것인가》, 서해문집, 2010, 348~386쪽. 〈역사의 기후〉에 대한 주요한 비판으로는 Slavoj Žižek, "Apocalypse at the Gates", *Living in the End Times*, pp. 330~336.

[48] 슬라보예 지젝, 〈자연 속의 불만〉, 《잃어버린 대의를 옹호하며》, 박정수 옮김, 그린비, 2009, 665~656쪽.

[49] 제임스 하워드 쿤슬러, 《장기 비상시대》, 이한중 옮김, 갈라파고스, 2011.

같은 금융 거래의 방식으로 작동한다. 재난마저도 자본주의가 자신을 무한하게 확장하는데 발생할 수 있을 예상 리스크, 특히 공황을 예방하기 위해 만든 일종의 파생금융상품과 한패이자 바로 그 상품이 아닐까. 자본이 리스크를 예상하는 방법은 바로 파국을 상품화해서 거래 목록에 안전하게 등록시키는 것이다. 다행히도 한국 문학은 재난을 '세계의 끝'이라는 형이상학적이고도 우주적 규모뿐만 아니라 전 지구적 자본주의라는 정치경제의 역학으로도 접근하려는 매우 드문, 그래서 그런지는 몰라도 별 주목을 받지 못했던 문학의 중요한 시도를 한 둘 정도는 갖고 있다.

조하형의 뛰어난 묵시록인 《조립식 보리수나무》는 한반도에 닥치는 불과 모래비의 재난과 그 재난의 복구 과정을 통해 재난이 초국적 자본, 다국적기업이 하는 사업의 일부로 명확하게 제시되어 있음을 보여 준다. 재난은 시스템을 파괴하는 것이 아니다. 재난 자체가 시스템 작동의 일부며, 시뮬레이션 프로그램이고, 또 시스템이 파괴적으로 벌이는 막다른 자기 유희다. 프레드릭 제임슨은 윌리엄 깁슨William Gibson의 사이버펑크인 《뉴로맨서Neuromancer》(1984)에서 각종 불법 투기와 대규모 암거래, 매각과 암살 등이 행해지는 스프롤화된 도시의 이면에는 다국적기업이라는 '원초적 장면primal scene'이 어른거린다고 말한 적이 있다. 그런데 《조립식 보리수나무》로 오면 이 다국적기업이란 텍스트에 음화로 각인된 원초적 장면이 아니라, 노골적이고도 뻔뻔한 실재가 되어 텍스트의 일부를 이룬다. 다음 구절을 읽어 본다.

복구 사업이, 재난 이전부터 계획되었던 것처럼 진행되는 건, 놀라운 일이 아니었다. 복구 사업의 주체는, 정부가 아니었다. 강릉은, 매크로 앤 타이니로 상징되는 초국적 자본, 다국적기업들이 접수했고, 정부는 치안 서비스나 제공하는 기업 용병에 불과했다. 복구의 환상이면에서, 부동산 소유권이나 백두대간 개발권, 기반 시설에 대한 이권 등이 사기업으로 넘어가며 훼손되고 있었다. 강릉의 미래는 예정되어 있었다. 성장거점 집중 복구는, 양극화를 심화시킬 것이고, 애향심과 가족주의로 무장한 노동자들이 받는 평균 이하의 임금은, 악성 인플레로 날아갈 것이며, 환금 작물로 강제 전환되거나 관광 유흥지로 변해버린 농지와 어장은, 식량 위기에 대처할 수 없게 만들 것이다. 이철민이 보기에, 재난 복구는 환유 연쇄의 감옥, 하나의 사막을 또 하나의 사막으로 대체하는 것에 불과했다 : 마카오–사막화.[50]

조금이라도 긴장을 늦추면 읽기 어려울 정도로 조하형의 소설 문체가 뒤틀리고 추상적이면서도 히스테리컬한 낯선 감각으로 특이하게 다가오는 이유는 무엇일까. 그것은 소설의 표현을 빌면 재난이라는 "세계 시스템 차원의 문제를 개체 수준으로 축소하고 신경계를 식민지화한"[51] 결과로 닥친, " '세계의 비참'에 대한 전 지구적 규모의 불감증"[52]에 맞서 아메바화된 주체가 행할 수 있는 이디오진크라지의 격한 몸부림이 조하형 작가만의 유니크한 문체를 통해 표출되기 때문일 것이다.

세계의 끝에서 끝의 서사로

지금까지 우리가 살펴본 '세계의 끝'의 기호학은 현재 한국 소설의 재난의 상상력이 위치해 있는 상상적이고도 현실적인 이데올로기적 좌

---

[50] 조하형, 《조립식 보리수나무》, 267쪽.

[51] 조하형, 《조립식 보리수나무》, 146쪽.

[52] 조하형, 《조립식 보리수나무》, 146쪽.

표의 하나다. 《조립식 보리수나무》의 한 구절을 다시 응용해 말해 보
자면, 한국 소설은 재난의 상상력 덕분으로 현재의 연장 또는 단절로
서의 미래를 상상하기 시작했다. 그러나 그 미래를 예정된 미래로,
좌표 수정이 도무지 불가능할 것 같은 미래로 취급한 경향도 없지는
않았다. 앞으로의 관건은 '예정된 미래를 바꿀 수 있는가?'라는 근본
적인 질문에 대한 탐구일 것이다. 파생금융상품으로 미연에 리스크를
방지하려는, 다분히 예측 가능한 미래가 아니라 자본주의적 신용의
논리가 끝장나는 공황 상태의 비어 있는, 단절된 미래를 적극적으로
상상하기.

　이제 한국 소설의 재난의 상상력은 도래할 실제적인 재난의 현실
보다도, 재난을 재생산하고 소비하는 자본주의의 서사보다도, 자가면
역의 '세계−시뮬레이션'보다도 더 빠르거나, 또는 더 느리게, 과연 돌
연변이하거나 진화를 거듭할 수 있을 것인가.

〈쇼아〉
: 익명의 아이히만I-chimann은 어떻게 가능한가?

이 향 준

들어가면서

재난의 정의가 무엇이든 인간이 겪을 수 있는 가장 큰 재난 가운데 하나는, 인간으로부터 인간이 일방적으로 '절멸絕滅'의 구석으로 내몰릴 때다. 히브리어로 절멸을 뜻하는 낱말을 제목으로 가지는 영화 〈쇼아 Shoah〉는 그런 점에서 가장 잔인한 재난에 대한 영화 가운데 하나다. 이 영화의 가장 두드러지는 특징은 9시간이 넘도록 도무지 화면에 재난이 등장하지 않는다는 점이다. 이 영화는 홀로코스트와 관련된 사람들을 대상으로 진행된 인터뷰의 내용을 566분에 해당하는 타임 라인으로 편집하고 있을 뿐이다. 시각화되지 않는 재난에 대한 다양한 말하기의 중첩이라는 점에서 이 영화는 독특성을 드러낸다.

일단 이 점을 감수하고 나면, 진술되는 재난의 무시무시한 양상이 관람자에게 엄청난 충격을 안겨 준다. 이런 점에서 〈쇼아〉는 재난이 정말로 역사적이고 현실적인 어떤 것일 경우 그것에 대한 시각적 이미지는 오히려 재난의 키치화를 가져온다는 점을 제대로 깨닫고 있는 영화라고 할 수 있다. 단순하게 말해서 그것은 시각적인 이미지의 영역을 넘어선다. 그것은 영화의 출연자가 단적으로 '그 때도 믿을 수 없었지만, 아직도 믿을 수 없다'는 말로 그 충격을 묘사할 때 잘 알 수 있다.

영화라는 매체의 특성상 시각적 이미지로서가 아니라면 도대체 이 영화의 재난성은 어디에 놓여 있는가? 이 글은 바로 이런 특징이 인간의 인지적 구조 자체로부터 기인한다는 점과 함께 그 특징적인 면이 홀로코스트에 대한 이해에도 적용될 수 있다는 점을 드러내고자 한다. 이를 위해 이 글은 한나 아렌트Hannah Arendt와 아도르노Theodor W. Adorno를 비롯한 몇몇 연구자들의 탐구 내용을 검토할 것이다. 스티븐 미슨Steven Mithen의 인지적 유동성cognitive fluidity과 질 포코니에

Dilles Fauconnier 및 마크 터너Mark Turner의 개념 혼성conceptual blending을 배경으로 인간의 상상적 사고가 갖는 필연적이지는 않지만, 언제든지 발생 가능한 인지적 기제가 홀로코스트의 이면에 깔려 있다는 사실을 지적하려고 한다.

이것을 받아들일 수 있다면, 우리는 상상력의 아주 어두운 면이 어떻게 우리의 마음이라고 할 수 있는 영역에 자리 잡고 있는지를 이해하게 될 것이다. 그리고 크고 작은 홀로코스트가 여전히 진행 중이며, 이러한 경향성과의 싸움은 오히려 끝내기가 요원하다는 사실도 함께 받아들이게 될 것이다. 결국 〈쇼아〉와 같은 말하기를 통한 재난의 진술이라는 방식은 끊임없이 우리의 인지 구조와 상호작용해서 보이지 않은 재난의 이미지를 우리 마음속에 생성시키고, 우리가 혼성적인 재난의 상황 속에 놓여 있다고 무의식적으로 가정하게 만듦으로써, 최종적으로는 재난에 대처할 방법을 강구하게 만드는 한 가지 보편적 방식이라는 것을 이해하게 될 것이다.

이해할 수 없는 이유

나치즘에 의해 나타난 홀로코스트는 질과 양의 측면에서 유래를 찾기가 힘든 대규모의 집단 살인이라는 점에서 수많은 탐구의 주제가 되었고, 오늘날에 와서는 거의 진부한 주제가 되어 버렸다. 심지어 독일과는 거리가 먼 한국의 가수 조pd는 그의 노래 〈이야기속으로 IV〉에서 "독일의 화가 하나가 예술을 하려 하다가, 좌절과 배고픔에 너무나도 시달리다가, 인류에 대한 분노를 품고 훗날 전 유럽을 피바다 폐허로 만들었지. 히틀러가 휘둘러 댄 광기는 빗나간 창조력이 초래한 비극의 일부……"라고 언급하기까지 했다. 이런 진술에 대한 반론은 강제수용소를 체험한 프리모 레비Primo Levi의 다음과 같은 진술에서 발견할 수 있다.

> 역사적 현상의 책임을 한 개인에게 돌려 설명한다는 건 옳지 않은 듯하다. 게다가 한 개인의 마음속 깊이 숨어 있는 행동의 동기들을 해석한다는 것은 쉽지 않은 일이다. …… 나는 솔직히 히틀러와 그의 뒤에 있던 독일의 광적인 반유대주의를 이해할 수 없다고 고백한 몇몇 진지한 역사학자들의 겸손함을 좋아한다.[1]

역사적 사건 전체를 한 개인과의 인과관계의 틀 속에서 이해하려는 것은 그 자체로 거대한 복합적인 사태를 극도로 단순화시키려는 이해 방식의 표출이다. 여기에 반대하는 것에는 나름의 이유가 있지만, 이와 같은 레비의 말에는 어떤 어긋남이 함께 담겨 있다. 그는 반유대주의에 대한 이해불가능성을 시사하는 발언을 통해, 파시즘에 의해 야기된 홀로코스트의 증오심을 낯선 어떤 기원을 가지는 것으로 이해하고 싶어 하는 것처럼 보이기 때문이다.

> 사실 그것들은 인간적인 말과 행동이 아니다. …… 나치즘의 증오 속에는 이유가 없다. 그 증오는 인간의 내부에 있는 것이 아니라 인간의 밖에 있다. …… 우리는 그것을 이해할 수 없다. 그러나 그것이 어디에서 태어났는지는 이해할 수 있고 이해해야 하며 경계해야만 한다. 그것을 이해하는 게 불가능하다면 인식하는 것은 필수적이다.[2]

---

[1] 프리모 레비 지음, 이현경 옮김, 《이것이 인간인가》, 돌베개, 2007, 301쪽.

[2] 같은 책, 302쪽.

레비의 말에 약간의 혼선이 있다는 점은 분명하다. 파시즘의 인종주의가 갖는 증오가 정말로 '인간의 밖'에 그 원인을 두고 있는 것이라면, 당연히 그것은 인간적인 노력에 의해 접근불가능한 것이 될 것이다. 하지만, 다시 그것이 태어난 지점을 이해할 수 있어야 한다고 말할 때, 우리는 접근가능성이 확보된 또 다른 이해의 통로가 있는 것처럼 느끼게 된다. 사실 이러한 혼선은 아도르노가 유사한 입장을 다음과 같이 피력했을 때도 드러난다.

독일인이 저지른 것은 어떤 식의 이해도 허용하지 않지만 …… 그럼에도 불구하고 말로 표현할 수 없는 사태를 견뎌 내고 싶어 하는 의식은, 객관적으로 지배하는 광기에 자신도 떨어지지 않기 위해 사태를 파악해 보려는 시도를 매번 되풀이하고 있음을 보게 된다.[3]

이들의 말 속에서는 언급할 수 없는 것에 대해 언급해야 하는 한계에 대한 자각이 엿보이기는 하지만, '이해를 허용하지 않는 것에 대해 파악하려는 시도'라는 입장은 일종의 형용모순에 가까운 것이 사실이다. 이런 방식은 '신보다 더 위대한 존재는 무엇인가?'라거나 혹은 '악마보다 더 사악한 존재는 무엇인가?'라는 표현에서 발견할 수 있는 것처럼 이미 질문 자체의 구조가 '답은 없다'라는 부정적 결론을 전제하는 것처럼 읽히기 때문이다. 이해할 수 없는 것에 대해 이해하려는 시도는 기껏해야 이해할 수 없다는 전제의 확인을 제외하고는 달리 어디에 이를 수 있단 말인가? 물론 이러한 섣부른 실망이 논의의 끝이 아니라는 것은 아도르노와 레비의 진술 후반부에서도 드러난다. 문제는 이 사태 파악의 시도와 필수적인 인식의 노력이 가져다

---

3 테오도르 아도르노 지음, 김유동 옮김, 《미니마 모랄리아》, 도서출판 길, 2005, 142쪽.

주는 결과가 아도르노와 레비의 예상과는 다른 측면을 드러내 준다는
점이다.

어떤 평범함인가?

한나 아렌트와 크리스토퍼 브라우닝Christopher R. Browning은 레비와 아
도르노와는 다르게 홀로코스트를 이해하는 데 중요한 요소로 어떤 평
범성과 일상성을 강조하고 있다. 예를 들어 한나 아렌트는 아이히만
Eichimann의 재판 과정을 책으로 정리한 후, 덧붙였던 〈후기〉에서 그
논쟁적인 '악의 평범성'이란 부제의 중요성을 지적한 다음 인간적인
어떤 능력의 결여가 홀로코스트의 하수인들이 갖는 일반적 성격이라
는 암시를 다음과 같이 던져 준다.

> 아이히만은 …… 자신의 개인적인 발전을 도모하는 데 각별히 근면
> 한 것을 제외하고는 그는 어떤 동기도 갖고 있지 않았다. …… 이 문제
> 는 흔히 하는 말로 하면 그는 단지 자기가 무엇을 하고 있는지 결코 깨
> 닫지 못한 것이다. 그로 하여금 경찰 심문을 담당한 독일계 유대인과
> 마주앉아 자신의 마음을 그 사람 앞에 쏟아 부으며 어떻게 자기가 친위
> 대의 중령의 지위밖에 오르지 못했고 또 자기가 진급하지 못한 것이 자
> 기의 잘못이 아니라는 것을 다시 또다시 설명을 하면서 4개월 동안 앉
> 아 있을 수 있었던 것은 바로 이 같은 상상력의 결여 때문이었다.[4]

아렌트가 '악의 평범성'이라는 논쟁적 낱말을 주제화시킨 것은 사

---

[4] 한나 아렌트, 김선욱 옮김, 《예루살렘의 아이히만》, 한길사, 2007, 391쪽.

실이다. 그러나 이 낱말은 '평범함'과 '악'이라는 두 가지 개념 체계의 결합으로 인해 수많은 논쟁을 낳았고, 아이히만에 대한 이해를 도왔다기보다는 오히려 '평범함'과 '악'이라는 낱말의 의미에 대한 다양한 해석 가능성을 열어놓는 결과를 가져왔다. 어떤 의미에서 '평범함'이라는 낱말은 이제 더 이상 '평범하지 않게' 된 것이다.

똑같은 문제가 《아주 평범한 사람들》의 저자 브라우닝을 통해서도 나타난다. 정식 군대의 편제도 아닌 '채 500명도 안 되는 1개 예비경찰대대가 8만 3,000명의 유대인을 죽음으로 몰아넣은 일이 어떻게 가능했는지'를 탐구하려고 하면서,[5] 그는 마르크 블로크를 인용하며 이렇게 말했다.

> 범죄자들을 인간적 관점에서 이해하려는 시도 없이는 이 연구뿐만 아니라 조잡한 일차원적 캐리커처 수준을 넘어서 홀로코스트 학살자들을 깊이 있게 다루는 어떠한 역사 연구도 불가능할 것이다. 유대계 프랑스 역사가 마르크 블로크는 나치에 의해 처형되기 직전 이렇게 썼다. "우리의 연구를 이끄는 목표는 결국 오직 한 단어 '이해understanding'이다." 나는 바로 이 정신에 입각해서 이 책을 집필하고자 했다.[6]

아도르노와 레비, 아렌트와 브라우닝을 대척점으로 하는 이와 같은 차이는 무엇을 말하는 것일까? 아도르노와 레비는 '예외적 사건의 예외적 인간'을 가정하는 것처럼 보인다. 반면에 아렌트와 브라우닝은 사건의 예외성에도 불구하고 거기에서 파악되어야 한 것은 인간들의 일반적 특성을 가정하는 것처럼 보인다. 이들의 접근 방식이 이

---

5 크리스토퍼 R. 브라우닝, 이진모 옮김, 《아주 평범한 사람들》, 책과함께, 2010, 214쪽 참조.
6 같은 책, 17쪽.

처럼 차이를 보인다는 것은 "모든 인간적인 것은 그 기원의 관점에서 볼 때 아이로니컬하게 관찰될 만하다 : 따라서 세상에는 이렇게 아이러니가 넘쳐난다"라고 한 것처럼 그 자체로 일종의 아이러니다.[7] 이 아이러니는 '평범함'을 '말로 표현할 수 없는 사태'와 대비시킬 때, 어떻게 '말로 표현할 수 없는 평범함'이 가능한 것인지를 묻는 것과 똑같기 때문이다. 이것은 레비와 브라우닝을 대조할 때 한층 미묘한 모습으로 드러난다.

비인간적인 명령을 부지런히 수행한 사람들을 포함한 이런 추종자들은 타고난 고문 기술자들이나 괴물들이 아니라 평범한 인간들이었다는 점을 기억해야 한다. …… 일반적인 사람들, 아무런 의문 없이 믿고 복종할 준비가 되어 있는 기술자들이 훨씬 더 위험하다. 아이히만이나, 아우슈비츠 수용소 소장이었던 회스, 트레블링카 수용소 소장이었던 슈탕글, 20년 뒤 알제리에서 학살을 자행한 프랑스 병사들, 30년 뒤 베트남에서 학살을 자행한 미군 병사들이 바로 그런 사람들이다.[8]

101예비경찰대대는 장교와 병대원을 불문하고 유대인 학살이라는 특수 임무를 이해 특별 선발되었거나 그들이 이 임무에 특히 적합한 인물로 판단되었기 때문에 루블린 유대인 학살에 투입된 것이 아니었다. 오히려 이들 대대는 전쟁 당시의 시점에 동원 가능한 병력의 '여분'이었을 뿐이었다. 그들은 오직 전선 후방에서 전개되는 작전을 위해 동원될 수 있는 유일한 부대였기 때문에 유대인 학살 작전에 배치되었다.[9]

---

7 프리드리히 니체, 김미기 옮김, 《인간적인 너무나 인간적인》 Ⅰ, 책세상, 2010, 252쪽.

8 《이것이 인간인가》, 303쪽.

9 《아주 평범한 사람들》, 246쪽.

얼핏 보면 레비와 브라우닝의 진술에는 차이가 없어 보인다. 하지만 레비가 말하는 평범한 사람들은 '믿고 복종할 준비가 되어있는 기술자'라고 진술되는 반면에, 브라우닝의 경찰대대원들은 '실제 그들이 수행해야 할 특수한 임무를 고려할 때 어떠한 목적에도 부적합한 선발'이라고 진술된다.[10] 평범한 중간관료로서 아이히만과 이미 지배적인 권위에 복종 준비가 되어있는 아이히만은 엄연히 구분된다. 레비가 말하는 아이히만은 아도르노가 "유대인에 대한 거부 반응은 본래부터 존재했었다기보다는 사람들이 가지고 있는 파괴적·인습적 충동 요소가 정치 티켓에 의해 정확한 목표물을 발견한 것이라고 할 수 있다"고 언급한 것과 일치한다.[11] 즉, 인간 내면에 이미 파괴적이고 인습적 요소가 선행하고, 이것이 외부의 정치적 자극에 의해 잘못 투사된 것이라는 해석과 동일한 방식이다. 브라우닝의 요약에 의하면 이러한 설명은 아도르노가 '권위주의적 성격'이라는 개념을 통해 "'잠재적으로 파시스트적인 기질을 가진 개인들'에게는 내적으로 깊이 뿌리박혀 있는 특정한 성격이 있으며 이 성격들이 그들로 하여금 반反민주주의적 선전에 특히 쉽게 물들게 한다는 가설에서 출발"한 것과 같은 이해 방식이다.[12]

여기에 반해 아렌트와 브라우닝의 입장을 대변하는 것은 간단하게 말해 라울 힐베르크Raul Hilberg가 말한 것처럼 "가해자들은 특별한 종류의 독일인이 아니었다"는 주장으로 수렴된다.[13] 해석에 대한 차이는 논쟁적이지만, 이것은 다시 〈쇼아〉의 출연자가 홀로코스트에 대한 그 어떤 글도 읽고 싶지 않다고 말하는 것과 비교해서 어떻게 이해

---

¹⁰ 같은 책, 244쪽.

¹¹ Th. W. 아도르노·M. 호르크하이머, 김유동 옮김, 《계몽의 변증법》, 문학과지성사, 2005, 308쪽.

¹² 《아주 평범한 사람들》, 247쪽.

¹³ 라울 힐베르크 지음, 김학이 옮김, 《홀로코스트, 유럽 유대인의 파괴》 2, 개마고원, 2008, 1413쪽.

되어야 하는 것일까? 한쪽에는 '비인간적인 명령' 혹은 '이해할 수 없는 사태'와 함께 준비된 예외적인 인간들이 있는 반면에, 다른 한쪽에는 '아주 평범한 사람'들의 '비일상적인 행위'로 이루어진 짝이 존재한다는 뜻일까?

이 글은 다른 논점은 제외한 채, 인간의 인지에 대한 최근의 반성적 고찰로부터 이 문제를 다뤄 보기로 하겠다. 인종차별을 가능하게 만들었던 상상적 기제가 무엇인지, 그러한 상상적 기제가 어떻게 현대의 인간의 인지 현상에 대한 일반화된 이론적 모형으로부터 구체적으로 묘사될 수 있는지를 통해서, 인간이 인간에게 가한 가장 큰 재난으로서 홀로코스트의 발생이 결국은 외면할 수 없는 인간 존재의 불완전한 상상적 능력을 기반으로 한다는 사실을 드러내 보이고자 한다. 이러한 불완전한 상상적 능력의 발휘가 인간에 대한 고의적인 경멸이나, 혹은 그 반대로 의도적인 고상화에 대한 비판으로 읽히는 것은 이 글의 목적이 아니다. 마크 존슨M. Johnson이 말하는 것처럼, 인간 사고의 주된 특징으로서 은유적 사고—결국 일반화시키면 상상적 사고겠지만—가 갖는 의의는 "본질적으로 그것은 좋은 것도 나쁜 것도 아니다. 이것은 단순히 인간 마음의 능력에 관한 사실에 불과"하기 때문이다.[14] 이런 사실을 받아들이는 것은 결론적으로 우리의 상상력이 여전히 이러한 재난의 잠재적 가능성을 포함한다는 점에서 끊임없는 반성적 사고의 순환 과정 속에서 비판적으로 검토되고 다듬어져야 할 필요가 있다는 것을 재삼 증거할 뿐이다.

---

[14] G.레이코프 · M. 존슨, 임지룡 외 옮김, 《몸의 철학 : 신체화된 마음의 서구 사상에 대한 도전》, 박이정, 2002, 31쪽.

인간이 동물이 될 때

조pd가 말하는 '빗나간 창조력'과 아렌트가 말하는 '상상력의 결여'라는 이 두 가지 논점은 과연 홀로코스트의 내외적인 동기와 이유가 무엇이었는지와 상관없이, 도대체 어떤 창조력과 상상력의 문제가 여기에 결부되어 있는 것인지에 대한 의문을 불러일으킨다. 무엇이 결여되었기에—그럼에도 불구하고 그것은 여전히 상상력의 문제일 것이다—학살을 불러일으킨 상상력이 가능했던 것일까? 이런 점에서 "오직 상상력이야말로 모든 판단의 절대적 원천인 대상들 간의 관계를 만들어 낸다. 상상력이 추방되면 진정한 인식 행위인 '판단'도 추방되는 것이다"라고 했던 아도르노의 말은 차라리 예언적이다.[15]

쇼아란 색다른 고유명사가 아니다. "아우슈비츠가 주체에게 보여준 저 절멸성"이라고 했을 때에도 똑같은 것이 언급되고 있기 때문이다.[16] 정작 문제가 되는 것은 한 종족에 대한 '절멸'이 가능할 것이라고 생각하는 것은 도대체 어떤 종류의 생각인 것인가 하는 것이다. — 이것을 살펴볼 때 우리는 서로 다른 진술들 속에서 공통적으로 발견되는 일련의 연관된 진술들을 확보할 수 있다. 첫째, 그것은 먼저 인간에 대한 진술을 동물에 대한 진술과 혼합시킨다.

흔히 들을 수 있는 말, 즉 야만적이다. 검둥이 같다. 일본 사람은 짐승(예를 들면 원숭이) 같다는 말들에는 유대인 학살을 위한 열쇠가 들어 있다. …… 잔혹한 행위를 범하는 자들은 동물들에게도 무언가가 있다는 것을 믿을 수 없기 때문에 희생자들 또한 '동물에 불과해'라는 것을

---

15 《미니마 모랄리아》, 166쪽.
16 같은 책, 28쪽.

항상 되풀이해서 확인할 수밖에 없다.[17]

아우슈비츠의 문신을 생각해 보라. 소에게나 새기는 문신을 인간에게 새겨 놓은 것이다. 절대 문이 열리지 않는 가축용 객차를 생각해 보라. 수용소로 이송되는 포로들은 어쩔 수 없이 자신들의 배설물 속에 몇 날 며칠을 누워 있어야 했다. 이름 대신 사용되는 수인번호, 숟가락도 주지 않아 개처럼 핥아 먹어야 하는 배급, 시신을 이름도 없는 물건 취급해 금이빨을 빼내고 방직 재료로 쓰기 위해 머리카락을 잘라 내는 시체 약탈, 비료로 쓰는 시신의 재, 실험용 기니피그로 전락해 약물 실험의 대상이 되었다가 죽어 간 남자와 여자들을 생각해 보라.[18]

모든 대원들에게 대대의 보안구역에는 단 한 명의 유대인도 살아 있어서는 안 된다는 것이 분명해졌다. 그래서 공식 용어로 표현하자면 대대는 "의심 가는 물체"를 찾아 "숲 순찰"을 다녔다. 아직 생존해 있는 유대인들은 마치 동물처럼 탐지되어 사살되어야 했기 때문에 101예비경찰대대 대원들은 "최종해결"의 이 단계를 비공식적으로 "유대인 사냥Juden Jagd"이라고 불렀다.[19]

이것은 일반적으로 '심리적 거리 두기'라고 명명된 것이다. 이러한 거리 두기는 인간을 동물로 간주하는 것에서 한 걸음 더 나아가, 인간의 사물화로 이어진다. 그렇다면, 도대체 인간을 동물로, 나아가 사물로 간주한다는 이러한 사고는 어떻게 가능한 것인가? 어떤 마음에서 이러한 일이 발생한 것일까?

---

[17] 《미니마 모랄리아》, 143~144쪽.
[18] 《이것이 인간인가》, 299쪽.
[19] 《아주 평범한 사람들》, 188쪽.

인간을 설명하기 위해 동물이 아니라, 사물의 개념 체계를 투사하고, 이것을 인종의 우열 관계를 설명하기 위해 도입하면 인간의 사물화에 기반한 인종주의의 탄생을 목격하게 된다. 이런 방식으로 인종주의의 인지적 기원을 설명한 사람은 홀로코스트와는 전혀 상관이 없는 인지고고학자Cognitive Archaeologist인 스티븐 미슨이었다. 그는 인간의 마음이 일반적 지능을 배경으로, 스위스 아미나이프와 같은 기술 지능, 사회적 지능, 자연사 지능, 언어의 사용과 같은 전문적으로 분화되는 방향으로 진화되었다가, 대략 기원전 6만 년에서 3만 년을 경계로 해서 분화된 지능 영역들이 서로 연결되는 인지적 유동성cognitive fluidity을 확보하게 되었다고 주장했다. 그리고 이러한 인지적 유동성이 기원전 3만 년경의 후기 구석기 문화의 문화적 폭발의 원인이었을 뿐만 아니라, 과학·예술·종교 심지어는 농경의 시작을 가능케 만드는 내적 기제였다고 주장했다. 나아가 이러한 설명을 기반으로 할 경우 인종주의의 성립은 인지적 유동성이라는 마음의 작동 방식에 의해 그 기원이 설명될 수 있다는 점을 다음과 같이 설명했다.

기술 지능은 물질계의 사물에 대한 사고를 담당한 것으로, 이런 사물은 마음이 없기에 어떤 감정이나 권리도 있을 수 없다. 따라서 사물은 사람이 원하는 대로 아무렇게나 조작할 수 있다. 그런데 인지적 유동성은 사람에 대해서도 같은 방식으로 생각할 가능성을 열어 놓았다. …… 우리가 인종주의라고 일컫는 이런 종류의 시각은, 사물의 조작에 대한 개념이 사회적 영역으로 이전된 결과이다. 이는 사실 그들에게는 마음이라는 것이 없기 때문에 그들이 어떻게 다루어지는가에 대해서는 전혀 신경을 쓰지 않는다는 뜻이다.[20]

---

20 인용문 가운데 'cognitive fluidity'에 대한 번역어인 '인지적 유동성'은 윤소영의 번역본에서는 '인식의 유동성'이라고 번역한 것인데, 이 글 전체의 맥락과 오늘날에는 '인지적 유동성'이란 표현이 더 일

스티븐 미슨의 해명에 따르면 인종주의는 원리적으로 대충 어림잡아 기원전 5만 년경에 확보된 인지적 유동성의 시작과 그 기원을 같이하는 것이다. 물론 이것이 인종주의 자체의 발생을 알려주는 것은 아니다. 정작 인종주의의 발생을 보여 준 것은 인지적 유동성과 같은 원리적 기제가 아니라 그러한 기제가 현실화되는 인류의 구체적인 역사적 과정이다. 그것은 마치 '돌을 유리창에 던졌을 경우 왜 유리가 깨지는가?'라는 질문에 대해 원리적으로는 유리의 강도가 돌보다 약하기 때문이지만, 실제 원인은 누군가 유리창에 돌을 던졌기 때문이라는 서로 다른 대답이 존재하는 것과 똑같다. 원리가 존재한다는 것이 유리창의 파괴를 가져오는 원인은 아닌 것이다. 스티븐 미슨 역시 이와 같은 사정을 분명하게 의식하고 있었다.

현생인류의 마음이 획득한 인지적 유동성이 사람과 동물에 대한 사고를 뒤섞어 놓음으로써 서로 다른 인종이 존재한다는 것뿐만 아니라, 어떤 인종은 다른 인종보다 열등하다고 믿을 수 있는 가능성까지 열어 놓았다는 것이다. 이런 현상이 일어나도록 강요하는 것은 없다. 다만 그런 일이 일어날 수 있는 잠재적 가능성이 생겼다는 것뿐이다. 그리고 불행하게도, 그 잠재적 가능성은 인류 역사의 경로를 통해 되풀이 실현되었다.[21]

'인간은 동물' 나아가 '인간은 사물'이라는 개념적 은유의 존재는 스티븐 미슨이 말하는 것의 실재를 우리에게 뚜렷하게 보여 준다. 예를 들어 동물과 인간, 인간과 동물, 혹은 인간과 무생물, 무생물과 인

반적으로 통용되는 점을 고려해서 필자가 고친 것이다. 스티븐 미슨 지음, 윤소영 옮김, 《마음의 역사》, 영림카디널, 2001, 284~285쪽.

[21] 같은 책, 285쪽.

간 사이의 혼성에 대한 수용성이 우리에게 없다면, 우리는 어떻게 톰과 제리 같은 쥐와 고양이가 사람처럼 말하고 행동하는 것에 대해 이해할 수 있겠는가? 집에서 기르는 가축에게 이름을 붙이고 대화를 나누는 것은 그들을 동물이자 동시에 인간으로 대우한다는 것이 아니면 무엇이겠는가? 쥐와 고양이의 형상을 한 만화의 움직임을 생명을 가진 사람의 움직임처럼 이해하는 것도 마찬가지다. 톰과 제리를 만들고 경험하는 상상적 사고는 사실상 인종주의적 사고와 동전의 양면을 이루기 때문이다. 무생물이 생물처럼, 그림이 생명을 가진 개체처럼 이해될 수 있다면, 그 반대를 상상하지 말라고 금지하는 법은 존재하지 않는다는 것을 알 수 있다.

이러한 주장을 감안할 때 우리는 "유대인은 겉으로만 인간일 뿐이며 사실은 인간과는 다른 무엇이다. 혐오스럽고 설명하기 어려운 존재이며, '인간과 원숭이의 거리보다 독일인들과 유대인들과의 거리가 더 멀었다"는 말의 의미를 쉽게 해석할 수 있다.[22] 나아가 "도저히 인간처럼 보이지 않는 것, 그렇지만 인간인 것은 사물이 되어 버리며, 그처럼 돌이 된 인간은 어떤 자극으로도 광기 어린 시선을 거역할 수 없게 된다"는 말의 의미도 분명하다.[23]

그렇다면 인지적 유동성과 이러한 인지적 유동성의 결과로서 나타난 이러한 사고방식의 일반적 형태를 무어라 불러야 할 것인가? 포코니에와 터너는 여기에 대한 현대적인 대안적 모델을 제공한다.

---

[22] 《이것이 인간인가》, 298쪽.
[23] 《미니마 모랄리아》, 144쪽.

살인과 행정이 혼성될 때

인지적 유동성과 유사한 개념은 서로 다른 학자들에 의해 비슷한 방식으로 발견되고 진술되었다. 예를 들어 아서 쾨슬러Arthur Koestler는 유사한 것을 '틀의 이중연합bisociation of matrices'이라고 불렀고, 카밀로프 스미스Karmiloff Smith는 '표상적 재기술Representational Redescription'이라고 불렀다. 반면에 포코니에와 터너는 이들이 공통적으로 제시하는 기본적 구도를 흡수하면서 더 일반적인 관점에서 '개념적 혼성conceptual blending'—혹은 '개념혼성'—이라고 불렀다. 개념혼성은 가장 간단하게 말해서, "다른 영역의 요소들을 서로 결합"시키는 "창조성에 수반되는 단일한 정신적 작용"을 가리킨다.[24]

이것은 기본적으로 인지적인 과정이고, 서로 다른 개념 영역들의 결합을 통해 새로운 개념적 통합체를 창조해 내는 작용이라는 점에서 상상적이며, 나아가 인간의 마음이 사고하는 방식이라는 점에서 '우리가 생각하는 방식The way we think' 그 자체라고 말할 수 있다. 이 때문에 두 사람은 "개념적 통합은 상상력의 중심에 있다. 개념적 통합은 입력공간들을 연결해 혼성공간으로 선택적으로 투사하고, 합성, 완성, 정교화를 통해 발현 구조를 발전시킨다"고 말할 수 있었고,[25] "개념적 혼성은 모든 다양한 인간 업적의 기초가 되고 이를 가능하게 한다. 개념적 혼성은 언어, 예술, 종교, 과학 등 여타 인간이 이룩한 놀라운 성취의 기원이며, 예술적·과학적 능력에 필수적인 것은 물론 기본적인 일상 사고에도 필수적이다"고 단언할 수 있었던 것이다.[26]

---

[24] 질 포코니에·마크 터너 지음, 김동환·최영호 옮김, 《우리는 어떻게 생각하는가》, 지호, 2009, 68~69쪽.

[25] 같은 책, 135쪽.

[26] 같은 책, 7쪽.

그리고 이와 같은 개념적 혼성과 통합을 설명하기 위해 그들은 정신공간mental space이란 개념을 도입해서, 다수의 입력공간input space과 총칭공간generic space 및 혼성공간blended space으로 이루어지는 개념적 연결망의 통합 구조를 제시하고 있다.[27]

그렇다면 이와 같은 모형이 홀로코스트에 대한 우리의 이해에 어떠한 실마리를 제공하는가? 앞에서 언급한 인간을 동물로 간주하고, 나아가 사물로 간주하는 태도는 개념 혼성의 측면에서 말하자면, 인간의 개념 체계를 입력공간 1로 갖고, 동물/사물의 개념 체계를 입력공간 2로 갖는 정신 공간이 제3의 혼성공간에서 결합되어 인간―동물 혹은 인간―사물이라는 제3의 대상을 창조하는 과정으로 이해할 수 있다. 동시에 이것은 많은 연구자들이 공통적으로 지적하는 홀로코스트의 두 번째 특징도 동일한 메커니즘으로 설명할 수 있게 만든다. 즉, 그것은 행정 체제와 집단학살이 혼합되는 현상으로서, 이런 현상들은 전형적으로 행정 용어와 학살 용어들의 뒤얽힘을 동반한다.

워싱턴에 있는 유대인 대학살 박물관에 가보면 당신을 압도하는 것이 사진이나 수많은 신발 더미, 머리칼 등이 아님을 알게 될 것이다. …… 압도하는 것은 그 모든 것들의 사악한 합리성이고, 말살한 인간들을 분류해 놓은 그 '인종위생학연구소', '제국정화사무소', '특수처리과' 같은 범주의 세심함이다. 유대인 대학살은 과학이자 산업이며 관료 체제였고, 이를 추동한 것은 전범주적 악의 자원들인 파멸적 운명, 불경함, 두려움이었다.[28]

---

27 개념적 혼성의 연결망 모형에 대한 상세한 내용은 《우리는 어떻게 생각하는가》, 3장 〈개념적 혼성의 요소〉, 70~94쪽 참조.
28 찰스 프레드 앨퍼드, 이만우 옮김, 《인간은 왜 악에 굴복하는가》, 황금가지, 2004, 161쪽.

비밀을 유지하기 위해 여러 방책을 강구했는데, 공식석상에서 신중하고도 냉소적인 완곡어법을 사용하는 것도 그중 하나였다. '학살'이 아니라 '최종해결책'이라 표현했고 '강제 이송'이 아니라 '이동', '가스실 살해'가 아니라 '특별처리' 등등으로 썼다.[29]

찰스 앨퍼드는 인간의 인간에 대한 집단학살이 과학이자, 산업이며, 국가의 기간 조직으로서 관료 체계의 운용, 즉 하나의 거대한 행정 행위로 간주되었다는 점을 분명하게 주장하고 있다. 이러한 사유의 즉각적인 결과는 살인 행위가 행정 행위로 둔갑하는 이상한 변형이다. 즉, 이것은 양쪽에 행정 행위와 살인 행위라는 입력공간을 갖고서 이 둘이 하나의 정신공간에서 통합되어 살인이 행정 조치이고, 행정 조치가 살인이 되는 혼성공간 속에서 탄생할 수 있는 상상적인 사유의 결과인 것이다. 프리모 레비는 그와 같은 행정 행위와 학살 행위의 개념적 혼성이 일어나면 필연적으로 수반되는, 두 가지 영역에 사용되는 언어들 사이의 혼성을 보여 줌으로써, 어떻게 학살의 용어가 행정적 용어로 둔갑하는지를 잘 드러내 주고 있다. 그리고 사실 바로 이것이 101예비경찰대대가 미주친 상황의 핵심 내용 가운데 하나라는 점은 다음과 같은 진술에서 잘 드러난다.

무엇보다 독일군에게 점령된 동유럽 국가에 주둔했던 모든 사회계층 출신 수만 명의 독일인 점령자들에게 나치 정권의 집단학살 정책은 일상을 거의 동요시키지 않는 일탈적이거나 예외적인 사건들이 아니었다. 101예비경찰대대의 이야기가 보여 주듯이 집단학살과 일상적 일과는 결국 하나가 되었다. 일상 자체가 몹시 비정상정인 것이 되어 버린 셈이다.[30]

---

[29] 《이것이 인간인가》, 273쪽.

[30] 《아주 평범한 사람들》, 16쪽.

게다가 설명은 여기에서만 그치는 것이 아니다. 아도르노는 이러한 현상이 비단 파시즘의 문제만이 아니라는 점을 다음과 같이 지적하고 있다.

> 영화의 주간 뉴스 : 마리아나 군도, 특히 괌 섬에 대한 침공에서 인상적인 것은 전투에 관한 것이 아니라 상상을 초월할 정도로 치열하게 수행된 기술적인 거리 정화 작업이나 폭파 작업, 또는 연막 소독에 의한 병충해 박멸 작업이었다. 이 작업으로 어떤 풀도 자랄 수 없을 정도였다. 적군은 시체나 환자로 되었다. 파시즘 아래 유대인처럼 적은 기술적 행정적 조처의 객체일 뿐이다. …… 완성된 비인간성은 '증오 없는 전쟁'이라는 그레이Grey의 인간적인 꿈의 실현이다.[31]

아도르노가 미국에서 본 태평양전쟁의 선전 화면이 말하는 것은 학살이 아니라, 전쟁 자체가 하나의 '기술적 행정적 조치'이며, 이러한 기술―행정 조치로서의 전쟁이라는 거대한 개념적 혼성의 공간속에서 적이란 행정 조치의 객체나 기술적인 조작의 대상으로 격하되는 현상이었다. 그리고 이러한 객체화와 대상화에 대한 사고를 뒷받침하는 것은 다시 인간의 동물화이거나, 사물화라는 점은 부연설명이 필요 없을 것이다. 이처럼 인간의 사물화와 전쟁의 행정화는 동전의 양면처럼 결합되어 거대한 혼성 영역을 이루고 있으며, 이런 복합적 배경 아래서 적에 대한 조치는 일종의 병충해 박멸 작업과 구분되지 않는 기술적인 작업의 하나로 이해되는 것이다. 홀로코스트는 이러한 적을 유대인이라는 구체적 대상으로 전환하는 것에 불과했던 것이다. 이 때문에 아도르노 역시 마찬가지이지만, 네오클레우스Mark Neocleous

---

31 《미니마 모랄리아》, 82~83쪽.

같은 연구자들은 홀로코스트를 전근대적인 야만적 현상이 아니라 오히려 근대성의 필수적인 귀결로 이해하곤 하는 것이다.

어쩌면 이 점이 가장 중요할 수도 있는데, 파시즘의 근대적 측면과 관련해서는 홀로코스트holocaust(유대인 대학살)만큼 좋은 예는 없을 것이다. 홀로코스트는 전근대적 야만을 향한 역행이기는커녕, 근대성을 필수적 조건의 하나로 요구한다. 지그문트 바우만Zygmunt Bauman이 주목했듯이, 생산라인에 적용되는 응용기술과 수용소의 응용기술 사이에는 우연함 이상의 긴밀한 관련성이 있다.[32]

홀로코스트의 인지적 기원

이제 하나의 그림을 검토해 보자. 이 그림은 단순한 이누이트족의 신화를 재현하고 있다. 이누이트족의 신화에 의하면 창조의 시대에는 동물과 사람이 함께 살면서 손쉽게 서로의 모습으로 변할 수 있었다고 한다. 현대의 이누이트 화가인 다운디아르크 알래스아크는 이 신화를 단순한 구도로 묘사했는데, 위쪽에는 이누이트족 사냥꾼이 옷을 입은 채 손을 내밀고 있고, 오른쪽에는 북극곰이 이누이트족의 옷을 입은 채로 앞 발—의인화된 곰이라는 점에서 그것은 손이다—을 내밀고 있다.[33] 즉, 이 그림은 이누이트 사냥꾼과 의인화된 곰의 반가운 만남을 표현하고 있다. 스티븐 미슨은 이 그림에 대해 이렇게 설명하

---

[32] 마크 네오클레우스 지음, 정준영 옮김, 《파시즘》, 이후, 2002, 151쪽.

[33] 이 그림은 스티븐 미슨의 《마음의 역사》 69쪽에서도, 나카자와 신이치의 《곰에서 왕으로》 101쪽에서도 발견할 수 있다.

고 있다.[34]

　이누이트족은 이 동물을 아주 열심히 찾아다니고, '열심히 잡아서 조심스레 뼈를 바르고 배부르게 먹는다'. 하지만 어떤 면에서는 북극곰을 마치 남성 사냥꾼이기라도 한 것처럼 대한다. 곰이 죽었을 때에는 사람이 죽었을 때와 같은 행동상의 제약을 가한다. 북극곰을 사람의 조상, 일가붙이, 두려움과 존경의 대상으로 여기는 것이다.[35]

　자연계의 대상, 즉 동물을 인간이 겪는 사회적 관계의 틀 속에 넣어 이해하는 이러한 사고는 아주 오랜 것이다. 스티븐 미슨의 추정에 의해도 그것은 최소한 기원전 3만 년 전으로 소급된다. 그때 일어난 일은 과연 무엇이었을까? 동일한 그림에 대한 설명의 끝부분에서 나카자와 신이치(中澤新一)가 내리는 결론을 들어 보자.

　신화적 사고는 현생인류의 뇌에 일어난 비약의 순간을 아직까지 기억하고 있는 셈입니다. 그것은 인류에게 일어난 최대 혁명의 살아 있는 기념물입니다. …… 신화는 뉴런의 새로운 접합 양식의 완성을 의미하는 청각적 기념물입니다. 그러나 혁명적 비약의 질로 말할 것 같으면 그 가치에 있어서 신화와 어깨를 나란히 할 만한 것은 아무것도 없습니다.[36]

---

34 같은 그림을 재인용하고 있는 나카자와 신이치는 이렇게 설명하고 있다. "현실의 표층에서는 인간은 곰을 뒤쫓아서 죽이고, 그 몸으로부터 털가죽과 고기를 얻어 생활을 꾸려 가고 있습니다. 이런 과정에서는 자신과 대항하러 온 인간에게 곰은 필사적일 수밖에 없습니다. …… 현실의 '시적인 층'에서는 그와는 다른 일이 일어나고 있다고 신화는 이야기합니다. 위대한 자연의 수장인 곰이 좋아하는 친구인 인간에게 기분 좋게 털가죽과 고기를 선물로 주려고 한다는 것이 현실의 '시적인 층'에서 일어나고 있는 사실이라는 겁니다." 나카자와 신이치, 김옥희 옮김, 《곰에서 왕으로》, 동아시아, 2005, 100~101쪽.

35 《마음의 역사》, 68~69쪽.

36 《곰에서 왕으로》, 102~103쪽.

나카자와 신이치의 이런 서술은 고대의 신화를 인간 뇌의 동작 특성에 연결시키는 특징을 보여준다. 그의 말은 사실 스티븐 미슨이 인지적 유동성의 출현이라고 불렀던 것의 신화적 버전이라고 이해할 수 있다. 왜냐하면 스티븐 미슨은 그러한 사고의 특징이 자연사적 지능과 사회적 지능의 뒤섞임 속에서 탄생할 수 있는 것이라고 지적하고 있기 때문이다.

이누이트족의 북극곰에 대한 태도를 생각해 보자. 그들은 이 동물을 일가붙이로 여기면서, 동시에 기꺼이 잡아먹기도 한다. 사회적 관계로 표현되기도 하는 사냥감에 대한 깊은 존중, 그리고 실제로 죽이는 일에서는 어떤 가책도 느끼지 않는 태도가 함께 나타나는 것은 수렵채집인들 사이에서는 보편적인 일이다. 우리에게는 이런 태도의 결합이 모순처럼 느껴진다. 이 동물들에 대한 지식이 서로 다른 두 인식 영역에 포함되어 있을 수 있다는 점을 인식하기까지는 그렇다." 하나는 자연사와 먹을 것을 확보하는 문제와 관련된 영역에, 다른 하나는 사회적 지능과 뒤섞인 영역에 놓여 있다는 것이다.[37]

나아가 포코니에와 터너의 설명을 빌리면 우리는 그것은 좀 더 이론적인 진술로 다음과 같이 바꿀 수 있다.

정신공간은 국부적인 이해와 행동을 목적으로 우리가 생각하고 이야기할 때 구성되는 작은 개념적 꾸러미다. …… 정신공간은 여러 요소를 포함하며, 일반적으로 프레임에 의해 구조화된다. 정신공간들끼리 서로 연결되고, 사고와 담화가 진행됨에 따라 수정될 수 있다. 일반적

으로 정신공간은 사고와 언어의 동적인 사상을 모형화하는 데 사용된다. …… 이런 인지 과정을 신경으로 이해한다면, 정신공간은 활성화된 신경 조합neuronal assemblies의 집합이고, 요소들 간의 선은 어떤 종류의 공활성화 결속co-activation bindings과 대응한다고 할 수 있다.[38]

정신적 개념 체계들이 서로 뒤섞일 수 있는 가능성과 그 가능성의 최초 구현으로서 신화와 같은 것들이 갖는 가치에 대한 최종적인 설명은 결국 현존하는 인류가 갖는 마음의 근본적인 특질이 무엇인가에 대한 설명으로 이어진다. 그리고 놀랍게도 그 특징은 이성적이라기보다는 상상적인 마음의 발견으로 귀결된다.

현대인의 마음을 현존하는 우리의 가장 가까운 친척인 유인원은 물론, 훨씬 더 가깝지만 절멸한 우리 조상의 마음과도 구분지어 주는 속성을 일일이 열거하고 싶다면 그것은 은유의 사용, 그리고 제리 포더가 유추에 대한 열정이라고 묘사한 것이 될 것이다. 침팬지들은 은유와 유추를 사용할 수 없다. 단 하나의 분화된 지능만으로는 은유를 표현할 언어는 고사하고 은유를 위한 정신적 자원조차 가질 수 없기 때문이다. 초기 인류가 은유를 사용할 수 없었던 것은 인지적 유동성이 결여되었기 때문이다. 그러나 현생인류의 경우에는 유추와 은유가 사고의 모든 측면에 침투해 있으며, 예술·종교, 그리고 과학의 핵심을 이루고 있다.[39]

이 이론이 우리에게 말해 주는 이야기는 간단하다. 포유동물에서 영장류, 원인原人에 이르는 개념적 통합에 대한 능력을 증가시킨 생물학적 발달이 있었다. 그런 생물학적 발달이 이중범위 통합의 단계에 도

---

[38] 《우리는 어떻게 생각하는가》, 72~73쪽.

[39] 《마음의 역사》, 309~310쪽.

달하면서, 인지적 현대 인간이 탄생했다. 인간의 특징적인 행동은 이 중범위 개념적 통합에 대한 생물학적 능력의 산물이다.[40]

우리는 홀로코스트를 가능하게 했던 두 가지 근원적인 개념 혼성의 사례를 알고 있다. 행정 행위와 살인 행위의 개념 체계에 대한 혼성, 인간과 동물/사물이란 개념 체계와의 혼성이 그것이다. 이 둘은 은유적이며, 서로 다른 개념 영역의 것을 뒤섞는다는 점에서 이중범위의 개념 체계에 대한 통합이자 연결로 이해할 수 있다. 이러한 사고가 은유적이라는 사실은 결국 은유의 본질이 수사학적인 표현의 문제가 아니라 사고의 문제이며, 더 구체적으로는 인간의 개념 체계의 영역 간 사상이라는 점을 보여 준다. 그리고 이러한 사고는 인간의 사고가 갖는 창조성과 상상적 특징의 표준적인 양상이다. 은유라기보다는 서로 다른 개념 영역의 통합이라고 일반화시켜 이해할 수 있는 것이다.

스티븐 미슨이나 포코니에, 터너, 나카자와 신이치가 언급하는 것처럼 이러한 사고가 현대 인간의 특징으로서 오랜 진화의 산물이라고 한다면, 우리에게 홀로코스트가 가능했던 것은 인간에 대한, 혹은 특정 인종에 대한 상상적이고 은유적 사고가 가능하다는 근원적인 인지적 특징에 기인하고 있다고 말할 수 있다. 물론 이미 앞에서 언급한 것처럼 이것은 원리적인 것이지, 원인에 대한 것은 아니다. 직접 강제수용소를 경험했던 프레모 레비조차 이러한 사유가 구체화되도록 충동한 원인에 대해서는 신중한 태도를 유지했다. 잔인함의 원리와 잔인한 행위의 원인이 다르듯이 이 점은 구별되어야 할 것이다.[41]

---

[40] 《우리는 어떻게 생각하는가》, 571쪽.

[41] 〈쇼아〉에 출연한 라울 힐베르크는 나치의 반유대주의의 내용 대부분은 새로운 것이 아무 것도 없는, 기독교가 국교화된 4세기 이래의 지배적인 유럽 문화의 유대인에 대한 대처 방식의 재현이라고 언급하면서, 진정으로 유일한 새로움이라고는 '최종 해결책'이라고 불리는 유대인에 대한 전원 학살의 실행이었다고 진술한다. 즉, 개종–유배–학살이라는 점진적 단계를 밟았던 대응 양식 속에서 "가해자

재난을 말한다는 것

이제 〈쇼아〉의 근본 특징으로 되돌아가 보자. 인지적 관점에서 보았을 때 홀로코스트에 대한 시각적 재현이 아니라, 홀로코스트에 대한 말하기는 우리에게 무엇을 가져다주는가? 더구나 '이 말하기는 홀로코스트의 경험자들을 대상으로 하는가'라는 질문을 던질 경우, 우리는 도대체 지나간 재난에 대한 뒤늦은 말하기의 의미란 무엇인가라는 생각을 떠올리게 된다. 가장 놀라운 특징은 이러한 말하기의 방식 자체가 하나의 개념 혼성의 구도를 가정하고 있을 뿐만 아니라, 특정한 개념 혼성을 강력하게 유도하는 유인자의 역할을 한다는 점이다.

먼저, 관람객은 홀로코스트에 다양하게 연관된 사람들의 진술을 지겹도록 듣는다. 반면에 그에게는 어떤 시각적 재현물이 주어지지 않는다. 영화는 그 옛날 가스실이 있었던 장소, 학살이 일어난 곳, 시체가 파묻히고 소각된 곳들의 현재 모습을 보여 주지만, 이미 그곳에는 과거의 흔적들이 존재하지 않는다. 그러니까 영화가 말하는 현실들은 영화의 스크린 속에는 없는 것이다. 보이는 것은 오로지 감정의 격한 움직임을 보여 주는 당사자들의 표정이고, 들리는 것이라고는 말의 격앙된 감정과 차분한 진술 사이를 오가는 말의 높낮이뿐이다.

이제 이러한 자료들이 입력공간의 한쪽을 차지한다고 가정해 보자. 그렇다면 이 영화를 관람한다는 것은 이러한 입력공간의 자료를 우리가 그저 수동적으로 받아들이는 것에 불과한 것일까? 그렇지는 않다. 우리의 두 번째 입력공간에는 이러한 청각적 이미지들의 시각화에 보탬이 되는 많은 자료들이 존재하고 있다. 멀지 않은 영화적 경험을 떠올려도 〈쉰들러 리스트〉에 묘사된 강제수용소라거나, 〈인생은

와 희생자는 모두 과거의 경험에 의존하면서 서로를 상대했다"는 것이다. 라울 힐베르크 지음, 김학이 옮김, 《홀로코스토, 유럽 유대인의 파괴》1, 개마고원, 2008, 66쪽.

아름다워〉에서 비록 유머의 틀을 유지하고 있지만 결코 우리를 웃게 만들지 않는 강제수용의 상황들, 〈라이언 일병 구하기〉나 〈발키리〉에서 나타나는 독일군과 독일 군복, 그리고 제2차 세계대전의 상황에 대해 다양한 자료들로부터 습득한 수많은 정보들이 기억의 형태로 저장되어 있다. 이제 〈쇼아〉에서 나오는 진술들은 우리가 기억하는 특정한 시각적 이미지들과 혼성된다.

그래서 우리의 마음속 추상적인 공간속에서는, 입력공간 1을 통해 학살이 벌어진 숲을 보면서 듣는 생존자의 진술을 통해 아무런 사건도 없는 평화로운 숲의 이미지를 보면서, 입력공간 2에서 그와 혼성 가능한 시각적 이미지를 부지런히 찾아 헤매게 되는 것이다. 그리고 마침내 어떤 하나의 연결이 가능할 때, 우리는 영화가 진술하지만 보여 주지 않는 시각적 이미지를 만들어 내게 되고, 그 시각적 이미지에 대한 경험을 영화의 진술과 결부시킨다.

예를 들어 101예비경찰대대의 대원들이 유대인을 학살할 때, 그들은 유대인들을 땅바닥에 배를 댄 채로 머리가 땅을 향하게 하고는 총에 총검을 꽂아 목 위의 특정 지점에 댄 채로 방아쇠를 당기거나, 혹은 미리 파둔 구덩이를 바라보고 서게 한 채로 방아쇠를 당겼다고 한다. 우리는 그런 광경을 직접 목격하지 못하지만, 우리의 경험 내용 속에서 그와 연결 가능한 어떤 이미지를 추려 내고 그것을 책의 서술과 결부시킨다. 결국 책을 보든지, 영화를 보든지 말해질 뿐 보여지지 않는 이미지들은 우리의 머릿속에서 구성되는 것이다. 만일 우리가 정말로 아무런 경험 내용도 갖지 않는다면, 우리는 학살에 대한 서술을 듣는다고 한들 그것을 단지 다른 글자처럼 똑같은 책의 지면 위에 써진, 혹은 영화의 출연자에 의해 진술되는 일상적인 진술 이상의 것으로 경험하지 못할 것이다. 바로 이런 점 때문에 〈쇼아〉와 같은 영화의 경험에 대한 가장 강력한 이해의 근거는 바로 개념 혼성, 혹은 인지적 유동성이 가능한 뇌를 포함하는 신체 그 자체와 그 신체를 동반하는 삶의 체험 그 자체인 것이다. 다시 말해 우리가 '살인'이라는 낱말에 대해 반응하는 것은 우리 자신의 몸에 대한 살인 행위라는 혼성 공간 속에서 무의식적으로 그 낱말을 해석하기 때문인 것이다.

영화 편집 일반이 보여 주기와 의도적인 감추기 속에서 널뛰기를 하는 것 또한 마찬가지 이유에서이다. 과도한 보여 주기는 언제나 인간의 개념 혼성을 방해할 정도로 지나친 정보를 제공한다는 점에서 인지적 활동을 저해하고, 관람자를 수동적으로 만든다. 미처 다 보지도 못할 정도로 빠르게 변신하는 변신 로봇의 모습이 우리에게 시각적 놀라움을 주지만 정서적 충격을 주지 않는 것은 그 때문이다. 반면에 보이지 않는 살인자의 그림자는 우리에게 시각적 놀라움은 주지 않지만, 가슴이 덜컹 내려앉는 정서적 충격을 전달한다. 살인자의 그림자가 입력공간 1에서 주어진다면, 영화 속 희생자의 모습은 관람자 자신과 동일시되는 개념 혼성의 과정을 거쳐 입력공간 2를 이루게 되고, 결국 제3의 혼성공간 속에서 '내 생명을 위협하는 살인자의 그림자'로 받아들여지기 때문이다.

익명의 아이히만I-chimann들

결국 이 모든 것의 중심에는 개념 혼성을 가능케 하는 뇌를 부분으로 포함하는 신체를 가진 인간 존재가 놓여 있다. 그리고 사실상 이것이 가장 근원적인 부분이다. 원초적인 악에 대한, 집단학살에 대한 우리의 대처 방안이 무엇인가를 물을 때 이것은 분명하게 드러난다.

어떻게 해야 우리 자신, 친구들, 연인들 그리고 우리를 둘러싼 세상

속에 있는 이러한 적의의 파괴성을 인식하고 그것과 함께 알아 갈 수 있을까? 결국 이것이 우리가 뼈저리게 느끼는 악의 문제다. …… 해답이라고 부를 만한 것이 있다면 악에 관해 말할 수 있는 이야기를 발견하고 타자들과 공유하는 것이다. …… 모든 이야기가 말로 되어 있는 것은 아니나. 그중 가장 좋은 것은 상징을 넘어서거나 상징의 이면에서 살아가는 몸을 망각하지 않으면서도 몸 대신 상징을 사용하는 것이다.[42]

아는 것, 그리고 알리는 것은 나치즘에서 떨어져 나오는 방법이었다. 나는 독일 국민이 전체적으로 이런 방법에 의지하지 않았다고 생각한다. 그리고 나는 바로 이런 고의적인 태만함 때문에 그들이 유죄라고 생각한다.[43]

악에 대한 우리의 대처 방법이란 결국 말하기와 알리기를 통한 공유 이상의 것을 넘어서지 않는다. 도대체 왜 몇 백만이라는 어마어마한 숫자를 오르내리는 집단학살과 같은 비극에 대해서 고작 말하기와 알리기라는 방법 이외에 다른 효과적인 수단이 없는 것일까? 왜 레비는 그저 과거에 대한 기억 나부랭이가 미래의 파시즘과 같은 도전에 대해 효과적일 수밖에 없다고 고백하는 것일까?

새로운 파시즘이 이 나라 밖에서 탄생되어 살금살금, 다른 이름을 달고 이 나라 안으로 들어올 수도 있다. 혹은 내부에서 서서히 자라나 모든 방어 장치들을 파괴해 버릴 정도로 난폭하게 변할 수 있다. 그럴 경우 지혜로운 충고 따위는 아무 쓸모가 없다. 저항할 힘을 찾아야 한다. 이때, 그리 멀지 않은 과거에 유럽의 한복판에서 벌어졌던 일에 대

---

[42] 《인간은 왜 악에 굴복하는가》, 267쪽.
[43] 《이것이 인간인가》, 276쪽.

한 기억이 힘이 되고 교훈이 될 것이다.[44]

우리의 인간적인 본질은 집단학살에 대한 말하기를 경험할 때, 그
것을 우리 자신의 경우와 혼성해서 과거의 경험을 배경으로 구성함으
로써, 타인의 고통을 나의 고통으로 치환하는 방법을 사용할 수밖에
없기 때문이다. 만일 우리가 정말로 아주 평범한 사람이고, 국가와
같은 공동체가 주도하는 적이나, 또는 타 인종에 대한 멸절의 요구를
공식적으로 요구받는다면, 우리가 택할 수 있는 방법이란 무엇이겠는
가? 101예비경찰대대에 대한 고찰은 불길한 교훈을 던져 준다.

101예비경찰대대가 보인 집단행동은 우리를 매우 불안하게 하는 깊
은 함의를 지닌다. …… 만약 101예비경찰대대 대원들이 당시의 조건
아래서 학살자가 될 수 있었다면, 오늘날 유사한 조건이 주어질 때 어
떤 집단이 그렇게 되지 않을 수 있겠는가?[45]

솔직하게 고백하지 않으면 안 되는 것은, 101예비경찰대대의 대
원들이 그랬던 것처럼, 소수의 사람들은 저항하고 대다수의 사람들은
괴로움 속에서 최초의 학살에 참여했다가, 점점 학살에 대한 감각이
무디어지면서 거기에 적응하게 되는 결과일 것이다. 여기에서 빠져
나오는 것은 어떻게 해서든지 '유대인은 동물', '유대인은 적', '살인은
행정 체제의 명령에 복종하는 행위' 등과 같은 사고의 상상적 성격이
갖는 의미를 파악하고, 그것의 틀로부터 벗어나 대안적 행동 양식을
찾는 것이다. 101예비경찰대대의 최초 명령 거부자는 다음과 같은 아

---

44 《이것이 인간인가》, 304쪽.
45 《아주 평범한 사람들》, 282쪽.

주 소박한 이유를 댔다.

　　임박한 집단학살 임무에 대해 전해들은 부흐만은 하겐에게 자신은 함부르크 사업가이자 예비역 소위로서 "어떠한 경우에도 무방비 상태의 여자와 어린아이들을 사살하는 그런 작전에는 결코 가담하지 않을 것"임을 분명히 밝혔다.[46]

　　그러나 이런 소박한 이유를 대면서 공개적인 집단학살을 거부했던 대원들은 겨우 10~20퍼센트에 불과했다. 이런 이유라도 대기 위해서 우리에게 필요한 것은 사업가로서, 예비역 소위로서 자신의 체험이 가르쳐 주는 삶의 양식을 공식적으로 하달된 행정 명령과 혼성시켜, 새로운 행동양식을 찾아내지 않으면 안 된다는 것이다. 한나 아렌트가 아이히만을 비난하면서 악의 평범성을 거론할 수 있었던 것, 특히 그를 가리켜 '상상력의 결여'라고 말했던 것은 바로 이런 이유에서였다. 하지만 아이히만은 그저 상상력이 결여된 것이 아니었다. 기존의 상상적 사고, 즉 '유대인은 동물/사물', '집단학살은 행정조치'라는 '살인은 최종해결'이라는 기존의 상상적 구도가 그를 지배하고 있었기 때문이다. 즉, 그의 상상력은 그저 결여되었다기보다는 이미 동일한 능력에 의해 생산된 기존의 결과물에 억제되어 있었던 것이다.

　　이런 점에서는 아이히만이나 우리 자신이나 마찬가지라는 것을 알 수 있다. 즉, 평범한 아이히만Eichimann이 집단학살의 대명사가 될 수 있다면, 오늘날 우리 자신은 그 아이히만과 동일한 상상적 사고 능력을 갖고 있다는 점에서 누구나 익명의 '아이히만I—chimann'인 것이다.

---

[46] 같은 책, 94쪽.

나가면서

오늘날 국가는 개인들의 사적인 폭력의 행사를 금지하거나 통제한다. 이것은 개인들의 폭력을 사용한 문제 해결이 가지는 난점을 극복하기 위해 국가라는 장치가 필요하다는 것을 의미한다. 그렇다면 국가라는 이름으로 폭력이 행사될 때, 그것은 누가 금지하거나 통제하는가? 우리가 우리 자신을 불신하고 공동체를 신뢰하는 것은 좋다. 하지만 공동체가 잘못되었을 경우 그것은 누구에 의해 적절하게 조정되어야 하는가? 또한 국가는 개인의 폭력을 능가하는 폭력을 소유함으로써 개인들 사이의 폭력 문제를 조정한다. 그렇다면 국가의 폭력이 문제시될 때는 같은 논리에서 이보다 더 큰 폭력이 있어야 한다는 뜻인가? 하지만 공동체의 단위가 커질수록 문제의 규모는 더욱 커지기만 할 뿐, 이 방법은 두 걸음을 걷지 못하고 불가능한 벽에 부딪치고 만다. 공동체가 개인들에게 악을 실천하라고 권할 때 그리고 공동체의 이름으로 그것이 선이라고 주장할 때, 개인들은 어떻게 해야 하는가? 판단의 근거와 판단에서부터 사회적 실천에 이르기까지, 오늘날 누구도 이런 문제에 대한 분명한 해답을 갖고 있는 것으로는 보이지 않는다.

홀로코스트의 연구자들이 찾아낸 것은 겨우 말하고 알림으로써, 그것의 부당성이 사람들에게 공유되어, 유사한 일이 벌어졌을 때 우리가 참고할 수 있는 좌표가 되게 하자는 것이었다. 그런데 〈쇼아〉는 거의 대부분 그것을 경험하지 못한 시청자들에게 바로 그 홀로코스트에 대해 말하고 있지 않은가? 결국 영화로서의 〈쇼아〉에 대한 경험이 우리의 경험 내용들과 뒤섞이고, 새롭게 의미 부여를 거쳐 우리의 기억 속에 오래도록 기억되고 보존될 때, 유사한 현실에 직면했을 때 우리는 그것을 참고해서 상황을 판단하고 행위하는 것밖에는 달리 방법이 없는 것이다.

그 속에 포함된 인지적 이해의 과정이 상상적이라는 것은 이런 점에 비하면 사소한 것일 수 있지만, 진정한 아이러니는 바로 이 사실, 즉 홀로코스트를 가능하게 만들었던 그 상상력이 홀로코스트와 같은 재난의 탈출구이자 방어 기제라는 사실 속에 놓여 있다. 상상력 자체는 좋은 것도 나쁜 것도 아니다. 하지만 우리는 상상력의 사용에서 좋고 나쁨을 가려낼 만한 역사적인 경험과 인간적 이유를 홀로코스트의 사례만으로도 지나치게 충분히 갖고 있다. 영화 〈쇼아〉는 이것을 보여 준다.”

나카자와 신이치, 김옥희 옮김, 《곰에서 왕으로》, 동아시아, 2005.

라울 힐베르크, 김학이 옮김, 《홀로코스토, 유럽 유대인의 파괴》1 · 2, 개마고
원, 2008.

마크 네오클레우스 지음, 정준영 옮김, 《파시즘》, 이후, 2002.

스티븐 미슨, 윤소영 옮김, 《마음의 역사》, 영림카디널, 2001.

질 포코니에 · 마크 터너 지음, 김동환 · 최영호 옮김, 《우리는 어떻게 생각하는
가》, 지호, 2009.

찰스 프레드 앨퍼드, 이만우 옮김, 《인간은 왜 악에 굴복하는가》, 황금가지,
2004.

크리스토퍼 R. 브라우닝, 이진모 옮김, 《아주 평범한 사람들》, 책과함께, 2010.

테오도르 아도르노 지음, 김유동 옮김, 《미니마 모랄리아》, 길, 2005.

프리드리히 니체, 김미기 옮김, 《인간적인 너무나 인간적인》I , 책세상, 2010.

프리모 레비 지음, 이현경 옮김, 《이것이 인간인가》, 돌베개, 2007.

한나 아렌트, 김선옥 옮김, 《예루살렘의 아이히만》, 한길사, 2007.

G. 레이코프 · M. 존슨, 임지룡 외 옮김, 《몸의 철학 : 신체화된 마음의 서구 사
상에 대한 도전》, 박이정, 2002.

Th. W. 아도르노 · M. 호르크하이머, 김유동 옮김, 《계몽의 변증법》, 문학과지성
사, 2005.

12

재난 주제 한시의 형상화 양상과 그 의미

박종우

문제의 소재

이 글은 재난을 주제로 한 한시漢詩를 대상으로 하여, 작품에 나타나는 형상화 방식의 몇 가지 유형을 살펴보고, 나아가 그 역사적 의미를 파악하고자 한 시론적試論的 고찰이다.

당연한 말이겠지만 동서고금을 막론하고 재난이 우리 인간의 삶에 미치는 부정적 영향은 매우 크다고 할 수 있다. 일차적으로는 재난이 정상적인 일상을 영위함에 있어 커다란 장애가 되는 데 이유가 있겠지만, 대체로 생명 자체에까지 위협이 되는 경우가 많기 때문일 것이다. 그런데 아이로니컬하게도 이러한 재난이 예술 활동, 특히 문예 창작에 있어서는 작가의 창조적 자극 내지 계기로 작동한 사례가 적지 않다는 점에 유의해 볼 필요가 있다. 재난을 주제로 다룬 것이 곧장 작품의 높은 수준과 가치를 보장하는 것은 아니지만, 그 극한적 상황과 비극성이 가져다주는 정서적 충격은 작가가 창작 의지를 적극적으로 발동하는 데 지대한 영향을 미친다는 점에서 그러하다.

이 글의 문제의식은 바로 이 점에 착안하여 재난의 상황이 문학 작품에서 이렇게 표현되고 어떤 의미를 가지느 가를 종합적으로 고구考究하려느 데에서 출발한다. 따라서 단순히 재난의 사실을 기록하였거나, 과거의 기억을 복원하려 한 문헌 자료는 이 글의 관심 범위에 들지 않는다. 작가가 자신의 재난 경험을 깊이 내면화하고, 이것을 문학적으로 체현한 작품들이 주된 관심 대상이다. 과문한 탓이지만 재난 주제의 문학 작품을 개별적이거나 부분적으로 거론한 연구는 다수 있지만, 통합적으로 고찰한 연구는 아직 희소해 보인다.

재난을 주제로 한 문학 작품은 분명 다양한 장르에 걸쳐 존재할 터이지만, 이 글에서는 우선 한시 작품에 제한하여 살펴볼 것이다. 연구 대상으로 다룰 작품의 범위를 한정하여 논의의 집중도를 제고하려는 의도도 있지만, 시가 다른 갈래에 비해 문학적 형상화의 양상이 보다 다양한 스펙트럼으로 나타날 것이라는 기대도 없지 않기 때문이다. 그리고 특히 한시의 경우 재난을 주제로 한 작품이 예상 외로 많은 수가 남아 전하고 있다는 점도 별도로 다루어 볼 만한 이유라고 할 것이다.[1]

이 글은, 우선 예비적 고찰로서 재난 개념의 역사적 연원과 범위를 살펴보고, 재난 주제 한시의 실제 유형과 그 형상화 방식을 고찰할 것이다. 그리고 이를 토대로 재난 주제 한시가 갖는 문학사적 의의는 어떠한 것인지 상정해 보는 것을 최종 목표로 한다.

재난 개념의 연원과 범위

일단 사전적 정의부터 살펴보면, '재난災難'은 재앙災殃과 유사한 의미로 쓰인다. 재난은 '뜻밖에 일어난 재앙과 고난'을, 재앙은 '뜻하지 아니하게 생긴 불행한 변고 또는 천재지변으로 인한 불행한 사고'를 뜻한다. 그리고 이로 인한 피해나 영향은 재해災害나 재액災厄이라는 말로 나타낸다. 재해는 '재난 또는 재앙으로 말미암아 받는 피해, 즉 지진·태풍·홍수·가뭄·해일·화재·전염병 따위에 의하여 받게 되는 피해'를, 재액은 '재앙으로 인한 불운'을 뜻한다. 이상에서 보듯 재난의 현재적 개념은 재災의 난難, 곧 예기치 못한 불가항력적 현상〔災〕으로 인해 인간이 받는 곤난〔難〕의 총체적 상황을 포괄하는 것이다.

---

[1] 한국고전번역원에서 간행한 《고전국역총서》나 《한국문집총간》에서 재난 관련 주제어를 단순하게 검색해 본 결과 가뭄, 홍수, 지진 등만으로도 각각 1,000편이 넘는 작품이 확인된다. 여기에 유의어나 연관어를 추가로 검색하면 보다 많은 수의 작품이 찾아질 것으로 예상된다. 한국고전번역원 〈한국고전종합DB〉 웹사이트 http://db.itkc.or.kr/itkcdb/mainIndexIframe.jsp 참조.

현재 재난은 각국에서 법률 내지 그에 준하는 규정[2]을 두어 구체적으로 정의하고 있다.

　전통적인 재난 개념은 '재災'의 자원字源부터 살펴볼 필요가 있다. 현재 갑골문에 남아 전하는 재災는 윗부분인 '巛(천)'만으로 되어 있다. 이 자형은 큰 물결 모양을 추상화한 것인데, 최근 한자학의 연구 성과를 빌리면 이는 홍수의 모양을 나타낸 것으로 본다. 이후 여기에 아랫부분인 타오르는 불꽃을 나타내는 '火'가 추가로 결합하여 지금의 '災'자가 되었다.[3] 요컨대 대표적인 자연재해인 수재〔홍수〕와 화재가 결합한 것으로, 주로 예측할 수 없는 자연적인 재해를 포괄한다.[4] 따라서 재난의 전통적인 개념은, 대형 폭발, 환경오염 등 현대 과학 문명의 발달로 야기된 인재人災를 제외한 자연재해를 재난으로 보면, 대체로 지금과 대동소이한 것으로 이해된다.

　다만 크게 다른 점은 전통 시대의 재난 개념에는 재이災異가 포함된다는 것이다. 예컨대 일식, 월식, 혜성, 무지개 등과 같은 천문 현상이 현재에는 간단한 과학적 지식으로 충분히 이해될 만하지만, 전

2　미국, 중국, 일본 등도 그러하지만 우리의 경우 '재난 및 안전관리기본법'(법률 제8623호)에서 각종 재난으로부터 국토를 보존하고 국민의 생명·신체 및 재산을 보호하기 위하여 국가 및 지방자치단체의 재난 및 안전관리체제를 확립하고, 재난의 예방·대비·대응·복구 그 밖에 재난 및 안전관리에 관하여 필요한 사항을 규정한다. 이 법에서 사용하는 용어의 정의는 다음과 같다.
　1. '재난'이라 함은 국민의 생명·신체 및 재산과 국가에 피해를 주거나 줄 수 있는 것으로서 다음 각 목의 것을 말한다.
　　가. 태풍·홍수·호우豪雨·강풍·풍랑·해일海溢·대설·가뭄·지진·황사黃砂·적조 그 밖에 이에 준하는 자연현상으로 인하여 발생하는 재해
　　나. 화재·붕괴·폭발·교통사고·화생방사고·환경오염사고 그 밖에 이와 유사한 사고로 대통령령이 정하는 규모 이상의 피해
　　다. 에너지·통신·교통·금융·의료·수도 등 국가기반체계의 마비와 전염병 확산 등으로 인한 피해
　2. '해외재난'이라 함은 대한민국의 영역 밖에서 대한민국 국민의 생명·신체 및 재산에 피해를 주거나 줄 수 있는 재난으로서 정부차원의 대처가 필요한 재난을 말한다.

3　김언종, 《한자의 뿌리 2》, 문학동네, 2001. 790~791쪽.

4　자연재해를 말한 역사적 전거는 매우 이른 시기의 문헌에서도 쉽게 찾아볼 수 있다. 《맹자·공손추 상》 4장에 〈태갑〉에 이르기를 '하늘이 지은 재앙은 오히려 피할 수 있으나, 스스로 지은 재앙은 살 길이 없다' 하였다.(太甲曰, 天作孼, 猶可違, 自作孼, 不可活)"라고 하였다.

통 시대에는 재난에 준하는 것으로 받아들여졌다. 아울러 전통적으로 재난과 재이는 모두 군주를 포함한 위정자의 자질 내지 정치적 능력과도 밀접하게 연계된다. 《성호사설星湖僿說》에 나오는 다음의 기록에서 우리는 재난 또는 재이에 대한 전통적 이해가 대략 어떠한 것인지를 짐작할 수 있다.

대개 災異란 하늘에 속한 것, 땅에 속한 것, 사람에 속한 것이 있으나 이를 구별하지 않으면 안 된다. (중략) 《詩經》에, "하늘의 위엄을 두려워하여 때에 따라 자신을 보호한다." 하였으니, 임금이 이런 문제에 대하여 조심하고 두려워하고 백성을 살리기를 좋아하고 죽이기를 싫어하며 화평한 분위기에서 백성이 즐겁게 살게 하여 자신은 훌륭한 덕을 지니고 신선한 기운이 신을 감동시킨다면, 그릇에 물이 가득할 때에는 장마가 져도 그 이상 물의 피해가 없고, 불길이 하늘에 닿아도 지저분한 편이지만 저절로 없어지게 되는 것과 같게 될 것이니, 하늘과 땅이 면할 수 없는 재난이라 할지라도 이것을 극복할 수 있는 것은 사람이다. (중략) 임금이 땅을 두려워하는 것도 하늘에 대해서나 마찬가지로 해야 된다. 사람이 땅 위에서 살면서 호흡이 땅의 대기와 서로 통하고 크고 작은 것이 관련되어 혼합하여 한 분위기를 이룬다. 좋은 꽃 한 송이가 끊임없이 향기를 피울 때 방에 두면 방안에 향기가 가득하고 마루에 두면 마루에 가득한 것과 같이, 직접적인 영향이 틀림없이 나타나서 좋은 일이나 궂은 일에 변동이 일어나는 데 따라 재난을 예시하는 현상이 곧장 나타나는 것이다. 이것은 인간이 그렇게 불러들이는 것이다. 양고기에 노린내가 나면 개미가 모여들고 젖이 시어지면 모기가 달려드는 것도 그와 같은 이치이다.

내가 보건대, 용이 제 굴에 가만히 있을 때는 구름을 피워내며 비를 내리고 초목이 무성하여 곡식이 잘 익는다. 그러나 한 번 성이 나서 일어나면 모든 물이 끓어오르고 큰 나무가 뽑힌다. 저런 물건 하나가 성질을 부릴 때에도 잠깐 사이에 변화가 일어나는 것이다. 더구나 임금이란 모든 백성의 마음을 자기의 마음으로 생각해야 한다. 비유하면 모든 불이 한꺼번에 켜지면 아무리 먼 곳이라도 다 비치는 것과 같다. 그러므로 그 기운이 작용하면 불길함을 상징하는 현상이 나타나며, 무지개·흐린 날씨·이상한 곡식·꿩·괴상한 짐승·전염병·가뭄·홍수·도깨비·메뚜기 따위들이 날마다 발생한다. 이런 현상은 땅에 속한 것이 아니므로 시국 정치에 소속되는 것임을 알 수 있다. (하략) [5]

전통 시대에 재난이나 재이는, 지금처럼 국가적 차원에서 법률 규정을 두어 별도로 정의한 기록은 보이지 않지만, 위의 인용문을 보면 전염병·가뭄·홍수 등 자연재해와 함께 '무지개·기상이변·동식물의 돌연변이 따위의 이상 현상들'까지를 재난으로 이해한 것[6]임을 알 수 있다. 그리고 재난의 발생은 결국 인간의 문제로 환원되며, 현실 정치 상황에 결부시키는 것이 전통 시대의 전형적인 성호사설星湖僿說임을 확인할 수 있다.

이성의 자연현상과 더불어《고려사》,《조선왕조실록》 등에서 산견되는 것처럼 일식, 월식, 혜성 등도 재난에 준하는 것으로 보았는데, 이러한 현상이 나타날 때마다 반드시 공식적 문서 기록으로 남기고 있다. 이처럼 재난이나 재이를 국가 기록으로 보존하는 것도 재난이 정치적 문제와 깊이 연관된 것이기 때문이었다.[7] 곧 심각한 재난이나 재이는 위정자의 자질과 역량에 의해 좌우되는 것이며, 이는 정권의 유지 내지 지속 가능 여부와도 관련되는 중대한 문제였던 것이다.

---

[5] 〈灾異〉條, 〈天地門〉, 《國譯星湖僿說》 卷1, 韓國古典飜譯院.

[6] 〈灾異〉條, 〈天地門〉, 앞의 책.

[7] 이에 대한 구체적인 내용은 다음 장에서 다루기로 한다.

재난 주제 한시의 유형과 형상화 양상

1. 사실적 보고와 고발

재난 주제 한시의 유형 중 하나로서 먼저 재난의 상황을 마치 실제로 눈앞에서 보듯 사실적으로 그려낸 작품군을 들 수 있다. 이 작품들은, 공통적으로 시적 화자가 관찰자의 시선으로 재난에 고통 받는 백성들의 삶을 보여주는 방식으로 나타난다. 우리는 다음의 시편들을 통해 구체적으로 확인할 수 있다.

〈임하 십영林下十詠, '가뭄 걱정〔悶旱〕'〉[8]

春事闌殘雨不來	봄이 저물어 가도 비가 아니 오니
野田無水起黃埃	들판 논엔 물이 없고 누른 먼지 이는 구나
老農淸曉開門出	늙은 농부 새벽부터 문을 열고 나와서는
山下尋泉午未回	산 아래서 물줄기 찾느라 낮에도 돌아오지 않네

이 시는 석주石洲 권필權韠(1569～1612)의 작품으로, 가뭄을 주제로 하여 곤궁한 농민의 삶을 담담한 어조로 그려내고 있다. 첫 구를 보면 여기서 다루는 가뭄은 봄철 내내 지속하여 온 것임을 알 수 있다. 춘궁기春窮期 또는 맥령기麥嶺期라는 말이 있을 정도로 중세 시대의 봄가뭄은, 지난해 가을에 수확한 양식이 바닥나는 5～6월(음력 4~5월)에 연례행사처럼 있었던 것이다.

그런데 보리가 미처 여물지 않은 시기여서 농가의 식량 사정이 매우 어려운 고비인데, 시에서 그려진 정황은 더욱 심각해 보인다. 2구

---

[8] 《石洲集》, 韓國文集叢刊 75, 한국고전번역원 영인본, 60쪽. 해당 문집의 한국고전번역원 국역본이 있는 경우 주로 참조를 하였는데, 다만 의미를 분명히 할 필요가 있거나 해석 상의 이견이 있는 부분은 수정하여 번역하였다. 이하 인용시의 국역본 출전은 편의상 생략하였다. 아울러 이하 시작품의 출처표기는 '《石洲集》, 叢刊 75, 60쪽'처럼 출전 서명, 총간 권수 및 해당 쪽수만을 적기로 한다.

에 보듯 논에는 물이 없고 흙먼지만 날리는 황량한 모습이다. 따라서
일정 기간의 굶주림이 아니라 농가로서는 한 해의 농사 전체를 망칠
위험이 있는 절대적 위기 상황인 것이다.

이때 화자의 시선은 한 늙은 농부의 모습에 맞추어져 있다. 마지막
두 구에서 보듯 새벽부터 온종일 집에 돌아오지 못하고 물을 찾아 동
분서주하는 모습을 그리는 것으로 사태의 심각성을 묘사한다. 한 가지
사실만을 포착하여 농촌의 힘겨운 삶을 압축적으로 조명하고 있다.

다음의 시도 사실적 보고가 시상 전개의 중심이 된다는 점에서 위
의 인용 작품과 유사한 방식을 취하고 있는데, 재난이 가져다준 고통
이 좀 더 구체적인 모습으로 나타나 있다.

〈큰 물〔大水〕〉[9]

南風吹海立	남쪽 바람 불어 바다 물결 곤두세우니
勢壓千林木	위세가 온 숲의 나뭇가지 압도하네
千林枝幹壯	온 숲의 가지 줄기는 튼튼하건마는
排幹有餘力	사정없이 밀쳐내고도 남은 힘 있구나
獨憐平疇上	다만 불쌍한 것은 저 평야 위에
芃芃黍與稷	무성하게 우거진 온갖 곡식들이라
黃流卷將去	누런 탁류 휩쓸고 지나가려는데
但見沙水白	다만 보이는 건 흰 모래뿐이라네
旱苗猶可蘇	가뭄에도 벼 싹은 외려 살아날 수 있지만
水沒無蹤迹	물에 잠기면 흔적도 없이 사라진다오
極備均爲菑	극성부리는 재앙은 둘 다 똑같지만
陽元賢陰慝	가뭄이 홍수보다는 더 낫다 하겠네

---

[9] 《谿谷集》, 叢刊 92, 419쪽.

이 시는 계곡谿谷 장유張維(1587~1638)가 홍수를 주제로 쓴 작품이다. 화자는 1구부터 8구까지 폭풍과 홍수가 휩쓸고 지나간 평야 지대의 처참한 광경을 사실적으로 묘사하고 있다. 튼튼한 숲을 제치고 밀고 내려온 누런 흙탕물이 풍성하게 자란 곡식을 뒤덮어 모래만이 남아 쌓인 모습은 이번 홍수의 무서움을 직접적으로 보여 주는 대목이다. 그리고 가뭄도 큰 재난인 것은 분명하지만 일말의 회생의 여지조차 남기지 않는 수재水災에 비하면 덜하다는 끝구의 말은 화자가 체감한 홍수의 공포와 충격이 어떠한 것인지 짐작하게 한다.

이러한 사실적 표현 방식은, 재난으로부터 작가가 받은 정서적 충격이 작품의 문면을 통해 직접적으로 환기된 것이다. 비유나 상징 등의 문학적 장치는 대부분 배제되고, 재난의 실제에 주목하여 형상화한 결과이다. 이러한 유형의 작품들은 많은 경우 곤경에 처한 시적 대상에게서 화자가 느끼는 연민 내지 동정의 감정이 형상화되는데, 때로는 차분하고 때로는 격렬한 어조가 사용되기도 한다.

지평과 양근 두 고을의 경계를 지나는데, 전달 27일에 두 고을이 모두 우박으로 재해를 입었다. 양근은 더 참혹하여 전답에 남은 이삭이 거의 없었고, 그 모습을 보노라니 참담하였다.(過砥楊二邑界, 前月卄七日, 同被雹災. 楊根尤慘酷, 田中殆無遺穗, 見之慘然)[10]

01	旱潦孰非災	가뭄 홍수 어느 것이 재앙 아닐까만
	爲害莫如雹	재해로는 우박만한 것 없다오
	不知是何氣	무슨 기운인지 알 수는 없지만
	多在秋晚作	늦가을에 많이 내려 떨어진다네

---

[10] 《農巖集》, 叢刊 161, 384쪽.

05	禾稼熟未收	곡식 익어 아직 거두지 않았는데
	遇之盡摧剝	우박을 만나면 모두 꺾이는구나
	有如項籍軍	項羽의 군대 같은 모습이 있어
	所過肆殘虐	지나는 곳마다 멋대로 짓밟는다
	今夏民大飢	올 여름 백성들 큰 기근이라
10	太半轉溝壑	태반이 굶어죽게 되었다네
	未死尙耕種	죽음 면한 이들 여전히 농사지으며
	引領望秋穫	학수고대 추수만을 바란다오
	四野旣如雲	사방 들판 구름처럼 풍성해지자
	庶幾飽餺飥	떡으로 배불릴 희망에 차서
15	持鎌不日刈	낫을 들어 조만간 수확하려고
	築場已濯濯	타작마당 탄탄하게 다져 놓았지
	一敗遂莫救	허나 한번 망가지자 어쩔 수 없어
	生意慘蕭索	참혹하게 생기가 사라졌는데
	我行過楊根	내 발걸음 양근을 지나갈 적에
20	所見尤駭愕	보이는 것 한층 더 놀라웠다네
	粳稻兀枯莖	벼 포기는 덩그러니 마른 줄기뿐
	豆萁但空殼	콩깍지는 물알 없는 빈껍데기뿐
	木麥最可傷	무엇보다 참담한 메밀 좀 보소
	塗地如霜籜	서리 맞은 낙엽처럼 땅에 깔렸네
25	農夫仰天歎	농부는 하늘 향해 탄식을 하고
	婦女淚雙落	아낙네는 두 줄기 눈물 떨구며
	田中視墮粒	밭 가운데 떨어진 알알의 곡식
	一一珠隕握	손에서 떨어뜨린 구슬만 같아
	提筐盡日收	광주리 들고 나와 종일 거둬도
30	所得僅合龠	얻은 것은 한 홉에 지나지 않네

亦有挦遺穗	달려 있는 이삭을 모두 따 모아
歸家裹囊橐	집으로 돌아가서 봇짐에 담고
謂言將流移	유랑을 떠나겠다 작정한 마음
未忍餧鳥雀	참새 쪼는 꼴 차마 볼 수 없다네
見此意慘傷	이 모습 보고 나니 참담해져서
夕店食爲却	주막에서 저녁밥도 물리쳤다오
(하략)	

이 시는 농암農巖 김창협金昌協(1651~1708)이 우박을 주제로 쓴 작품이다. 앞의 시에서는 가뭄보다 홍수가 더 심각한 피해를 입힌다고 하였는데, 이 시의 서두는 그보다 우박이 주는 피해가 다른 재해에 비해 더욱 심각하다는 것으로 시작한다. 피해 규모의 여부를 떠나서 추수 직전의 늦가을에 발생하여 풍성한 수확의 기대를 꺾었다는 점에서 백성들의 절망은 더욱 크다는 데 주목한 때문이다.

19구에서부터 보듯 화자는 자신이 실제로 목도한 장면을 사실적으로 그려 내고 있다. 문면만을 따라가도 당시의 처참한 상황이 눈앞에 재현되는 듯한 구체적인 묘사만으로 이루어져 있다. 아울러 고시古詩 용운用韻의 한 형식인 일운도저격一韻到底格이 사용되었는데, 탁한 입성入聲의 운자는 시적 정황의 비극성을 더욱 격렬한 어조로 부각시키는 데 유용하게 사용되고 있다. 이 형식은 유사한 형상화 방식의 작품들에서도 자주 쓰인다.

〈파탕리에서 자다〔宿波蕩里〕〉[11]

01 暮投波蕩里　　　　　날 저물어 파탕리에 들렀더니

---

[11] 尹鑴, 《國譯白湖全書》, 卷2, 韓國古典飜譯院.

	主人延我宿	주인이 날 맞아 재워 주는데
	短衣寒不掩	짧은 옷은 추위를 못 가리고
	婦子飢無色	아내 자식 굶주려 몰골 아니네
05	自言生理艱	그가 한 말 이리 살기 어려운데
	貧歲復行客	흉년이면 과객까지 또 들끓어
	固無終歲計	한 해를 날 계책은 전연 없고
	且復延朝夕	겨우 아침저녁 연명이나 한다네
	前年水旱敗	지난해는 수해에 한재 겹쳐
10	瓶粟今已竭	단지 곡식은 벌써 동이 났는데
	不能一日死	하루라도 굶어 죽을 순 없는지라
	拾盡西山栗	서산에 가 밤도 다 주워 먹었다네
	政府催賦令	정부의 조세 독촉 명령 때문에
	伐薪下江水	섶을 쳐서 강물에다 띄우려면
15	足寒體不扶	발은 얼어 몸을 가눌 수 없고
	腹空難用肢	창자 비어 사지를 쓰기 어렵다네
	兒啼長者惱	애는 보채고 어른들 고민에 싸여
	只爲生子非	자식을 낳은 것이 잘못이라 하네
	我里八九家	여덟아홉 집 살던 우리 마을이
	逃者已四五	내댓 집은 이미 도망가고 없다네

(하략)

이 시는 백호白湖 윤휴尹鑴(1617~1680)의 장편長篇 고시古詩의 작품
이다. 시제에서 보듯 화자가 앞 시편들과 마찬가지로 실제로 겪은 상
황을 주제로 하고 있다. 작품의 편폭에 걸맞게 담고 있는 내용도 매우
구체적이고 상세한 것이 특징이다. 인용한 부분은 전체의 절반 정도
에 해당하는 전반부인데, 시종 일관 가뭄과 수재가 이어지고 거기에

조세의 부담마저 짊어진 농가의 처지에 대한 현장 보고이자 고발하는 형식을 취하고 있다.

2. 정치적 해석과 환원

앞 절에서 우리는 재난을 사실적으로 그려 내는 것으로 자신의 정서적 충격을 체현하는 방식을 살펴보았다. 이 절은 자연재해를 정치적 문제로 이슈화하거나 환원하는 형상화 방식에 대해 알아볼 것이다.

〈가뭄 걱정〔悶旱〕〉[12]

滌滌山川仰赫曦	가뭄 찌든 산천 위에 햇빛만 쨍쨍한데
農夫輟未只嗟咨	농부들 삽 던진 채 나오는 건 한숨뿐이라
朝廷豈乏爲霖雨	조정에 단비 같은 인재가 어찌 없을까마는
雲漢何人解賦詩	〈운한〉시 제대로 해설할 이 누구일까
潭底老龍難自保	못 속의 늙은 용도 제 몸 지키기 어려운데
轍中枯鮒有誰悲	곤궁한 우리 백성 누구 있어 슬퍼하랴
峽雲江霧渾無賴	산 구름과 강 안개 다 의지할 것 없는데
奈此凄風盡日吹	어찌 처량한 바람은 온종일 불어 대는가

이 시는 계곡谿谷 장유張維(1587~1638)가 가뭄을 주제로 쓴 작품이다. 재난의 참상에 대한 사실적 보고를 위주로 한 앞 절의 인용 시들과는 다르게, 이 시는 재난을 정치적으로 환원하려는 태도가 특징적이다. 이러한 태도는 대체로 재난이 위정자들의 무능과 긴밀하게 관계되어 있음을 비판적인 시각으로 시화詩化하는 방식으로 나타난다.

3구의 '임우霖雨'는 '가뭄의 해갈에 도움이 되는 단비'를 뜻하면서,

---

[12] 《谿谷集》, 叢刊 92, 486쪽.

'세상을 구제하고 백성을 안정시킬 인재'를 가리키는 말로도 자주 쓰인다.[13] 다음 구의 '운한雲漢'은 《시경詩經 대아大雅》의 편명으로, 가뭄을 당해 노심초사하는 임금의 모습을 그린 시다. 이 시에서는 따라서 임금을 잘 보필할 인재의 부재가 재난의 원인이면서, 동시에 아무런 해결책마저 제시할 수 없는 무능한 집단이라는 데에 비판의 초점이 맞추어져 있다.

주지하듯이 전통 시대에는 자연재해 이외에 특이한 천문 현상, 즉 재이災異도 재난으로 인식하였다. 현대에는 상식으로 받아들여지는 일식, 월식, 혜성, 흰 무지개〔白虹〕 등이 그것이다. 앞 장에서 살펴보았듯이 이 현상들은 개인 문제라기보다는 국가적 차원의 재난으로 받아들여졌다. 따라서 이를 다룬 작품들도 대부분 재이 현상의 정치적 상관성이 강조되어 재해석되고 형상화된다.

〈십이월 초하룻날 일식을 보고〔十二月朔日蝕〕〉[14]

陰陽消息理冥冥	음양의 변화 이치가 오묘하니
更有何辭問缺盈	다시 무슨 말로 차고 기우는 변화 따지랴
無可奈何看漸旣	이쩔 수 없이 점점 해가 이지러지는 걸 보는데
擊鉦猶以救爲名	징을 두드리며 외려 재난을 구한다는 명분으로 삼네
眩眼不堪天上望	눈이 어지러워 하늘을 바라보지 못하고
低頭唯向水中窺	머리 숙여 물속의 그림자만 들여다보네
下臣得可安然坐	신하로서 어찌 편히 앉아 있을 수 있으랴
還跪焚香到復時	무릎 꿇고 분향하며 끝나도록 앉았다오

---

13 《書經 說命 上》에 "큰 가뭄이 들면 내가 그대를 단비로 삼으리라"(若歲大旱, 用汝作霖雨)라고 한 전거가 있다.

14 《東國李相國集》, 叢刊 2, 148쪽.

이 시는 이규보李奎報(1168~1241)가 일식을 보고 느낀 소회를 읊은 작품이다. 옛날에는 일식이 인간의 그릇된 행위에 대한 하늘의 경고로서 나타나는 현상이라 생각하였다고 한다. 첫 수의 4구에서처럼 일식 때 징을 두드리며 반성하여, 이에 따른 재난을 면하고자 하는 풍습이 있었다. 그리고 태양은 임금의 상징이기 때문에, 일식은 태양이 가리워서(또는 사라져서) 보이는 것처럼 임금에게 좋지 않은 상황을 의미한다.

"임금은 지극히 높으나 임금 위에는 하늘이 있다. 임금이 하늘을 두려워하지 않는 것은 마치 백성이 임금을 두려워하지 않는 것과 같다."[15]는 말에서도 알 수 있듯이, 하늘의 재이 현상은 위정자는 물론 군주와도 깊은 연관 관계에 있었다. 이 시의 화자도 끝부분에서 밝히고 있듯이 '신하〔下臣〕'라는 말에서 시인이 아닌 위정자의 일원으로서의 입장임을 나타내고 있다.

〈도중에 재이를 기록하다〔途中志異〕〉[16]

聖主殷憂世	성스러운 임금님 노심초사하시는 때
皇天大動災	하느님은 왜 이렇게 재이를 내리시나
晴冬虹貫日	맑은 겨울날 무지개가 해를 꿰고
靜夜地驚雷	고요한 한밤중 천둥이 땅을 울리도다
水旱虫霜併	홍수 가뭄 서리에 병충해 함께하고
兵糧賦役催	군량 부역 독촉하는 데에 시달리네
孤臣北望眼	외로운 신하 임금 계신 북쪽을 바라보니
迢遞暮雲堆	무더기 진 저녁 구름만 아득히 멀구나

---

15 〈灾異〉條, 〈天地門〉, 《國譯星湖僿說》卷1, 韓國古典飜譯院.
16 《澤堂集》, 叢刊 88, 24쪽.

이 시는 택당澤堂 이식李植(1584~1647)이 실제로 경험한 재이 현상을
정치 현실과 연계하여 그 상징적 의미를 해석한 작품이다. 작품 속의
재이는 함련에서 보듯 '무지개(虹)'이다. 고대 중국인들은 무지개를 용
의 일종으로 인식했는데, '홍虹'은 수컷, '예蜺'는 암컷으로 구분했다.
그중 흰 무지개를 '백홍白虹'[17]이라 하고, 이것이 머리 두 개에 각각 뿔
두개와 큰 입을 가진 괴상한 날짐승이 양쪽 머리를 땅에 박고 물을 빨
아올리는 듯 해 주위를 둘러싸거나 꿰뚫는 듯한 형상으로 나타나는
것을 '백홍관일白虹貫日'이라 한다. 따라서 흰 무지개는 병난兵亂을 상징
하고 해는 임금, 즉 국가를 상징하므로 이는 매우 불길한 천문 현상으
로 인식된다.[18] 이것은 국왕이 바뀔 징조로 여겨졌다. 예컨대 고려 현
종 5년(1013)에도 "흰 무지개가 해를 꿰뚫었다"는 기록이 《고려사》에
나오는데, 《정감록》에도 유사한 표현이 여러 군데서 발견된다. 경련
에서 보듯 이 현상은 여러 가지 재난의 예조豫兆이고 부정부패가 만연
한 혼란한 정치 상황을 상징한다.

〈일식에 느낌이 있이(日蝕有感)〉[19]

01　秋之深兮天氣和　　가을도 깊은 터에 날씨가 워낙 따뜻해서

　　梨花如雪粘庭柯　　흰 눈 같은 배꽃이 뜰의 나무에 다닥다닥

　　冥冥眞宰幹洪鈞　　아득한 곳에서 만물을 주관하는 조물께서

　　倒行逆施將奈何　　장차 어찌하려고 거꾸로 행하고 계시는가

---

[17] 백홍은 보통은 태양 둘레에 생기는 백색의 호弧를 말하는데, 때로 지상 부근의 흰 무지개를 가리키
기도 한다. 《三國史記》에도 백홍의 용례가 보인다. "가을 7월에 흰 무지개가 궁중 우물 속으로 뻗쳤
다."(秋七月, 白虹飮于宮井)(《三國史記》 권4, 〈新羅本紀〉 4, '眞平王'條 참조)

[18] 무지개가 별을 꿰뚫을 경우는 흉조로 해석되었다. 대표적인 것이 백홍이 해를 꿰뚫고 지나간다는 예
언이다.

[19] 《牧隱詩藁》, 叢刊 4, 431쪽.

05 冬雷夏霜照方策　　　　겨울 우레 여름 서리 역사책에 보인다만

　　袄孽之興無少差　　　　재앙이라는 측면에선 조금도 차이가 없도다

　　我生不辰當順受　　　　좋지 않은 때 태어난 건 감수해야 하겠지만

　　鬱鬱不樂空吟哦　　　　울적한 이 심정은 시로나 괜히 읊을 밖에

　　白日忽鈌靑天中　　　　그런데 또 홀연히 청천의 태양이 이지러져

10 仰面有淚雙霧雰　　　　우러러보는 얼굴에 두 줄기 눈물이 주르르

　　謫見于天在於政　　　　하늘의 재변은 정사 때문에 나타나게 마련이니

　　不識何事分偏頗　　　　모르겠다만 어떤 일인가 편파적으로 되었겠지

　　適然而然委之數　　　　당연히 그렇게 된 거라면 운수로 돌려야겠지만

　　世道日降無回波　　　　날로 낮아지는 세도는 되돌릴 길이 보이잖네

15 心焦吻燥欲發狂　　　　마음은 타고 입술은 마르고 발광이라도 할 듯한데

　　何時五色明山河　　　　오색 기운 찬란하게 산하를 비칠 땐 언제일까

　　腐儒家居尙祿食　　　　못난 선비는 집에 앉아 아직도 국록을 축내면서

　　遇變往往成悲歌　　　　재변을 만나면 이따금씩 슬픈 노래만 부른다오

이 시는 목은牧隱 이색李穡(1328~1396)의 작품이다. 10~11구에서 보듯 비극적 재난의 책임은 정치적 문제로 환원되고 있다. 이어지는 시상의 흐름을 따라가 보면 화자의 눈에 위정자의 무능에 기인한 '세도世道'는 전환이 어렵다는 데에 문제가 있다. '오색 기운 찬란하게 산하를 비칠〔五色明山河〕' 희망적 시기의 도래는 기약할 수 없는 것이다. 그런데 스스로도 위정자의 한 사람으로서 괴로운 심정을 극에 달한다. 15구의 '마음은 타고 입술은 마르고 발광이라도 할 듯'하다는 표현은 그러한 내면적 고통을 직설적으로 토로한 것이다. 끝 구에서 보듯 이러한 상황에서 화자가 할 수 있는 것은 '슬픈 노래〔悲歌〕'를 부르는 것일 뿐이다.

3. 초월적 상상과 전이

시를 통해 재난의 비극적 상황을 받아들이고 극복하고자 하는 또 하나의 방식은 현실의 내면화와 초월적 상상에 의한 전이이다.

〈큰비〔大雨〕〉[20]

大雨通宵欲漏天	큰 비 밤새 내려 하늘이 새려는 듯하니
簷聲四壁一燈前	사방 처마엔 낙수 소리요 한 등잔은 앞에 두었네
雄如萬馬磨刀槊	웅장하긴 천군만마 창칼 가는 소리와 같고
細似孤鸞入管絃	섬세하긴 관현악에 입힌 고란곡과도 같구려
敢遏衆流成鉅海	뭇 냇물이 큰 바다 이룸이야 감히 막으랴만
祗憂多稼沒平田	많은 벼가 홍수에 잠긴 게 걱정일 뿐이로다
化工用意眞難料	조화옹의 심술은 참으로 헤아리기 어렵나니
且守我窮當益堅	의당 더욱 견고히 나의 궁함을 지킬 뿐일세

이 시는 목은 이색의 작품으로 큰비를 제재로 한 것이다. 함련을 보면 비유적 수사와 시적 상상력을 결합하여 재난의 비극성을 또 다른 방식으로 해석하고 표현하려는 시도를 볼 수 있다. 재난 주제의 시 작품이라고 하기에는 일견 너무 느슨해 보일 정도이고, 때로 재난을 대하는 자세에서 여유로운 느낌마저 감지된다.

하지만 시상의 전개나 짜임새는 그렇게 느슨하지 않다. 근경과 원경, 청각과 시각이 적절하게 배합되어 있고, 대우對偶나 염법廉法도 흐트러진 부분이 보이지 않는다. 큰비〔大雨〕에서 출발하여 끝 구에서 보듯 스스로 내면화하는 데에 이르기까지 안정된 전개를 보여 시적 완성도도 높아 보인다. 이는 앞서 본 비극적 현실의 사실적 보고나 정치

적 이슈화와는 다른 방식으로 재난을 형상화하는 방식이다.

〈비가 내리지 않음을 걱정하다〔悶雨〕〉[21]

自春無雨夏相仍	봄부터 비가 없고 여름까지 이어지니
女魃憑凌爾可憎	기세 떨친 가뭄 귀신 네가 가증스럽구나
天地爲爐烘似火	천지는 화로 되어 불처럼 그을려 대고
田原無髮禿如僧	전원엔 풀이 없어 중의 민둥머리 같네
蠡蝗得勢能爲患	메뚜기들은 득세하여 걱정거리가 되는데
蜥蜴疎才不足憑	도마뱀은 재주 서툴러 믿을 게 못 되누나
安得銀潢雙手挽	어떻게 하면 은하수를 두 손으로 끌어다가
人間萬里洗炎蒸	인간 만 리에 푹푹 찌는 무더위를 씻어 볼꼬

이 시는 사가四佳 서거정徐居正(1420~1488)의 작품으로, 봄가뭄에 비를 기원하는 마음을 주제로 하고 있다. 수련을 볼 때 가뭄의 상황은 매우 심각해 보인다. 보릿고개를 넘어선 가뭄의 장기화는 한 해 농사를 망칠 수도 있기 때문이다. 그런데 앞의 시와 마찬가지로 이러한 재난을 화자는 여유롭게 풀어가고 있다. 함련에서 보이는 '화로〔爐〕', '중의 민둥머리〔無髮禿如僧〕' 등 비유적이고 해학적인 표현들에서 쉽게 감지할 수 있다.

계속해서 이어지는 가뭄에다 '충해蟲害〔메뚜기〕'까지 더해지는 중대한 위기 상황인데도 도마뱀으로 기우제를 올린 고사[22]를 희화적으로

---

21 《四佳詩集》, 叢刊 10, 307쪽.

22 《국역 사가집》(한국고전번역원)의 주석에 옛날 관중關中의 촌민이 기우제를 할 때, 호법胡法을 잘하는 승려가 도마뱀 10여 마리를 구하여 항아리 안에 넣어 두고, 동남동녀 수십 명에게 푸른 옷을 입히고, 그들에게 버들가지를 가지고 이구동성으로 주문을 외게 한 고사에서 온 말이다. "도마뱀아, 도마뱀아, 구름을 일으키고 안개를 토해라. 비가 지금 쏟아지면, 너를 놓아주고 돌아가게 하리라."(蜥蜴蜥蜴, 興雲吐霧, 雨今滂沱, 放汝歸去)라는 주문인데, 이것이 비를 내리게 하는 데에 꽤 응험이 있었다고 전한다. 이 주문은 《全唐詩》 卷874에 《蜥蜴求雨歌》라는 제명으로도 수록되어 있다.

소개한 대목도 그러하다. 그리고 미련에 이르면 비극적 정황의 해소
는 이미 현실의 차원을 넘어선 것이다. 끝 구에 이르면 사태의 비극성
이 거의 소거되고, 비유와 초월적 상상에 의해 시상이 전이된다.

〈지진 시의 운에 차운하다〔次地震韻〕〉[23]

席下雷聲起	앉은 자리 아래에서 뇌성 이는데
殘燈隔幔靑	가물대는 등은 푸른 장막 격했구나
初如擣雲罍	처음에는 운루를 절구질 하듯 하더니
倏覺戰風櫺	삽시간에 풍령을 떠는 걸 깨닫겠네
星斗光躔次	북두성은 별자리서 빛을 비추고
鯨鯢沸瀚溟	고래들은 넓은 바다 들끓게 하네
陰柔戒妄動	망녕되이 음유 동함 경계하나니
天地有神靈	천지에는 신령스런 기운 있다오

이 시는 청음淸陰 김상헌金尙憲(1570~1652)의 작품으로, 지진을 주제
로 한 것이다. 처음부터 함련까지는 화자는 지진의 실제 상황을 서사
적으로 그려 내고 있다. 지진의 강도가 점차로 커지는 상황을 시각과
청각을 통해 감각적으로 형상화한다.

그런데 경련부터는 시상이 상상의 공간으로 전이하면서, 하늘의
북두성과 바다의 고래에 이르기까지 크게 확장된다. 그리고 미련에서
보듯 화자의 관심은 지진이 가져오는 위해나 공포가 아니라 대자연의
이치를 깨달아 받아들이면서 스스로 경계로 삼는 데에 집중된다.

〈가뭄이 심하여 7월 하순에야 비로소 가랑비가 내렸다. 회문체〔무

---

23 《淸陰集》, 叢刊 77, 192쪽.

甚, 七月下旬, 始有小雨. 回文體)〉[24]

欣歡色變焦憂意	기쁜 기색이 애타는 마음으로 바뀌니
望苦當玆久旱天	이 오랜 가뭄에 몹시도 비를 바랐었지
雲片大還雲片小	구름 조각 큰 것이 다시 작아지고
雨山後過雨山前	산 뒤에 비 내리다가 산 앞에 비 내리네
前山雨過後山雨	앞산에 비 내리다가 뒷산에 비 내리니
小片雲還大片雲	작은 조각구름 다시 큰 조각구름 되었네
天旱久玆當苦望	가뭄이 오랜 터라 몹시도 비를 바랐었지
意憂焦變色歡欣	마음이 애타서 기쁜 안색을 바꾸었네

이 시는 서계西溪 박세당朴世堂(1629~1703)의 작품으로, 긴 가뭄과 단비를 주제로 한 것이다. 우선 형식 상 회문체回文體[25]라는 점이 독특하다. 두 번째 인용한 시는 첫 번째 시를 거꾸로 읽은 것이다. 주지하듯이 회문체는, 양식적 특성으로 인해 시어나 운자를 선택하는 데 있어서 매우 까다로운 정련의 과정을 거쳐야 하며, 한 글자라도 잘못 놓이면 온전한 시가 되질 않는다. 그 때문에 흔하게 지어지지는 않으며, 지어진 것도 대부분 희작戲作이거나 실험적 습작인 경우가 많다.

비록 기다리던 해갈의 기쁜 마음을 노래한 것이기는 하지만, 오랜 가뭄이라는 재난의 상황을 이처럼 희작적인 작시 태도로 접근한 것은 드문 사례이다. 그렇지만 이러한 창작 의식이 작자가 재난의 비극성을 결코 가볍게 보거나 무시하려는 데에서 나온 것은 아닐 것이다. 그

---

[24] 《西溪集》, 叢刊 134, 35쪽.

[25] 한시체漢詩體의 한 형식으로, 회문시迴文詩라고도 한다. 중국 전진前晉 시대 소백옥蘇伯玉의 처가 지은 〈반중시盤中詩〉가 그 효시이며, 두도竇滔의 처 소씨蘇氏가 남편 두도가 진주자사秦州刺史로 있다가 유사流沙 지방으로 옮겨 가자, 그를 생각해 베에다 짜 넣은 840자로 된 직금시織錦詩에 이르러 그 체제가 갖추어졌다고 한다. 시의 형식은 바둑판처럼 배열해 놓아서 처음부터 읽든가 끝에서부터 읽든가, 또는 중앙으로부터 돌려 읽어도 모두 한 편의 시가 되고 평측平仄과 운韻도 다 맞는다. 《晉書 · 列女列傳》의 '竇滔妻蘇氏'條 참조.

보다는 재난이라는 주제를 형상화하는 방식의 확장 내지 다양화로 보는 것이 온당하리라 생각된다.

〈가뭄을 걱정하여 사실을 기록함〔悶旱記實〕〉[26]

一盂飯易二頃田	두 이랑 밭을 한 그릇 밥과 바꾸었다고
父老猶傳壬子年	부로들은 여전히 임자년의 일을 전하네
未有文章風伯訟	아직 바람귀신에게 송사할 문장이 없으니
將看逵達旱龍鞭	장차 팔방 거리에 가뭄용을 매질하는 걸 볼까
閭閻微臣隱百憂	저자 문의 미천한 신하 온갖 걱정을 속에 담으니
飢民轉向峽中流	굶주린 백성들이 산골짜기를 향해 떠돌아다니네
欲傾萬斛滄江水	만 곡의 창강수를 가져다가 기울여서
普施人間大有秋	널리 인간에 베풀어 큰 풍년이 들게 하려 한다오

이 시는 아정雅亭 이덕무李德懋(1741~1793)의 작품으로, 두 편 모두 가뭄이 가져다준 쓰라린 상황을 제재로 하고 있다. 시제에 있는 것처럼 '사실을 기록한〔記實〕' 것이다. 그런데 앞의 시편들처럼 재난의 고통 자체반을 심각하게 다루지 않고, 초월적 상상력과 결합시켜 전이 내지 해소하는 표현 방식을 사용한 것이 공통된 특징이다.

첫 작품은 두 이랑의 전답이 한 그릇의 밥과 교환될 정도로 경제적 가치 체계가 무너져 버린 재난의 극한 상황을 환기하고 있다. 그런데 화자는 3-4구에서 이러한 내용을 적극적으로 묘사하거나 정치적인 문제로 환원하지 않는다. 문장가로서 바람귀신〔風伯〕에 송사를 하여 가뭄용〔旱龍〕을 채찍으로 벌을 주도록 하겠다는 표현은 비극적 현실에서 상상의 공간으로 시상이 전환한 것이다. 다음 작품도 같은 구

---

[26] 《嬰處詩稿》, 叢刊 257, 31쪽.

조로 앞의 두 구는 현실의 고통을 말하고, 다음 두 구는 초월적 상상으로 재난의 괴로움을 해소하고 극복하려는 태도가 보인다.

맺음말

이상에서 우리는 재난 주제 한시의 유형과 형상화 방식에 대해 대략적으로 살펴보았다. 유형적 분류가 일반적으로 가지는 도식화의 한계를 절감하면서도, 재난 주제 한시만의 몇 가지 특징과 주제화의 가능성을 확인할 수 있었다. 이제 앞서 살펴본 내용을 요약 정리하는 것으로 결론을 대신하고자 한다.

이 글은, 재난의 기억과 체험이 작가에게는 내면화의 계기가 되고 자발적인 창작 동기를 자극하는 한 점에 유의하여 보았다. 우선 비극적 정황의 실상이 가져다주는 정서적 충격은 재난의 고통을 적극적으로 보고하거나 고발하는 유형으로 나타난다. 그리고 재난이나 재이 현상을 현실 정치와 연계하여 재해석하고 환원하려는 시도는 군왕과 위정자들을 향해 경계하고 반성하게 하는 유형으로 형상화된다.

아울러 재난의 심각성을 다루는 데 있어 또 하나의 형상화 방식으로서, 재난의 기억을 문학적 상상력을 동원하여 전이 내지는 해소하려는 유형을 확인하였다. 이처럼 재난 주제를 통해 창작의 소재가 다양화 되고 주제 영역의 확장된 점에서 재난 주제 한시의 문학사적 위상과 의의의 단서를 찾아볼 수 있을 것이다.

이규보李奎報,《동국이상국집東國李相國集》, 韓國文集叢刊 2, 韓國古典翻譯院
　　影印本.
이색李穡,《목은시고牧隱詩藁》, 韓國文集叢刊 4, 韓國古典翻譯院 影印本.
서거정徐居正,《사가시집四佳詩集》, 韓國文集叢刊 10, 韓國古典翻譯院 影印本.
권필權韠,《석주집石洲集》, 韓國文集叢刊 75, 韓國古典翻譯院 影印本.
김상헌金尙憲,《청음집淸陰集》, 韓國文集叢刊 77, 韓國古典翻譯院 影印本.
이식李植,《택당집澤堂集》, 韓國文集叢刊 88, 韓國古典翻譯院 影印本.
장유張維,《계곡집谿谷集》, 韓國文集叢刊 92, 韓國古典翻譯院 影印本.
박세당朴世堂,《서계집西溪集》, 韓國文集叢刊 134, 韓國古典翻譯院 影印本.
김창협金昌協,《농암집農巖集》, 韓國文集叢刊 161, 韓國古典翻譯院 影印本.
이덕무李德懋,《영처시고嬰處詩稿》, 韓國文集叢刊 257, 韓國古典翻譯院 影印本.
이익李瀷,《국역성호사설國譯星湖僿說》, 韓國古典翻譯院.
윤휴尹鑴,《국역백호전서國譯白湖全書》, 韓國古典翻譯院.
김언종,《한자의 뿌리 2》, 문학동네, 2001, 790~791쪽.

폭력 이미지 재난

2012년 8월 31일 초판 1쇄 발행

지은이 | 조선대학교 인문학연구원 이미지연구소
펴낸이 | 노경인

펴낸곳 | 도서출판 앨피
  주소 | 150-102 서울시 영등포구 양평동 2가 양평빌딩 406-1호
  전화 | 02-336-2776   팩스 | 0505-115-0525
  출판등록 | 2004년 11월 23일 제318-3130000251002004000272호.

ISBN 978-89-92151-44-3